EL SENDERO DE LLAMAS

LAS SIETE ISLAS
LIBRO DOS

A.R. KNIGHT

1

LOS MARES VOLADORES

El hombre esbelto sostenía el estoque con la punta hacia adelante, la hoja plateada destinada a atravesar el corazón de Wax. Con el cabello recogido y el rostro tan afilado como su espada, el luchador de Kance parecía ser el Maestro del Viento que su isla proclamaba.

Wax movía los pies al compás, balanceándose con la cubierta plateada y de madera de la nave. El barco de Kance cortaba las olas, todos sus bordes deslumbrantes bajo el sol mientras la rudeza habitual de un viaje marítimo se veía frustrada por una construcción ingeniosa.

El propio Wax carecía de esa belleza; su tejido no hacía mucho por mantenerlo abrigado en la cortante brisa marina, sus pantalones holgados ondeaban, y sus zapatos de escalada se aferraban a la superficie como el único accesorio efectivo que tenía.

Ah, y su espada Foti. La hoja azul captaba el reflejo del océano, llevando el mar en su acero ondulado. Más gruesa que el estoque del hombre de Kance, la espada Foti tendría que usar su fuerza para compensar su menor longitud.

Las apuestas al respecto danzaban por la cubierta a su

alrededor, los marineros que no estaban ocupados dirigiendo el barco aprovechaban su descanso del mediodía para ver cuán mal podría su amigo golpear a Wax de un lado a otro del navío.

Una voz a favor de Wax vino de su derecha, donde su hermano mayor Quik, agarrado a uno de los muchos lazos de cuerda contra la barandilla del barco de Kance, gritaba un sabio consejo: no te quedes quieto.

A su lado, con su bastón de bambú sobresaliendo de su espalda como un árbol que brotara de sus hombros, estaba su hermana. Bliss tenía una expresión nerviosa, como durante casi todo el viaje, y Wax trató de ofrecerle una sonrisa confiada.

Después de todo, el hombre no lo mataría.

—¿Listo? —preguntó el Maestro del Viento, su voz aguda mezclándose con el crepitante chapoteo que hacía el barco al danzar entre otra ola.

—Siempre —Wax cambió su postura, adelantó su pie derecho y sujetó la espada con ambas manos.

La última vez había perdido su arma, enviándola deslizándose por la cubierta para dejar una muesca en el pulido costado de madera. Desde entonces lo habían tenido fregando los platos cada noche, y Wax no quería imaginar qué otro castigo podrían idear los de Kance si su torpeza Vis causaba más daños.

Aunque, ¿qué esperaban? Wax no había nacido en los mares. Era un hombre de la jungla, hecho para lianas, para balancearse entre las copas de los árboles y correr hacia arboledas frondosas.

Al Maestro del Viento no le importaba, y avanzó con tres rápidos pasos, reduciendo la distancia entre ellos a un pelo. Tal como predecía su ángulo, el estoque se dirigió hacia un golpe mortal, uno que Wax desvió con su propia espada.

Una parada demasiado pesada. Mientras él había movido su gruesa hoja completamente a través de su pecho para apartar el estoque, su oponente solo necesitó un giro de muñeca para volver a poner la estocada en su objetivo.

Por una vez, el barco de Kance le dio a Wax una salida: en la parte posterior de su último corte de ola, la nave se hundió hacia adelante en el valle entre los monstruos ondulantes. Wax aprovechó el impulso, cortando hacia la izquierda y adelante con su hombro. El estoque cortó un hilo suelto con su empuje, pero falló el cuerpo de Wax, dándole a este una sólida carga directamente contra el pecho de su oponente.

Esa agilidad de Kance no ayudó aquí, el impacto apenas frenó a Wax y lanzó al Maestro del Viento en un retroceso tambaleante, uno que debería haber terminado la pelea de no ser porque su oponente plantó firmemente su pierna derecha, luego se inclinó hacia adelante y colocó ambas manos, con el estoque aplastado en la izquierda, sobre la cubierta.

—¡No lo dejes recuperarse! —La voz de Quik se elevó sobre los abucheos y vítores, los recaudadores y apostadores percibiendo una oportunidad inminente.

Wax continuó con la carga de hombro, siguiendo el consejo de su hermano y arremetiendo contra el Maestro del Viento. Levantó la espada Foti para un golpe a dos manos, un final fatal. Seguramente el hombre se rendiría, levantaría los brazos y se daría por vencido.

En cambio, el Maestro del Viento deslizó su mano izquierda hacia abajo, en el extremo mismo de la empuñadura del estoque, y con su muñeca, levantó la punta de la hoja, justo donde Wax debería haberse empalado.

O lo habría hecho, si el luchador no hubiera retirado la punta, barriendo la hoja hacia la izquierda y dejando que Wax se detuviera mientras el barco comenzaba a subir hacia la siguiente ola.

—Tu hermano te da malos consejos —dijo el Maestro del Viento, poniéndose de pie. Golpeó ligeramente la hoja de Wax con el estoque—. La posición lo es todo, ya sea que tu espada sea ágil o lenta.

—Estoy seguro de que algún día lo aprenderé —Wax miró la hoja azul. Aún no había ganado una pelea con esa maldita cosa—. Al menos te alcancé con el hombro, ¿no?

El Maestro del Viento se rio entre dientes.

—Al menos eso.

El trío tomó su última cena en la cubierta del barco, los mares en calma mientras la embarcación se acercaba a Foti permitiéndoles una comida tranquila bajo las etéreas velas. Kance tenía un don para los azules, y los colores cerúleos se desvanecían en blanco y púrpura dependiendo de cómo la luz del sol golpeara sus delgados lienzos. Más largas que anchas, las velas encontraban el viento como Wax podría haber encontrado una liana en el corazón de la jungla: con precisión ondulante.

Incluso ahora los marineros, apostados en tres timones separados a lo largo de la eslora del barco, gritaban órdenes unos a otros para mantener la embarcación volando sobre el agua.

Como les había dicho el capitán del barco al salir de Vis: Rana podría fluir sobre los mares, pero Kance flotaría sobre ellos.

¿El hogar de Wax? Kitaye prefería que los barcos vinieran a él. Los marineros podían encontrarse en la costa lejana —el pensamiento de ellos dobló a Wax en un ceño fruncido— pero sus embarcaciones, esbeltos botes construidos a partir de hojas caídas cultivadas, no durarían mucho en el áspero abrazo del océano.

Sin embargo, tras tres días fuera, Wax ya echaba de menos la sensación de la tierra entre los dedos de sus pies, de los árboles sobre él y las especias de cocina persistiendo en el aire.

—Mejor que esto, de todos modos —murmuró Wax, sorbiendo otra cucharada de sopa de puerros. El líquido diluido apenas calificaba como tal, aunque el capitán de Kance dejó claro que Wax podría negociar algo más sabroso.

Como si Wax tuviera algo con qué negociar.

—¿Otra vez murmurando para ti mismo? —preguntó Quik.

—Tal vez —Wax se negó a admitir lo que realmente había estado haciendo: hablar con Pan, imaginando a su amigo con ellos, listo para unirse a Wax en criticar la negligencia culinaria impuesta a sus cuerpos—. ¿Te gusta esto?

—Lo acepto —Quik se encogió de hombros—. Cuando salimos a cacerías largas, vivimos de lo que podemos conseguir. Esto no es muy diferente.

—Pensé que los Renovados obtendrían algo mejor.

«Quéjate con Noctia», signó Bliss. Su hermana terminó su sopa, manteniendo sus ojos inclinados hacia la proa del barco, como si pudiera divisar a Foti primero. Se veía menos verde ahora que el barco había entrado en aguas tranquilas. «Tal vez te den un salmón si lo pides muy amablemente».

—Probablemente solo si les doy esto primero —Wax se llevó la mano al pecho, donde persistía el calor constante. Allí, incrustado en un collar de color cobre, descansaba un fragmento de Vis. Una brillante esmeralda no más grande que el pulgar de Wax, el skar le hacía cosquillas en los nervios cada vez que lo tocaba, como rozar una hoja adormecedora. Su débil voz ahora susurraba tonterías en su cabeza en los momentos de silencio, un insecto que no podía callar pero había aprendido a ignorar—. ¿Cuántos crees que conseguiré?

«Todos y cada uno», signó Bliss. «No me uní a ti para verte fracasar».

—Somos dos —agregó Quik—. Termina la sopa, Wax. El siguiente paso comienza mañana.

2

BAJO TIERRA

La cueva devoraba sus pasos. Svarde y Kivi, el ferrita lagarto de roca, encabezaban la pequeña columna. La antorcha de Svarde crepitaba en su mano derecha, su llama titilante descubría y destruía sombras en el túnel escarpado. La información de Maena indicaba que esta cueva seguiría hundiéndose más y más, hasta un punto donde ningún explorador había logrado regresar.

Allá abajo, en algún lugar, estaba el origen del demonio.

La cueva no era roca muerta. Musgos y hongos asomaban por las grietas. El agua goteaba y se les unía aquí y allá, deslizándose a través de la tierra. Durante la primera hora, además, los marineros Rana amenizaron el viaje con canciones.

Eso terminó cuando llegaron a la Égida.

Como una telaraña construida de luz plateada, la Égida corría por debajo de Las Siete Islas, protegiéndolas. Un regalo de los dioses en sus últimos momentos, o eso declaraban el Círculo y los Najahn. Svarde nunca la había visto antes, y las líneas que dividían el aire frente a su rostro, atrapando la luz de la antorcha pero sin doblarse en su llama, forzaron una pausa en la marcha.

Maena, la capitana Rana, ahora ataviada con su cuero azul profundo completo y coraza esmeralda, con pantalones a juego azul y verde, se unió a Svarde al frente mientras los marineros refunfuñaban detrás.

—Así que esto es —dijo Maena, extendiendo la mano y tocando los filamentos. A un palmo de distancia, las líneas corrían a través de la roca, y Svarde supuso que si las seguía hasta el final, lo llevarían de vuelta a Catya, allí en esa prisión.

—Más allá de aquí no tendremos protección —dijo Svarde, llevando su mano derecha al hacha en su espalda—. Los demonios no se verán disuadidos.

—¿Tiene miedo, Guardián?

—Ya no soy un Guardián —Svarde no miró a Maena, mantuvo sus ojos fijos en la penumbra que tenía delante—. Mi nombre es Svarde. Llámame así, o nada.

—¿La marcha te está poniendo sensible?

—Lo estoy manteniendo simple. Tú también deberías hacerlo.

Maena movió la cabeza hacia atrás, hacia la columna, los ojos asomándose más allá de las antorchas para mirar a sus líderes.

—Todos ellos entienden que es probable que muramos aquí abajo, Svarde. Todos tienen sus razones para venir, razones que surgieron de las vidas que han llevado. No les pidas que tiren todo eso por la borda.

—Todo lo que pido son sus espadas y ballestas cuando vengan los demonios.

Maena asintió.

—Eso, creo, pueden proporcionarlo —Se alejó de Svarde y se enfrentó a sus marineros—. Después de esto, las canciones se detienen. Nos movemos en silencio. Vigilen el peligro, mantengan los pies firmes. Confíen en sus amigos, su ingenio, sus habilidades, y no fracasaremos.

Kivi resopló. Svarde estuvo de acuerdo. Los grandes discursos siempre palidecían frente a las duras realidades. El de Maena no correría mejor suerte aquí abajo.

Caminar más allá de la Égida no despejó el aire, no hizo que Svarde se sintiera más ligero, más pesado, más enfermo o más feliz. Sin embargo, erizó los pelos de su nuca, puso sus ojos en constante patrulla, recorriendo la cueva.

Durante mucho tiempo la cueva no les había ofrecido nada. Solo un camino único con giros sinuosos, algunas secciones empinadas y poco profundas. Después de la Égida, sin embargo, la composición cambió.

La tierra se volvió salvaje.

No cinco minutos después de los filamentos, el túnel estalló en una caverna extensa, interrumpida por pilares imponentes, rocas irregulares pisoteándose unas a otras en una mezcolanza púrpura pálida. Líneas talladas por medios antinaturales arañaban las paredes mientras Svarde y la tripulación se derramaban en el amplio espacio, desplegándose con las antorchas en alto. Dientes rocosos colgaban del techo, algunos goteando agua sobre agujas igualmente grandes que se elevaban desde el suelo, algunas tan altas como Svarde y el doble de anchas.

—Un hombre podría perderse aquí —murmuró Svarde, agitando su antorcha, escudriñando el suelo húmedo en busca de una señal.

Una señal de qué, Svarde no lo sabía. Pero aceptaría el rastro de un demonio. Los monstruos tenían que venir de algún lugar aquí abajo, y la huella de una garra podría llevarlos directamente a donde necesitaban ir.

Podría llevar a Svarde a donde había querido estar

desde que Catya recogió ese último skar, desde que convertirse en la Égida pasó de ser un sueño fantástico a una certeza de hierro.

Desde que había renunciado a la que amaba por siete islas que no le importaban un comino.

Maena interrumpió el ensueño de Svarde, llamando a un descanso, una oportunidad para beber algo de agua, comer algo de la carne salada que habían traído. Svarde y Kivi se reunieron con la tripulación, encontraron a sus varias docenas organizándose en sus grupos, con las antorchas plantadas donde podían.

Los marineros Rana tenían ahora un aire diferente. Sus cuerpos bronceados, rociados por el mar, se encorvaban, sus ojos vagaban como bestias asustadas. Una mano libre era una mano en la empuñadura del sable. Otros revisaban una, dos veces que sus ballestas estuvieran cargadas.

—Tienen miedo —dijo Svarde a Maena, los dos, como a menudo ocurría, sentados aparte de los demás—. No llevamos ni un día y algunos parecen a punto de quebrarse.

—Pocos han estado antes en una cueva, Svarde. Mucho menos en una que se extienda tanto —Maena frunció el ceño ante su propia tira de pescado blanco y desabrido—. La realidad nos da un sabor diferente al de nuestros sueños.

—Estamos lejos de los sueños ahora.

—Se adaptarán. Dales tiempo.

Kivi resopló, Svarde asintió. El tiempo estaba muy bien, pero no tenían tiempo para dar. Ya nuevos sonidos se filtraban a través de las rocas, no el goteo del agua, el silbido del viento, sino el arañar de garras sobre piedra. Los gritos lejanos cuando las bestias encontraban batalla, o propósito. Los clics, chasquidos, toses cuando cosas inimaginables se percataban de su próxima comida.

Svarde se puso de pie, sacó su hacha derecha y la

sostuvo en alto. Atrapó la luz de la antorcha, atrajo las miradas de todos los marineros Rana. Cubierto de pieles Whent, con su equipo forjado por los Guardianes Foti debajo, Svarde se erguía imponente. El peso le daba fortaleza, reforzaba su propósito, y dejó que los marineros encontraran algo de consuelo en su figura.

—Hermanos, hermanas —comenzó Svarde como solían hacer los Foti—. Adonde vamos ahora, nos esperan monstruos. Incluso demonios. Criaturas para las que no tenemos palabras. Os miro y veo lo que podría pasar por miedo en personas menos valientes, pero ahora debe convertirse en coraje. Porque recordad, viajáis con soldados, con guerreros —Svarde asintió hacia su hacha—. Veremos lo peor antes de que esto termine, pero cuando acabe, serán los demonios los que conocerán el miedo. No nosotros.

Algunas sonrisas alentadoras recibieron el final del discurso de Svarde, otros levantaron sus espadas y odres. Por un breve momento, el gran discurso surtió efecto.

Hasta que un aullido, surgiendo de las profundidades y acercándose, se lo llevó todo.

3
LO QUE SUBE DEBE CAER

La Herida descendía a los pies de Ami, su oscuridad cayendo mucho más allá de lo que cualquiera podía ver. Palos, piedras e incluso algunas antorchas encendidas arrojadas hacia abajo desaparecían sin emitir sonido alguno en la negrura que todo lo consumía de la Herida. Nada de lo que se lanzaba por ahí regresaba jamás.

Pero muchas cosas surgían.

—Estad preparados —susurró Catya, la Égida, reclinándose en su silla de piedra y acomodándose sobre los cojines, luciendo tan frágil como siempre. Sus túnicas parecían sepultar su cuerpo, demasiado grandes por la mitad, pero sin duda medidas correctamente no hace mucho tiempo—. Ya vienen.

La advertencia de la Égida era innecesaria, ya que los destellos alrededor del collar que se apagaba en su pecho servían como señales suficientes de lo que se acercaba. Los siete skars ahora se asemejaban a rocas opacas, sus tenues colores eran el más leve recordatorio de lo que una vez fueron.

—Guardias —dijo Ami, desenvainando su espada y empuñando la gran hoja con ambas manos.

Forjada por los Foti, grabada con topacio naranja brillante a lo largo del centro, Rompellamas hacía honor a su nombre. La hoja de plata negra parecía absorber la luz de las antorchas, resplandeciendo en su reflejo.

Los dos Guardias, centinelas Najahn con armaduras de placas negras con un toque de púrpura impecables, chakrams enganchados a sus espaldas y voulges al frente, se apartaron de sus puestos de vigilancia dentro de la cúpula.

Se pararon sobre roca, aunque roca limpia y la superficie gris y lisa permitió que el trío se desplegara para cubrir la Herida. Ami se colocó delante de Catya, mientras que los dos Guardias tomaron lados opuestos, formando un triángulo alrededor del pozo.

Los arañazos se acercaban, raspando mientras grandes garras y zarpas se clavaban en la piedra y la desprendían de las paredes. Pulmones jadeantes gruñían y resoplaban con cada tirón.

Estaban cerca.

Ami tomó aire, sintió la empuñadura envuelta de Rompellamas bajo sus manos. Su armadura descansaba pesada, perfecta sobre sus hombros y sus piernas. Una adición reciente, eso: con los demonios apareciendo con más frecuencia, Ami tenía que asumir que cualquier día podría traer una irrupción.

Al menos esta vez ella estaba aquí, lista para cumplir su papel.

—Me alegro de poder ser tu Guardiana una vez más —dijo Ami sin mirar atrás hacia Catya.

—Ojalá no sea la última. —Las palabras de Catya casi

rompieron el corazón de Ami, no por lo que dijo, sino por la pura fragilidad con la que sonaron.

Con suerte, la Renovación ocurriría lo suficientemente pronto como para darle a Catya unos días, una semana, un mes sin su carga.

Con suerte.

El demonio no dio aviso. Las garras arañaron abajo, y luego su forma se liberó de la Herida, saltando hacia el Guardia que estaba delante y a la derecha de Ami.

Cada demonio era un horror único, y este llevaba sus garras a lo largo de ocho brazos delgados, cada uno emergiendo de un torso largo y lanudo. Dientes rechinantes y ojos de zafiro afilados dominaban un extremo, mientras que su parte trasera encontraba espacio para una cola chasqueante equipada con un aguijón.

Las malditas cosas estaban empeorando.

La Guardia retrocedió ante el salto del demonio, usando su voulge y su punta curva para bloquear las garras que arremetían. Donde el pesado mango de la lanza no podía llegar, la armadura de la Guardia recibía los golpes, apareciendo muescas en el metal.

El Guardia a la izquierda de Ami clavó su voulge en el suelo, llevando ambas manos detrás de él para sacar los chakrams. Dando un paso lateral, el hombre giró, ganando impulso y lanzando los discos uno tras otro. Los afilados círculos se hundieron en el demonio, cada uno cercenando una pata y dejando al monstruo aullando.

Parándose sobre sus dos garras traseras, la bestia se abalanzó hacia adelante, poniendo todo su peso sobre la Guardia que se defendía y derribándola al suelo. La Guardia pidió ayuda, y el tercer guardia hizo su aparición, corriendo desde fuera con su voulge listo.

El que había lanzado sus chakrams miró fijamente a

Ami, su rostro preguntando por qué, con esa enorme espada, aún no se había movido.

La respuesta vino de la Herida, donde las garras aún hacían sus desagradables sonidos.

El segundo demonio saltó fuera, sus patas extendiéndose ampliamente mientras sus dientes se cerraban hacia Ami, como si planeara encerrar a la Guardiana en un horrible abrazo.

Mala idea.

Ami llevó Rompellamas hasta su hombro, luego blandió la hoja en un corte diagonal a través de su cuerpo mientras el demonio se acercaba. La espada, fiel a su nombre, dejó chispas en el aire a su paso, esas brasas ardientes alineándose en el cuerpo del demonio mientras la espada se hundía con fuerza.

La criatura chilló, el daño hecho a su torso, y esos dientes rechinantes se echaron hacia atrás en un aullido salvaje. Las patas aterrizaron alrededor de Ami, el volumen del demonio empujándola un paso atrás incluso mientras sus órganos vitales se derramaban por la herida.

Ami dio un paso lateral a la izquierda, plantando con fuerza su pie derecho al hacerlo, haciendo girar a Rompellamas desde sus tobillos hasta su pecho en un corte giratorio. El tajo atrapó un par de patas que se extendían, apenas ralentizando el impulso de su espada mientras cortaba limpiamente. De nuevo el demonio aulló.

Y de nuevo, Ami se preparó. Terminando su giro, Ami llevó a Rompellamas hasta su hombro, con la punta hacia adelante. El demonio se retorcía, sus ojos de zafiro fijándose en ella, sin mostrar nada cercano a la cordura.

Era hora de acabar con el monstruo.

—Por la forja —gruñó Ami, impulsándose con ambos pies en una corta carrera hacia el cuerpo del demonio.

Las patas con garras intentaron golpearla, pero las garras rebotaron en sus duras hombreras. El demonio abrió la boca de par en par, con la intención de tragarse la cabeza de Ami entera.

La mordida nunca llegó. Rompellamas golpeó primero, empujando hacia adentro, levantando el torso del demonio hacia el cielo. Ami siguió empujando a la bestia que se retorcía y moría hacia la Herida. Cuando vio la oscuridad debajo del monstruo, Ami tiró hacia atrás de la hoja, dejando que Rompellamas se liberara ardiendo.

El demonio no pudo hacer más que borbotear mientras caía profundamente en la oscuridad.

Ami dirigió su mirada hacia el otro monstruo, despachado de manera similar, aunque con muchos más cortes. Las voulges giraban, los chakrams cubrían el suelo, y la lenta muerte del demonio se desarrollaba mientras el monstruo se acomodaba en su sueño eterno.

La Guarda que había recibido el ataque inicial del demonio estaba arrodillada en el suelo, sus heridas ya siendo atendidas por sus compañeros guardias. El silencio posterior a la batalla, un silencio sagrado, descendió.

—No has perdido el toque —susurró Catya, acercándose por detrás de Ami y apoyándose en su hombro. El delgado Aegis se sentía como una pluma, haciendo que Ami se estremeciera. Cada toque confirmaba que Catya estaba tan lejos de lo que había sido, tan lejos de...

No. Esos sueños solo conducían a pesadillas.

—Mientras te esté protegiendo —dijo Ami, envainando a Flamebreak—, nunca dejaré de hacerme más fuerte.

Ami se enfrentó a Catya, se obligó a mirar a su amiga. Los recuerdos chocaban con el momento actual, los ojos de Catya mostrando una vieja curiosidad mientras se desviaban hacia la espada envainada de Ami.

—¿El skar de Foti aún arde? —preguntó Catya.

—Aún —asintió Ami.

—Los míos mueren tan rápido, pero los tuyos brillan con tanta vida.

—No estoy protegiendo todas las islas con los míos.

—¿Intercambiamos?

Ami se rió y negó con la cabeza. Se contuvo de decir lo que sentía.

Nunca, Catya. Nunca pagaría Ami ese precio.

—Entonces, ¿puedo preguntarte algo? —dijo Catya, deteniéndose para respirar entre las palabras. Pronto necesitaría una siesta. Ami lanzó una mirada a las Guardas, asintió hacia un parche cubierto de paja cerca de la silla de piedra. Encontrarían cojines, una manta.

—Lo que sea —respondió Ami.

—Necesito saber, aquí al final, ¿fui demasiado débil? —Catya llevó la mano hacia arriba, aferró el collar—. ¿Fui la elección equivocada?

¿Cómo respondes a una pregunta así?

La Catya que Ami conocía, con la que había crecido, nunca habría preguntado eso. Habría asumido que era la persona perfecta para cualquier cosa que eligiera hacer. Así es como te ganabas el Aegis en primer lugar: con una fe inquebrantable en tus habilidades.

Pero aquí estaba Catya. Apenas una década desde que se había puesto el collar y se había marchitado. Casi agotada. No solo físicamente, sino, claramente, también su alma.

Ami necesitaba responderle. Darle a Catya algo a lo que aferrarse. Ami lanzó una red, miró a la izquierda y no vio nada más que la cúpula de lona y la piedra gris pizarra. Miró a la derecha, encontró una oportunidad.

—Ellas luchan por ti —dijo Ami, asintiendo hacia las Guardas—. Yo lucho por ti.

—Porque el Círculo lo exige.

—Esos fanfarrones de Najahn no tienen ninguna influencia sobre mí —Ami puso sus guanteletes, con cuidado, sobre los hombros de Catya, atrayéndola hacia sí con fuerza. De nuevo la ligereza, el peso apenas perceptible envió escalofríos—. Estoy aquí porque te amo. Siempre lo he hecho. Siempre lo haré.

El sollozo de Catya se ahogó contra la gruesa cota de malla. —¿No me odias por ser tan débil? ¿Por morir tan rápido?

Ami se apartó. —No estás muerta.

El sollozo, los bordes enrojecidos alrededor de los ojos de Catya se convirtieron en una risa sombría y delgada.

—Ami, morí en el momento en que me puse este collar.

4
EL JUGADOR

Las torres de obsidiana de Foti emergieron a través de la niebla como dientes astillados de un gigante. Imponentes y oscuras, aun así llenaron a Wax de calma después de días en mar abierto. Un horizonte despejado era hermoso, sin duda, pero tener un punto de referencia era un cambio agradable. Le ayudaba a sentirse conectado saber a qué velocidad se deslizaban sobre el agua.

Ese mar había sido hogar de olas y poco más, salvo algún pájaro o nube ocasional. Ahora el mar se llenaba de vida mientras Wax, Bliss y Quik observaban cerca de la proa del barco Kance.

Si Kitaye tenía todo el comercio de Vis para sí misma, Foti, y la ciudad a la que se dirigían, una urbe de humo y acero llamada Smythe, hacía que el comercio de la isla selvática pareciera juego de niños.

Gigantescos galeones de Foti rozaban el costado del barco Kance, elevándose sobre ellos con sus cuerpos de madera oscura y metal, sus enormes velas ocultando el sol mientras avanzaban. Wax y Bliss retrocedían cada vez que uno se acercaba, aunque los marineros Kance les aseguraban que no podía haber colisión, no con un barco tan ágil como el suyo.

Quik, por su parte, esbozaba una falsa sonrisa y se mantenía de pie, con los brazos cruzados, desafiando a este nuevo mundo a que lo empujara.

También abundaban barcos más pequeños, lanzando sus redes de pesca o preparándose con arpones en busca de presas más grandes. Naves de otras islas, como las sinuosas corbetas grises de Noctia y los fluidos cúteres de Rana, entraban y salían del extenso puerto de Smythe. Al acercarse, el aire adquirió un sabor ferroso, irritando los pulmones de Wax.

La tos se extendió por el barco mientras los marineros se adaptaban a la nueva situación.

El atraque careció de grandeza: aparecieron cuerdas en las manos, se deslizaron sobre los postes de uno de los muchos muelles que se ramificaban en el océano. Alguien soltó un ancla y el capitán, un hombre que nunca se había molestado en darle su nombre a Wax, les deseó una despedida indiferente.

El trío tomó sus alforjas y descendió, sintiendo el duro maderamen temblar.

—Yo, por mi parte, necesito sentir tierra firme bajo mis pies —dijo Quik.

—¿Una carrera hasta allí? —Wax señaló hacia el final del muelle, un recorrido abarrotado de tripulación y carga.

"Te reto", signó Bliss, mostrando la primera sonrisa brillante que Wax había visto en días.

El mareo había convertido a Bliss en poco más que un lodo hirviente. Era bueno ver que su lado divertido volvía.

—Esta vez no —Quik acabó con la idea—. Este no es

nuestro hogar. Somos visitantes, y más que eso, Renovaciones. No podemos actuar como idiotas.

—¿Por qué? —preguntó Wax, empezando a caminar hacia la orilla de todos modos.

No era tan divertido como una carrera, pero tierra era tierra, y había pasado suficiente tiempo sin ella.

—Porque a menos que sepas cómo conseguir el skar de Foti, tendremos que pedir ayuda a alguien de aquí.

—¿No hay, simplemente, una guía? ¿Un letrero?

—¿Acaso teníamos uno en Kitaye?

Quik torcía su voz de cierta manera cuando quería hacer un punto, con una inflexión burlona y distante en las palabras. Wax no respondió de inmediato mientras caminaban, esquivando cajas y portadores llenos de sacos y alforjas. La respuesta a los acertijos de Quik siempre sería evidente, si solo pensaba lo suficiente.

—Bueno, conocíamos Vis —dijo Wax, acercándose a la respuesta—. Porque vivíamos allí, todos habíamos escuchado las historias, visto las Renovaciones antes. Pero no hemos hecho eso aquí, así que necesitaremos a alguien que lo haya hecho.

—Mira eso, Bliss. Nuestro hermano no es un caso perdido después de todo.

"No sé si llegaría tan lejos".

Wax alzó la mano, sacó el collar para que el skar de esmeralda descansara sobre su tejido verde-tostado. —Oye, ¿quién es el importante aquí? Sed amables.

Quik resopló, Bliss puso los ojos en blanco, y Wax sintió que nuevas miradas caían sobre él.

Miradas que antes habían sido superficiales, confirmando quizás que estos tres realmente eran de Vis, ahora se volvían más duras y ya no se fijaban en el rostro de Wax, en su tejido. El skar atraía las miradas, sostenía las inspecciones.

Wax volvió a ocultar el collar bajo el tejido. Las miradas desaparecieron y Wax respiró de nuevo. No se había dado cuenta de que se había detenido, no se había dado cuenta de lo extraños que se sentían sus nervios bajo la presión de todos esos ojos errantes.

—Buena decisión —dijo Quik, en voz baja. Wax notó que las manos de su hermano se habían desplazado hacia los guanteletes en su cintura, los mazos que cubrían las manos listos para ser colocados en un segundo—. No estoy seguro de que debamos anunciar quién eres.

—Me estoy dando cuenta, pero ¿por qué no?

—Porque los skars pueden usarse para más que Renovaciones, mis nuevos amigos —anunció una voz, cuya fuente era un hombre recostado en una caja justo al final del muelle. Una barba de varios días permanecía en un rostro bronceado por el sol, pantalones y botas de cuero brillante negro y púrpura daban paso a una túnica cenicienta. En sus caderas, dos espadas roperas (Wax podía reconocer las armas ahora después de todos esos duelos Kance) yacían listas. Una pipa humeaba en una de sus manos.

Y los ojos más intensos que Wax había visto jamás, casi púrpuras en su mirada, se fijaron en él. El hombre hizo un gesto con la pipa hacia un espacio abierto en la roca junto a él, donde el agua sucia lamía la orilla de piedra desnuda. No había playas aquí.

El trío se detuvo, Quik yendo un paso más allá para interponerse ligeramente entre Wax y este nuevo hombre. Si se presentaba una amenaza, sin embargo, ninguno del comercio cercano la detectó: la tripulación y la carga continuaron su progreso inexorable.

—¿Quién eres? —preguntó Quik, el cazador tomando el control—. ¿Y por qué nos estabas esperando?

—Me llamo Cassignol, y vengo aquí todos los días a observar viajeros despistados —El hombre sonrió—. Hay un buen negocio en ayudar a los perdidos a encontrar su camino.

—¿Cómo es que...? —empezó Quik, pero se detuvo cuando Wax pasó de largo y se plantó frente a Cassignol.

—No estamos perdidos —dijo Wax, encarando al hombre. Cassignol, a pesar de su ropa elegante, no tenía mucha estatura. Este no era de los que se metía en peleas callejeras—. Pero nos vendría bien una o dos indicaciones, si está dispuesto a dárnoslas.

—Puedo hacerlo, puedo hacerlo —dijo Cassignol, asintiendo varias veces—. Les daré esta gratis: están en Smythe, la joya de la costa sur de Foti, y el mayor pueblo minero de Las Siete Islas. Cualquier cosa que quieran que requiera calor y mineral, pueden encontrarla aquí —Cassignol se levantó de su cajón y señaló la ciudad a sus espaldas—. En esta ciudad, las fortunas se forjan con la habilidad del martillo y las tenazas.

—¿O con una lengua astuta? —Wax esbozó una sonrisa.

Cassignol le dio un leve asentimiento—. Como en todas partes —El hombre se encaró de nuevo a los tres—. Ahora, puedo conseguirles lo que sea que estén buscando, pero, a cambio, deben hacer algo por mí.

—¿Qué cosa?

—Un juego, mis amigos. Un simple juego.

Cassignol giró sobre sus talones y comenzó a caminar por la amplia avenida. Wax miró a sus dos Guardianes, que se encogieron de hombros. Un juego quizás no era lo que buscaban, pero tenían pocas opciones. Ninguna otra pista.

—Supongo que jugamos —dijo Wax a sus hermanos, y empezaron a seguir al hombre.

Las Siete Islas tenían sus diferencias. Wax lo aprendió de joven, como todos, simplemente por los barcos que llegaban al puerto de Kitaye. Aunque todos hablaban el mismo idioma, la jerga difería, las frases se transformaban, los acentos cambiaban. La charla en las calles de Smythe era brusca y directa, golpes de martillo en cada sílaba, un dialecto que tenía sentido mientras el ruido de las herrerías, los muelles y el trabajo duro llenaba cada hueco.

Por primera vez en su vida, Wax sintió el ladrillo moldeado bajo sus pies, el adoquinado —Cassignol soltaba los detalles mientras caminaban— caliente en los dedos de Wax a pesar del día nublado. Las avenidas se bifurcaban a ambos lados, todas flanqueadas por casas, negocios, gente viviendo vidas irreconocibles.

No había fuegos comunales para cocinar, ni especias fragantes, ni gritos y bailes. No es que no viera felicidad en los rostros, no es que la gente de Foti no tuviera un paso animado, pero aquí venía con mugre y arena, músculos pesados y espaldas cargadas.

Espadas, hachas, cuchillos y cosas peores colgaban de todas las cinturas. Cuero y acero cubrían pechos y piernas, mientras que muchos en Vis no llevaban casi nada salvo sus tatuajes ganados.

—Deja de mirar boquiabierto —dijo Cassignol cuando cruzaron una gran plaza, dominada por una estatua de un martillo, su enorme cabeza dorada golpeando una losa de mármol—. Todos pueden ver que son forasteros, pero no necesitan odiarlos por ello.

—¿Odiarnos? —preguntó Wax. Quik y Bliss parecían contentos de seguir, de dejar que Wax llevara la conversación—. ¿Por qué? Nunca habíamos visto todo esto antes.

—¿Te gusta que te observen, muchacho?

Wax lo fulminó con la mirada—. No soy un muchacho.

—Aquí tu piel está demasiado limpia para ser otra cosa. Gánate algunas cicatrices de brasas, trabaja más ceniza en ese cabello, y tal vez te veamos como algo más —La sonrisa de Cassignol adquirió un filo—. Hasta entonces, no eres más que un blanco fácil.

—¿Eso es lo que soy para usted?

Cassignol se encogió de hombros y giró bruscamente hacia un edificio bajo y largo. Un techo de tejas parecía haber acumulado su propia capa de ceniza a lo largo de los años, los copos caían aquí y allá sobre el exterior de piedra chamuscada. Wax no vio ningún fuego ni forja cerca, así que cómo el edificio había ganado su color parecía un misterio.

Cassignol los guió a través de las puertas principales, y dentro se extendía algo nuevo: los barracones Najahn en Vis se parecían algo a esto, largas mesas colocadas una al lado de la otra, sillas alrededor de cada una. Aquí, sin embargo, esas mesas estaban ocupadas, y no por comida. En su lugar, extraños instrumentos yacían a lo largo de todas ellas, con hombres y mujeres rodeando cada una, gritando números y colores. Algunos lanzaban pequeños cubos en cajas cuadradas, mientras otros hacían girar ruedas mientras los demás ocupantes de la mesa observaban, dando sorbos a jarras de cerveza antes de maldecir o gritar de alegría.

Fichas brillantes de arcilla pasaban de mano a la mesa y de vuelta mientras los cubos daban sus números y las ruedas dejaban de girar.

—Bienvenidos —dijo Cassignol, girándose para enfrentar al trío y extendiendo los brazos— al orgullo y alegría de Smythe, Los Brazos del Yunque —Continuando su lento giro, Cassignol señaló las máquinas y las multitudes agrupadas—. Aquí pueden ganar una nueva vida, pueden disfrutar de la mayor diversión que jamás hayan tenido. Las posibilidades son ilimitadas, y con esas bolsas llenas, los invito a aprovecharlas.

—Más bien, ellos se aprovechan de nosotros —murmuró Quik, acercándose a Wax—. El hombre te está engañando, hermano. Deberíamos irnos.

Cassignol inclinó la cabeza y puso un puchero que incluso Wax pudo ver que era falso—. Ah, pero amigos míos, ¿no me prometieron un juego?

—Y usted nos prometió una respuesta —le recordó Quik al hombre.

Con una sonrisa reluciente reavivada, Cassignol asintió —. Jueguen unas rondas y veremos cómo encaminarlos, quizás con una carga más pesada que antes.

Los primeros dos días en el mar, Wax pasó horas mirando a la nada. Pan, su mejor amigo, el que debería haber estado en su lugar, seguía susurrando que su muerte era culpa de Wax. Sawi, el amor de Wax ahora separado por el deber y la distancia, drenaba el entusiasmo, la felicidad que había dado un paso ligero a cada paso de Wax.

Durante esos primeros dos días, Quik y Bliss intentaron, sin éxito, hacer mella en esa pena. Hacia el final del segundo, un marinero de Kance, ese duelista con un estoque, sugirió que Wax podría romper su estado de ánimo abrazando la aventura. Convirtiendo su vida en algo nuevo.

Así que cuando Cassignol sugirió sumergirse en un juego, Wax descubrió que no le importaba mucho lo que fuera. Estaban en Foti, una isla completamente nueva, embarcándose en una búsqueda ridícula para salvar el mundo.

La precaución de Quik apestaba a pensamiento antiguo, a lo aburrido y lo lento.

5
VIROTES Y ESPADAS

Los túneles dieron a Svarde y Maena tiempo para organizar una defensa. Ambos gritaban órdenes, al principio contradictorias y luego alineadas, disponiendo a los marineros en un círculo cerrado, usando los pilares para crear espacios estrechos. Las antorchas apiladas en el centro, su brillante resplandor iluminando hacia cualquier criatura que se acercara, con suerte cegando su aproximación mientras facilitaba los disparos.

En el exterior del círculo, los marineros más confiados en sus sables y armaduras. En el interior, las ballestas listas. Maena, ignorando la sugerencia de Svarde, se situó junto a él en la primera línea absoluta. Kivi resopló a los pies de Svarde, masticando la base de un pilar entre miradas hacia los ruidos que se acercaban.

Rugidos, siseos, garras sobre la roca. La habitual sinfonía de demonios.

Svarde tenía ambas hachas listas, sus filos recién afilados brillando en los destellos naranja-amarillos. A su derecha, Maena sostenía su sable en una mano, la otra con la muñeca pasada por un delgado escudo de duelista. Llevaba el pelo recogido bajo un gorro Rana, un casco liso tan pulido que desviaría casi cualquier golpe dado a su brillante ser gris.

Svarde lo sabía muy bien, por recuerdos que preferiría olvidar. Peleas de una vida hace mucho pasada.

—¿Lista? —gruñó Svarde hacia Maena.

—Si no lo estuviera, debería haberme quedado arriba —respondió Maena—. Esto es para lo que hemos estado trabajando, Svarde.

—¿Qué es eso?

—Una pelea en el terreno de los demonios. Ellos han sido los invasores todo este tiempo —la voz de Maena se elevó—. Vamos a patearles el trasero hasta su casa.

Los marineros lanzaron vítores. Los gritos resonaron por la caverna, una breve confianza. Una que quedó enterrada momentos después.

Los demonios no se andaban con sutilezas. Las babeantes criaturas salieron arrastrándose de la oscuridad, dos enormes brazos tirando de un torso redondeado, con mandíbulas de araña por el suelo. Mientras Svarde asimilaba el nuevo horror, notó un rastro verde que goteaba detrás de ellos, con humo elevándose donde tocaba el suelo.

No solo eran monstruos feos, sino que también tenían sorpresas.

—¡No dejen que su sangre los toque! —gritó Svarde mientras los primeros virotes de ballesta volaban sobre sus hombros.

Los proyectiles, más cortos que las flechas que vio en Vis, volaron rectos con fuerza maliciosa. Se clavaron con fuerza en los demonios que trepaban, haciendo girar a los monstruos, derribándolos al suelo, o terminando su lucha con un golpe bien colocado en el rostro salvaje del demonio. Los clics abundaban detrás de Svarde mientras los que habían disparado recargaban, esos preciosos segundos abriendo una ventana donde los siguientes demonios, con sus manos y cuerpos humeantes, quemados por el fluido ácido de sus compañeros, avanzaban.

Svarde fue a su encuentro.

Su primer objetivo encontró los ojos de Svarde al acercarse, el monstruo declarando la muerte de Svarde con un desgarrador rugido, su saliva salpicando el rostro de Svarde, seguido de un poderoso zarpazo. Svarde recibió el brazo con su hacha izquierda, una desviación hacia arriba que debería haber cortado el miembro a la altura de la muñeca. En su lugar, el hacha solo se hundió una fracción, el golpe aplastante continuó y lanzó a Svarde al suelo.

Su rodilla derecha golpeó con fuerza la piedra, el impacto en el hombro amortiguado por la armadura de Svarde. Su mano derecha, agarrando el hacha, no tuvo tanta suerte: el demonio plantó su propia mano izquierda sobre el miembro extendido, clavándolo al suelo. Sus dientes se abrieron de par en par, buscando la victoria.

Y encontraron un bocado de ferrita en su lugar.

Kivi saltó sobre la espalda de Svarde y se lanzó, enroscándose en una bola mientras la ferrita se estrellaba contra la boca abierta del demonio, rompiendo esos incisivos y forzando la mandíbula a abrirse aún más, un bocado demasiado grande y peligroso para que el demonio lo comiera.

Kivi se puso manos a la obra, sus garras y resoplidos, sus conductos de lava caliente obligando al demonio a una retirada desordenada. Svarde se incorporó, confirmó que Kivi parecía llevar las de ganar en ese enfrentamiento, y sintió que la siguiente oleada de virotes pasaba volando junto a él hacia la oscuridad.

Más demonios aullaron, más se desplomaron, y el aire se impregnó de un sabor acre. La sangre humeante inundó el suelo, y Maena ordenó retroceder, cerrando el círculo alrededor de las antorchas.

Los demonios también parecieron dudar, sus gritos de batalla convirtiéndose en gemidos, toses, olfateos desde la oscuridad más allá.

Svarde contó ocho monstruos muertos, otra mitad heridos y siendo rematados por disparos precisos.

Innecesario.

—Ahorren munición —dijo Svarde, retrocediendo hacia la línea—. No podremos recuperar los virotes de estas bestias.

Kivi se unió a él un momento después, empapada en las entrañas chisporroteantes, el lodo afortunadamente incapaz de penetrar su dura concha. La ferrita resopló a Svarde, con evidente desdén en su actitud afilada.

—Tendré más cuidado —se disculpó Svarde—. Tienes razón. No deberías tener que salvarme cada vez.

La ferrita resopló de nuevo, tomando su lugar en las espinillas de Svarde. Él aprovechó el alto el fuego para revisar a la tripulación, encontró solo un par de heridas menores, aunque se habían perdido tres sables debido a la sangre hirviente. Un problema imprevisto: ¿cuántas armas de repuesto había traído Maena?

Si la capitana parecía molesta por los acontecimientos, Maena no lo demostró. Continuó dando órdenes, enderezando el círculo, cerrando sus huecos para compensar los pilares que habían dejado atrás. Ahora ninguna pared natural reforzaba su círculo, solo una densa voluntad humana.

Tendría que ser suficiente.

El círculo más pequeño invitaba a una nueva estrategia, y los demonios demostraron tener algo de seso dentro de aquellos cráneos carnosos. Los monstruos hacían ruido en abundancia mientras se esparcían por la caverna, sus brazos con garras arañando hacia el techo y detrás de ellos en las paredes. Las sombras se movían al borde de la luz de las antorchas, sus movimientos bruscos y airados eran una visión antinatural.

Más de un marinero murmuró plegarias a Rana, más de uno susurró dudas sobre su decisión de embarcarse en una búsqueda tan insensata.

Svarde tendría que demostrarles que no estaban condenados.

—Los destrozaremos —anunció Svarde—. Atacaremos antes de que estén listos. Apunten a sus cabezas, cuiden los brazos. No duden de ustedes mismos ni de sus compañeros de lucha. Estamos juntos en esto. —Chocó sus hachas y luego lanzó un grito de batalla Foti.

Sólidos como el acero. Ardientes como una forja.

Si Maena dudaba de su estrategia, no lo contradijo, y los marineros de Rana se dispersaron como un fuego que estalla. Con sables y dagas desenvainados, los marineros se acercaron a toda velocidad hacia los demonios. Las criaturas más grandes resultaron ser menos ágiles, sus dobles brazos grandes y mortíferos, pero no tan rápidos para adaptarse a los golpes cortantes, las puñaladas sorpresa desde rincones invisibles e inesperados.

Svarde, con Kivi pisándole los talones, se lanzó directamente hacia la oscuridad, dejando que el borde de la luz de las antorchas iluminara su objetivo, un demonio a medio subir por un pilar de piedra, en la sombra.

Dando un paso, plantando su pie derecho, Svarde saltó

alto, blandió su hacha y atrapó el extremo humeante de la criatura. Como con la muñeca, tal como Svarde había esperado, su hacha se hundió y se aferró, permitiendo que el salto de Svarde lo llevara consigo y arrastrara al demonio hacia abajo. La gran criatura aterrizó de costado, justo a tiempo para que Kivi se abalanzara sobre sus fauces rechinantes.

Esta vez, Svarde aterrizó con una voltereta, levantándose, girando y precipitándose de vuelta para golpear a la bestia vulnerable por detrás. Un doble golpe con sus hachas, junto con el ataque de Kivi, derribó al demonio. Salpicaduras humeaban en las pieles y el cuero de Svarde, pero eso no impidió que el Guardián eligiera a su siguiente víctima y siguiera adelante, elevando su voz en un cántico de batalla Foti.

Esta primera victoria pertenecería a los humanos.

La mayoría de las peleas se sentían más largas de lo que eran, meros segundos poniendo fin a vidas que habían durado muchos años. Las hachas de Svarde, los dientes y garras de Kivi encontraron demonios en abundancia en los que hundirse, pero la mayoría de los monstruos ya portaban heridas, estaban más huyendo que luchando de las desagradables puñaladas de dagas y los cortes de espadas de los Rana. Los gruñidos y aullidos disminuyeron mientras las últimas criaturas eran acorraladas y puestas a descansar definitivamente.

Y sin embargo, dos Rana yacían muertos, uno por dientes que se cerraron de golpe, otro por un desafortunado rocío de la sangre inmunda.

En el agitado despertar, los dos cuerpos y varios heridos más fueron colocados cerca de las antorchas. Los Rana restantes sin más que arañazos miraron a sus amigos mientras Maena dirigía una bendición marinera.

Svarde lo ignoró, miró los cuerpos y no los vio.

¿Cuántas veces más los cadáveres sembrarían su camino?

Kivi debió haber sentido la sombría dirección que estaban tomando los pensamientos post-victoria de Svarde, porque el hurón tiró de las grebas de cuero de Svarde. Una mirada hacia abajo encontró los ojos de Kivi dirigiendo a Svarde en otra dirección. Una que se alejaba del funeral Rana, de los planes para llevar los cuerpos de vuelta a la superficie para arrojarlos apropiadamente al mar.

—¿Qué has encontrado, amigo mío? —preguntó Svarde, siguiendo a Kivi más profundo en la caverna, en la dirección de donde habían venido los demonios.

El cuerpo de un monstruo yacía allí, uno de varios. Una saeta, o lo que quedaba de su asta marchita y derretida, sobresalía del cráneo, hablando del fin temprano del demonio. Lo que había llamado la atención de Kivi, sin embargo, llegó pronto: la sangre que Svarde había visto antes de la pelea, la respuesta se hizo clara. Una herida profunda a lo largo de la espalda del demonio, un tajo demasiado recto y limpio para provenir de una garra o una roca afilada.

Svarde se arrodilló, cuidando de mantener su rodilla alejada de la sangre humeante, y estudió la línea. La piel del demonio, de un amarillo enfermizo, parecía desgarrada limpiamente, pero también ennegrecida en los bordes y en el interior. Algún veneno, entonces. Más evidencia contra una lesión accidental.

—¿Ya te estás alejando por tu cuenta? —preguntó Maena, la capitana Rana acercándose por detrás.

Svarde señaló la herida, la describió, y no encontró más que frialdad en los ojos de Maena.

—¿No te parece curioso? —preguntó Svarde.

—Lo que me parece curioso es cómo un miembro de

nuestro grupo puede alejarse mientras rendimos respetos a nuestros muertos. —Rápida como un rayo, Maena sacó su daga curva y reluciente y la sostuvo contra la garganta de Svarde—. Estamos juntos en esto, Svarde. Tú y todos nosotros. Cuando uno muere, lo despedimos como uno solo. O puedes irte ahora y probar suerte solo en esta sombría mazmorra.

Svarde no encontró broma ni espacio para escabullirse en su expresión. Solo encontró una respuesta que dar.

—He pasado mucho tiempo evitando a la gente, porque he visto morir a suficientes. —Svarde se levantó, alcanzó y tomó suavemente la mano de Maena y la empuñadura de la daga—. Pensé que podría evitar despertar esos recuerdos. Tal vez me equivoqué.

—Así es.

Svarde inclinó la cabeza, se disculpó, y la daga encontró su camino de vuelta a casa tan rápido como había aparecido. Detrás de ellos, los marineros se dividieron en dos grupos, unos pocos acompañando a los heridos y los muertos de vuelta a la superficie.

Quedaban quince para continuar el viaje, reabastecidos con los suministros que pudieron recuperar de sus amigos que partían.

En cuanto a la larga herida, cuando Svarde se la mostró a Maena, la capitana Rana no tenía respuestas. Solo más preguntas.

—La Oscuridad de Abajo no nos dará mucho más, supongo —dijo Maena, con la tropa reunida, las antorchas iluminando nuevamente el camino—. Al menos, no hasta que lleguemos a su núcleo podrido.

—Y lo hagamos pedazos —añadió Svarde.

Al menos ante eso, un murmullo de acuerdo recorrió su fuerza.

Con una antorcha en una mano y un hacha en la otra, Svarde volvió a tomar su lugar al frente, marchando fuera del lado lejano de la caverna y hacia abajo, siempre hacia abajo, hacia la oscuridad.

6

EN PALABRAS, IDEAS

Cada Isla contaba su historia de una manera diferente. En Foti, los grandes acontecimientos tenían sus detalles tallados en piedra, las tablillas apiladas y exhibidas en el inmenso salón de la Gran Forja en el extremo norte de la isla, el ardiente corazón palpitante de Foti.

Sin embargo, Ami no buscaba las historias de Foti. Afortunadamente, Noctia tenía una forma más sencilla de registrar los acontecimientos. La isla parecía tomar sus escasos recursos como una señal para invertir en cosas más desarrolladas, y las mismas torres que servían de hogar a los Najahn y al Círculo albergaban también la principal universidad de Las Siete Islas.

Dejando atrás a Flamebreak y su armadura, esta última recibiendo algunos retoques cortesía de los herreros inferiores de Noctia, Ami sintió el frío a través de sus túnicas púrpura y negras de Najahn mientras deambulaba por la concurrida intersección. Pasadas las primeras puertas, donde los guardias le hicieron solemnes reverencias, Noctia pasó de ser un bullicioso puerto marítimo y una próspera civilización a algo más sereno, pero más emocionante.

Los bienes aquí llegaban por medio de la conversación, y fluían de un lado a otro por el aire mientras hombres y mujeres lanzaban tratados, ideas y datos entre sí. Los bancos y mesas esparcidos por la plaza empedrada se encontraban ocupados a pesar del frío, las humeantes tazas de café —granos importados de Vis y Kance llegaban a diario— enmascaraban los desagradables olores del puerto más abajo en la ladera del cráter.

Las tiendas también tenían un aire diferente aquí, exhibiendo artículos de papel, tinta para plumas y plumas, libros, y equipo destinado a un campo de batalla en el que Ami tenía poca experiencia. Sin embargo, entró en la primera tienda, echando un vistazo a los estantes.

Las letras le devolvían la mirada, largos títulos en volúmenes encuadernados en cuero proclamando esto y aquello. Ami encontró en su labio inferior un buen objetivo para morder, el nerviosismo la tocó. La lectura como habilidad no era precisamente valorada en Foti, no se requería para llevar a cabo una Renovación alrededor de las islas y ganar el Aegis.

—¿Puedo ayudarle a encontrar algo?

Ami casi saltó al oír la voz apocada, el único dependiente de la tienda apareció detrás de ella con más sigilo que un asesino de Kance. En lugar de dar un revés y apartarse para ganar tiempo, Ami se forzó a sonreír. El dependiente parecía todo un erudito, sus túnicas llevaban las borlas doradas reservadas para los graduados de Noctia. Una sola lente colgaba de su cuello, lista para ayudar en cualquier escrutinio de cerca.

—Historia —dijo Ami.

—Ah, bien. —El erudito asintió hacia el estante que

Ami estaba inspeccionando—. Ha encontrado el lugar correcto. ¿Algún evento en particular que esté buscando estudiar?

—Las Renovaciones.

—Uniéndose a la diversión, ¿eh?

—¿La diversión?

El erudito se rió entre dientes, hizo un gesto ausente hacia la plaza.

—Cada vez que se anuncia una nueva, nuestros escribas se ponen a copiar nuevas ediciones de todas ellas. —El erudito se movió junto a ella, alcanzó y sacó un volumen delgado, un nombre en letras doradas, Demion, en el lomo —. Pero sospecho que usted no es la típica estudiante en busca de respuestas para su próximo examen.

Le ofreció el libro. Ami lo miró, manteniendo las manos a los costados.

—¿Quién es ese? —preguntó Ami.

—El que importa más que todos los demás —dijo el erudito, su voz adquiriendo cierta reverencia. Pasó los dedos por la cubierta, sin adornos salvo por el nombre, nuevamente en dorado sobre el cuero negro—. Si quiere entender qué es esto, entonces debe empezar por el principio.

Ami frunció el ceño, tomó el volumen, luego miró de nuevo hacia el estante.

—Esperaba que tuviera algo más reciente.

—Las últimas Renovaciones tienen sus ediciones cerca de la entrada. Usted habría pasado...

—Quiero las historias reales, no lo que el Círculo decidió publicar. —Ami abrió el volumen de Demion, esperando y efectivamente encontrando la marca del Círculo, su aprobación sellada y firmada en el interior—. Todo el mundo sabe que controlan el mensaje.

—Si eso es lo que cree, ¿entonces por qué busca respuestas en una librería Najahn, mi amiga?

—Porque no sé dónde más buscar.

El erudito asintió.

—Los libros no son una empresa sencilla. Requieren tiempo para escribirse, recursos para hacerse completos. Noctia y el Círculo controlan lo que hacemos porque somos los únicos con los medios para hacerlo. —El erudito se dio la vuelta, pero mientras caminaba hacia el mostrador delantero, lanzó una mirada hacia Ami que decía sígueme, así que lo hizo, metiendo el volumen de Demion, y su marca del Círculo, bajo el brazo.

El erudito sacó un pequeño trozo de papel, uno manchado por una gota de café perdida. Mojando su pluma en el pequeño tintero en su codo, ambos ahora descansando en el delgado mostrador de piedra, el erudito escribió números, un nombre. Una dirección.

—No siempre fue así —dijo el erudito—, y todavía hay quienes hacen lo que pueden para preservar una historia sin adornos. Pregunte por Mattimo.

Ami tomó el papel, comprobó dos veces que podía leer el garabato del erudito. Apenas. Se movió para dejar el volumen en el mostrador, pero el erudito le empujó la mano de vuelta.

—Editado puede estar, pero este está lejos de ser falso. Dele una oportunidad, Guardiana.

Ami parpadeó, miró al librero con ojos más agudos.

—¿Sabe quién soy?

—No sería un buen erudito si no reconociera a la maestra espadachín de Foti que ha estado acechando nuestra isla durante la última década, ¿verdad?

—Entonces le dirá al Círculo sobre qué he estado preguntando.

El erudito se encogió de hombros.

—¿Arriesgaré mi vida y bienestar por ti, Guardiana? No, no lo haré. Pero tampoco veo la necesidad de correr al Círculo y contarles todo sobre mi día. No les des una razón para venir a tocar a mi puerta, y yo no tocaré la suya.

Ami no abrió el libro hasta que almorzó, hasta que se sentó sola en su estrecho balcón con vista a la pendiente que descendía hacia la ciudad principal de Noctia. La mañana le regaló un día libre de fuertes vientos, lluvia o los terribles olores que acompañaban a los enormes barcos Whent y su estiércol.

El clima le dio una oportunidad, los demonios escalando la Herida le dieron la motivación.

Demion, la primera Égida, no saltaba de las páginas. Quien fuera que escribió el volumen tomó cosas de la leyenda y así lo dijo, creando una mujer que se embarcó no por una gran visión, sino por un deseo de poder, de protección. Las Islas eran un lugar peligroso entonces, con humanos moviéndose en manadas, creando las armas que podían a partir de palos recogidos, piedras, demonios muertos y sus garras.

Demion buscaba algo más grande, no muy diferente de cada Égida que vino después.

Ami avanzó páginas, ojeando mientras lo hacía. Los detalles no eran importantes. Al menos, eso esperaba. El erudito parecía haberle forzado el libro, así que algo debía extraerse de sus páginas, pero estudiar palabras mientras Catya moría se sentía peor que inútil.

Demion encontró su primera skar en Kance. Fascinada con su poder, ella-

Ami parpadeó. Releyó las palabras. ¿Poder? Su mirada viajó hacia Rompeflamas, envainada y apoyada contra la pared cerca de la puerta de su habitación. Que las skars contenían alguna fuerza elemental era conocido —aunque quién sabía qué encontraban esos cerveceros y apostadores en Tamas en sus fichas—, pero aparte de la Égida, las pequeñas piedras eran trucos de fiesta. Rompeflamas dejaba algunas chispas elegantes al balancearse. Difícilmente el material para cambiar el mundo.

Demion, sin embargo, no parecía verlo así. Destrozó a su tribu, los obligó a cruzar mares y tierras para encontrar más skars, sin importar los demonios.

Según este libro —Ami fue al final, el día avanzaba y necesitaba llegar a la dirección que el erudito había anotado— Demion forjó el collar de la Égida ella misma para sostener las piedras, presenció el efecto de subida por accidente, y rápidamente acampó con su gente restante justo aquí en Noctia.

Qué buen final. Un nuevo hogar, un collar brillante y una maldición que encadenaría las islas a las skars para siempre.

El libro, sin embargo, no contenía ningún discurso sobre lo que hizo la búsqueda de poder de Demion después de convertirse en la primera Égida.

—¿Te detuviste? —Ami cerró el volumen, miró hacia el océano—. ¿O seguiste buscando más?

Si un conjunto de siete cubría las islas con un escudo destructor de demonios, ¿qué podrían lograr dos o tres?

Un golpe educado, tres suaves toques en su puerta, canceló la reflexión. Detrás de la madera oscura esperaba una mujer casi tan robusta como la propia Ami, aunque esta tenía la piel seca y el humor apagado típico de Noctia. Nunca se podía obtener suficiente agua en la isla, y se notaba.

—¿Guardiana, supongo? —preguntó la mujer.

Ami dudó antes de responder, observando la forma

completa de la mujer, especialmente el masivo conjunto de armadura que envolvía su cuerpo. Placa completa forjada en Foti, aunque los emblemas naranjas y las insignias plateadas habían sido reemplazados por el púrpura y oro de Noctia. La vouge y el chakram parecían faltar, pero los guanteletes estriados en las manos entrelazadas de la mujer le dijeron a Ami que tales armas no eran necesarias.

—Me has encontrado —respondió Ami.

La mujer asintió, sin sorpresa alguna.

—Soy Terrevin, la nueva Guardaescudo de Catya.

Terrevin hizo la declaración como si Ami debiera haber captado su significado sin más explicación. Como una espada desenvainada.

—Te refieres a la Égida —Ami frunció el ceño—. Solo sus amigos la llaman Catya.

La boca de Terrevin se convirtió en una línea recta.

—Catya es su nombre. Así es como la llamaré —La dicción formal de Noctia desapareció, Ami detectó más de unos pocos años pasados en los muelles en el pasado de Terrevin—. El Círculo ha decidido aumentar la protección de Catya, y yo saqué la tarea afortunada.

—Bien. Los demonios lograron pasar esta mañana.

—Me enteré. Volverá a suceder, pero la próxima vez tendremos más que un par de Guardas novatos para recibir a esas cosas feas —Terrevin dejó caer sus manos, inclinó la cabeza—. La razón por la que estoy aquí es para advertirte que tendrás que autorizar tus visitas de ahora en adelante.

—¿Autorizar mis visitas? Soy su Guardiana.

—Cierto, y todos estamos agradecidos por eso, pero Catya está en un estado frágil. Tus visitas, según los Guardas de turno, la alteran. No podemos permitir eso, con la civilización en juego. Lo mejor para ella es descanso, paz.

—No hay paz en la Herida.

—La habrá ahora —Terrevin mostró la misma sonrisa plácida con la que había saludado a Ami—. Si tienes alguna pregunta o preocupación, Guardiana, siéntete libre de llevarlas al Círculo. Hasta entonces, disfruta tu tarde.

Ami se enfureció por exactamente dos pasos de Terrevin, pesados y tintineantes, resonando por el pasillo.

—¿Todos los Guardaescudos son tan groseros? —gritó Ami a Terrevin, quien le devolvió una sonrisa.

—Solo hay una Guardaescudo, y estás hablando con ella —Terrevin se encogió de hombros de nuevo—. Así que sí, supongo que lo somos.

La sección Najahn bajaba por la ladera de la montaña hasta el agua, separada de la ciudad principal por un muro inclinado. Puertas periódicas permitían el flujo vigilado por guardias ya sea concentrados o despreocupados, dependiendo de su humor. En la costa, los Najahn y el Círculo mantenían varios pequeños muelles para ellos mismos, muelles llenos cuando el día se acercaba a la hora de la cena.

Ami observó los barcos que descansaban allí. Un esquife de Tamas y dos balandros de Whent, estos últimos las embarcaciones más pequeñas que los Whent, con su amor por los monstruos enormes, fabricaban. Cualquiera que mantuviera un ojo en qué barcos entraban y salían de este puerto podría deducir qué islas tenían el favor del Círculo, o cuáles lo estaban suplicando.

Fuera de los muelles, los almacenes costeros de los Najahn eran pocos y pequeños, reforzados en sus lados inclinados por las casas más antiguas de la isla. Estas tenían ángulos más agudos en sus techos, pareciendo más flechas que las curvas cuidadas más arriba en la ladera.

Gatos, todos con collares púrpura y dorados, deambulaban por las calles aquí, cazando ratas y otros polizones indeseables. Los maullidos, miau y ocasionales siseos servían de fondo al chapoteo del mar. Nada tan único como Kivi, pero la ferrita tenía un lugar propio.

Ami se subió la capucha alrededor de la cara, ocultando su sonrisa. Echaba de menos al lagarto de roca y sus resoplidos escépticos. Extrañaba, también, la devoción de Kivi por mantenerlos a todos con vida. Por supuesto, cuando Svarde anunció su partida, Kivi lo eligió a él y a la aventura sobre la monótona rutina en Noctia, pero aun así...

Esta no era exactamente la aventura que Kivi prefería tampoco, pero el pulso de Ami se aceleró mientras se deslizaba por la pequeña calle lateral indicada en el papel deslizado por el erudito. Había dejado a Flamebreak en su habitación, la hoja era demasiado evidente para llevarla en un paseo como este. Ahora solo llevaba una daga Foti en la cadera, su filo azul captando un fuego de zafiro cada vez que la menguante luz del sol lo encontraba.

Una puerta estrecha marcaba la dirección, una lámpara de vela parpadeaba fuera de su empapado cuerpo de roble. El musgo negro, una maleza húmeda, luchaba por aferrarse alrededor de la entrada, sus extremos cortados mostrando un leve respeto por las apariencias. Los números que coincidían con el papel estaban tallados en la piedra gris, líneas irregulares mostrando un trabajo apresurado y descuidado.

Ami golpeó, sus manos desnudas dando dos golpes fuertes. Esperó. Golpeó una vez más.

—Ya voy, ya voy —llegó una respuesta amortiguada, las palabras recortadas como solían hacer los Kance, como si siempre tuvieran prisa por llegar a la siguiente. Ami retrocedió, su mano derecha moviéndose hacia la empuñadura de la daga.

Un pestillo se descorrió, luego un segundo, antes de que la puerta se abriera de par en par. Sin miedo-espera. Ami luchó por mantener la boca cerrada ante la vista: un hombre robusto, sin camisa hasta la cintura, con vino goteando de una barba gris desaliñada. Sostenía un libro en una mano, la copa colgando de su boca, colocada allí para tener una mano libre para la puerta.

—¿Por qué estás llamando? —preguntó el hombre, la curiosidad superando el tono.

—Necesito algunas respuestas —dijo Ami—. Me dijeron que usted podría ayudarme.

—¿Qué tipo de respuestas?

—Necesito saber por qué el Aegis está muriendo tan rápido.

El hombre asintió, olfateó, luego volvió la cabeza hacia el interior de la casa. —Amigos, la dama ha venido a nosotros con preguntas. ¿Tenemos respuestas?

Al menos cinco voces, abarcando todos los tipos, se elevaron en una afirmación entusiasta.

—Bueno, entonces —dijo el hombre—, creo que has venido al lugar correcto. Bienvenida a la Sociedad Histórica de Najahn, Guardiana.

7
UNA MARCA

Bliss observaba cómo Wax se entregaba con entusiasmo a los juegos en el Anvil's Arms. Su hermano absorbía las reglas, abría su bolsa y apostaba con frutas secas, carnes saladas y frutos secos, cortesía de los regalos de despedida de Kitaye. Los jugadores Foti, con sus barbas variopintas y coletas atadas que absorbían la luz con sus escamas de ceniza, respondían con metales, minerales y verduras de raíz crudas.

Los dados, extraños cubos blancos con curvas estrechas talladas en los lados, rebotaban por todas partes. Fichas duras con símbolos grabados por ambos lados se volteaban arriba y abajo. La cerveza en jarras de barro beige se derramaba por doquier. Un ritmo constante de tambores resonaba de fondo, subrayando los continuos vítores y abucheos.

Todo bajo un techo abovedado, ennegrecido por el humo y de aspecto amenazante. A pesar de la altura, su presencia oscura se cernía sobre Bliss, oprimiéndola junto con los cuerpos que la empujaban por los costados y la espalda. Quik no parecía estar mucho mejor, aunque su corpulencia y su ceño fruncido parecían alejar los contactos accidentales. Tal vez si sacara su bastón y repartiera unos cuantos golpes...

Wax levantó las manos y soltó un grito digno de Tarzán, acompañado por gemidos y sonrisas de los otros siete en su mesa larga. Otra victoria, lo que significaba que Wax no querría irse. A los egos les encantaban los egos, y pocos amaban el suyo más que su hermano.

—¿Quieres irte? —preguntó Quik, inclinándose y gritando lo que debería haber sido un susurro—. No pareces contenta.

«¿Tú sí?», respondió Bliss con señas, usando su mano izquierda mientras la derecha apartaba a un borracho que se tambaleaba.

—Somos sus Guardianes, Bliss. Supongo que ahora hacemos lo que él quiere.

«Si eso es lo que crees, entonces eres un idiota».

Quik sonrió.

—Mira, todos lo hemos pasado mal. Pan, los demonios, el ataque a Kitaye. Wax parece estar divirtiéndose, así que voy a dejarlo —asintió hacia la salida—. ¿Qué tal si haces un poco de reconocimiento, a ver si encuentras un buen camino de aquí al skar de Foti?

Eso, al menos, parecía una perspectiva atractiva. No solo el skar, sino la oportunidad de conseguir algo de comida. Bliss tenía la bolsa llena, pero días de sopa, fruta seca y cecina pedían algo diferente.

«¿Estás seguro?»

—Solo vuelve a pasar por aquí después de un rato, a ver si seguimos aquí —Quik se tocó la barbilla—. Estaremos fuera al anochecer si no es antes. Planea reunirte aquí para entonces.

La mañana avanzada —Bliss parpadeó ante eso, dada la

fiesta en el interior— infundió vigor a su espíritu con su cielo azul bahía. Las vistas a su alrededor no hacían mucho, los ladrillos y piedras cubiertos de hollín dejaban poco a lo que aferrarse para la nativa de Vis. Como si Foti considerara las cosas verdes algo opcional, innecesario, un desperdicio.

Su propio tejido también parecía estarse secando en el aire de Foti. Tendrían que encontrar ropa local pronto o sus atuendos se mezclarían con la ceniza que flotaba por las calles. El aire quería que se cubrieran, el frío era más agudo a medida que viajaban hacia el norte, aunque las constantes fraguas en funcionamiento suavizaban la brisa con destellos ardientes.

El comercio bullía alrededor de Bliss, grandes barcazas de carga traqueteando sobre vías de metal, con personas en ambos extremos trabajando palancas para mantenerlas en movimiento. Una vía se dirigía velozmente hacia el puerto, con carros cargados de minerales refinados y cajas apiladas y etiquetadas. Otras iban en sentido contrario por una vía paralela, estas llevando cajas con etiquetas y bultos aleatorios para ser entregados en algún lugar, a alguien.

El comercio ofrecido parecía absurdo, más allá de cualquier cosa que Bliss pudiera haber deseado. ¿Quién necesitaba todas estas cosas, quién quería comerciar con ellas y por qué? ¿Era Foti tan incapaz de satisfacerse a sí misma que necesitaba enviar tanto a otras islas?

¿O había algo que Kitaye estaba haciendo mal, con sus puestos de mercado rebosantes de algunas exquisiteces encontradas y poco más?

Bueno, Quik quería conocimiento, y Bliss no lo iba a encontrar de pie fuera de la sala de juegos.

Se lanzó calle abajo por la irregular calle de piedra, cuyas ramificaciones aumentaban con cada paso que la alejaba de los muelles. Las bifurcaciones conducían a pequeños callejones y avenidas más grandes, con plazas que aparecían aquí y allá dominadas por estatuas de grandes líderes que Bliss ni reconocía ni le interesaba conocer.

El carácter de la ciudad también cambiaba a medida que se alejaba de los muelles. Menos marineros, más ciudadanos, gente que se ganaba la vida en la isla. Aparecieron pequeños jardines a medida que las fraguas daban paso a hogares, a tiendas que atendían las necesidades de la vida. Esas vías metálicas la acompañaron todo el camino, a menudo dividiéndose o llegando a pequeñas estaciones donde la gente apostada seleccionaba el contenido, añadiendo y quitando cajas según fuera necesario.

Eso, al menos, parecía más eficiente que el método de Kitaye, donde todos tenían que ir a buscar lo que querían por sí mismos. Bliss observó cómo una mujer mayor que esperaba un carro recibía su paquete, una caja delgada entregada directamente del carro a sus manos. No necesitaba caminar hasta algún barco.

Dónde y cómo ocurría el trueque de todo esto, Bliss no lo sabía. Tampoco le importaba demasiado averiguarlo.

El skar seguía siendo lo primordial.

Bliss había cazado todo tipo de bichos y criaturas, pero nunca antes había ido en busca de información. ¿Dónde encontraría alguien un detalle como la ubicación del skar de Foti?

Su primer instinto la llevó a los Najahn, esos soldados de púrpura y negro con sus misteriosas ceremonias, miradas heladas y actitudes distantes. Solían acudir en masa a los skars como moscas a un cadáver, pero Bliss no había visto ni uno solo desde que el trío había desembarcado en la isla.

Así que tal vez habían desembarcado en la parte equivocada. ¿Una larga caminata por delante?

Bliss se dirigió al centro del siguiente cuadrado y observó sus opciones. La avenida principal continuaba, terminando no muy lejos en un gran bloque de granito, un edificio hecho de bordes afilados y robustas losas. Los desvíos iban en direcciones más oscuras, serpenteando junto a casas o tiendas más pequeñas. Las tabernas, cosas que Bliss solo identificaba porque los marineros de Kance hablaban tanto de ellas, colgaban sus ofertas en oscilantes letreros de madera carbonizada.

—¿Buscas algo?

La pregunta vino de su izquierda, y Bliss se giró, vio a una mujer con los brazos cruzados y manchada de ceniza que le ofrecía una amable sonrisa.

—No es común ver a una Vis tan adentrada en la ciudad —continuó la mujer, con una voz tan ahumada como su aliento—. Se quedan encerradas en su selva, tengo entendido. ¿Qué te trae por aquí?

Bliss señaló su boca y negó con la cabeza. Las cejas de la mujer se arquearon antes de adoptar una sonrisa comprensiva.

—¿Quién de nosotros no tiene un don especial? —dijo la mujer.

Aunque Bliss no estaba segura de que llamaría a su mudez un don, sí tenía una forma de contrarrestarla. Metiendo la mano en su bolsa del muslo, Bliss sacó la placa de piedra que usaba para garabatear palabras, junto con la piedra afilada para hacer los grabados.

—Ahora vamos progresando —dijo la mujer.

Bliss dudó, observó más detenidamente a la mujer. Además del atuendo, tenía una robusta bolsa llena de quién sabe qué. Un martillo colgaba de su cinturón. Las botas resistentes y los pantalones gruesos debajo de la túnica sugerían una jornada laboral en condiciones desagradables, una idea respaldada por las manchas de tinta en las mejillas y la frente de la mujer. Su cabello, salvo por algunos rizos rebeldes, estaba escondido bajo una gorra plana de color verde oscuro.

Definitivamente no era de Najahn, ni tampoco vestía el atuendo florido y afectado de Cassignol.

—No te preocupes, no te voy a morder —dijo la mujer—. Me llamo Carrilee. Trabajo en una herrería por allá, como todos los demás por aquí.

Bliss aprovechó la frase para grabar rápidamente una palabra: "¿Por qué?"

—¿Ayudarte? —Ante el asentimiento de Bliss, Carrilee se encogió de hombros—. Curiosidad, supongo. Como dije, no vemos Vis por aquí, y parecías un poco perdida.

Bliss sonrió, hizo un leve encogimiento de hombros. Carrilee no se equivocaba. Empezó a grabar "skar" en la piedra, y Carrilee adivinó la palabra antes de que Bliss terminara.

—Bueno, que me aspen —dijo Carrilee—, pensaba que no parecías una comerciante, aunque esa bolsa tuya parece bien llena. No hay codicia en tus ojos, ¿sabes? Aprendes a leer eso muy rápido por aquí, con todos en Foti buscando a su próxima víctima.

"¿Víctima?"

—Alguien a quien engañar, estafar, robar. Todas esas cosas encantadoras. —Carrilee negó con la cabeza, paseando la mirada como si dijera que tales ladrones podían estar en cualquier parte—. Los demonios lo están empeorando, poniendo a todos contra todos cuando deberíamos estar unidos.

Carrilee apagó su sombría evaluación con otra sonrisa.

Estiró los brazos y luego señaló hacia el gran edificio de piedra.

—Si quieres encontrar el skar, tienes que ir por allá. No me refiero a la casa del mineral, sino a un largo viaje más allá. A través de los tubos de lava y cruzando los Páramos, entonces llegarás, según tengo entendido.

"¿Qué tan lejos?"

—Depende de cómo quieras viajar. Caminando, estamos hablando de unas pocas semanas. Estás en una punta de la isla, amiga mía, y necesitas llegar a la otra. —Carrilee señaló de vuelta hacia el puerto—. Si yo fuera tú, volvería directamente al agua, a ver si puedes conseguir un viaje en algún barco. Te ahorraría tiempo.

Un plan justo. Bliss le dio otro asentimiento a Carrilee, se puso la mano en el corazón y luego señaló hacia Carrilee. Una señal que la mayoría de la gente entendía, incluso si nunca se habían encontrado con alguien como ella.

—Bueno —dijo Carrilee—, es casi la hora del almuerzo, y no es probable que consigas un barco que salga tan tarde de todos modos, así que ¿qué te parece si te invito a comer y me cuentas más sobre tu pequeña isla?

Bliss no había comido nada más que una manzana de su bolsa desde temprano en la mañana en el barco, así que la idea de un almuerzo de verdad sonaba bastante bien. Intercambiar historias por una comida también parecía un buen trato, aunque Bliss no estaba muy segura de cuán paciente sería Carrilee con los grabados: una o dos palabras como pregunta era una cosa, una larga historia era otra muy distinta.

Sin embargo, ese no era el problema de Bliss. Si Carrilee quería historias, Bliss se las contaría, una palabra a la vez.

Carrilee guió a Bliss fuera de la plaza por una calle lateral, pasando varias tabernas y sus aromas de almuerzo.

Carrilee descartó los olores como publicidad engañosa, diciendo que cualquier verdadero local sabría distinguir la basura que se hacía pasar por perfecta.

—La verdadera comida está un poco más adelante —dijo Carrilee—. Suponiendo que quieras una auténtica comida de Foti, claro.

"Claro".

—Ese es el entusiasmo que busco. —Carrilee se rio, luego sus ojos se posaron en el bastón de Bliss—. ¿Es eso lo que creo que es? ¿Para golpear a la gente en la nariz?

Bliss sonrió, "Sí".

—Parece que sería muy bueno para eso.

Mientras caminaban, las casas disminuían de tamaño. Los edificios de piedra de varios pisos, decorados con símbolos tallados que Bliss no podía descifrar en naranjas y rojos, se encogieron lentamente hasta convertirse en chabolas de un solo piso, con techos delgados y paredes de bloques apilados que parecían que una brisa rápida podría barrerlas.

La gente, sin embargo, se mantenía resueltamente igual. La mayoría llevaba martillos, muchos manchados de ceniza y arena, ojos brillantes y cuerpos fuertes por todas partes. Algunos le recordaban a Bliss a Svarde, aunque en una versión más sucia. Más altos y corpulentos que la gente de Vis, aunque a menudo más gordos y propensos a ataques de tos.

En lo alto, el cielo seguía azul. Las volutas de humo se disipaban a medida que se alejaban del centro de Smythe, dejando el aire más limpio. Cada respiración ya no se sentía como si Bliss hubiera inhalado arena ardiente.

—Aquí estamos. —Carrilee se dirigió hacia un restaurante achaparrado. Su letrero colgante tenía un hacha y un martillo cruzando sus mangos sobre un plato, aunque qué comida significaba eso, Bliss no podía decirlo—. La Mesa del Obrero. No es el nombre más creativo, pero no necesitas un título elegante cuando tienes la mercancía como este lugar.

Un hombre fumando una larga pipa se apoyaba contra la pared cerca de la tambaleante puerta de madera. Le dio un asentimiento familiar a Carrilee cuando las dos pasaron, su mirada se detuvo en Bliss por un largo segundo, los delgados labios del hombre se estiraron en una extraña sonrisa.

A través de la puerta, la Mesa del Obrero ofrecía un ambiente acogedor. Media docena de pequeñas mesas altas y una larga barra a lo largo de la parte trasera del restaurante. Los hornos de ladrillo hervían, carnes y tubérculos chisporroteantes llenaban el aire con un aroma que hacía rugir el estómago.

Para ser la hora del almuerzo, el restaurante solo albergaba a otros tres comensales además del cocinero en la parte de atrás. Los tres ocupaban su propia mesa, con jarras de cerveza frente a platos medio vacíos. Todos se giraron cuando Carrilee condujo a Bliss al interior.

—Adivinen qué, amigos, hoy tenemos una nueva visitante —Carrilee se hizo a un lado y le hizo un gesto con la mano a Bliss para que entrara—. Saluden a mi amiga Bliss, que ha viajado desde Vis hasta nuestra hermosa ciudad.

Bliss ofreció un saludo a medias. Recibió asentimientos en respuesta mientras el trío volvía a sus platos y sus cervezas. Un alivio, ya que Bliss no tenía deseos de intentar explicarse ante toda esta gente.

—No se puede esperar mucho más de esta pandilla —dijo Carrilee, guiando a Bliss hacia la barra del restaurante —. Han estado picando piedra toda la noche, y tan pronto como terminen aquí, serán solo unas pocas horas de sueño antes de volver a las minas.

«Una vida dura».

—Aquí todas son duras, cariño.

Carrilee hizo un pedido rápido al chef, prometiéndole a Bliss que le gustaría lo que había pedido, y cuando la comida aterrizó, salchichas rosadas, patatas brillantes, zanahorias asadas y media pinta, Bliss descubrió que no podía estar en desacuerdo. Todo tenía nuevos sabores, el intenso tostado, el regusto ahumado en cada bocado. Las parrillas en Vis eran raras y siempre dejaban un aroma a fogata en todo lo que se cocinaba. Esto, esto tenía un toque metálico, un borde industrial.

¿Mejor que en casa? Bliss no llegaría tan lejos, pero como algo diferente, la cocina de Foti se llevaba la palma.

La cerveza también tenía su propia vida. El alcohol de Vis era dulce, hecho con frutas en vinos y licores, cervezas de temporada y sorbos azucarados. La de Foti sabía a otoño, maltosa y suave, con un final ligero que se asentaba en su lengua después de cada trago.

Habría pedido una segunda, con su plato ya limpio, si Carrilee no hubiera levantado un dedo.

—Ahora, no puedes negar que te hemos mostrado un buen momento —dijo Carrilee—. La hospitalidad de Foti, justo aquí.

Bliss entrecerró un ojo, tratando de descifrar el repentino cambio en el tono de Carrilee.

—Estás aquí buscando nuestro skar cor_ ese grueso bolso tuyo —continuó Carrilee, y mientras hablaba, Bliss se dio cuenta de que la mesa detrás de ella se había quedado en silencio. Una mirada en esa dirección confirmó que el hombre que fumaba en pipa se había movido al interior, justo frente a la puerta—. Así que, Bliss, dime ahora. ¿Eres la Renovación de Vis?

Bliss negó con la cabeza.

—¿Una Guardiana, entonces?

Bliss dudó. El rostro manchado de Carrilee ya no parecía tanto el de una trabajadora amable, una forma intensa apoderándose de sus facciones. ¿Sería peligroso mentirle a alguien así?

—Esa es una respuesta si alguna vez he visto una —dijo el cocinero, plantando sus codos en la barra frente a Bliss—. Creo que has encontrado una buena, Carrilee.

Bliss paseó su mirada entre los dos. ¿Una buena para qué?

—No te alteres, Bliss —dijo Carrilee, su tono maternal ya no encajaba—. Estás lejos de casa, y las reglas cambian. No necesitamos mucho de ti, ¿entiendes? Piénsalo como un pago por tu comida.

«¿Qué?»

—Bliss, cariño, necesito que nos lleves hasta tu Renovación. Allí, haremos un simple intercambio: tu vida por el skar que llevan. Luego podrás seguir las indicaciones que te di y seguir tu camino. —Carrilee esbozó un ceño fruncido compasivo—. Es un favor. ¿Quién quiere ser el próximo Aegis, de todos modos? ¿Atrapada en esa miserable isla?

Bliss se volvió hacia su plato limpio, el tenedor a su lado. Sintió, oyó su corazón latir. Su bastón se apoyaba en su espalda. Asintió lentamente, sus manos deslizando la tableta y la piedra de rayar de vuelta a su bolsa.

—Buena elección, Bliss —comenzó Carrilee.

Bliss agarró el plato y giró la muñeca, enviando la dura cerámica volando directamente hacia Carrilee y derribándola del taburete, el plato roto se estrelló a su alrededor.

El cocinero reaccionó rápido, alcanzando a Bliss con

fuego repentino en sus ojos enojados, un fuego apagado con un grito de dolor cuando Bliss atrapó el brazo extendido con su tenedor. El cocinero lo retiró, maldiciendo.

Las sillas se deslizaron detrás de ella, pies golpeando el suelo de piedra. Tres venían por detrás. Bliss plantó las palmas en el mostrador, se levantó de su taburete y lo pateó, enviando el asiento con barandilla hacia el grupo que cargaba. Lo oyó golpear espinillas mientras Bliss se apresuraba sobre el mostrador, su mano derecha volando hacia su bastón, sacándolo de la funda trasera en un amplio movimiento, uno que atrapó al cocinero maldiciente a través del rostro y lo envió tambaleándose hacia la parrilla aún caliente.

Incluso Bliss se estremeció ante eso.

Carrilee permanecía en el suelo, sosteniendo su rostro y sin querer participar en la pelea. Dos de los tipos duros de la mesa la observaban, sus manos ahora agarrando un par de martillos. El tercero estaba sentado en el suelo, desenredándose del taburete que ella había lanzado.

El fumador de pipa se quedó donde estaba, cubriendo la puerta y observando a Bliss con lo que parecía diversión.

Él, entonces, era el más peligroso.

Bliss llevó su bastón a un agarre doble frente a su pecho, paralelo al suelo mientras se erguía sobre el mostrador de la barra. Los dos matones miraron entre sus maltrechos cuchillos y la distancia hasta la barra antes de intercambiar miradas, decidiendo atacar a Bliss juntos.

Perfecto.

Plantando sus pies, Bliss se lanzó en un salto recto, empujando el bastón hacia adelante. El palo de bambú, tan alto como ella, golpeó a los matones en sus caras. Bliss balanceó sus piernas hacia arriba en el impacto, capturando su momento detenido en el suelo resbaladizo del restaurante.

Con su mano derecha, Bliss dejó que el bastón girara sobre su palma para golpear al matón de ese lado, dejándolo fuera de combate desde su caída entre gruñidos y gemidos. El otro, maldiciendo, se agitó con el cuchillo, su hoja atrapando la izquierda del bastón y arrancando un trozo de la tapa trasera.

Pagaría por eso.

Deslizando el bastón a un agarre doble en su extremo izquierdo, Bliss lo balanceó a través de su cuerpo. El matón intentó un bloqueo débil, vio cómo su cuchillo era apartado de un golpe, y luego no vio mucho más cuando Bliss lo noqueó temporalmente.

—Está bien, está bien —dijo el hombre de la pipa en el silencio lleno de gemidos. Dio otra calada mientras Bliss volvía a su postura, confirmando con un rápido vistazo que sus enemigos seguían en el suelo. Incluso el matón que había sido atrapado en su taburete parecía reacio a volver a entrar en la refriega, deslizando su espalda hacia la barra, con las manos vacías—. Captamos el mensaje. No eres una presa fácil.

Bliss señaló la puerta detrás de él, lanzando una mirada fulminante todo el camino.

—¿Irme? —El hombre se encogió de hombros—. ¿Por qué no? Aunque podrías arrepentirte.

Bliss entrecerró los ojos. ¿Arrepentirse de qué? ¿De no haberle partido el cráneo a este tipo también?

—Ya te habrás dado cuenta de que Foti no es ningún paraíso —dijo el hombre de la pipa, sin moverse de la puerta—. Si no puedes forjar, más te vale luchar. Preferimos escoger nuestras batallas con visitantes despistados que con las bestias de la isla. No puedes culparnos por eso. —El hombre metió la mano en su bolsillo y sacó una ficha plateada—. Esto de aquí es un vale. Dice que me deben una pequeña pieza en una herrería que está más abajo. —Apuntó con el rectángulo plateado a Bliss y su bastón—. Si sacas esa cosa fuera de aquí, el primer ferrita que encuentres la partirá en dos.

¿El monstruo de roca que Svarde había mantenido en Vis? ¿Andaban sueltos por Foti? Bliss no debería haberse sorprendido: los hanokos en Vis no eran menos mortales.

—Así que te propongo un trato, Guardiana. Lo que has hecho aquí, no tengo duda de que puedes hacerlo de nuevo ahí fuera, con público. Yo me encargaré de promocionarlo, tú haces un espectáculo, y este vale será tuyo, y mucho más además.

Bliss ladeó la cabeza. Hizo otro barrido, confirmando que no había ningún ataque por la espalda en camino.

—Luego solo necesitas traernos de vuelta un skar —dijo el hombre de la pipa, sonriendo—. Tomas uno para tu Renovación, claro, pero agarra uno extra para nosotros. No te costará nada, y significará todo para nuestra pequeña banda.

Wax había detallado las hazañas para conseguir el skar en Vis, la subida por el tallo de sana, la competencia con los otros candidatos. Peligroso, pero ninguno de esos peligros giraba en torno a conseguir un skar extra.

Sin embargo, si los skars estaban tan lejos, ¿cómo haría Bliss para traer uno de vuelta aquí? Extendió las manos, con el bastón en la izquierda, y puso una expresión de perplejidad en su rostro.

—No te preocupes —sonrió el hombre de la pipa—. Tenemos gente por toda la isla. Una vez que lo tengas, te encontraremos. Entrega el skar y te daremos algo extra por tus molestias. ¿Trato?

El vale brillaba a la luz del fuego. Bliss podría simplemente avanzar, golpear al tipo con su bastón y robar la cosa. Tal vez el comentario sobre amigos en todas partes era un farol, tal vez no tendría que preocuparse por que la apuñalaran por la espalda alguna noche.

O quizás debería aceptar la oferta del hombre, conseguir más práctica golpeando a estos matones de Foti.

Wax seguía diciendo que todo esto era sobre la aventura, y con todos estos cuerpos en el suelo, ¿no estaba teniendo una?

8

LA LARGA OSCURIDAD

Los hongos se desprendían fácilmente de las piedras, suaves y húmedos en la mano de Svarde. Acercó la antorcha y examinó los hongos musgosos de color gris púrpura, intentando decidir si comerlos lo mataría o no. Detrás de él, la tropa de Maena se dispersaba en otra pequeña caverna, tomando un descanso a media jornada —un momento elegido más por intuición que por conocimiento real— de su descenso.

Habían evitado más encuentros con demonios desde la pelea de arriba, ya fuera por reputación o por suerte. Sonidos extraños aún resonaban por su túnel, pero ninguno se atrevía a acercarse. La tensión se desvanecía con cada paso, permitiendo que la mente se centrara en problemas más mundanos.

Como la comida, y dónde encontrarla.

Sus alforjas contenían abundantes provisiones, pero quién sabía si serían suficientes. La Oscuridad de Abajo no había sido cartografiada, podría extenderse durante días, semanas. El punto de retorno sería en unos días, un límite que podrían posponer con un forrajeo eficaz. El agua era abundante, fácil de calentar sobre una pequeña hoguera para purificarla y luego guardarla en un odre para beber más tarde. La comida era otro asunto.

Nadie quería comer a los demonios, así que habían dejado atrás esos cadáveres.

—¿Alguna vez dejas de fruncir el ceño? —preguntó Maena, acercándose a Svarde en la vanguardia de la tropa, cerca del camino que continuaba por la cueva.

—Me va bien —respondió Svarde.

—¿Cómo lo sabes, si nunca sonríes?

—¿Intentando ser amable de nuevo después de amenazar mi vida?

Maena, con su rostro antes limpio ahora salpicado de suciedad y marcado por el sudor como todos los demás, su cabello enmarañado y dividido, esbozó una sonrisa afilada.

—Ser una líder eficaz, nada más. Tú harías lo mismo.

Svarde negó con la cabeza, miró de nuevo los hongos y luego se los metió en la boca. Espesos, masticables, sin apenas sabor. Una buena señal.

—Nunca he liderado nada en mi vida —dijo Svarde después de masticar los hongos hasta desintegrarlos—. Lo de liderar es que no estás en la lucha.

—¿Viste la última batalla? Estoy bastante segura de que estaba, como tú dices, en la lucha.

—Todo el tiempo estabas pensando en quién debía estar dónde, qué había que hacer. Yo pude ver cómo mi hacha destrozaba a un monstruo.

—¿Eso es lo que realmente te hace feliz, Svarde? ¿Masacrar bestias sin sentido?

¿Y qué si lo era?

—No son sin sentido. Solo están enojadas —Svarde se

puso de pie. Deberían ponerse en marcha pronto. Quedarse en un lugar mucho tiempo invitaba a visitantes hambrientos—. Los demonios parecen odiarnos a todos.

—Si te encontraras con el Aegis, ¿no lo harías tú también?

—La cosa es que estos, los combatimos debajo del escudo. Aún no estaban marcados.

—Quizás no por el Aegis, pero seguramente por algo más —Maena notó la postura de Svarde, se llevó los dedos a los labios y emitió una nota larga y aguda. La tripulación pasó a una acción diferente, recogiendo su equipo en las alforjas, apagando las hogueras—. Estos demonios estaban tan heridos como cualquiera que hubiéramos visto antes. Me gustaría saber por qué.

—Tal vez pelearon entre ellos.

—¿Y luego se lanzaron en un asalto concentrado y organizado contra nuestro grupo? No es probable.

—Entonces añádelo a la pila de misterios que intentamos resolver y sigamos adelante.

Kivi y Svarde continuaron liderando, marchando desde la caverna hacia maravillas intermitentes. El camino que pisaban llevaba las marcas del paso de demonios, arañazos y profundas hendiduras donde pies y manos, garras y pezuñas se habían posado sobre la piedra. Los demonios, sin embargo, despertaban poco interés en comparación con las maravillas naturales dispersas por doquier: la expedición atravesó cavernas de cristal, salas que parecían recubiertas de diamantes rotos —algunos de los cuales la tripulación de Maena metió en sus alforjas para comerciar más tarde—. Viajaron a través de cámaras blanqueadas divididas en secciones irregulares, como si algo grande hubiera excavado una vez un nido solo para abandonarlo.

Largas pendientes pronunciadas que corrían junto a cascadas, paseos poco profundos cubiertos de musgos pegajosos y hongos en abundancia.

Sus antorchas ardían con fuerza y daban luz a cosas nunca antes vistas por exploradores de Las Siete Islas.

Al menos, ninguno que hubiera regresado a la superficie. Y Svarde creía que lo lograrían, al menos algunos de ellos, con la fuente de los demonios aplastada bajo sus pesadas hachas.

Con esa hazaña cumplida, tal vez Catya recuperaría su vida. Quizás las preguntas largamente interrumpidas podrían ser respondidas. O tal vez Svarde era tonto por albergar esperanzas.

—¿Qué opinas, Kivi? —preguntó Svarde al ferrite que merodeaba a su lado—. ¿Soy estúpido por desear otra oportunidad?

El ferrite, como solía hacer, le respondió con un bufido. Una nota amarga que apagó sus ilusiones.

—Cierto —murmuró Svarde—. Mantén la atención en dónde estamos, no en dónde o cuándo desearíamos estar.

Kivi, al menos, lo estaba pasando en grande. Las diferentes rocas, cada una ofreciendo una nueva comida, proporcionaban al ferrite una abundancia para masticar. El crujir de Kivi acompañaba el arrastre de los pasos de la tropa como un redoble natural, una guía de grava.

Sin la luz del día, el seguimiento del tiempo se convirtió en una medida de agotamiento. Cuando los pies no podían avanzar más, o la mente se nublaba tanto que los pasos comenzaban a tropezar, Maena silbaba en la siguiente caverna y el grupo se asentaba, dormía con un vigía de guardia, y volvía a empezar. Durante todo ese tiempo, Svarde medía las miradas a su alrededor, las expresiones que pasaban de determinadas y emocionadas a agotadas y demacradas. Cada vez más miradas se dirigían hacia el camino que habían recorrido, calculando cuánto tendrían que retroceder para llegar a la superficie.

En la cuarta noche, ese cálculo alcanzó un número concreto.

Después de una comida de musgo y hongos, con una pequeña rodaja de pescado salado regalada a cada uno, los quince se sentaron bajo sus antorchas mientras Maena narraba otra historia marinera. Una que Svarde, a juzgar por las expresiones divertidas, adivinó que todos habían escuchado una o dos veces ya. Al concluir, con unos pobres marineros que habían perdido su carga ante una estafadora pirata y sus travesuras, risas educadas resonaron por la caverna, apagándose hasta un silencio goteante.

—¿Sabes entonces cuánto falta? —preguntó un marinero mayor, un avistador agotado llamado Fairstrike.

—Nadie lo sabe, ni siquiera tú —respondió Maena. Las miradas se alternaron entre los dos. Todos reconocían una lucha de poder cuando la veían—. Podría ser un día antes de que estemos realmente en el Oscuro Inferior. Podría ser una semana.

—No vamos a durar tanto —Fairstrike agarró un puñado de musgo cerca del fuego y lo levantó—. A menos que creas que viviremos de esto durante un mes, escuchando rugir nuestros estómagos.

—Mejor que escucharte hablar —añadió Svarde.

Fairstrike le lanzó una mueca de desprecio.

—Vine a esto igual que tú, para arreglar las cosas. Lo que he visto hasta ahora es mucha roca y algunos demonios que mandaron a mi amigo a la otra vida. Permitiré esto como un experimento, pero está claro que nos hemos equivocado. Digo que demos la vuelta, consigamos más equipo, más gente como nosotros, y volvamos como es debido.

—¿Quieres meter un ejército en esta cueva? —preguntó Maena.

—Mejor un ejército que nosotros muertos de hambre.

Se escucharon algunos gruñidos de aprobación. El estómago de Svarde murmuró su opinión. El musgo y los hongos no llenaban, y habían encontrado muy pocos peces cavernícolas para complementar las comidas. Pronto empezarían a debilitarse, a cansarse, convirtiéndose en bocadillos fáciles para los demonios.

—¿Es eso lo que queréis, entonces? —preguntó Maena, lanzando la pregunta por toda la sala—. ¿Rendiros ya, volver a la superficie y admitir que no estáis a la altura?

—No nos estamos rindiendo —espetó Fairstrike apresuradamente—. Estamos siendo inteligentes. Volvemos mejor preparados, ahora que sabemos a qué nos enfrentamos. Es la mejor opción, capitana.

—Yo no voy a volver —dijo Svarde, con los ojos fijos en el fuego—. Haz lo que quieras, pero yo vine aquí con un propósito, y lo voy a cumplir.

Fairstrike se rio.

—Pues sigue adelante. Tu vida es tuya para malgastarla como quieras, Foti.

—Manos arriba —llamó Maena—. Los que quieran volver y los que quieran seguir adelante. No quiero disensiones ni quejas, así que tomad vuestra decisión ahora.

El cálculo ya estaba hecho. No hubo vacilaciones. Todos menos dos declararon su deseo de volver a la superficie, y Maena les dio sus órdenes de marcha. Volver a la superficie, conseguir más soldados y regresar a por ellos.

Los cuatro, Svarde, Maena y dos combatientes curtidos llamados Rasslebeck y Pennifer, llenaron sus alforjas con las provisiones del grupo que partía. Observaron cómo el grupo más numeroso se marchaba a la luz de las antorchas, iniciando el largo viaje de regreso a casa.

—Ahora sí que es una verdadera aventura —dijo Svarde en el vacío real y profundo.

Kivi, con su pulso siempre preciso, resopló.

9
PLACERES DESVIADOS

Las cartas golpeaban, las fichas caían, y Wax ganaba y perdía y ganaba y perdía y se deleitaba en todo ello. Los vítores, las burlas, las maldiciones y las palmadas en la espalda mientras los dados Foti rodaban por la mesa. Cada vez que Wax movía las fichas de arcilla, cada una decorada con un número tallado y un remolino en espiral, Sawi y Pan se desvanecían más en su memoria.

Al menos hasta que Quik apartó a Wax de la mesa, para disgusto y queja de los jugadores Foti que compartían el espacio con él.

Wax se sacudió a Quik de encima, intentando volver a ese lugar, ese hermoso vacío donde no era el Renovación, no era nada en absoluto.

—Oye —gruñó Quik, tirando de Wax hacia atrás—. Ya ha anochecido. Tú y yo llevamos horas sin comer.

—¿Y qué? —Wax ignoró su estómago, que efectivamente protestaba—. No se supone que tengamos que estar en ningún sitio.

—Se supone que debemos cruzar esta isla para conseguir un skar, Wax.

En medio del bullicio del casino, las bandejas de cerveza que se agitaban, la música animada que tocaba una banda de tres piezas de tambores y flauta, la creciente multitud que buscaba borrar otra noche ordinaria, la idea de cazar skars parecía tan remota, tan terriblemente poco interesante.

—Sí, ya lo haremos —Wax apartó la mano de Quik de su muñeca—. No es como si nos fuéramos a ir esta noche.

—¿Hay algún problema? —Cassignol, el hombre que los había guiado desde los muelles, se acercó. Llevaba dos jarras rebosantes de cerveza, y le ofreció una a cada uno, a Wax y a Quik—. ¿Nada que no se pueda resolver con un poco de cerveza, espero? Invita la casa.

—¿Por qué? —preguntó Quik, mirando la cerveza con recelo. Wax tomó la jarra y bebió un trago. Era su cuarta del día, espaciadas lo suficiente entre las apuestas como para que el calor superficial no se hubiera extendido a sus dedos —. ¿Qué hemos hecho para ganarnos esto?

Cassignol hizo un gesto con la mano abarcando todo el ancho del casino. Las mesas abarrotadas captaron el gesto, pero Wax se dio cuenta de que ya había muchas miradas dirigidas hacia él y su hermano.

—Se ha corrido la voz —dijo Cassignol—. Dos Vis aquí, ¿y jugando? Una maravilla. —Se inclinó hacia ellos—. Ganaremos más con ustedes dos aquí atrayendo a la multitud que con toda la cerveza que puedan beber jamás, así que disfruten.

Quik frunció el ceño. Wax chocó su jarra contra la segunda que Cassignol aún sostenía.

—¿Ves, hermano? Ya somos famosos. —Wax miró su estómago y luego volvió a mirar a Cassignol— ¿Hay alguna posibilidad de que la hospitalidad se extienda a algo de comida de verdad?

—Solo tienen que pedirlo —dijo Cassignol, inclinando la cabeza solo un poco—. Haré que la cocina prepare algunas especialidades Foti. —Empujando la jarra hacia las manos vacilantes de Quik, Cassignol volvió a hacer una reverencia y se apresuró hacia las cocinas.

—¿Ves? —dijo Wax—. Estamos comiendo gratis, bebiendo gratis, y... —Se detuvo, notando que su hermano estaba solo—. ¿Dónde está Bliss?

—Se fue hace horas —gruñó Quik—. Como yo, no le gusta este lugar. Quería ir a averiguar dónde estaba el skar de Foti. Porque a ella le importa.

—Claro, claro. A ella le importa. Yo solo estoy echando a perder todo esto porque me tomo unas horas para divertirme. —Wax puso los ojos en blanco y se tragó más espuma de la jarra—. No tienes que ser tan serio todo el tiempo.

—Wax, ser un Renovación es lo más serio que hay. La gente está muriendo por los demonios mientras nosotros estamos sentados aquí. Gente que tú podrías salvar.

Wax entrecerró los ojos mirando a Quik, tratando de entender la acusación. ¿Su hermano realmente estaba diciendo que el intento de Wax, solo por unas horas, de vivir una vida no llena de dolor y peligro era de alguna manera un pecado contra el planeta?

Metió la mano dentro de su tejido y sacó el skar Vis. Como siempre, desprendía calor en su mano, la piedra de zafiro captando la luz de las antorchas y deslumbrando. Había estado a punto de lanzarle la piedra a Quik, decirle que se hiciera cargo, si su hermano se sentía tan fuerte, pero sostener el skar torció esa lógica.

La piedra había lucido igual cuando Pan se la entregó, allí en la base del sana mientras su amigo yacía muriendo.

Wax había hecho una promesa. Ninguna ficha, ninguna apuesta, ninguna comida gratis cambiaría eso.

—Está bien —dijo Wax. Intentó sacudirse la confusión persistente de la cerveza, fracasó. En su lugar, se apoyó en ella—. Quieres que me tome esto más en serio, bien. Lo haré. Pero no soy tú. No soy el hombre más serio del mundo. Si quieres ser mi Guardián, vas a tener que vivir un poco. Reír un poco.

Quik extendió la mano y cerró el puño de Wax sobre el skar.

—Eso es tuyo, hermano. Como lo soy yo. Todos estamos contigo, y todos dependemos de ti.

—Sin presiones, entonces.

Quik intentó una media sonrisa. No le salió muy bien.

—Hay otros seis, Wax. Pero ninguno es tan bueno como tú.

—¿Eso lo sabes, eh?

—Absolutamente —Quik chocó su jarra contra la de Wax—. Porque yo te enseñé todo. —Wax negó con la cabeza, sonriendo—. Ahora, ¿qué tal si comemos cualquier porquería que nos vayan a servir y luego vamos a buscar a nuestra hermana?

—¿Me da tiempo a ganar unas cuantas partidas más?

Quik suspiró, Wax le guiñó un ojo, y volvió al canto de sirena de la mesa.

La comida, sin embargo, resultó ser una interrupción efectiva. Eso y que, mientras Wax comía, Quik se hizo con las fichas de su hermano y las cambió por carne salada, frutos secos y otras provisiones. Ninguno sabía dónde estaba exactamente el skar de Foti, pero necesitarían suficiente comida para llegar allí.

Las especialidades Foti resultaron ser empanadas asadas, rellenas de carne y vegetales de raíz, con una corteza esponjosa y dorada. Humeaban mientras Wax, usando un tenedor de metal por primera vez, las abría. Una salsa ámbar las cubría, ligeramente dulce con un toque picante que hacía cosquillas en la lengua. Muy lejos de la fruta y el pescado que habían sido el pilar de su vida.

Después de rechazar los ruegos de Cassignol para que se quedaran, Wax y Quik salieron del Anvil's Arms y se tambalearon por las calles iluminadas con faroles de Smythe. La piedra brillaba, las brasas y las cenizas seguían cayendo aquí y allá, y las forjas, siempre en funcionamiento, lanzaban chorros de fuego hacia el oscuro cielo. Los carros retumbaban al pasar, incluso más que por la mañana, aprovechando las calles más tranquilas para aumentar el tráfico.

—¿Adónde crees que ha ido? —preguntó Wax mientras él y Quik miraban arriba y abajo de la avenida principal—. ¿De vuelta a los muelles?

—Quería encontrar al skar —Quik señaló hacia el lejano centro de la ciudad de Smythe—. Yo diría que más adentro. Podría haber una oficina de Najahn o alguien más que lo supiera.

Si la excursión al casino les había mostrado que la sociedad Foti vivía del trabajo duro, el paseo al atardecer demostró que celebraban con igual intensidad. Las tabernas y restaurantes bullían de actividad, con música de percusión intensa, canto y gritos que se derramaban en las calles. Los barriles de cerveza rodaban de los carros a los edificios, la mayoría recibidos con vítores salvajes de los que estaban dentro.

Detrás de todo, el tintineo del martillo sobre el metal proporcionaba el latido del corazón de Smythe.

—No creo que pudiera vivir aquí —dijo Wax mientras caminaban, sus ojos siguiendo el humo hacia el cielo demasiado abierto—. Demasiado ruido, muy pocos árboles.

—Tampoco se puede respirar sin toser.

—Quizás uno se acostumbra.

Quik arrugó la cara.

—No creo que quiera acostumbrarme.

Llegaron a una plaza central más grande, dominada por calles laterales. Quik, recordando que Bliss debía encontrarse con ellos de vuelta en el Anvil's Arms, se veía cada vez más frustrado consigo mismo. Sus manos se apretaban, sus labios se convirtieron en una mueca permanente.

Wax se volvió en la dirección opuesta.

—Ya no es una niña pequeña —dijo Wax mientras estaban en el centro de la plaza—. Estará bien, Quik. Tal vez se perdió, o está bebiendo cubos de esa cerveza Foti.

—No es algo que Bliss haría.

Wax tuvo que darle la razón a Quik. Bliss no había sido de las que se sumergían en las fiestas en Vis, no había razón para que cambiara eso aquí.

Sin embargo, el desafío de encontrar otra forma de animar a Quik murió cuando Wax examinó la plaza, buscando opciones. Había gente y carros moviéndose, sí, pero un flujo constante parecía dirigirse en una dirección, por una calle lateral a su izquierda. Los murmullos que se elevaban de la gente que pasaba zumbaban con entusiasmo.

—Algo está pasando por allí —dijo Wax, señalando—. ¿Quieres ir a ver?

Quik resopló.

—Último lugar. Si no está allí, volvemos al Anvil's Arms. A ver si aparece.

—Trato hecho.

Unirse a la creciente multitud significó captar conversaciones. La gente chamuscada, sudorosa y cansada no dejaba de hablar de un nuevo luchador en las calles, uno que hacía algo diferente al viejo estilo de los peleadores callejeros.

Ese nuevo luchador resultó ser la hermana menor de Wax, que dominaba el centro de la calle lateral —sin huellas de carros por aquí— rodeada por una multitud y enfrentándose a un hombre al menos dos veces su tamaño.

—¿Es esa? —preguntó Quik mientras se acercaban, encontrando huecos entre la gente para vislumbrar la improvisada arena de adoquines.

—Metiéndose en problemas, sí —respondió Wax.

Ni Bliss ni su oponente tenían armas. El bastón y la bolsa de Bliss habían desaparecido, y mostraba las señales de una tarde ajetreada: moretones subían y bajaban por sus brazos, el sudor perlaba su frente sucia, y una delgada línea roja goteaba de un labio hinchado, pero los ojos de Bliss parecían brillantes, su cuerpo en una cuidadosa postura de cazador.

El hombre frente a ella tenía su tamaño desplegado, con los brazos abiertos, como si quisiera ir y dar a Bliss un abrazo devastador. El combate debía llevar un tiempo, porque él también tenía sus propias marcas en las piernas, el pecho desnudo y un corte sobre un ojo. Ambos respiraban como si hubieran estado corriendo duro.

—Esto tiene que parar —dijo Quik, empezando a abrirse paso a empujones.

—Espera —Wax lo agarró del hombro—. Ella puede con esto.

El hombre más grande avanzó, escupiendo en el suelo entre él y Bliss. La hermana de Wax se quedó quieta, dejando que el hombre acortara la distancia.

—Esto no está bien —dijo Quik, mirando furioso a Wax

—. Incluso si gana, incluso si esto le consigue algún premio tonto, el riesgo no vale la pena.

—¿Qué, porque si se rompe una pierna, no puede ser mi Guardiana?

La multitud pidió al hombre que cargara, y con un rugido salvaje, eso fue lo que hizo. Dos largas zancadas y un agarre amplio, que Bliss esquivó lanzándose hacia adelante, asestando un rápido golpe en la garganta del hombre. Los brazos del gigante se cerraron alrededor de Bliss, el hombre escupiendo en una tos jadeante y asfixiante. Al principio, Wax pensó que el hombre podría aplastar a Bliss de todos modos, y la multitud también, a juzgar por sus vítores, hasta que se hizo evidente que el hombre se estaba apoyando en Bliss, su cara tornándose púrpura mientras intentaba respirar.

Escapando de los débiles brazos de su oponente, Bliss extendió las manos, dejando que el hombre cayera al suelo, donde por fin recuperó el aliento. La multitud hizo saber su opinión con abucheos, y las bolsas se abrieron por todas partes mientras las apuestas cambiaban de manos.

—Y todo salió bien —dijo Wax a Quik, que una vez más había puesto cara de enfado—. Bliss sabe lo que hace.

La multitud comenzó a clamar por la siguiente pelea, pero el ruido se apagó cuando otra voz, de un locutor que Wax no podía ver, anunció que los duelos habían terminado. La campeona de la noche había sido coronada.

Bliss, recién ungida, chocó contra sus hermanos cuando la gente se apartó. Sus abrazos fueron apretados, feroces, felices. Wax lanzó felicitaciones, mientras Quik refunfuñaba las suyas. Su atención se desvió, entonces, de Bliss al que venía detrás, un hombre que sostenía una pipa en una mano, y el bastón y la bolsa de Bliss en la otra.

Al principio Wax no reconoció el arma de Bliss. El

bambú apenas se veía, cubierto y entretejido ahora con extremos metálicos y un fuerte agarre en el medio. Líneas anaranjadas cortaban la madera bronceada, proporcionando una fuerza irregular.

Bliss tomó las recompensas, se inclinó para escuchar un susurro del hombre de la pipa, y luego se volvió hacia sus hermanos.

«No es lo que esperabais, ¿verdad?», signó Bliss.

—Te quedas corta —dijo Quik.

—Bastante impresionante —añadió Wax.

Bliss sonrió radiante. «¿Y adivináis qué? Sé adónde tenemos que ir».

10
ÉXODO

Conocer el camino y recorrerlo resultaron ser dos cosas muy distintas. Con las ganancias de Bliss, el trío consiguió una habitación y comida para la noche en una posada completamente extraña llamada La Barba del Fanfarrón. Mesas circulares y sopas burbujeantes ocuparon su cena, repleta de los relatos firmados de Bliss sobre sus diversas victorias contra los luchadores callejeros Fotis de Smythe.

En sus palabras, el esfuerzo se reducía a pelear como una Vis, no como un luchador musculoso. Quik intentó ofenderse por la caracterización, sus propios bíceps parecían hincharse en defensa de sus compañeros luchadores fornidos, una reacción que se disipó cuando Wax imitó lo mismo con su figura desgarbada.

Quik se rio, se estiró y apretó el brazo de Wax.

—Supongo que por eso nos tienes como Guardianes, hermano. Fuerza y un bastón de tu lado.

—Soy más que solo un bastón —gesticuló Bliss, luego señaló su bolsa repleta—. ¿Quién os compró la cena?

—Tiene razón, Quik —dijo Wax. Puso los brazos detrás

de la cabeza, se reclinó en la dura silla de madera y respiró hondo—. Bliss va ganando hasta ahora.

—¿Esto es una competición?

—¿Por qué no? El ganador obtendrá una mención en mi discurso de victoria.

—Paso —Bliss se puso de pie y terminó su cerveza—. Y estoy agotada. Dijeron que tienen un baño aquí, y nunca he probado uno. Os veo a los dos en la habitación.

Tomando su bolsa, y por lo tanto privando a la noche de cualquier gasto desenfrenado, Bliss se marchó.

—¿Ahora es demasiado buena para el mar? —preguntó Quik una vez que Bliss estuvo fuera del alcance del oído.

—¿Ves algún océano por aquí en el que podamos nadar? —respondió Wax—. Después de esta ronda, creo que la imitaré, empezaré el viaje limpio.

—No durará mucho.

Wax sonrió y levantó su jarra a los labios.

—Me decepcionaría si lo hiciera.

La mañana de Smythe empezó a tomar forma, con carros y forjas martilleando y chillando al cobrar vida. Una orquesta diferente a la de los pájaros de la jungla, pero Wax, que había pasado la noche tratando de averiguar cómo dormía la gente en colchones de paja, podía ver las similitudes: la música del hogar.

—Cuanto más rápido nos vayamos, más pronto mis oídos dejarán de gritarme —dijo El Renovación a sus dos Guardianes de ojos soñolientos—. Los Foti son divertidos, pero no puedo soportar mucho más.

Si la diversión de anoche mantuvo a raya el aire sucio y los sonidos discordantes, salir de la posada completamente sobrios permitió a Wax, Quik y Bliss abrazar la fría vida de hierro de los Foti. A su alrededor, las tiendas abrían para recibir a los visitantes en busca de desayuno, herramientas o intercambios. Los pregoneros reclamaban los escalones en las plazas para gritar las noticias de la mañana, que, según escuchaba Wax, parecían centrarse principalmente en las tarifas vigentes de varios minerales y metales. Los carros gigantes avanzaban sin piedad, obligando a los peatones a apartarse mientras traqueteaban.

Sin embargo, el trío tenía una dirección, el norte, y Bliss asumió su papel de guía, con ese bastón de metal como un buen tótem para marcar su camino. Los tres caminaban uno al lado del otro, sus tejidos Vis ya desgastados después de días en el mar sin un buen engrasado. Sus pies también mostraban nuevos arañazos por los adoquines a veces ásperos. De alguna manera, los cañones de piedra de los Foti traían ráfagas de viento y, con ellas, un frío más intenso que el que los Vis encontraban incluso en el corazón del Invierno.

Bliss pareció captar la mente del grupo cuando se volvió, fijando su mirada en una tienda a su izquierda. Las ventanas polvorientas —parecía que las habían limpiado esa mañana, pero buena suerte manteniendo la limpieza contra el asalto de la mugre— dejaban ver ropa pesada y ligera, telas reales hiladas de algodón y mejores materiales.

—Se siente mal abandonar nuestro hogar tan pronto —dijo Quik, pero siguió a Bliss y Wax al interior de la tienda de todos modos.

Sería peor morir congelados, les aseguró Wax mientras probaban nuevos atuendos. Con Bliss nuevamente sirviendo como su mecenas, el trío salió de la tienda no mucho después con atuendos más gruesos. Bliss y Quik optaron por túnicas naranja y plateadas, pantalones gruesos que se ensanchaban en los tobillos. Un clásico atuendo Foti para días de viaje, según el tendero.

Wax lo mantuvo más llamativo, poniéndose una

chaqueta gris con cuello y costuras doradas, a juego con pantalones más pesados con bolsillos profundos. Un atuendo de capataz Foti, hecho para llevar tanto herramientas como respeto.

—Se siente bien —dijo Wax ante las miradas de sus hermanos—. Soy vuestro jefe, ¿recordáis?

Quik miró a Bliss.

—¿Debería hacerle entrar en razón?

—Todavía no. Espera a que tenga los skars primero. Entonces podremos quitárselos.

—Podéis intentarlo —Wax señaló los pantalones holgados—. Os vais a tropezar con esas cosas.

Sin embargo, para molestia de Wax, ninguno lo hizo. Bliss y Quik caminaban sin problemas, los tres moviéndose con más confianza y atrayendo menos miradas con sus tatuajes cubiertos, sus ropas a juego con la moda Foti.

Smythe ofreció poco más en su camino de salida, los edificios elevándose hacia la enorme herrería central y el edificio de gobierno —el trío parpadeó ante eso, los ancianos de Kitaye preferían las charlas alrededor de la hoguera en la playa para dirigir su ciudad— y luego cayendo de nuevo mientras el grupo se dirigía hacia el norte, hacia tierras que solo parecían volverse más turbulentas.

Si Vis escondía sus ondulaciones y revueltas bajo verdes exuberantes, Foti se mostraba al desnudo. Una vez que los edificios de Smythe disminuyeron, un estrechamiento que terminaba con una robusta puerta y un muro de piedra cortando entre dos crestas opuestas —ambas, notó Wax con cierta satisfacción, más bajas que los sanas de su hogar — la extensión ante ellos parecía estirarse para siempre.

Una aburrida vigilante bebía de una taza de café humeante mientras el trío se acercaba a la puerta, un lugar solitario sin un comerciante a la vista. Tampoco viajeros. Un misterio resuelto por la vigilante cuando leyó sus miradas interrogantes.

—Todo el mundo sabe que el mar es un mejor camino —dijo, sin molestarse en levantarse de la desvencijada silla y la mesa de piedra—. Si queréis cruzar la isla a pie, o estáis buscando algo o huyendo de alguien.

—Lo primero, entonces —dijo Wax—. Nos dirigimos al norte. ¿Este camino nos llevará allí?

La vigilante se encogió de hombros.

—Supongo que podría. Nunca lo he recorrido yo misma —Entrecerró los ojos, asomándose por debajo de una fina capucha manchada de ceniza—. Entonces no sois locales.

—¿Qué pasa con eso? —preguntó Quik, cruzando sus considerables brazos.

—Solo digo que deberían tener cuidado allá afuera —resopló la vigilante—. Hay muchas formas en las que la gente puede desaparecer en los glaciares, y no crean que alguien vendrá a buscarlos. Al menos no para hacer más que saquear sus huesos.

—¿No estás un poco amargada? Ni siquiera es mediodía —preguntó Wax.

—Vigila esta solitaria puerta todo el día, todos los días, y dime si no te volverías un poco... amargada. —La mujer les hizo un gesto para que continuaran—. Mejor pónganse en marcha. Hay lugares para quedarse si llegan lo suficientemente lejos. Y hay demonios que los encontrarán si no lo logran.

Las llanuras de maleza más allá de Smythe se oscurecieron antes de que hubieran caminado más de un par de horas, ya no pisaban piedra sino tierra aplanada. Pequeñas criaturas, lagartos y similares, huían mientras los tres marchaban. Moscas mordedoras se acercaban zumbando, se encontraban frustradas por la ropa que los cubría y se alejaban en busca de presas más fáciles. Sin obstáculos, el viento tomó un giro caótico, soplando y haciendo ondear los pantalones de Bliss y Quik como pequeñas banderas.

Al menos el clima se mantenía fresco, con el sol como una débil mancha color canela en el cielo azul escarchado. Wax podía dar largos paseos por la sombra de la jungla en el calor intenso, pero una caminata lenta en un día abrasador era una forma de tortura que no estaba seguro de poder soportar.

Tal como estaban las cosas, Wax le preguntaba a Bliss una y otra vez por qué no podían haber tomado un barco. La respuesta era siempre la misma: el skar no estaba junto al mar. Se encontraba al norte del centro de la isla.

—¿Pero no podríamos haber encontrado una ruta más divertida? —preguntó Wax, suspirando mientras la maleza desaparecía, reemplazada por dura roca negra—. Esto se vuelve más aburrido a cada minuto.

Los Glaciares, como los llamaban los Foti, convirtieron el camino recto en un sinuoso juego de subidas y bajadas. Varios pasos los llevaban a una hondonada cálida, donde vapor caliente y humo se filtraban por las grietas, y el sudor amenazaba con hacer su aparición, para luego, segundos después, ser nuevamente golpeados por el aliento del Invierno. Los lagartos y los insectos desaparecieron, y solo unas pocas hierbas tentativas rompían la roca volcánica.

—Tenemos suerte —dijo Quik mientras coronaban su tercera cresta ondulada—. Vis es mucho peor que esto.

—Estoy de acuerdo. Lo que daría por una buena enredadera y algo de fruta fresca. —Wax sacó su odre de agua y bebió un trago—. ¿Cuáles son las probabilidades de que esto se seque aquí y nos marchitemos, perdidos como dijo esa vigilante?

"No muy altas", indicó Bliss con señas. Se había adelantado unos pasos y se inclinaba, estudiando una roca. "Han tallado un letrero aquí. El camino se divide".

Leer no era una habilidad especialmente valorada en Vis, pero las letras garabateadas en la piedra parecían ser nombres de ciudades. Flechas marcaban la dirección, una al norte, la otra al oeste.

—¿Estás segura de que dijeron norte? —preguntó Wax a su hermana—. Si te equivocas, eso definitivamente pondría a Quik a la cabeza.

Bliss puso los ojos en blanco, sus dedos moviéndose rápidamente: "No me equivoco".

El camino hacia el norte, sin embargo, no mantenía el estilo ondulante. Se sumergía, serpenteando profundamente en una brecha entre dos inmensas, aunque suaves, colinas de roca volcánica. El destino se hizo bastante claro antes de que llegaran al fondo: la boca de una cueva, ancha y ondulada, como si la lava hubiera brotado de su agujero y se hubiera enfriado muchas veces. Desde arriba, la cueva parecía más pequeña que aquella en la que Wax y Bliss habían entrado en Vis, la que tenía el demonio, donde Pan-

—Qué suerte tenemos —anunció Wax mientras se acercaban al agujero, desterrando el recuerdo—. Estos deben ser los tubos de lava de los que oímos hablar. Significa que estamos en el camino correcto. Bien hecho, Bliss.

"Te lo dije", respondió Bliss, desenfundando su bastón y plantándolo en el suelo frente a ella.

—¿Para qué es eso? —preguntó Quik, y Wax secundó la pregunta.

"La última vez que entramos en una cueva, un demonio vino por nosotros. Solo estoy siendo precavida".

Wax se miró a sí mismo, la hoja azul Foti en su cinturón. El cuchillo que debería haber ido a Pan colgando en el lado opuesto. El skar de Vis colgaba cerca de su pecho, su calidez cerca de su propio corazón. Había recorrido un largo camino desde aquel saltador de árboles vestido con tejidos que habría mirado a un demonio y habría huido.

—¿Qué opinas, Quik, estamos preparados? —preguntó Wax, alcanzando y desenvainando la hoja. Su metal zafiro brilló a la luz del sol.

Quik gruñó, atándose los guanteletes. —Cualquier demonio que nos encuentre se dará cuenta de que ha cometido un gran error.

—Entonces, Guardianes, entremos en el tubo.

11

ALTA SOCIEDAD

Desde el primer paso dentro, Ami se dio cuenta de que este no era su lugar. ¡Cojines, cojines! Abundaban por toda la planta baja del edificio, apilados en montones rojos y morados en lugar de sillas, mesas o cualquier otra cosa. Una alfombra desgastada, cubierta de manchas de vino, se extendía hasta las esquinas donde los hilos se deshilachaban formando telarañas a medio tejer. Las paredes de piedra brillaban tras las velas encendidas, los ladrillos grabados con poesía garabateada. Cuerpos se movían en las sombras, algunos alzando copas para brindar por la entrada de Ami, otros manteniendo sus cabezas en libros o acurrucados unos con otros, en posiciones que Ami definitivamente no quería investigar.

—Es un poco excesivo, lo entiendo —dijo su anfitrión mientras se unía a ella para examinar las habitaciones—. Pero te acostumbrarás. Después de todo, nuestro lema es libertad del cuerpo, libertad de la mente.

Ami tomó aire para calmarse. Un error, ya que la oleada de incienso que acompañó la inhalación la hizo toser con tanta fuerza que el hombre le dio dos palmadas en la espalda para poner fin al ataque.

—Otro desafortunado efecto de la primera vez —dijo el hombre, inclinándose hacia ella con una sonrisa preocupada—. Pasará en unos minutos, como le ha pasado a todos los demás aquí. En cuanto a mí, puedes llamarme Mattimo. A los demás, aprenderás sus nombres cuando decidan decírtelos.

—Ami —jadeó ella, tragó saliva y se obligó a enderezarse. Había luchado contra demonios, se había enfrentado a desastres y horrores que esta gente no podía comprender. Unas cuantas velas no la derribarían—. Necesito encontrar un libro. Me dijeron que lo tendrían aquí.

Mientras hablaba, otro hombre con una túnica azul profundo desaliñada se acercó pavoneándose con una copa rebosante de un rojo intenso. Se la ofreció a Ami con una ligera reverencia.

—Un regalo de bienvenida para la Guardiana.

Beber vino en situaciones inusuales estaba en la lista de malas ideas de Ami, pero sentía los ojos siguiendo el momento. Rechazarlo parecía de mala fe. Tomaría la copa, entonces, pero dejaría que mantuviera su bebida.

—Gracias —Ami aceptó la copa, la alzó hacia la sala y recibió otro coro de bienvenidas entrecortadas.

—Por favor —llamó Mattimo hacia la casa—, vuelvan a poner música. Os quiero a todos, pero estoy seguro de que la Guardiana preferiría oír algo más agradable que nuestros pasatiempos.

Quizás Ami sí bebería ese vino después de todo. Dio un sorbo, el sabor a cereza y nuez moscada persistió en su lengua. No estaba mal, considerando todo.

Mattimo la invitó a entrar desde la puerta, que cerró y atrancó detrás de ella. Normalmente, Ami podría ver eso como una señal de trampa, algo de lo que estar alerta, pero las personas que veía a su alrededor estaban tan lejos de ser ladrones y guerreros como podía imaginar.

—Bien, entonces —dijo Mattimo, guiando a la Guardiana a través de la habitación hacia un pasillo estrecho. Aquí, pinturas cubrían las piedras, y Ami esperaba ver retratos autocomplacientes, pero en su lugar encontró representaciones artísticas de canciones antiguas, fragmentos de poemas hechos contra bosques en acuarela o montañas brumosas—. ¿Preguntabas por un libro?

¿Cuánto confiar en un hombre? Ami mantenía a las personas en una escala privada deslizante. La mayoría, a primera vista, comenzaba en el medio. Ser aceptados como quienes eran y no recibir nada de valor. Pronto, sin embargo, las acciones dictaban un deslizamiento o un ascenso, un movimiento hacia confidente o fracaso. Sin embargo, soportar todo esto solo para irse con las manos vacías no era una opción.

Ami tomaría más copas esta noche, sola y en su balcón, y lo haría con el premio en la mano, maldita sea.

—¿Qué sabes sobre Demion? —preguntó Ami a Mattimo mientras el hombre la conducía al lado opuesto de la casa, una cocina rebosante de comida y bebida, aunque todo parecía haber sido entregado desde otro lugar. Al oír sus palabras, Mattimo frunció el ceño, luego hizo un gesto a las otras tres personas en la cocina para que salieran.

La estructura de poder se hizo evidente cuando el trío obedeció sin cuestionarlo, deslizándose más allá de Mattimo y Ami con ojos vidriosos y sonrisas cristalinas.

—Un nombre extraño para empezar, Guardiana —dijo Mattimo, dirigiéndose a una estrecha estantería de madera rebosante de botellas de vino, la mayoría abiertas y bebidas a medias, como si la gente no se molestara en terminar lo que empezaba. Mattimo, al menos, sirvió de una botella abierta de tinto muy parecido al color del de Ami—. La mayoría solo conoce a Demion por sus cuentos de la infancia. El primer Círculo, la primera Égida.

—Quiero saber qué más encontró ella —Ami metió la mano en la bolsa de su cintura, sacó el libro que había hojeado y lo sostuvo en alto—. Esto parece forzado.

Mattimo, con una copa de cristal en una mano, tomó el libro con la otra y suspiró mientras leía la portada.

—Algunas cosas se escriben para complacer al lector. Otras se escriben para complacer a los que están en el poder.

—¿Qué falta?

Mattimo le devolvió el libro. Su rostro tenía una expresión diferente a la del anfitrión jovial que había sido un minuto antes. Los cálculos corrían por las arrugas, las mejillas descuidadas y los cabellos grisáceos.

—¿Qué estás buscando, Guardiana?

—Esperanza. Para mi amiga.

—¿La Égida?

—Mi amiga, Mattimo. Eso es lo que es para mí.

El hombre asintió. Sus ojos se desviaron hacia la puerta, hacia su copa de vino. Ami tuvo la impresión de un ratón nervioso deseando poder irse. Entonces Mattimo se enderezó, encontrando su columna vertebral.

—Celebramos estas fiestas aquí abajo porque evita miradas indiscretas —dijo Mattimo—. A pesar de lo que puedas estar pensando, no es solo esto. Pasamos días discutiendo, escribiendo y deliberando sobre cosas en las que ningún marinero, minero o soldado najahn tiene tiempo de pensar. Aquí hacemos avanzar nuestra civilización.

—Genial. ¿Qué tiene eso que ver con mi pregunta?

—Estoy diciendo que aquí somos libres de hablar de

cosas que no se dicen en otros lugares, no porque el Círculo nos dé licencia, sino porque no hay ojos ni oídos entrometidos alrededor. —Mattimo inclinó la copa, la vació de un trago y la rellenó—. Los najahn son como cualquier sociedad. Guardamos secretos, algunos más potentes que otros.

—¿Entonces lo que estoy pidiendo es un secreto?

—Lo suficientemente importante como para que revelarlo sería arriesgarme a mí mismo, a todos los que están aquí y a lo que hacemos.

—¿Arriesgar cómo? ¿Que yo se lo pueda contar a alguien?

Mattimo esbozó una pequeña sonrisa. —Que podrías destruir lo que tanto apreciamos.

Ami se estiró por encima de Mattimo y dejó su copa en el estante. Se enderezó, irguiéndose sobre el hombre más bajo, y adoptó la expresión de soldado que solía usar cuando vigilaba las minas de Foti contra bandidos y cosas peores. Esa mirada solía hacer que la gente se plegara a su voluntad, pero Mattimo no palideció ni se inmutó.

—Veo lo que estás haciendo, Ami —dijo Mattimo—. No creas que no te lo contaría, pero significaría mi muerte si se descubriera. La tuya también, y posiblemente la de todos los que están aquí.

—Ocultarlo significa que la Égida está muerta.

—Siempre iba a morir, al igual que la siguiente y la que venga después.

—Diez años, Mattimo. Solo diez años. —Ami puso un dedo acusador contra el pecho de Mattimo. El hombre lo miró y se bebió de un trago su segunda copa de vino. Cuando se volvió para rellenarla de nuevo, Ami lo empujó, aprisionándolo contra el estante—. La Égida anterior duró doce. ¿Cuánto falta para que tratemos con semanas, días?

¿Una fila constante de niños esperando para morir y mantener a raya a los demonios?

La débil sonrisa de Mattimo persistió. —Tú y yo llevaremos mucho tiempo muertos cuando eso ocurra.

—Tú llevarás mucho tiempo muerto antes de la medianoche si no me tomas en serio.

—Lo hago, Ami, lo hago. —La expresión de Mattimo cambió, sus ojos se elevaron iluminándose con una nueva esperanza—. ¿Qué estás intentando hacer, entonces? ¿Salvar a la Égida de alguna manera? Puedo decirte ahora que ningún secreto le devolverá sus años a Catya.

Ami retiró la mano, tratando de negarse a sí misma que eso era lo que esperaba. Los skars contenían poder, y sí, una parte de ella creía que podrían ser capaces de revertir el reloj de Catya, darle una segunda oportunidad con lo que había perdido. Sin eso... sin eso, esto se trataba del futuro.

—Entonces quiero asegurarme de que ella sea la última así —dijo Ami.

—De nuevo, una promesa imposible. Lo que sé son solo sugerencias, susurros, y puede que no tengan nada que ofrecerte.

—Puede es mejor que lo que tengo.

—¿Y qué tengo yo, Ami? —La mirada de Mattimo cambió de nuevo, un hombre de muchos estados de ánimo. Su voz, sin embargo, se transformó con ello, ya no era un suplicante, un desafiante, sino ahora un negociante—. Los riesgos no se pueden tomar por nada.

—¿Ayudar al mundo no es suficiente para ti?

—Si lo fuera, ¿estaría aquí? —Mattimo se rió, y esta vez Ami no lo detuvo cuando volvió a llenar su copa—. He intentado convencerte de lo contrario, pero si quieres esta información, tendrás que encontrar algo que yo quiera.

—Algo que yo pueda dar, quieres decir.

—Exactamente —dijo Mattimo. Ami tuvo un repentino destello de dónde estaban, de las cosas horribles que llenaban este lugar. Su mirada hizo que Mattimo se estremeciera—. Nada desagradable, por favor. De hecho, lo que realmente preferiría es algo mucho más sencillo.

—¿Y eso es?

Ahora los ojos de Mattimo realmente brillaron, y sus palabras fluyeron menos como miel y más como afiladas tachuelas, picando a su objetivo con cada sílaba.

De vuelta en su habitación, Ami efectivamente se sirvió una copa. Blanco, y fresco en el clima vespertino. El invierno se acercaba, algo lento en Noctia, pero la brisa del océano podía tomar la temperatura y hacer con ella lo que quisiera. Ami dejó que soplara sus mechones color ascua a través de su rostro, sus ojos mirando hacia el acantilado pero sin verlo.

Lo que Mattimo pedía no iba a ser fácil. No iba a ser correcto. Pero era algo que, quizás, Ami podría conseguir. ¿Valía la pena arriesgar su posición, su capacidad para ayudar a Catya? La información de Mattimo podría no ser nada, podría ser tan vaga y frustrante como el libro.

Pero no hacer nada tampoco era una opción.

Ami giró su mirada hacia Flamebreak, apoyada contra la pared. Le habían dado la espada como regalo, para usarla con un propósito glorioso. Quizás había llegado el momento de empuñarla de nuevo, solo que al servicio de salvar el mundo, no de condenar a otra pobre alma a una muerte lenta.

Está bien, Mattimo. Conseguiría su pequeña carta, sin importar a quién tuviera que apartar para hacerlo.

El mundo requería eso.

12

HACIA EL CALOR

Las cuevas ya no parecían lo mismo despúes de la aventura en Vis, con un demonio saliendo del agua y persiguiendo, casi matando a Wax y Sawi. El tubo de lava no se asemejaba a la oscuridad de aquella cueva, gracias a las líneas naranjas y amarillas que recorrían el suelo, el techo y los lados de la gran roca arqueada. Las venas hipnotizaron al trío desde sus primeros pasos, atrayendo sus ojos con su flujo y color hipnótico.

—No es exactamente normal, ¿verdad? —dijo Quik.

'Apuesto a que aquí sí lo es', respondió Bliss con señas. 'Foti no tendría un camino atravesando esto si no fuera seguro. Vamos'.

—¿Por qué tienes tanta prisa? —preguntó Wax.

'Porque no me hace gracia pasar la noche aquí fuera', señaló Bliss. 'La gente con la que hablé...'

—¿Te refieres a los que apaleaste? —interrumpió Wax.

'Sí, esos. Dijeron que los viajeros no eran los únicos en los caminos de Foti, especialmente de noche'.

—¿Como quiénes? —Quik mantuvo sus ojos en esas

venas fluyentes. Como estrellas naranjas esparcidas en una línea.

'Bandidos. Monstruos. No obtuve detalles'.

—Creo que estamos preparados —Wax se encogió de hombros ante la queja, pero aun así aceleró el paso. Bliss tenía razón en una cosa: quedarse en las yermas tierras salvajes de Foti no era el objetivo. A Wax no le importaría dormir en otro lugar que no fuera la roca esta noche.

En Vis, siempre se podía encontrar un dosel para acurrucarse, una hoja acogedora o una flor de sana para proporcionar una cama cómoda. Wax hizo una mueca al mirar el suelo quebradizo: aquí no sería tan cómodo.

El tubo de lava, al menos, detenía el viento mordaz que los había atormentado en las ondulantes colinas exteriores de Foti. Desafortunadamente, ese viento fue reemplazado por un calor sofocante, que aumentaba a medida que se adentraban desde la entrada del tubo. Pronto guardaron sus capas exteriores en sus alforjas, volviendo a sus tejidos de Vis.

—No entiendo cómo los Foti no se derriten aquí —murmuró Wax mientras el sudor avanzaba por su frente.

—No ves a muchos de ellos por aquí abajo, ¿verdad? —preguntó Quik.

—Supongo que ya sabemos por qué.

Bliss tomó la delantera, con Quik adoptando la retaguardia. Wax se preguntó si esto iba a ser la nueva normalidad, su valiente hermana y su bastón metálico actuando como su vanguardia. Él y Pan habían ido en pareja, Guardián y Renovación juntos.

Eso no había funcionado. Bien podrían intentar algo nuevo.

A medida que el día avanzaba hacia la tarde, el tubo de lava continuaba su descenso deslizante, adentrándose más profundamente en la tierra de Foti. Al hacerlo, esas venas se volvían más brillantes, se extendían por la roca gris-marrón hasta que parecía que caminaban más sobre un río rocoso sobre lava que en un túnel.

La roca misma también cambiaba de carácter, brotando nuevos parches negros brillantes, algunos de los cuales llevaban las marcas de un pico, como si se hubiera realizado alguna minería tentativa y luego se hubiera abandonado rápidamente.

—¿Cuál es el costo ahí? —reflexionó Quik mientras pasaban por el primero—. ¿Un poco de lo que sea eso a riesgo de perforar una de esas venas y terminar siendo un hombre derretido?

—Depende de cuán desesperado estés —dijo Wax.

—¿Quién estaría tan desesperado?

—No sé si prestaste atención en el Anvil's Arms, pero había más de unos cuantos que parecían que podrían considerar tomar un hacha contra esa cosa.

—Nadie en Vis estaría tan perdido.

—No estamos en Vis, hermano, por si no te has dado cuenta.

Bliss se mantuvo callada. Tal vez había visto a más de unos cuantos tipos similares durante sus peleas callejeras. ¿Quién se lanzaría a peleas así excepto los sedientos de sangre o los destrozados?

Wax alejó ese pensamiento. La gran aventura parecía mucho más apetecible sin perderse en los lados más oscuros de los lugares a los que iban. Su trabajo no era resolver los problemas de Foti, sino salvar Las Siete Islas.

O, si no llegaba al Aegis, pasar un buen rato viajando.

'Alto.' Bliss levantó su mano derecha, con el bastón en la izquierda. 'Algo se está moviendo allá arriba.'

—¿Dónde es "allá arriba"? —preguntó Wax, colocándose junto a su hermana.

Ella apuntó el bastón hacia un parche circular de piedra en el techo del tubo, a unos pocos pasos de distancia. Venas de lava rojo rubí rodeaban el círculo, una curiosa curvatura considerando que en todas partes la lava simplemente cortaba en línea recta. Añadiendo a la rareza, la luz reflejada por las venas tendía a rebotar en la roca, brillando y dejando un centro oscuro. Una lúgubre luna en el cielo de carbón del tubo.

—¿Qué crees que sea? —preguntó Quik.

'Ni idea', señaló Bliss, luego movió el bastón a lo largo de la pared derecha. 'Pero no creo que haya estado ahí mucho tiempo.'

La eventual colocación de su hermana como cazadora ganó más credibilidad mientras Wax seguía el punto de su bastón. Estrechas grietas en la pared de roca del tubo de lava subían desde una amplia vena en su lado derecho, las grietas mismas brillando con un tenue amarillo, bits de lava corriendo como cerveza goteando de una jarra demasiado llena. Esas hendiduras subían por toda la pared hasta el techo, donde continuaban en una línea constante hasta el parche circular, un punto que Wax ahora notó que estaba centrado justo sobre el tubo.

—Tengo la sensación de que esto podría ser una trampa —dijo Wax.

—Entonces no eres un idiota —añadió Quik.

'No iría tan lejos', señaló Bliss, continuando antes de que Wax pudiera añadir una réplica. 'Yo la activaré. Quik, estate listo.'

—Por supuesto. —Quik se deslizó sus guanteletes, atando el hilo rojo alrededor de sus muñecas—. Wax, quédate atrás.

—¿Por qué dejaría de permitir que mis Guardianes hagan su trabajo?

—Porque ya lo has hecho dos veces.

Una vez más, Wax podría haber ofrecido algo para contrarrestar el insulto —sin duda, una réplica devastadora debería haber encontrado sus labios—, pero Bliss acabó con la conversación lanzándose hacia delante con determinación, bajando la cabeza, sosteniendo el bastón con ambas manos y avanzando a toda velocidad.

Mientras se acercaba al parche, los costados brillantes se desplegaron, extendiéndose en oscuros racimos contra el techo. La cosa, fuera lo que fuese, parecía ser tan ancha como el bastón de Bliss, y al desplegarse, la lava goteaba desde su centro, un centro que se abría en un círculo repleto de dientes amarillos y humeantes.

La criatura cayó. No, se impulsó, sus numerosas patas empujando desde el techo y buscando hacer una intercepción rápida y mortal con Bliss. Wax gritó, Quik corrió tras su hermana, y Bliss se lanzó.

No, más que eso. Wax se quedó boquiabierto mientras Bliss usaba su bastón, clavando el extremo delantero en la roca para impulsarse más rápido, pasando por debajo de la cosa similar a un insecto que caía en picado y terminando en el lado opuesto. La criatura aterrizó con un estruendo que esparció lava, volando brasas mientras se arrastraba —Wax estimó sus patas como "muchas", y en todos los lados alrededor de un caparazón central inclinado. La boca parecía estar en el centro, esos dientes triturando la roca sin daño aparente.

Bliss giró al aterrizar, levantando el bastón en posición de guardia y estudiando al monstruo mientras este rotaba para enfrentarla, si es que realmente tenía una cara.

Quik aprovechó la oportunidad.

Bajando su hombro izquierdo, ignorando las ardientes chispas salpicadas sobre su piel por la caída, Quik se abalanzó sobre la criatura con su mano izquierda, doblando las piernas, flexionando sus intensos brazos en un movimiento de pala que envió a la criatura dando vueltas. La mano derecha de Quik llevó su guantelete a través de su rostro, atrapando las brasas recién arrojadas en la madera aceitada.

Bliss no necesitó una indicación para saber qué hacer, balanceando su bastón en un duro corte a través de su cuerpo para aplastar al bicho de lava en el aire. El bambú, reforzado con metal, crujió contra las patas que se agitaban de la cosa, enviándola volando hacia la pared derecha del tubo de lava. El golpe resonó, con fragmentos de roca y caparazón volando por todas partes.

Pero esas patas seguían agitándose, esos dientes, ahora expuestos, chasqueaban mientras el bicho intentaba liberarse.

Un chasquido que parecía terriblemente fuerte, ahora que Wax lo pensaba.

Parpadeó, se liberó de la acción —Bliss se dirigía hacia el bicho atrapado con su bastón listo para darle un final aplastante— y miró a su derecha, donde estaba esa amplia vena de lava.

Y gimió.

Otro bicho, con muchas patas brillando en ámbar por el calor de la lava, se liberó, una extremidad a la vez. Cada punta afilada golpeaba la roca con un sonido horrible y astillante, la lava se acumulaba con cada paso y derretía la piedra.

Cuando un segundo sonido de chasquidos y claqueos vino desde atrás, Wax cerró los ojos por un breve segundo, ofreció una plegaria a Vis y desenvainó sus espadas. La espada y el cuchillo Foti adquirieron un brillante tono azul a la luz de la lava, encendiendo algo de esperanza mientras Wax se giraba para enfrentar a la cosa que venía por detrás.

—¡Tenemos más amigos! —gritó Wax, optando por ganar algo de distancia del bicho lateral cargando contra el emboscador de la retaguardia.

A diferencia del monstruo negro y brillante del techo, este tenía líneas moteadas de verde chamuscado a lo largo del caparazón del escarabajo. Wax tomó esas marcas al principio como aleatorias, muy parecidas al pelaje de un hanoko, pero a medida que se acercaba a la distancia de una estocada de espada, la verdad se reveló: estas eran las mismas cicatrices que Bliss había descrito en los demonios de vuelta en Vis.

No eran criaturas nativas de Foti, entonces, sino más horrores del Oscuro Inferior.

—Bien —dijo Wax, balanceando su espada en un corte cruzado hacia la docena de patas delanteras del bicho—. Entonces no me sentiré culpable por matarte.

El bicho recibió la espada con un chirriante chirrido, sus patas cortándose como si Wax estuviera cortando tallos de flores. Resistentes a la lava estos bichos podrían ser, pero ¿a un corte afilado? No tenían nada.

Excepto pura sorpresa.

El bicho saltó al perder sus patas. El swing de Wax dejó su brazo cruzado sobre su cuerpo, el cuchillo Foti en su brazo abajo por su cintura izquierda, en ninguna posición para defenderse contra el repentino salto del bicho. Con brasas volando, una boca dentada se disparó hacia la cara de Wax, una muerte segura. Al menos, lo habría sido para cualquiera que no estuviera entrenado para esquivar ramas repentinas, enredaderas y todo tipo de fealdades que la jungla pudiera arrojar a gran velocidad.

Wax sacó su pierna izquierda, usando lo que quedaba del impulso de su swing para caer de lado, golpeando el suelo del tubo de lava con su hombro izquierdo. El bicho aterrizó más allá de él, tratando de frenar con patas que ya no existían. La criatura rodó, sus dientes rechinantes expuestos al techo.

Plantando el cuchillo Foti y su mano izquierda contra el suelo, Wax se lanzó de vuelta hacia el bicho, apuñalando hacia abajo con la espada más grande, clavando su punta directamente en la desagradable boca del bicho. La espada se hundió, una estocada temblorosa, y por un momento el monstruo se sacudió, obligando a Wax a soltar su cuchillo y agarrarse con ambas manos hasta que el bicho dejó de luchar.

Soltando la empuñadura de la espada, Wax se recostó, miró para ver a Quik terminar con su insecto arrojando el bicho destrozado y maltratado contra el suelo una y otra vez hasta que la criatura dejó de moverse.

"¿Estás bien?", señaló Bliss mientras corría junto a Wax, deslizándose sobre la roca a su lado con preocupación plasmada en sus rasgos.

Él sonrió.

—Tienes suerte de que yo sepa pelear.

Bliss frunció el ceño, lo miró de arriba abajo. "Supongo que sí. Lo siento, debería haber esperado más".

Wax se recostó sobre la roca, un movimiento que demostró que pasar una noche en el suelo duro sería terrible para sus cansados huesos.

—No sabemos qué esperar, Bliss. No de nada de esto. Creo que es por eso que tantas Renovaciones mueren en el viaje. —Miró al techo, esas ricas venas de colores ya no parecían tan hermosas—. Crecimos pensando que las islas no eran tan peligrosas, pero creo que estábamos equivocados.

Wax sintió que su hermana le agarraba la mano, se sorprendió cuando ella lo levantó, rompiendo su momentánea ensoñación.

"Entonces mejoraremos", señaló Bliss una vez que Wax se puso de pie. Volteando su bastón a su mano derecha, alcanzó y sacó la hoja Foti del bicho muerto, ignoró el chorro de lava que siguió al tirón, y le devolvió el arma humeante, pero aún intacta, a su hermano. "Esto es solo el comienzo".

Wax se rio.

—¿Dónde aprendiste a hablar así, Bliss?

"¿No es así como se supone que deben sonar los Guardianes?"

—¿Como Svarde?

"Él llevó a Catya hasta el Aegis, ¿no?"

Ese pensamiento no era tan reconfortante como Wax quería que fuera.

El Diente de Jarl. El nombre tallado en una roca que parecía, bueno, un gran diente astillado. Se alzaba entre las venas brillantes unas horas después de la batalla con los escarabajos, una vista bienvenida para un trío demasiado cansado ahora para contemplar avanzar mucho más. Wax había pasado los últimos veinte minutos tratando de imaginar una manera de extender su bolsa en el terreno irregular.

Al menos no haría frío aquí abajo.

El sudor los cubría a todos, mezclándose con el olor de un día de marcha que suplicaba por un baño. Sin embargo, ningún océano ofrecería su alivio aquí, lo que significaba que el Diente de Jarl mejor tuviera algo, aunque ese algo fueran solo tapones para sus narices.

El tubo de lava que los llevaba al pueblo se abrió, su elegante cilindro se desvanecía en una cúpula de roca burbuja, perforada por varias otras cuevas grandes.

—Un encuentro de tubos —murmuró Wax mientras contemplaban la inmensa caverna subterránea.

Normalmente, las cuevas estarían completamente oscuras a esta profundidad, pero no necesitaban encender una antorcha: esas brillantes venas se extendían por todo el suelo y el techo, deslizándose a lo largo de las rocas colgantes y volviendo a subir. Algunas se abrían lo suficiente como para escupir llamas fundidas, pequeños géiseres que no superaban las espinillas de Wax, pero aun así hermosos, de una manera ardiente y horrible.

—Esto es lo opuesto a casa —dijo Quik, y Bliss asintió junto a él—. Lo odio.

Wax tomó una profunda respiración, estirando los brazos para ofrecer un contrapunto, pero el olor acre que vino con la inhalación provocó un ataque de tos. Con sus dos hermanos mirándolo, con las caras inclinadas y las cejas fruncidas de preocupación, Wax hizo un gesto hacia los edificios agrupados.

—Vamos a entrar.

El Diente de Jarl ofrecía cinco casas, cada una con una adición como un taller, un corral para animales pequeños o un jardín cubierto lleno de plantas similares a hongos. Más allá de eso, lo único que se ofrecía era la posada.

Una estructura masiva que parecía que alguien hubiera aplanado varios discos grandes de obsidiana y los hubiera apilado uno encima del otro, la posada del Diente de Jarl —convenientemente también llamada el Diente de Jarl— se situaba justo en el centro de la caverna. Todos los caminos conducían a ella, y por primera vez en todo el día, el trío vio a otras personas. Humanos reales y vivos.

Y sin embargo, ver a la gente holgazaneando fuera del Diente de Jarl era como hacer una triple toma. Los mineros y trabajadores en Smythe tenían ceniza por todas partes, llevaban la grasa y el sudor como insignias de honor. El colectivo que deambulaba fuera del Diente de Jarl, todos con pipas en la boca, bocanadas de humo azul y blanco elevándose con cada respiración, parecía haber emergido, bueno, de los tubos de lava.

Cualquiera que hubiera sido su color de piel antes, ahora todo estaba carbonizado, una gruesa capa untada y quemada en todo lo expuesto, y dado el calor, los hombres y mujeres allí fuera no llevaban mucho. Bandas apretadas envolvían las manos, mientras que gruesas botas cubrían los pies hasta las rodillas. Camisas y pantalones cortos, sueltos y sucios, completaban el conjunto, siendo el único rasgo destacado que Wax vio los pequeños emblemas cosidos en sus pechos.

Si el trío Vis inspeccionaba a la gente del Diente de Jarl, entonces la gente del Diente de Jarl ciertamente los inspeccionaba a ellos. Las miradas lentas se convirtieron en miradas fijas cuando los tres entraron en el pueblo, con las bolsas llenas y pesadas, sus tejidos descoloridos decididamente no a la moda local.

—¿A la posada, entonces? —reflexionó Quik mientras pasaban las primeras casas.

—¿Hay algún otro lugar? —respondió Wax—. Yo responderé: no.

Ni un alma se molestó en acercarse para conversar mientras se aproximaban, sus bocas pegadas a sus pipas, los ojos solo desviándose cuando Wax buscaba contrarrestar la mirada con una propia. Las miradas no parecían hostiles: sin ceños fruncidos, sin ojos entrecerrados ni manos moviéndose hacia los martillos que todos parecían tener colgando de sus cinturas. Curiosidad, entonces. Incluso un ligero desconcierto cuando los labios insinuaban leves sonrisas.

—Tengo la clara impresión de que no se supone que estemos aquí —murmuró Wax.

—El único lugar donde se supone que debemos estar es Vis —dijo Quik—. Eso es parte de todo esto. Ver las islas, aprender sobre ellas, convertirse en un ciudadano del mundo antes de asumir el manto del Aegis.

—Sigues hablando como si yo fuera el que va a hacer esto.

—Lo harás.

—Condenando a tu hermano a una vida vivida en esa terrible isla, ¿eh?

La réplica de Quik, si es que tenía una, fue cancelada cuando Bliss empujó la puerta principal de la posada. La losa de metal forjado debería haber sido pesada, su revestimiento incrustado de carbonilla lo sugería, pero cuando Bliss empujó, los engranajes giraron, deslizando la puerta hacia adentro con un agradable chirrido industrial.

Wax no estaba seguro de qué esperar de una posada de Foti metida en las entrañas de un tubo de lava, pero lo que vio pareció romper esas escasas ideas.

En primer lugar, el calor esperado no se materializó. De hecho, una ola fresca pasó por Bliss, sobre Wax y su hermano. El sudor por todas partes se enfrió, provocando un escalofrío confuso. La fuente de ese aire se hizo evidente rápidamente: un trozo de hielo masivo, que se extendía desde el suelo hasta el lejano techo y estaba encerrado en una jaula de cristal plateado. El agua goteaba del trozo, corriendo hacia delgadas tuberías cubiertas de rejillas a lo largo del suelo de la posada. Sin adivinar, entonces, de dónde sacaba la pequeña aldea su suministro de agua.

Más allá del hielo, una observación que Wax se tomó su tiempo en hacer, ya que nunca había visto nieve y hielo salvo a lo lejos en las cimas absolutas de las montañas de Vis en invierno, el Diente de Jarl ofrecía las largas mesas de piedra estándar que habían visto en Smythe. Los jarros de cerveza dominaban, al igual que las carnes ahumadas y los montones de vegetales de raíz. Las frutas secas también estaban disponibles, completando un conjunto sabroso, al menos a juzgar por las apariencias.

La gente que participaba en la cena del Diente de Jarl tomaba el ambiente de los trabajadores de Smythe y lo maximizaba, incrustándose como los de afuera y devorando su comida con el entusiasmo de aquellos que habían pasado todo el día usando cada músculo que tenían. La conversación resonaba entre escupitajos en escupideras colocadas con precisión, los varios camareros se apresuraban entre las mesas con fervor maníaco. Uno se atrevió a dar una doble mirada al trío Vis antes de asentir hacia un lugar circular más pequeño y vacío.

Los taburetes de piedra que se ofrecían carecían de comodidad, pero después de un día sobre sus pies doloridos, a Wax no le importaba mucho. Colocaron su equipo a su lado, apoyándolo contra la pared frontal de la posada. Algunos ojos vagaron en su dirección, quedándose fijos durante largos segundos antes de volver a sus asuntos cotidianos.

"No creo que nos ataquen", señaló Bliss mientras los tres se volvían de la sala hacia su mesa. "No veo armas".

—Curioso que eso sea lo primero que se te viene a la mente, Bliss —Wax se inclinó hacia adelante, apoyó los codos sobre la mesa. Granito sólido gris-negro—. No pienses que todos los lugares de las islas son una trampa mortal.

"¿Hasta ahora no lo ha sido?"

Un camarero, un hombre demacrado que parecía estar a un día de convertirse en polvo, se acercó y les dio una introducción agotada. Sí, dijo el hombre con voz de grava susurrante, este es el Diente del Jarl, y sí, sé que no son de por aquí. No, no es inusual que los visitantes pasen por aquí, ya que estamos en una intersección, y sí, el hielo es notable. Viene de los témpanos del norte de Rana, dura alrededor de un mes, y nos entregan un nuevo trozo.

—¿La cerveza y la cena estándar para los tres? —concluyó el camarero, sin haber permitido que ninguno de ellos dijera una palabra.

—¿Cuáles son los precios? —preguntó Quik, y el camarero lanzó una mirada a sus bolsas.

—Lo suficientemente baratos para ustedes, supongo —respondió el hombre.

—Entonces vamos con eso —dijo Wax. El camarero asintió, se dio la vuelta para irse, y Wax se lanzó siguiendo su intuición—. Usted tampoco es de aquí, ¿verdad?

El camarero miró a Wax, lo evaluó y esta vez con una sonrisa un poco más genuina.

—Un refugiado de Kance, me temo. Cambié el viento por este agujero profundo.

—¿Por qué?

—¿Por qué alguien deja su hogar? —preguntó el camarero—. Porque tiene que hacerlo.

El hombre se alejó a grandes zancadas, dejando a Wax volverse hacia sus hermanos.

—¿Esa fue una respuesta real? —preguntó Wax.

—Me pareció superficial —Quik se encogió de hombros—. Pero es su decisión. Al menos vamos a conseguir comida y algo de bebida de verdad.

—No demasiado. Cerveza, quiero decir —Bliss lanzó

una mirada significativa a Wax—. Tenemos un largo camino por delante.

Wax sonrió.

—Bliss, me conoces. Puedo controlarme.

La lava nunca se atenuaba, sin importar la hora. Wax estaba de pie fuera de la posada del Diente del Jarl, esperando mientras Bliss y Quik se turnaban para usar la letrina esculpida en roca; usarla requería un alma fortificada, ya que el agujero conducía directamente a un río de lava fluyente. Los fumadores de pipa disminuían a medida que avanzaba la noche, un indicador de tiempo más seguro que la vieja intuición de Wax, que parecía inútil bajo tierra.

La cerveza provocaba un leve alboroto en su cráneo, golpeando más fuerte que el dulce brebaje de Vis. Sin embargo, la abundante comida lo compensaba y, más que las patatas, el skar. Wax lo sostenía ahora en su mano derecha, cuidando de mantener su palma cubriendo el nudoso zafiro.

El calor emanaba de la gema en suaves oleadas, acariciando su piel y ofreciendo, como el pegajoso toque de una telaraña, la oportunidad de tirar. Quik y Bliss no lo sabían, pero Wax había descubierto que un pequeño tirón aquí y allá se sentía como tomar una siesta rápida. Rejuvenecido, recargado, cualquier efecto del alcohol desaparecía. Con ellos, también se iban las ligeras quemaduras de la batalla con los escarabajos de antes.

Si al skar le importaba, Wax no lo notaba. El calor se sentía tan fuerte como siempre, el profundo tono azul tan pleno como el momento en que lo había recogido del gigantesco sana en Vis.

¿Qué más podría hacer con él?

Wax alzó la mirada, siguiendo una mota oscura en un

flujo superior mientras corría por el techo. Arrastrada por fuerzas que no podía controlar, esa cosa.

Él no, sin embargo. Quik y Bliss eran sus guardianes, no sus guías. El Aegis, toda esa pompa, ceremonia... La petición de Pan se reprodujo en su mente, llevando a Wax de vuelta al zafiro. El skar.

Por ahora. Por ahora seguiría la aventura, disfrutaría cada minuto que pudiera. Wax le debía eso a Pan.

Pero si le pedían que se pusiera las cadenas, que se sentara en esa desolada prisión en Noctia...

Wax deslizó el skar de vuelta dentro de su holgada túnica Foti. No tenía que responder esa pregunta ahora, y con suerte nunca tendría que hacerlo.

13
ENCUENTRO FORTUITO

Quik culpaba a su inquietud por ser el hermano mayor. El responsable si algo salía mal. Por eso estaba sentado, apoyado contra la cálida pared de piedra en su pequeña habitación, observando a Bliss y Wax dormir en sus duras camas. Aquí no había paja ni hojas —demasiado propensas a incendiarse, según el posadero de abajo—, así que dormían en catres duros, piedra pulida con una almohada raída. No necesitaban mantas dado el calor, pero tanto Bliss como Wax se habían echado sus tejidos encima de todos modos. Por comodidad, por hogar.

Quik volvió a mirar su propia cama, arrinconada en una esquina. Una estrecha ventana sobre ella, apenas lo suficientemente grande para escapar apretujándose, ofrecía la omnipresente luz anaranjada, cuyo resplandor atravesaba y proyectaba un cuadrado amarillento en el polvoriento suelo de piedra gris. Las voces también se filtraban, murmullos desde abajo, aunque Quik calculaba que la hora ya había pasado a la madrugada.

Aunque, era difícil seguir el día y la noche cuando no tenías un cielo, un sol.

Quik había seguido el mismo camino que todos los niños Kitaye: los primeros años saltando de árbol en árbol, haciendo lo que sus mayores le pedían y encontrando lo que amaba, dejando que eso guiara sus primeros tatuajes, todo encaminándolo a unirse a los cazadores. No porque amara la violencia, sino por la emoción. Los momentos acechando a un ave de caza, o espiando un pez para arponear enfocaban la vida, una claridad que no podía encontrar en las hogueras de cocina o ayudando a su madre a atender el puesto comercial.

Quik tampoco estaba encontrando mucho aquí. Salvo por aquellos escarabajos —un descuido, allí, al dejar que Bliss fuera la primera en detectar la amenaza—, el viaje hasta ahora se había sentido como un trabajo grasiento de niñera. La cerveza foti estaba bien, pero su sabor a caramelo maltoso era mejor como celebración, no como forma de vida, y a este paso, Wax iba a hacer que se ahogaran en ella antes de que terminara la semana.

Y entre los episodios de borrachera, ¿qué harían? ¿Deambular por estos tubos eternamente iluminados?

Quik se rascó la pierna. Le ardían los ojos, algo en el aire los irritaba. La habitación sofocaba cada respiración, y sin pensarlo, Quik se levantó, abrió la puerta y salió al pasillo circular.

Su habitación estaba en el tercer disco, los pisos redondeados rodeaban el imponente hielo en el centro. Inmediatamente, el frío lo recorrió, lavando el sudor, devolviendo la vida. Quik podía manejar el calor tan bien como cualquiera en Vis, pero algo sobre la presión seca y abrasadora aquí lo abatía, succionaba su voluntad, exigía agua.

A pesar de la hora, cuando Quik descendió por la escalera central que corría junto al hielo, encontró a mucha gente todavía en el comedor de la posada. Algunos bebiendo, sus cervezas rebosantes, pero más sentados en grupos charlando en voz baja, como si Quik hubiera llegado a alguna hora social.

Las miradas se dirigieron hacia Quik cuando llegó a la planta baja, y en ese momento se dio cuenta de que había dejado su bolsa en la habitación. Sin bienes para intercambiar, no podía pedir mucho. Ni siquiera un vaso de agua fresca, llenado con el escurrimiento de ese gran cristal.

Su indecisión llegó a su fin cuando una mesa, y una mujer de alguna manera ataviada con cuero de trabajo, le hicieron señas para que se acercara. Otros dos, igualmente vestidos para el deber, su equipo marcado de manera obrera, estaban sentados a la mesa, dejando un asiento más para Quik.

—¿Qué vas a tomar? —preguntó la mujer cuando Quik se acercó.

—No tengo nada para intercambiar.

—No es lo que te he preguntado, isleño —la mujer asintió hacia la silla vacía—. Los visitantes interesantes son lo bastante escasos por aquí como para pagar por una historia.

Quik observó a los tres, encontrando a los compañeros de la mujer igualmente interesados, aunque sus ojos mostraban el velo del agotamiento. Cuánto tiempo cualquier historia mantendría su atención parecía una cuestión debatible. Las bebidas, por otro lado, eran bebidas.

—¿Qué les gustaría saber? —preguntó Quik, después de que un camarero igualmente somnoliento —ya no había camareros a esta hora— tomara su pedido de agua.

Esperaba lo habitual, preguntas como las que él y Wax habían respondido en el casino de Smythe. Cómo sobreviven en la jungla, cómo es balancearse entre los árboles, y todo ese tipo de cosas.

—¿Cuál de ustedes es la Renovación? —comenzó la mujer, esbozando una sonrisa—. Yo he apostado por ti, ella va por la chica, y él ha apostado su último fragmento de obsidiana por el chico.

La mano de Quik se tensó sobre la jarra de agua. Buscó desesperadamente una respuesta.

—¿Qué Renovación?

La mujer se rio, y después de un momento, los otros dos se unieron, sus suaves risitas un fondo distante para las carcajadas de su líder.

—No vuelvas a intentar mentir jamás, amigo mío —dijo la mujer cuando la risa se apagó—. No te sienta bien, no como lo hacen esos puños poderosos.

Quik no sabía qué decir, así que bebió el agua fresca en su lugar. Dejó que su mirada volviera a las escaleras. Una rápida despedida, un regreso a...

—Intentémoslo de otra manera —dijo la mujer—. Me llamo Sledge —cuando Quik parpadeó hacia ella, asintió—. Ahora tú me dices el tuyo.

—Quik.

—Ahí lo tienes. No fue tan difícil, ¿verdad? —Sledge se inclinó sobre la mesa, sin apartar sus ojos color canela de él. De cerca, notó pecas oscuras, cicatrices de quemaduras esparcidas aquí y allá en su rostro. Un parche de lo que habría sido cabello rojo oscuro parecía chamuscado sobre su oreja derecha—. Te lo preguntaré de nuevo, para resolver nuestra apuesta. ¿Cuál de ustedes es la Renovación?

Los minutos entre la primera pregunta y la segunda fueron suficientes para que Quik se calmara. Como encontrar el equilibrio en una fronda oscilante. No estaba en una pelea, sino en una posada poblada en un cruce comercial. Quik podía defenderse.

—Mi hermano, Wax —dijo Quik—. Él lleva el skar.

El hombre golpeó la mesa con el puño.

—Lo sabía. El chico tiene el aspecto.

—¿Qué mirada? —preguntó Quik mientras los otros dos asentían.

—Propósito —el hombre sacudió la cabeza mientras hablaba—. Es una maldita maldición, sentir que tienes el destino sobre tus hombros —entonces, el hombre se quedó mirando la mesa, perdido en algún recuerdo del pasado.

—No dejes que te desanime —dijo Sledge mientras la otra mujer ponía su mano sobre el hombro del hombre, apretando la almohadilla de cuero—. El viejo Loggren aquí nunca ha superado su propio intento con los skars, aunque hayan pasado casi veinticinco años.

—Es difícil olvidar cuando tuviste la oportunidad de ser el Aegis —murmuró Loggren, antes de soltar un suspiro.

—Lo intentamos —le recordó Sledge—. Hay una razón por la que nadie de esta mitad de la isla ha sido nunca la Renovación Foti. Estamos demasiado lejos. Si quisiéramos tener una oportunidad, deberíamos habernos mudado al norte —Sledge se volvió hacia Quik—. Que es lo que vosotros tres deberíais estar haciendo.

—Estamos caminando en esa dirección, lo mejor que podemos encontrar.

—Caminando, dice —Sledge se rio de nuevo, los otros dos se unieron a ella—. Espero que te guste golpear piedras, Quik, porque es una caminata.

—Llegaremos allí.

—¿Eso es lo que crees?

Quik dudó. ¿Qué tipo de respuesta era esa?

—Todo lo que Sledge está diciendo —intervino la otra

mujer—, es que hay caminos peligrosos entre aquí y la Gran Forja, donde está el skar. Hay una razón por la que la mayoría navega el viaje. Menos riesgo, especialmente con los demonios rondando.

—Y otras cosas además —añadió Loggren.

—Cosas que podrían ver a tu chico Wax y decidir que hay algo fácil que tomar —continuó Sledge—. No sé si vosotros los Vis lo entendéis, pero un skar es algo valioso. A muchos no les importaría quitároslo de las manos.

Quik se echó hacia atrás. Puso distancia entre su silla y la mesa. Podría voltear los muebles, poner a Loggren y a la otra mujer de espaldas y dejarlo uno a uno con Sledge, una pelea que Quik creía que podría ganar.

—Relájate —dijo Sledge—. No vamos a robarte.

—Aún no —murmuró Loggren.

—Intentadlo, y os arrepentiréis —dijo Quik.

—Qué gracioso, actúas como si tuviéramos mucho que perder —Sledge señaló la posada a su alrededor—. Pasamos nuestros días extrayendo mineral para enviarlo a Smythe, nuestras noches bebiendo en el Diente del Jarl. Qué vida para arriesgar tirarla por la borda por una oportunidad de algo mejor.

Su tono cambió, la luz en sus ojos pasando de una visión empañada por la cerveza a una chispeante. Loggren y la otra mujer también se enderezaron, sus miradas a Quik menos cordiales y más una evaluación afilada, una mirada de cazador.

—¿Así es como Foti trata a sus visitantes? —preguntó Quik—. Si vinierais a Vis, no os amenazaríamos, no os haríamos sentir como si pudierais ser apuñalados en cualquier momento.

—Porque tenéis una isla de abundancia —respondió la otra mujer—. Nosotros somos una isla de trabajo. De sudor y suciedad y polvo. Pasa unos años aquí y verás si te sientes diferente, si no le das a un vagabundo una mirada amable y una bebida gratis.

—Todo lo que estamos diciendo, Quik —dijo Sledge—, es que tienes un camino difícil por delante. Uno que es mejor tomar con un buen sueño y un ojo agudo.

—Entonces os agradeceré esto y diré buenas noches —Quik se bebió el agua, se levantó de la mesa. Sledge levantó su vaso para despedirse, los otros dos ni siquiera se molestaron en mirarlo.

Quik miró hacia atrás cuando llegó a las escaleras, vio al trío inmerso en la conversación, sin una mirada que lo siguiera. Sledge se rio de algo de nuevo. Tal vez las amenazas veladas solo habían sido advertencias, tal vez su corazón podía latir más despacio, sus nervios podían relajarse.

El bastón casi le arranca la cabeza a Quik cuando entró por la puerta. Bliss ajustó el golpe, lo envió bajo y mató su fuerza para que solo dejara un desagradable escozor al golpear el pecho de Quik.

—¿Qué estás haciendo? —preguntó Quik, frotándose el lugar y viendo a Wax, a la izquierda, con su espada Foti desenvainada.

—Te fuiste y no volviste —dijo Wax, envainando la espada de brillo azul—. Durante unos minutos, lo dejamos pasar. Luego, nos preguntamos si habías encontrado problemas.

—No soy tú —respondió Quik bruscamente—. Necesitaba algo de agua, y la encontré.

"Mucho tiempo para un poco de agua", señaló Bliss, apoyando el bastón contra la pared.

Sin muchas opciones, Quik relató la historia. Wax y

Bliss escucharon, antes de descartar al trío de abajo como nada más que trabajadores alterados.

"La gente en Smythe me dijo lo mismo", señaló Bliss. "Es como si los Foti tuvieran la costumbre de advertir a los visitantes que están en peligro".

—Tal vez así cuando nos roben, puedan decir que nos lo advirtieron —Wax sonrió, dejándose caer en su cama—. Les limpia la conciencia, ¿sabes?

—Sean cuales sean sus palabras, no me gustaron —dijo Quik—. Me sentí como una presa. No es una sensación agradable.

Bliss, que había ocupado un lugar cerca de la puerta, le respondió con señas: "Somos como ninguna presa que hayan cazado jamás, hermano. Si nos prueban, les mostraremos cuán equivocados están".

Su hermana tenía razón en eso, al menos. Quik buscó su bolsa, encontró los guanteletes tallados en el suelo junto a ella. La madera pulida, limpia y lo suficientemente afilada como para morder cualquier cosa menos piedra y metal.

14

CAMINANDO POR LA CUEVA

Para el tercer túnel cerrado, con las paredes claramente cortadas y derrumbadas para sellar el camino hacia la derecha, el cuarteto sabía que estaban siendo guiados. Por qué y hacia dónde eran preguntas para las que Svarde no tenía respuestas, como tampoco las tenían Maena, Pennifer o Rasslebeck, y los cuatro optaron por guardar silencio sobre el asunto, dejando que su creciente temor y curiosidad se cocieran a fuego lento mientras el eco de sus pasos los llevaba cada vez más profundo.

Solo Kivi, con sus resoplidos y mordiscos tentativos a las barreras, se molestaba en cuestionar los acontecimientos. En este último, un impresionante collage marrón y rosa que cerraba un pasaje, Kivi se quedó atrás cuando Svarde y los demás se dispusieron a avanzar por el único túnel abierto. En su lugar, arañó la pared, mordió la piedra, haciendo muescas en los escombros acumulados.

—Vas a necesitar mucho más que eso para atravesarlo —dijo Svarde, arrodillándose junto al ferrite mientras los demás observaban—. Diría que es demasiada roca incluso para tu garganta.

Kivi resopló y siguió en lo suyo. Svarde observó al lagarto, tratando de entender la idea, el propósito. Hasta que el arañar de Kivi produjo una nota diferente, una que tardó más en encontrar su lugar en la memoria de Svarde solo porque nunca antes había visto al ferrite mostrarla.

—¿Tienes miedo, Kivi? —preguntó Svarde, en voz baja y tranquila. Tenía que preservar la posición del ferrite en el grupo—. ¿Miedo de lo que sea que nos espera más adelante?

Kivi dejó de arañar, resopló dos veces y luego retrocedió por el camino, con sus ojos y lengua asomándose hacia el lugar por donde habían venido.

—No podemos hacerlo —dijo Svarde—. Aunque quisiéramos, sería difícil reunir suficientes provisiones para volver a la superficie ahora. Estamos comprometidos, al igual que tú. —Svarde se llevó la mano a la espalda y dio unas palmaditas al mango del hacha—. No te preocupes, no estás sola aquí abajo. Te protegeremos.

La mirada penetrante de Kivi dejaba claro que la oferta no le proporcionaba mucho consuelo.

—¿Viene tu ferrite, Svarde? —preguntó Maena, desde el túnel, sosteniendo la antorcha en alto. Al menos habían podido encontrar suficiente material combustible en la penumbra. La oscuridad eterna se mantenía a raya por ahora—. Aún nos quedan unas horas antes de hacer un descanso y me gustaría aprovecharlas.

—Ya va —dijo Svarde, poniéndose de pie—. Vamos, Kivi. Vayamos a buscar lo que ha estado cerrando estos caminos. Tal vez sea un amigo.

Aunque ni un alma en el grupo creía que eso fuera cierto.

La piedra cobraba vida a esta profundidad, un mundo cambiante como cualquier bosque o tundra en la superficie. Los olores y sonidos cambiaban, con el calor aumentando a medida que descendían, lo suficiente como para que el cuarteto abandonara sus pieles de Whent. La tela de Rana hizo su reaparición, las prendas ligeras rasgándose al engancharse con las piedras y los pasos mal colocados. Las formaciones rocosas extrañas se volvieron más comunes, como si la tierra aquí abajo aún no hubiera decidido un plan, con cavernas que aparecían y desaparecían rápidamente, formando figuras que contrastaban con lo que Svarde hubiera considerado natural.

—Obra de demonios —dijo Pennifer, la portadora de la ballesta, de mirada inexpresiva y propensa a observaciones sombrías.

Si los monstruos realmente tallaban sus propias guaridas en las profundidades era una pregunta que aún no habían respondido, pero a falta de otra opción, la etiqueta se quedó con el grupo mientras continuaban. Alcobas cristalinas, arroyos rápidos, burbujeantes pozas nocivas y salientes cubiertos de líquenes interrumpían sus pasos constantes. Aburrido, el viaje no lo era, aunque Svarde se descubrió deseando un cielo abierto.

Nunca había sentido mucho amor por las estrellas antes, pero no verlas ahora durante tantos días parecía poner un manto sobre su esperanza, su felicidad, dejando solo determinación.

Lo cual era más que suficiente.

—Alto —susurró Maena, guiando al grupo a través del túnel hacia una nueva abertura.

Al borde de la luz de la antorcha, las paredes de roca se desvanecían de nuevo, ofreciendo otra caverna, y luego arrancando esas expectativas con una brutal sorpresa.

A lo largo de todo el descenso, cortes iluminaban las paredes, con partes rotas de demonios encontradas aquí y allá. Otro conjunto no debería haber sido impactante, salvo que esta vez la destrucción no parecía aleatoria, no parecía el producto de una limpieza ritual, una purga.

A la izquierda y derecha de Maena, las bases de las paredes festoneadas de la caverna estaban decoradas con huesos. No colecciones colocadas al azar, sino dispuestas de extremo a extremo, como si bordearan la falda de una túnica. Y subiendo por esas paredes había marcas, líneas largas y cortas, algunas en ángulo. Se dividían y se unían, los propios huesos sirviendo para dividir las marcas en columnas.

—En verso, si no me equivoco —dijo Maena, con el grupo ya dentro de la sala y mirando los garabatos—. Este no es ningún idioma que haya visto antes, pero definitivamente es eso.

Mirar fijamente el verso grabado no provocó mayor comprensión, así que después de unos minutos trazando las marcas a lo largo de las paredes, Maena silbó para reunir al cuarteto. La capitana de Rana tenía ahora un aspecto diferente, la exploradora decidida silenciada por la introspección, una mirada que Svarde temía que empezaba a invadir su propia persona.

Esta era una misión de venganza, de destrucción. Que sus claros objetivos se tiñeran con historias secundarias no serviría. No serviría a Catya.

—¿Ideas? —preguntó Maena en el goteo y el suave resplandor de la antorcha—. Las cuevas continúan, pero si no me equivoco, parece que estamos entrando en un hogar.

—Un hogar al que nos han guiado directamente —dijo Rasslebeck—. No es que tuviéramos la intención de interrumpir los asuntos de lo que sea que esté aquí, pero no nos dejó mucha elección.

—Podríamos volver —sugirió Maena—. Dos bifurcaciones, creo, fue nuestra última división.

—¿Por qué? —preguntó Pennifer, con las manos, como siempre, sobre las dos ballestas en su cintura—. ¿Acaso tenemos miedo?

—Es el objetivo, nada más —respondió Maena—. Queremos el corazón. De donde vienen los demonios. Aquí no hay demonios. Al menos, ninguno como los que estamos cazando.

Tal vez los demonios podrían haber hecho las marcas, pero Svarde se guardó el pensamiento para sí mismo. Sin duda los otros ya lo estaban pensando, descartando el razonamiento. Incluso los monstruos más inteligentes de las profundidades, como aquella cosa de alquitrán que había intentado escupir a Svarde en la superficie de Whent, parecían limitados en sus habilidades culturales. Ninguno que él hubiera visto jamás se dedicaría a escribir un poema o una historia en las paredes de una cueva.

Pero quizás solo cierto tipo de demonios llegaba a la superficie. Tal vez los rebeldes eran expulsados por estos, los verdaderos terrores que hacían sus hogares diabólicos en la oscuridad.

—Tenemos que averiguarlo —dijo Svarde—. Sea lo que sea esto, si es un demonio, un monstruo o algo más, tenemos que saberlo.

—¿Tenemos? —replicó Maena.

—Si no es un demonio, entonces tal vez sea un amigo —Svarde pasó su antorcha sobre los huesos que cubrían las paredes—. Esas son partes de demonios, a menos que esté muy equivocado, lo que significa que tiene un apetito saludable por nuestros enemigos. Y si es un demonio más grande y malo que todos los demás, tallando un hogar bajo nuestros pies, entonces es mejor que lo eliminemos.

—Los cuatro, quieres decir —dijo Maena.

—Cinco —Svarde asintió hacia Kivi, lo que no hizo nada para mejorar el ceño fruncido de Maena.

—Estoy con el Guardián —dijo Rasslebeck—. Sabíamos que habría misterios aquí abajo. Estoy por resolverlos y matarlos a todos.

—De acuerdo —añadió Pennifer—. No me gusta la idea de volver atrás, perdiendo el tiempo.

Maena asintió una vez—. Decidido, entonces. Svarde, toma la delantera. Mantente alerta, listo. Es probable que nuestro anfitrión ya sepa que estamos aquí.

El anfitrión no ofreció mucha bienvenida. Pasada la cueva de entrada, tres opciones estrechas dieron a Svarde una izquierda, centro o derecha. El túnel de la izquierda tenía un hueso arqueado incrustado en la roca sobre su centro, mientras que el túnel central tenía su ápice coronado con una mancha carmesí de sangre seca. El de la derecha ofrecía lo que parecía un surco largo y profundo en la parte superior.

—¿Kivi? —preguntó Svarde—. ¿Hueles algo interesante?

El ferrite resopló, liberó vapor por sus conductos, y luego se apresuró hacia la opción del medio.

—Sigue al lagarto —murmuró Svarde, con el hacha en su mano derecha y la antorcha ardiendo en la izquierda.

El túnel del medio no permaneció nivelado por mucho tiempo, sino que se curvó bruscamente hacia arriba. El suelo no se mantuvo como el natural de una cueva, adquiriendo en su lugar una composición pedregosa, como si hubiera sido excavado y dejado para que se llenara lentamente por un techo inestable. Svarde miró hacia arriba en esa dirección, viendo una colección de rocas enmarañadas que se mantenían unidas sobre sus cabezas como por pura voluntad y nada más.

Aceleró el paso.

Las zancadas bajo ese techo condenado no duraron mucho. El túnel desembocó en una sala en forma de corazón, dividida hacia el centro por un cuarzo rosado y blanco reluciente. La enorme gema irregular al principio hizo que Svarde se detuviera, aturdido cuando su antorcha encontró reflejos en cada rincón, esas estrellas anheladas apareciendo de repente aunque no existiera cielo para ellas.

—Mira más allá de la luz —dijo Maena, moviéndose más allá de Svarde hacia la habitación.

El objetivo de su comentario se hizo claro cuando Svarde se ajustó al brillo: a pesar de toda su belleza cristalina, el cuarzo tenía imperfecciones, unas que no habían sido colocadas allí por la geología. En su lugar, ropa, armaduras, zapatos y armas colgaban de varios extremos, esos diamantes y flechas terminando con extraños tesoros de cuerpos que Svarde no podía ver.

—¿Qué son estos? —dijo Rasslebeck mientras el grupo se movía y examinaba los restos—. No son Rana, ni Whent. ¿Foti, tal vez?

Svarde se inclinó hacia lo que parecía una coraza de malla, su agujero superior colgando sobre una delgada aguja de cuarzo color piel. Los anillos habían visto días mejores, muchos cortados, desgarrados y aplastados, pero aun así su artesanía no coincidía con la de la Gran Forja. El entrelazado de metal parecía un ajuste incómodo, los minerales no eran ideales para el propósito.

—Es un trabajo pobre si vino de nosotros —dijo Svarde —. Se lo atribuiría a Kance, o tal vez a algún Noctia jugando a ser herrero.

—Pero, si te presionaran, no dirías que es ninguno de los dos —sugirió Maena, una vez más mirando alrededor con expresión pensativa—. Estos zapatos no son más que despojos, pero la costura tampoco coincide con nada que haya visto.

—¿Antiguos, entonces? —ofreció Rasslebeck—. ¿Algunos restos de un grupo mucho antes que nosotros?

—No tan antiguos —dijo Pennifer, a la izquierda y sosteniendo una segunda túnica de malla—. El hierro como este se oxidaría y desvanecería aquí abajo antes de mucho tiempo, como lo hace en nuestros barcos después de solo unos días.

—¿Lo cual significa qué? —preguntó Rasslebeck—. ¿Hemos encontrado a alguna gente nueva?

Como si respondiera a su pregunta, un viento lloroso se agitó por la habitación, el aire golpeando las ropas entre sí y contra el cuarzo, un tañido funesto.

—No —dijo Maena—. Creo que hemos encontrado sus trofeos. —Llevó la mano a su cintura y desenvainó su sable —. Y creo que estamos a punto de convertirnos en sus nuevas adiciones.

El viento arreció de nuevo, agitándose por la sala de cuarzo y haciendo que las prendas se movieran, los anillos tintineando entre sí. Silbidos y gemidos lo acompañaban, el aire deslizándose por grietas y hendiduras para producir su ruido. Svarde siguió la ráfaga, antorcha y hacha en mano, esperando ver por cuál salida —la sala tenía tres, una en cada lado del corazón y el túnel por el que habían venido en la punta puntiaguda de la forma— tomaría la brisa.

El viento, al parecer, cruzaba el corazón, entrando por la derecha y saliendo por la izquierda. Pennifer desenfundó ambas ballestas, Rasslebeck y Maena tenían sus sables listos, pero ningún monstruo se materializó, y después de unos largos segundos el viento amainó, dejando como regalo de despedida un murmullo en su salida.

Un murmullo justo como una conversación moribunda, palabras masculladas y significados agudos ocultos tras ecos pastosos.

—Un truco del viento —dijo Maena mientras todos los ojos se dirigían hacia ese túnel—. Nada más.

—Una trampa, un truco o un error —respondió Svarde, dirigiéndose hacia allí—. Cúbreme las espaldas.

Con Kivi a sus pies, el guerrero sostuvo la antorcha frente a él, siguiendo el viento hacia su salida elegida. Detrás y a su lado, el cuarzo desplegaba sus extremos rosados, las paredes de la caverna opuestas de un moteado gris azulado. No había hongos aquí, ni tierra ni escombros que la ensuciaran. Algo cuidaba de la cámara, eso era obvio.

Svarde redujo la velocidad al acercarse al túnel, extendió la antorcha más adelante y esperó que su tono dorado encontrara algo que reflejar. Nada se mostró salvo más sombras, el túnel curvándose bruscamente a la derecha más allá de la habitación, impidiendo ver más allá.

Impidiendo, también, que sus compañeros vieran lo que sucedería si Svarde se aventuraba más lejos. Una elección, entonces. Separarse o permanecer juntos. Los estrechos túneles dificultarían la lucha en grupo, pero separarse en un lugar desconocido como este, con trampas y terrores probablemente alrededor, parecía el colmo de la locura.

—¿Vamos juntos? —preguntó Svarde al grupo—. ¿Por aquí?

—Sin una mejor opción, estoy de acuerdo —dijo Maena y los otros dos asintieron—. Formemos para pelear. Yo iré en la retaguardia.

Pennifer y Rasslebeck ocuparon el centro, las ballestas

de la primera listas para apuntar en cualquier dirección si la amenaza se revelaba.

Una vez más, acecharon la oscuridad. Una vez más, la oscuridad pareció acecharlos.

El túnel realizó su curva limpiamente, un giro brusco que depositó al grupo en un agujero estrecho y elevado. A sus pies, salvo por una pequeña orilla pedregosa, yacía un pequeño lago con profundos y oscuros abismos. Arriba, la oscuridad volaba más allá de la luz de la antorcha, un espacio ascendente que llevaba quién sabe hasta dónde. El viento aún corría por aquí, rebotando en las paredes y rozando el agua.

Kivi hizo de probador, lanzándose hacia adelante y sumergiendo una sola lengua larga y roja en el lago. La lengua de Kivi siseó al tocar el agua, pero el ferrite continuó con un lametazo, luego otro.

—Está limpia —dijo Svarde, siguiendo al ferrite hasta la orilla y arrodillándose. Se inclinó, dejó su hacha en el suelo y recogió el líquido cristalino en su palma. Lo miró a la luz de la antorcha—. Perfecta.

—No es el retrete de ningún monstruo, entonces —dijo Rasslebeck, envainando su sable y llevándose un puñado a la boca—. La mejor de este lado de Rana, creo.

Rellenaron sus odres, el terror inquietante de la habitación de cuarzo desvaneciéndose junto a la inesperada abundancia. Incluso el viento aún susurrante adquirió un tono alegre, una especie de saludo al grupo por haber llegado hasta aquí.

—Un oasis es un oasis, aunque no estemos en el desierto —dijo Maena mientras sacaban un almuerzo rápido—. Aunque sigo diciendo que la bestia dueña de este lugar hará su aparición tarde o temprano.

—Entonces la enfrentaremos con el estómago lleno en

lugar de vacío —dijo Rasslebeck—. Un mejor trato, en general.

—No quiero morir con hambre —añadió Pennifer.

Svarde sostuvo su antorcha sobre el agua, tratando de ver si podía distinguir el fondo. Ninguno se reveló, ni tampoco una fuente para la piscina. O lo que podría haber tallado la abertura en lo alto. Más misterios en las profundidades.

Demasiados.

El túnel continuaba más allá de la piscina, girando a la derecha y llevando a todo el grupo de vuelta a la habitación de cuarzo. Un simple bucle, el rosa brillando una vez más ante ellos.

—Dos túneles más por donde vinimos —sugirió Svarde.

Se disponían a ir en esa dirección cuando el viento volvió a pasar, más rápido esta vez, la cota de malla haciendo una sinfonía estridente contra el cuarzo mientras la ráfaga soplaba. Y de nuevo, tras su partida, los tonos murmurados de una conversación áspera a través del túnel lejano, el que llevaba de vuelta al lago.

—Un juego del aire, o un truco desagradable —dijo Svarde.

—Si es un truco, digo que atrapemos a la cosa —dijo Rasslebeck—. Dos van directo, los otros alrededor. Nos encontramos en el medio.

Una distancia lo suficientemente corta como para que separarse no fuera demasiado arriesgado, y aun así Svarde dudó, captó el ceño fruncido de Maena y vio que ella evaluaba las mismas probabilidades.

—Vamos rápido —dijo Svarde—. Kivi y yo iremos por aquí, ustedes tres directo. No se demoren, nos encontramos en el lago.

—Es una oportunidad —dijo Maena—. Una que no...

—Resolvamos esto aquí —dijo Svarde—. O es el viento, o es algo peor. Prefiero estar seguro de que no es lo segundo antes de darle la espalda a esta maldita cosa de nuevo.

Maena se encogió de hombros, le hizo un saludo a Svarde con el sable—. Te veo en unos minutos, Guardián.

El túnel de regreso tomó un giro brusco a la izquierda al salir de la habitación de cuarzo, tal como debía. Con Kivi caminando a sus pies, Svarde dio cada paso con cuidado, la antorcha en alto y el hacha lista. Piedra púrpura y azul. Agua goteando en la distancia, el viento subiendo y bajando de nuevo.

La curva hacia la izquierda terminó, el túnel enderezándose antes de lo que debería. Svarde se detuvo, parpadeó, olisqueó el aire y miró las paredes lisas del túnel. Habían caminado por aquí momentos antes. Ningún sonido decía que la tierra se hubiera movido, y sin embargo, tan seguro como lo había estado de cualquier cosa, Svarde sabía que este túnel no era el mismo por el que acababa de caminar hace un momento.

—¿Maena? —llamó Svarde, su voz haciendo eco en la oscuridad. Rodando hacia adelante y hacia atrás sin respuesta. Kivi resopló, nervioso—. Algo no está bien aquí.

Kivi resopló de nuevo, este un acuerdo. Uno obvio.

Cuando se enfrenta a un cambio inesperado, lo mejor es retroceder. Una carga ciega hacia adelante podría ser satisfactoria, y un Svarde más joven podría haber tomado su hacha y arremetido con un rugido cáustico, pero este había visto lo mal que eso podía salir. En su lugar, se dio la vuelta, pisoteó de regreso por donde había venido.

Y se encontró de nuevo en la cámara de cuarzo, el botín colgando de la gema como si nada hubiera cambiado. Los otros tres miembros de su grupo habían desaparecido. Ningún sonido de su paso resonaba.

—¿Maena? —llamó Svarde de nuevo.

Sin respuesta.

—Entonces seguimos —le dijo Svarde a Kivi, y los dos pasaron más allá del cuarzo, miraron hacia el túnel que debería estar más allá.

No vieron nada más que roca.

Svarde miró fijamente la piedra. Poner tal muro, uno tan limpio y sin costuras, requeriría verdadera artesanía, llevaría días y haría más ruido del que una cueva como esta podría ocultar.

Kivi resopló de nuevo. Nervioso.

—Creo que estoy de acuerdo contigo en esta —dijo Svarde.

El viento cesó. Ni un susurro. La cota de malla enmudeció. Los goteos y chorreos, el crujido del polvo y las rocas en movimiento se detuvieron, la cueva quedó en silencio salvo por el crepitar de la antorcha de Svarde.

El guerrero se dio la vuelta lentamente, mirando hacia el centro de la cámara, hacia el cuarzo. Allí de pie, donde no había habido ninguna forma un momento antes, se encontraba un hombre. Uno con una barba rígida, con cicatrices, con una antorcha en una mano y un hacha en la otra. A sus pies esperaba un huróni, con la lengua chisporroteante saboreando el aire.

—Maldita sea —gruñó Svarde—. Esto no era lo que quería hoy.

Dio un paso hacia su reflejo, y la versión sombreada de sí mismo copió el movimiento. Svarde levantó su hacha, el hombre del espejo hizo lo mismo. Kivi resopló y su copia también lo hizo.

Svarde se acercó hasta que pudo distinguir las motas en los ojos de su copia, contar las líneas a lo largo de sus mejillas. Era hora de ver si esto era su imaginación o no.

—Lo siento, yo mismo —murmuró Svarde, los labios de su copia moviéndose con los suyos aunque no emergiera ninguna palabra.

Con un toque ligero, Svarde acercó su antorcha hacia la copia. La antorcha del espejo se acercó al hombro de Svarde, pero no sintió calor de su resplandor. No vio llamas de su propia antorcha real iluminando la copia.

Una ilusión, entonces. Un truco mental. Svarde suspiró, asintió. Estos juegos, él podía-

El viento arremolinó, rápido y fuerte, y sopló alrededor de su antorcha. El fuego chasqueó una vez, luchando contra el remolino, luego se apagó. La oscuridad total empapó la habitación, y mientras Svarde dejaba caer la antorcha, alcanzaba su segunda hacha, sintió que el viento se levantaba de nuevo, lo sentía precipitarse en sus oídos, su boca, sus ojos, y le robaba el aliento.

—Tranquilízate, amigo —dijo el tono suave, húmedo y saludable y aburrido a la vez—. No te levantes demasiado rápido.

Svarde abrió los ojos. Los cerró. Los abrió de nuevo. La vista no cambió ni una vez, mostrando que la oscuridad absoluta no se había ido desde que el viento se lo llevó. Movió los brazos, las piernas. Tomó un largo respiro.

Vivía, parecía ileso.

—¿Kivi? —preguntó Svarde al aire mientras se sentaba.

—Solo tú y yo aquí, amigo. Tú y yo. —Una suave risa, como la diversión de un bufón ante su propio chiste—. Siempre es agradable tener algo de compañía al final.

Los dedos de Svarde sintieron roca dura. Seguía en la cueva entonces, aunque una rápida comprobación confirmó que sus hachas habían desaparecido, sus provisiones también. Su ropa permanecía, sus botas atadas. Kivi, al parecer, tampoco había hecho el viaje.

Lo que significaba que era hora de investigar la voz.

—¿Quién eres? —preguntó Svarde, poniéndose de pie y golpeándose la cabeza contra un techo bajo. Maldijo.

—Por eso te dije que te levantaras despacio —respondió el hombre, la voz una cosa correosa, pesada en la garganta—. Este no es un espacio agradable para estar.

—Responde mi pregunta.

—¿Quién soy? —El hombre parecía desconcertado—. Creo que habría tenido una respuesta para ti algún día, hace mucho tiempo.

Svarde tanteó en la oscuridad, tratando de encontrar las paredes. Lo logró después de tropezar un poco. La cámara era un círculo achaparrado, un techo bajo, un suelo liso, y lo que parecía una puerta sellada con una roca de aproximadamente la mitad de la altura de Svarde. El hombre, cuando Svarde lo encontró, se estremeció, pero el tacto confirmó piel, huesos, y una sensación no poco saludable.

—¿Dónde estamos? —preguntó Svarde, mientras el hombre continuaba murmurando sobre quién era, quién podría haber sido.

—Oh, esa es fácil de responder —replicó el hombre, riendo un poco de nuevo—. Estás en casa, amigo. Tu nuevo hogar, de todos modos, y pronto será tu único hogar.

—¿De qué estás hablando?

—Al menos podemos compartirlo, ¿sabes? Ha pasado tanto tiempo, será agradable tener compañía. Deberías contar algunas historias.

—¿Historias? —Svarde volvió a la roca, intentó sentir alrededor de los bordes—. ¿Cuál es el punto de las historias ahora mismo?

—Porque si no las compartes ahora, puede que nunca tengas otra oportunidad.

Svarde se burló, —¿Algo va a matarnos entonces?

—Oh no. No matarnos. Algo mucho, mucho peor. —El hombre soltó una risita, rompió en un breve sollozo—. Yo una vez fui alguien, ¿sabes? Tú también lo serás.

Svarde sacudió la cabeza, trabajó con sus manos alrededor de la roca, y escuchó el goteo, goteo, goteo mientras el agua salpicaba en la habitación.

15
JUEGO DE ESPÍAS

Ami tiró de la capucha para acercarla más a su rostro, mientras la niebla del amanecer de Noctia se fundía con la tela para envolverla en sombras. Una mañana fría y húmeda, en la que los barriles de lluvia al otro lado de la isla se llenaban lentamente con la llovizna. Se apoyó contra el muro de piedra, con una pipa Foti encendida en la boca, el humo mentolado desvaneciéndose en su contraparte natural con cada bocanada.

Los carros traqueteaban sobre los adoquines, llevando comidas y suministros adonde se necesitaban. Clases tempranas, reuniones del Círculo, entrenamientos y desarrollos Najahn. La clase trabajadora haciendo su parte para que los eruditos y soldados pudieran tener su día.

Un día que, con suerte, comenzaría pronto.

Una delgada puerta se encontraba a la izquierda de Ami, cerrada y con llave. En realidad, una salida de la torre a la que pertenecía, y que se abriría tan pronto como el Tenet que controlaba esta torre iniciara los negocios del día.

Ami repitió los rangos Najahn de nuevo, murmurando sus nombres, sus conexiones. Había hecho lo posible por jugar a la política ligera durante su tiempo aquí, consiguiendo lo que Catya necesitaba, asegurándose de que Ami mantuviera su acceso y fuera ignorada por lo demás.

Los Tenets servían como directores de los Najahn, cada uno gestionando una parte de la sociedad de Noctia, parte de la expansión de los Najahn. Desde alimentos hasta soldados de a pie, barcos hasta skars, los Tenets lo monitoreaban todo, y en su experiencia, Ami encontró que todos y cada uno eran el mismo tipo de ambicioso burócrata. Serviles, intrigantes, trabajando para obtener tanto para sí mismos como para la gente para la que supuestamente trabajaban.

Por eso, cuando Mattimo le pidió que robara a uno, a Ami no le dio tanta pena.

Por fin la puerta crujió, el sol aún sin forzar su paso a través de la gris neblina matutina. La madera oscura se abrió, y un sirviente Najahn con túnica púrpura salió con orinales para vaciar en los desagües hacia el mar.

El joven lanzó una mirada sorprendida a Ami, recibió una mirada fulminante en respuesta, y siguió su camino. Los desagües estaban al otro lado de la calle, un paseo fácil ahora envuelto en niebla. Tan pronto como el erudito comenzó el trayecto, Ami giró a la izquierda, atravesó la puerta y entró en la torre.

Dentro, las lámparas ardían en pequeñas esconces, iluminando un corredor de piedra con una alfombra color uva que corría por el centro. A la izquierda inmediata de Ami, una escalera comenzaba su espiral ascendente, mientras que al frente se ofrecía el alegre murmullo de un día aún no estropeado.

Golpeando su pipa contra la pared, dejando caer las cenizas en un montón en la esquina, Ami se dirigió a la escalera y comenzó a subir. Su espiral le dio la oportunidad de esconderse del sirviente que regresaba, le dio a Ami la oportunidad de echarse atrás la capucha, revelando la insignia de Guardián en su túnica púrpura.

Había intentado entrar en esta torre dos veces en los últimos dos días, encontrándose rechazada ambas veces, le dijeron que un Guardián no tenía nada que hacer aquí, pero si Ami sabía una cosa, era que los Najahn tenían puntos débiles. Una vez que pasaras la primera capa, nadie en esta torre se atrevería a enfrentarla.

Eso esperaba, al menos.

El segundo nivel ofrecía poco más que el primero, sus oficinas y antesalas comenzando a bullir de actividad. Las pocas personas en el pasillo que se movían entre lugares no le dieron ni una mirada a Ami. Tan seguros en sus lugares, sus propósitos, su poder.

Poder que Catya les daba a través de su sacrificio.

Ami se sacudió el gruñido, volvió a las escaleras y subió de nuevo. Los Tenets, como todos los codiciosos aspirantes a señores, mantenían sus oficinas en lo alto de las torres. Ami misma solo había estado en una, la del Tenet que gobernaba las Salas y las Renovaciones, el que les había dado a ella y a Svarde las reglas después de que Catya se pusiera el collar y quedara atrapada en esta maldita isla.

Ese Tenet -hace tiempo ido, reemplazado por alguien que Ami ni conocía ni le interesaba conocer- se había glorificado en el ático de piedra que era su cargo. Paredes repletas de artefactos no ganados pero de los que no obstante se jactaba. Regalos y tesoros de las islas dados a los Najahn, aunque si por deseo honesto o por coacción, ¿quién podría, o querría, decirlo?

El Tenet de esta torre gobernaba sobre algo diferente. Recursos, suministros, comercio y ciencia. Una mezcolanza de cosas que no encajaban con armas, monstruos y política.

La torre, a medida que subía, parecía asumir los deberes del Tenet, su piedra gris cruda desapareciendo tras mapas colgados de las islas, muchos salpicados con rutas comerciales, o papeles y cuadros enmarcados que mostraban tesoros naturales.

El tema, al menos, era apropiado.

En el tercer nivel, Ami se detuvo y miró un diagrama colgado que representaba zafiros forjados por Foti. No realmente la piedra preciosa, sino un producto de metales plegados y cristales triturados, la especialidad Foti era tanto rara como hermosa. Ni siquiera Flamebreak llevaba esa forja en su hoja. La imagen colgada intentaba describir cómo se hacía el metal, intentaba y fallaba en llevar a Ami de vuelta al calor sofocante, las canciones cantadas al ritmo del martillo. Las luces cambiantes de la lava, el agua tan caliente como el aire goteando por su garganta, el sudor recolectado en pieles gastadas para después. Una comunidad unida por el fuego.

Una a la que nunca volvería, por mucho que Ami pudiera atribuirle su fuerza y resistencia. Algunas cosas era mejor apreciarlas a través del recuerdo, no revivirlas de nuevo.

—¿Guardián? —preguntó una voz trémula, un hombre pequeño apareciendo allí en el pasillo a su lado—. ¿Necesita algo?

Descubierta. Había planeado esto. Desviar una pregunta inquisitiva era como desviar una espada. Parar y asestar.

—Nunca había estado en esta torre —dijo Ami, poniendo su sonrisa más dentuda mientras miraba hacia abajo al hombre—. He estado caminando por todas ellas, y por fin encontré un día para ver esta. Es fascinante.

El hombre sonrió radiante, con la vanidad apaciguada.

—No muchos dirían eso —siguió la mirada de ella hacia la imagen del zafiro de Foti—. La mayoría no tiene paciencia para los engranajes que mantienen nuestro mundo en movimiento.

—He visto morir a Catya durante la última década —dijo Ami—. La paciencia es lo único que me queda.

El erudito palideció y tragó saliva mientras asentía. —El sacrificio del Aegis es el mayor regalo que alguien podría dar —otro trago, un paso atrás—. Espero que disfrute de nuestra torre, Guardiana.

El erudito se dio la vuelta, se alejó a paso rápido y se metió en la primera habitación que encontró a la derecha. Ami resopló. Otro cobarde, incapaz de enfrentarse al costo de todo este lujo.

Pero ese había sido el plan. Incomodar a cualquiera de estos tontos y huirían, de vuelta a la seguridad de sus libros y su charla, donde las consecuencias podían reducirse a la nada.

Volvió a subir las escaleras.

El cuarto nivel ofrecía un cambio. De nuevo el pasillo, de nuevo los cuadros colgados, pero en lugar de eruditos de Najahn deambulando, reinaba el silencio. Todas las puertas parecían cerradas, cada una de gruesa madera de Whent y colocada en sus arqueados vanos de piedra. Números de bronce brillaban en cada una, asumiendo que el observador sabría lo que significaban cuarenta y uno, cuarenta y tres y cuarenta y cinco. Las parejas de números pares estaban al otro lado, presentando a Ami una cuestionable abundancia de opciones.

Las escaleras tampoco subían más, así que estas puertas eran con lo que tenía que trabajar. Salvo, por supuesto, el final del pasillo y el paso doble que había allí hacia el centro de la torre. Si esta se parecía a las otras torres, habría cuatro ramificaciones, cada una con su propio complemento de habitaciones. Un par de docenas para elegir y, suponiendo que este fuera el nivel más alto, una sería la oficina del Precepto.

¿Cuántas podría abrir Ami antes de que alguien la encontrara y sospechara?

—Vamos a averiguarlo —murmuró Ami, volviéndose hacia la primera puerta a su izquierda y presionando el pomo.

Con un suave clic y un movimiento fluido, la puerta se abrió hacia adentro, revelando una pequeña habitación con una sola mesa, varias sillas, estanterías y una chimenea apagada. Dos estrechas ventanas mostraban la niebla que aún dominaba el exterior. Una sala de descanso, tal vez, o un lugar de reunión entre espacios más formales.

Ami se dio la vuelta, con la intención de ir a la siguiente puerta, solo para chocar con un hombre corpulento que llenaba el espacio del pasillo detrás de ella.

Una mirada reveló que, a pesar de la vestimenta de Najahn, era Tamas. Piel floja, ojos distantes, muy pocas callosidades pero demasiadas arrugas para su edad. Un cuerpo perdido en pensamientos o en maquinaciones. Duplicaba la corpulencia de Ami, aunque cuánto era túnica ondulante y cuánto su cuerpo seguía siendo un misterio.

—Es raro que una Guardiana venga a nuestra torre —dijo el hombre, haciendo a Ami una pequeña reverencia, solo con el cuello—. Nos honra con su presencia.

—No lo haga —respondió Ami. Echó un vistazo alrededor del hombre, buscando más gente y no encontró a nadie—. Solo estoy buscando algo.

—¿Y qué podría ser eso?

—Una maldita columna vertebral, para empezar —Ami frunció el ceño. Con suerte, este tipo sería tan manso como el otro y saldría corriendo tan pronto como se enfrentara a la resistencia—. ¿Sabe dónde podría encontrar alguna?

El hombre sonrió, una mueca que le partía la cara y que parecía demasiado feliz o demasiado aterradora. Ami no podía decidir cuál, el aura del hombre era inescrutable. ¿Enemigo, aliado o simple paseante?

—He aprendido que encontrar coraje en otro es a menudo una cuestión de circunstancias —el hombre retrocedió un paso, señalando el pasillo hacia el centro de la torre—. ¿Le gustaría elaborar? Quizás en mis aposentos, donde los oídos curiosos no estén tan cerca.

—¿Sus aposentos? ¿Quién es usted?

—El maestro de esta torre en particular —de nuevo el hombre hizo su pequeña reverencia. En Foti, cualquiera que fuera sorprendido haciendo una reverencia sería objeto de burlas a sus espaldas, posiblemente golpeado en la cara. Un reflejo que Ami había aprendido a suprimir después de algunos encuentros iniciales incómodos en el camino de Renovación de Catya—. Mi nombre es Gladdring, Precepto de Noctia a su servicio.

Ami trabajó rápido durante el camino a la oficina de Gladdring, al principio tratando de inventar alguna mentira sobre por qué había venido a la torre, algo sobre ver los lugares de interés, mirar sus imágenes de materiales de Foti, pero la mirada brillante de Gladdring decía que no se creía nada de eso, así que cuando se instalaron en sus aposentos, Ami prescindió de la farsa.

Mayormente.

—Estoy aquí intentando ayudar a Catya —dijo Ami.

Gladdring hizo un gesto a Ami hacia una silla acolchada, tallada en madera casi negra. Parecía toda curvas y rizos, con espirales insertadas entrelazándose entre sí. Ella ignoró la oferta, en su lugar se quedó de pie detrás de la silla con las manos en el respaldo. Gladdring la observó durante un largo momento, luego se dirigió detrás de su escritorio. La propia silla de Gladdring era muy similar a la de Ami, si bien casi el doble de grande, con su respaldo elevándose sobre su cabeza. Enmarcado por dos ventanas ovaladas cuya luz gris se mezclaba con linternas en apliques para iluminar el abarrotado espacio.

Abarrotado, Ami se sorprendió al descubrir, no con libros sino con objetos. Estanterías se alzaban contra las paredes de piedra, cada centímetro cubierto de cajas, de recipientes de vidrio con extrañas rocas, frutas secas o insectos. Un globo circular se erguía cerca de la pared lejana, su brillante superficie azul una estimación del mundo y el diminuto lugar de las Siete Islas dentro de él. Desde algún instrumento distante, una solitaria melodía de trompeta flotaba hacia arriba y hacia adentro.

—Ayudar al Aegis es lo más noble que cualquiera de nosotros puede hacer —dijo Gladdring, entrelazando sus dedos e inclinándose sobre el amplio escritorio pulido—. ¿Cómo puedo ayudar?

Había luchado contra docenas de demonios, se había enfrentado al Precepto y sus aliados del Círculo una y otra vez, había puesto su vida al límite, y sin embargo, nunca le habían preguntado así qué quería. Ami, la Guardiana, no tenía una respuesta.

Pero tampoco se quedaría callada. Caminó, dando un lento paseo alrededor de la oficina de Gladdring y dejó que los pasos le dieran ideas.

—Quiero una oportunidad para salvarla —dijo Ami—. Y creo que existe una aquí. En Noctia. En sus registros. O en sus almacenes. En alguna parte.

Gladdring inclinó la cabeza. —¿Está sugiriendo, Guardiana, que Noctia tiene una forma de ayudar al Aegis y está eligiendo no hacerlo?

—¿Lo están? ¿Lo está usted?

De nuevo esa sonrisa. Gladdring la arrugó en un encogimiento de hombros. —Si lo estamos, yo no lo sé. Los Preceptos no tienen acceso a toda la información de Najahn —Gladdring se inclinó hacia adelante de nuevo—. ¿Hay alguna razón por la que vino específicamente a esta torre, Ami?

No le había dado permiso a Gladdring para llamarla por su nombre de pila, una violación del protocolo que Ami decidió ignorar. Gladdring parecía realmente interesado ahora, con los ojos muy abiertos y fijos en Ami, como si le suplicara que hablara más. O bien el hombre realmente quería ayudar al Aegis, o sus días eran tan aburridos que una conversación como esta era lo mejor que le podía pasar.

De todas formas, no podía traicionar a Mattimo. Todavía no.

—Quiero saber por qué el Aegis ya no dura tanto tiempo —dijo Ami—. Algo está cambiando. Catya está envejeciendo más rápido que cualquiera de los otros.

—¿Y cree que la respuesta está en nuestras baratijas? ¿En el comercio, en el precio del grano?

Bueno, quizás traicionaría a Mattimo, aunque solo un poco. Bailar con Gladdring no era el combate de espadas que ella prefería.

Ami entrecerró los ojos, se acercó al escritorio y puso las manos sobre él, mirando a Gladdring y a su alrededor. —Sé que hay más aquí que grano, Gladdring. Usted tiene el tipo de cosas que podrían ayudarme.

—¿Ah sí? ¿Qué tipo de cosas?

—¿Por qué es que los Najahn controlan todos los lugares de las islas donde se encuentran los skars?

Gladdring se rió entre dientes. —Porque buscamos el poder, y los skars lo tienen.

—Y usted tiene los skars.

Las cejas de Gladdring se elevaron. —Menuda acusación. —La falsa alarma se desvaneció, Gladdring se recostó en su silla, su fascinación disminuyendo. Aparentemente, Ami había dicho algo incorrecto—. Quienes necesitan saberlo ya entienden que nos quedamos con las sobras. A cambio, mantenemos suficientes skars a salvo para la próxima Renovación. Esto no es la controversia que usted cree.

—Pero ¿por qué? ¿Qué quieren hacer con los skars si no son para la Renovación?

—Una pregunta, Ami, que yo no haría —dijo Gladdring —. Algunos aquí no son tan partidarios del conocimiento libre como yo, y considerarían peligroso que indagara sobre tales cosas. Los skars no pueden ayudar a su amiga. Haga lo correcto por ella, ofrézcale a Catya su amistad, su consuelo por el tiempo que le queda.

—Entonces, ¿no puede ayudarme, o no quiere?

—No importa —dijo Gladdring—. El resultado es el mismo. Catya sobrevivirá hasta que se complete la Renovación, y luego morirá, como lo ha hecho cada otro Aegis. El mundo continuará como antes. Lo mejor es que aproveche lo que pueda.

Gladdring asintió hacia la puerta, poniéndose de pie mientras lo hacía.

—Por un momento pareció fascinado. Interesado. ¿Qué quería que le preguntara?

Gladdring negó con la cabeza. —Nada, no importa. Váyase, Guardiana.

—¿Me acompaña a la salida? —preguntó Ami, apoyándose contra la pared lejana—. Es lo mínimo que podría hacer.

—Lo mínimo que podría hacer sería considerablemente menos —refunfuñó Gladdring, su encanto ahora completamente muerto. Sin embargo, se movió de su silla hacia la puerta. Ami lo siguió, deslizándose detrás del escritorio del hombre, sus ojos escrutando, sus dedos buscando. Sin embargo, Ami no era una ladrona.

—¿Qué está haciendo? —preguntó Gladdring, volviéndose, sus ojos brillando con algo menos que diversión.

—Esperaba encontrarlos, los skars —dijo Ami, haciendo ahora una demostración abierta de buscar alrededor del escritorio. Sus manos abrían cajones, los cerraban —. Usted dice que no son valiosos, pero quiero estar segura.

—Los skars, si los tuviéramos, no estarían aquí —dijo Gladdring—. Déjelo, Guardiana, o mi cortesía llegará a su fin.

—Oh, no.

Ami esbozó una fría sonrisa, dejó atrás el escritorio y se escurrió junto a Gladdring.

No había necesidad de iniciar una pelea cuando había encontrado lo que necesitaba. Ami no sacó el pequeño papel, una insignia en realidad, hasta que llegó a las calles de Noctia. Nada más que un solo emblema, dibujado en tinta negra chorreante, con siete círculos adornando un escudo con volantes. Una llave, si Mattimo tenía razón, para obtener respuestas.

Pero ¿por qué esperar a que Mattimo las encontrara?

Ami devoró el almuerzo no muy lejos, guardando segundas porciones en un pequeño café. Comerció, como siempre, con la cuenta que los Najahn le proporcionaban, pago por las horas y días que pasaba al lado de Catya manteniéndola a salvo. Una combinación de frutas y pescado disfrutada en los adoquines del exterior, el sol de media mañana habiendo conquistado la niebla y traído un día fresco y hermoso. Eruditos y soldados se arremolinaban a su alrededor, la mayoría sin molestarse en mirar a la Guardiana. Ni un alma le dijo hola, ni le ofreció agradecimientos por su sacrificio.

Al principio, la multitud le habría mostrado más respeto, le habría lanzado a Ami regalos agradecidos por todo lo que había hecho para traer al Aegis a casa sano y salvo. A medida que los demonios se desvanecían, también lo hacía cualquier cosa parecida a una deuda, Ami se desvanecía en la irrelevancia mientras Noctia continuaba con su vida.

Durante un tiempo, el relativo anonimato se sintió agradable, un respiro que Ami podía disfrutar con Catya y, por un corto tiempo antes de su autoimpuesto aislamiento, Svarde. Un regocijo en el éxito, un acostumbrarse a la vida de una nueva rutina. La vigilancia diaria, los ejercicios, los pasatiempos. El Colmillo de Rata. Pero era demasiado joven para que la historia de su vida disminuyera tan temprano, un hecho que solo se hizo evidente a medida que Ami envejecía, a medida que Catya se volvía anciana.

Era hora, entonces, de continuar con la siguiente era.

Regresó a la torre de Gladdring, notando que los eruditos que deambulaban alrededor de la puerta principal habían cambiado desde la partida sin ceremonias de Ami. La Guardiana había mirado la nota robada de nuevo durante el almuerzo, decidió que cualquier secreto revelado por tal cosa tendría que estar más abajo, en la roca inclinada del acantilado en la base de la torre. El edificio se estrechaba a medida que se elevaba, y el tráfico de personas en esos niveles superiores sugería una seguridad demasiado laxa. Nadie, después de todo, se había molestado en cuestionar a Ami sobre lo que estaba haciendo hasta que el propio Gladdring se topó con ella.

Esta vez cubrió su insignia de Guardiana, dejando que la capa Najahn hiciera su trabajo. Ami no estaba segura de que su apariencia de guerrera pudiera convencer a alguien de que había pasado toda una vida entre los libros, pero un momento de duda era todo lo que necesitaba, lo que se ganó, caminando directamente junto a los eruditos hacia la torre. El ansioso trío tenía las bocas ladrando entre sí, atrapados en algún debate sobre el grano de Whent y el arroz de Rana.

El vestíbulo principal de la torre ofrecía una entrada más impresionante que la puerta lateral de Ami de esa mañana temprano. Gladdring la había escoltado por la escalera principal, una escalera de ida y vuelta que continuaba hacia abajo desde donde Ami se encontraba ahora. Los pasillos se ramificaban a su derecha e izquierda, mientras que retratos, incluido uno de Gladdring, cubrían las paredes. Una pequeña placa a su derecha declaraba en letras doradas que esta era la Torre del Comercio.

La confianza siempre sería su compañera en misiones como esta, y empujó a Ami hasta aquí, haciendo que sus pies avanzaran por la alfombra hacia la escalera descendente. Los estrechos peldaños se perdían de vista mientras descendía uno, dos, tres pisos. Todos parecían ordinarios: más pasillos, más arte colgante, más eruditos desafortunados. El cuarto, ya lo suficientemente abajo como para que ninguna ventana interrumpiera los muros de piedra, ofrecía la conclusión de la escalera en un círculo iluminado por linternas. La escalera terminaba en el centro del círculo, los espacios a izquierda y derecha ocupados por sillas y mesas más adecuadas para turnos de guardia que para investigación. Vacías ahora.

Vacías, quizás, porque sus ocupantes estaban de pie frente a una puerta cerrada que abarcaba todo el pasillo. No una puerta, sino una barrera de hierro forjado con al menos dos cerraduras en su lado derecho. Los dos guardias que miraban a Ami con curiosidad estaban de pie con los brazos cruzados, sus obligatorias partesanas apoyadas contra las paredes a ambos lados. Si estos dos tenían columna vertebral o no, a Ami le resultaba difícil adivinarlo: sus rostros parecían curtidos, sus ojos pálidos y penetrantes.

Gladdring, al parecer, no contrataba a cualquiera para sus secretos.

Ami se detuvo al salir de la escalera, observó al par mientras ellos la observaban a ella. Un incómodo punto muerto. La conversación burbujeante se filtraba desde los niveles superiores, sin un solo sonido de este. Ambos guardias parecían contener la respiración, como si moverse fuera romper algún acuerdo pétreo con Gladdring.

—¿No hay saludos? —preguntó Ami.

El guardia de la izquierda frunció el ceño.

—No la conocemos. ¿Se supone que debe estar aquí?

Ami sacó el papel y lo sostuvo en alto.

—Recibí esto hoy. Nuevo proyecto.

El guardia de la izquierda extendió la mano y tomó el papel. El guardia de la derecha la miró con hostilidad, una mirada desagradable. No, Ami no querría meterse en una pelea con estos dos. No sin Flamebreak, al menos.

El guardia le pasó el papel a su compañero. Dejó caer sus brazos cruzados a los costados. Los mantuvo sueltos, como si Ami pudiera saltar sobre el hombre en cualquier momento.

—¿Todo en orden? —preguntó el guardia de la izquierda después de varios largos latidos.

—Parece legítimo —el guardia de la derecha le devolvió el papel a Ami—. ¿Quién te dio esto?

—¿En qué les concierne eso a ustedes? —preguntó Ami.

—Todo el que pasa por esta puerta es asunto nuestro.

—Gladdring me lo dio —Ami asintió hacia la puerta—. ¿Van a abrir esa cosa? No bajé hasta aquí solo para charlar con ustedes dos, por maravillosos que sean.

El guardia de la izquierda resopló y forcejeó con unas llaves atadas a un aro en su cintura.

—Una boca inteligente no es lo mejor que se puede tener aquí abajo —dijo el guardia de la derecha mientras el otro abría las cerraduras—. Este es un lugar serio.

—Lo tendré en cuenta —Ami pasó junto a los guardias cuando la puerta se deslizó para abrirse.

Sintió sus ojos en su espalda mientras avanzaba por el pasillo, donde puertas cerradas nuevamente ofrecían opciones a su izquierda y derecha. Adelante, una pared sin salida señalaba el final. Si intentaba la equivocada, ¿sabrían los guardias que Ami se había colado con un farol? O tal vez...

—¿Les importaría ayudarme a encontrar el lugar correcto? —preguntó Ami al par.

—¿Qué lugar sería ese?

Ami puso los ojos en blanco de manera exagerada.

—Ya saben cuál.

Los guardias se miraron entre sí. El de la derecha suspiró y señaló a la izquierda de Ami.

—Primera puerta. Está abierta.

—Mira eso. Ser útil no los mató después de todo.

Con un empujón en la manija, la puerta elegida se deslizó hacia adentro. Inmediatamente, un olor chispeante, como algo recién quemado, inundó la nariz de Ami. El aire que pasaba, el sonido que resonaba indicaba que la habitación más allá era mucho más grande que cualquiera que Ami hubiera visto hasta ahora en la torre, una impresión amplificada por las lámparas distantes en las paredes a su derecha y adelante. El único lado cercano venía a su izquierda, una losa de piedra marcada que parecía empujar a Ami aún más escalones abajo, media escalera hacia lo que parecía ser un pasillo circular.

Lo que rodeaba se hizo más claro cuando Ami descendió, una barrera enrejada cortando entre el pasillo de piedra y el centro en forma de foso de la habitación. Allí abajo, otro piso completo más abajo, había siete grandes cofres. Cada uno descansaba sobre un pedestal grabado con el nombre de una isla. Tres de esos cofres estaban abiertos, su contenido brillando en el interior. Una gran mesa dominaba el centro del foso, una desplegada con extraños objetos que Ami no podía identificar. Piezas de metal arremolinadas, brillando a la luz. Una mujer se inclinaba sobre ellas ahora, murmurando para sí misma mientras Ami se acercaba al enrejado y miraba hacia abajo.

¿Quién era esa, y qué estaba haciendo?

Mientras Ami observaba, la mujer levantó una mano, chasqueó los dedos y corrió hacia uno de los cofres abiertos. Uno con la isla de Foti grabada debajo. Dos pestillos se liberaron con un clic, la tapa se abrió de golpe, y la mujer metió la mano y agarró un rubí reluciente, uno con una forma arrugada que Ami conocía demasiado bien.

La mujer regresó a su mesa con el skar, lo colocó en un dispositivo del largo de una buena daga, donde el skar de Foti se acurrucó junto al gris ventoso que Ami sabía que pertenecía a Kance. La mujer levantó el dispositivo, luego deslizó un pequeño interruptor entre los dos skars, uniéndolos con una línea plateada. Ese olor chispeante llenó el aire nuevamente, y la mujer se giró, apuntando el dispositivo hacia un tablero de pie contra el lado lejano de la habitación.

—Intento número doscientos veintitrés —dijo la mujer—. Foti y Kance esta vez. Vamos allá.

Los brazos de la mujer se tensaron, como si estuviera a punto de desenvainar una espada, y el dispositivo zumbó, crepitó como una hoja bajo una bota, y una brillante línea naranja salió disparada, golpeando el tablero y haciéndolo estallar en una llama momentánea.

Ami se quedó boquiabierta. Escuchó cómo la mujer celebraba su propio éxito. Que los skars tuvieran algún poder, eso se sospechaba. Que pudieran...

Unas manos se cerraron sobre los hombros de Ami, haciéndola girar. Los dos guardias estaban detrás de ella, uno con su partesana lista. Detrás de ellos, Gladdring fruncía el ceño, su rostro rubio aún más pálido en la tenue luz.

—¿No te dije que olvidaras esto, Guardiana? —preguntó Gladdring—. Ahora, desearás haberlo hecho.

16

PROTECTORES

Saciados con huevos y patatas, sus odres de agua renovados del bloque de hielo en el centro del Diente del Jarl, el trío partió hacia el norte, aventurándose una vez más en el túnel resplandeciente y sofocante de otro tubo de lava. Bliss tomó la delantera, su bastón metálico resonando cada vez que apoyaba sus extremos endurecidos en el suelo rocoso.

A pesar de todo el caminar, de todas las rarezas en Foti, estar en movimiento inspiraba cierto vigor en cada uno de sus pasos. Propósito, eso era. Un impulso que se había ido afilando en cada momento desde su llegada a la isla. Cassignol y el casino habían sido confusos, pero la pelea en el bar, las trifulcas en la calle, y ahora el Diente del Jarl servían como centro.

Había pasado sus primeras pruebas como Guardiana, manteniendo a su hermano a salvo y al grupo en movimiento. Esto no era algo que no pudiera hacer, no era una tarea destinada a los adultos mientras Bliss debía haberse quedado en Kitaye, esperando a que llegara su momento.

Detrás de ella, Wax y Quik murmuraban sobre el desayuno, sobre el encuentro nocturno que Quik había tenido con el grupo en el bar. No habían estado presentes en el desayuno, un asunto tranquilo, que según el camarero se debía a que cualquiera que viviera allí ya había emprendido su día picando piedra, cuidando animales o marchando en busca de comercio.

Era difícil saber cuándo te habías quedado dormido sin un cielo, sin un sol.

El avance hacia el norte a través del tubo de lava transcurrió sin incidentes durante una hora, luego dos. El camino constante no ofrecía giros ni vueltas, solo una ruta directa. El camarero había dicho que el viaje sería largo pero aburrido, con pocas interrupciones en el camino hacia la Gran Forja, donde se podían encontrar los skars de Foti.

—¿Echas de menos los árboles, Bliss? —preguntó Wax, poniéndose a su lado y dejando que Quik deambulara por detrás.

"Me gusta la roca", señaló Bliss con su mano izquierda.

—No me digas que la isla te está afectando —Wax fingió una expresión de horror.

"Al menos no tengo que escucharte dar alaridos cada minuto".

—¿No te gustaba eso?

Bliss puso los ojos en blanco. "La primera vez es divertido. La vigésima, se vuelve un poco viejo, hermano".

—Me hieres.

"Entonces desarrolla una piel más gruesa. Habrá cosas peores por delante".

Wax se rio. —Suenas tan sabia, pequeña flor.

Bliss se detuvo, obligando a Wax a fruncir el ceño. "Ahora soy tu Guardiana. Ya no soy una pequeña flor".

—Vaya, de acuerdo. Lo siento.

—Está pidiendo que la traten como una adulta, Wax —

dijo Quik, alcanzándolos—. Es lo que se merece después de lo que ha hecho.

—Entendido —Wax le dio un rápido asentimiento a Bliss—. Guardiana, entonces. Todo negocios, nada de diversión. Lo tengo.

"No sé yo". Bliss señaló hacia adelante, por el tubo de lava. "Parece que estamos a punto de ver el cielo de nuevo. Me parece divertido".

La predicción se cumplió, las rocas naranjas y escarpadas del tubo de lava se desvanecieron para dar paso a la tierra negra y ondulante por la que habían caminado después de dejar Smythe. En lo alto, un día claro y fresco se imponía, el cielo azul no mostraba nada salvo algunas aves curiosas que circulaban sobre sus cabezas. Foti se extendía en todas direcciones, cortada aquí y allá por colinas bajas, pero no lo suficiente como para interrumpir una vista clara hasta el horizonte. Adelante, el camino serpenteaba a través de los estrechos de carbón, aunque la línea de color en la distancia parecía cambiar, como si se acercaran a una división entre mundos.

—Nada más que los pájaros —reflexionó Quik mientras hacían una pausa para beber agua allí en el final del tubo—. En Vis, una vista como esta te daría más vida de la que podrías contar. Aquí no hay nada más que roca.

—Te hace apreciar un poco más el hogar —respondió Wax.

"Tal vez necesites cambiar tu perspectiva. Yo creo que es hermoso", señaló Bliss.

Lo que Bliss no dijo, lo que apreciaba del paisaje de Foti, era que podía ver a cualquier enemigo acercándose desde lejos. Sin escabullirse por la jungla, sin saltar desde rincones ocultos, sin morir perdida y sola.

Lo que significaba que el trío tenía tiempo de sobra

para considerar la desaliñada caravana de carretas en el camino frente a ellos. Al igual que los carros gigantes en Smythe, estas tinas abovedadas avanzaban por el camino con un paso lento pero imparable, sus ruedas, tan altas como Bliss, triturando la roca polvorienta. El aplastante rodar anunció su presencia antes de que Bliss viera las cosas, apareciendo a la vista cuando el grupo coronó una pequeña elevación.

Cuatro carros enormes y un grupo acompañante a juego. Desde la distancia, Bliss contó al menos una docena, la mayoría luciendo los cueros curtidos comunes a la gente de Foti. Los viajeros se movían alrededor de su tren, ocasionalmente ladrando órdenes a las criaturas que tiraban de los carros, criaturas que Bliss reconoció.

—Ferritas —dijo Wax antes de que Bliss pudiera señalarlo—. Enormes.

Los lagartos de roca, dos por carro, avanzaban gruñendo, tirando de sus cargas con grandes cadenas unidas a collares alrededor de sus cuellos. Incluso desde lejos, Bliss podía ver el humo siseando mientras los lagartos ventilaban su calor. De vez en cuando, además, las criaturas giraban bruscamente sus cabezas a izquierda o derecha, tragándose una piedra errante.

—Sombrío —murmuró Quik mientras se acercaban—. Gracias a Vis que no tenemos que tratar así a los animales.

—No estamos moviendo mineral de un lado a otro, hermano —respondió Wax—. No creas que no ataríamos algunos hanokos a un trabajo como este si tuviéramos que hacerlo.

"Como si lo aceptaran", añadió Bliss. "Los gatos te matarían antes de que pudieras ponerles un collar".

Los carros no se detuvieron cuando Bliss, Wax y Quik se acercaron. Uno de los viajeros se separó, esperó a que los tres se acercaran antes de asentir con su cabeza cubierta de hollín hacia ellos.

—No suele verse viajeros en el camino —dijo el hombre—. Mucho menos de tierras lejanas.

—Aparentemente cometimos un error —respondió Wax después de presentarse—. Se suponía que debíamos tomar un barco, pero ya que estamos caminando, pues...

El hombre sonrió, con sus dientes de un blanco deslumbrante en contraste con su piel mugrienta, y dijo:

—Mejor que sigan su camino entonces.

Bliss entrecerró los ojos e hizo unos gestos con los dedos a Quik, quien tradujo con el tono apropiado:

—¿Qué quiere decir eso?

El hombre simplemente negó con la cabeza, mantuvo su sonrisa y les hizo un gesto para que continuaran. Quik lo intentó de nuevo, pero solo recibió las mismas palabras.

—Supongo que eso es lo que haremos entonces —dijo Wax, su alegría flaqueando ante el incómodo intercambio.

El resto de los comerciantes no fueron mucho mejores, apenas dirigiendo miradas fugaces o rostros impasibles al grupo de Vis. Los carros nunca se detuvieron, los grandes ferretes continuaron su marcha. Bliss, Wax y Quik tuvieron que moverse al borde del camino, caminando en fila india para rodear los carros más lentos, tosiendo todo el tiempo debido al polvo de carbón levantado por las enormes ruedas.

Solo después de haber puesto unos pasos de distancia entre ellos y el carro de cabeza, Wax volvió a abrir la boca.

—Bueno, eso fue incómodo —dijo el Renovador, lanzando una última mirada confusa hacia atrás.

Bliss mantuvo la mirada al frente, el camino descendía ahora entre dos grandes montículos de lava negra. Las ondulaciones se amontonaban, el gris-negro se arremolinaba sobre sí mismo como aceite derramado. Aquellas aves que daban vueltas se mantenían a la par en lo alto, observando en silencio. Bliss olfateó, sin percibir nada más que el escozor del polvo en el aire. Poco había aquí para advertirles si algo no iba bien, salvo el instinto.

Golpeó su bastón contra el suelo, sin dejar de moverse, pero Wax y Quik detuvieron su ida y vuelta sobre lo groseros que habían sido los viajeros.

—¿Qué pasa? —preguntó Quik mientras entraban en el estrecho valle.

«Algo se siente mal», gesticuló Bliss, sin dejar de mirar a su alrededor. «Demasiado silencioso».

—Siempre está silencioso a menos que uno de esos carros esté cerca —Wax siguió su mirada—. No veo nada. ¿Y quién estaría por aquí de todos modos?

La flecha se clavó en el suelo frente a los pies de Bliss, justo donde estaba a punto de dar su siguiente paso. Vibró en la roca, con un plumaje tosco que era un insulto para cualquier cazador Vis, las plumas rotas desaliñadas y dobladas. El astil no parecía mucho mejor, pero la punta de la flecha brillaba.

—¿Quién anda por aquí, cierto? —anunció una mujer, mirándolos desde arriba. Un arco en sus manos, un carcaj escaso en su espalda.

—Sledge —murmuró Quik, sus guanteletes permaneciendo junto a su cintura—. Nos tienen.

Como si hubiera estado esperando la evaluación de Quik, el grupo de Sledge salió de ambos lados, tres por cada lado y todos parecían haber salido arrastrándose de la misma roca. Sus manos sostenían cuchillos, un garrote, una horca que parecía demasiado vieja para el trabajo agrícola. Si estos eran bandidos, eran más lamentables de lo que Bliss podría haber imaginado.

Así que recogió su bastón, dio dos largos pasos hacia adelante y lo plantó en el suelo.

—Estoy contigo —dijo Wax, siguiéndola. Alzó la voz—: ¿Qué quiere vuestro lamentable grupo de nosotros?

Sledge sacó otra flecha y la apoyó contra la cuerda del arco.

—Simple. Queremos el skar. Y a vosotros.

Un error. Sledge terminó las palabras con un tono amenazador, pero despertaron un fuego astuto en Bliss. Si los bandidos los querían vivos, entonces tenían una oportunidad.

Bliss miró a sus hermanos y movió los dedos: «No disparará en medio de una pelea. No os rindáis».

Quik abrió la boca como si estuviera a punto de cuestionar a Bliss, pero ella no le dio la oportunidad. Deslizando el pie, Bliss echó a correr hacia la salida del valle, recogiendo el bastón mientras avanzaba y sosteniéndolo como una lanza.

Wax y Quik o bien lucharían y les darían una oportunidad, o se rendirían y este viaje terminaría antes de realmente comenzar.

Dos hombres desaliñados y una mujer encapuchada, esta última a la izquierda, se sobresaltaron ante la repentina carrera de Bliss. El hombre del medio, con los cuchillos agarrados con demasiada fuerza en sus manos, dio un paso adelante como si pensara que podía enfrentarse directamente a Bliss y al alcance muy superior de su bastón. El arrepentimiento llegó rápido, el hombre intentando retroceder sobre su pie trasero, resbalando en el polvo. Su amigo lo salvó, lanzándose con un golpe de... Bliss retiró su bastón mientras el extraño dispositivo, una media luna de metal puntiaguda sujeta a un mango de madera, se estrellaba en el espacio entre ella y el trío.

Sledge llenó el aire de palabras, pidiendo esto y aquello. Bliss las ignoró todas, plantando su pie izquierdo y pateando hacia la derecha, dejando que su mano izquierda guiara el bastón en una estocada directa hacia el minero y su extraña arma, aparentemente demasiado pesada para levantarla de nuevo. Bliss golpeó el pecho del hombre, el cuero doblándose con el impacto, el rostro del hombre tornándose púrpura mientras el aire salía expulsado de sus pulmones.

Algo azul destelló a la izquierda de Bliss, y mientras retiraba el bastón notó que Wax, con la hoja Foti desenvainada, desviaba un ataque rápido de la mujer, que había sacado una lanza corta de su capa. La hoja de Wax cortó el extremo de la lanza, enviando el trozo rebotando lejos y a la mujer a una retirada con los ojos muy abiertos.

El hombre de los cuchillos encontró su confianza, volviendo a la refriega con una secuencia de tres tajos, haciendo retroceder a Wax. Bliss abandonó su ataque contra el minero de la derecha, balanceando su bastón para forzar al hombre de los cuchillos a una parada con ambas hojas.

La abertura estaba allí, y Wax intentó aprovecharla, lanzándose de nuevo con la hoja Foti. Un golpe salvaje, que el hombre de los cuchillos esquivó echándose hacia atrás, dejando que Wax se interpusiera entre el enemigo y Bliss.

No.

¿Qué haces cuando lo que intentas proteger está entre tú y el enemigo?

Quitarlo del medio. Bliss bajó su bastón en un barrido enganchador, que golpeó el tobillo derecho de Wax y lo hizo girar en el aire, aterrizando en el suelo rocoso con un golpe seco. Su hermano maldijo, preguntó qué estaba haciendo Bliss, comentarios que ella ignoró mientras el hombre de los cuchillos se preparaba para defenderse. Por el rabillo del ojo derecho, Bliss captó movimiento cuando el minero se puso de pie, sacudiendo la cabeza. La chica, al menos, parecía no tener deseos de volver a la pelea, dirigiéndose hacia la salida del valle, con los ojos puestos en el otro extremo de la lucha.

Con suerte, Quik se las arreglaba solo.

Bliss intentó otra estocada, usando el alcance del bastón para lanzar un golpe a la cabeza del hombre de los cuchillos. El hombre volvió a parar el golpe con ambas hojas, atrapando el bastón y forzándolo hacia arriba. Esta vez, avanzó, pisando a Wax en un intento de embestir a Bliss con el hombro.

Ella intentó retroceder, recoger el bastón, solo para sentir un peso pesado golpear su hombro, tirando el bastón al suelo mientras su cuerpo seguía, acumulando rasguños al golpear la fría roca. Antes de que Bliss pudiera rodar, levantarse, un cuchillo encontró el camino hacia su garganta, la punta presionando su piel.

—No te muevas —gruñó el hombre de los cuchillos, su voz una mezcla ronca y ahumada—. Tu maldito baile ha terminado.

Bliss consideró sus opciones. Trató de sopesar si el hombre del cuchillo realmente la apuñalaría si iba por su bastón. Wax, al borde de su visión, tenía al minero pateando lejos su espada. La chica regresó ahora, sacando pequeñas cuerdas de un cinturón en su cintura y atando las manos de Wax.

Ya superados en número y golpeados, no parecía haber salida. De vuelta en Vis, la Lira tenía un principio para momentos como estos: Esperar con los ojos bien abiertos.

Eso podía hacerlo.

Quik no había opuesto mucha resistencia en el otro

extremo del valle. Sus guanteletes tenían poder, pero los luchadores allí abajo tenían largas espadas y lanzas oxidadas. Un déficit crítico de alcance que hizo que Quik se rindiera casi tan pronto como comenzó la pelea.

Sledge, a pesar de todos sus gritos, no parecía muy molesta con la chispa de Bliss, acercándose personalmente a la chica y asegurándose de que sus nudos estuvieran bien atados, colocando a Bliss junto a sus hermanos en una rígida fila.

—El espíritu nunca es malo —dijo Sledge, apretando más los nudos. Las muñecas de Bliss hormiguearon por la presión—. ¿Todavía te circula la sangre, chica?

Bliss negó con la cabeza. Si sus manos se entumecían, no habría escape.

Sledge aflojó los nudos y luego se inclinó y susurró:

—Me caes bien, pero si intentas algo, será la garganta de tu hermano la que corte primero.

Wax no parecía que fuera a oponer mucha resistencia a eso. La fanfarronería de su hermano parecía haberse esfumado, su constante sonrisa se había convertido en un decidido ceño fruncido, con los ojos bajos mientras le arrebataban su espada Foti y su cuchillo y se los entregaban a la joven que había roto su lanza corta. Sledge se acercó a él después, metió la mano dentro de la túnica de Wax y encontró el skar. Levantó el collar por encima de la cabeza de Wax, mientras el que empuñaba el cuchillo mantenía su hoja desenvainada y en la espalda de Wax.

—No hace falta que hagan eso —gruñó Quik, de pie cerca, con uno de los espadachines cubriéndolo—. Wax no es peligroso.

—Ya lo vi —respondió Sledge—. Sin embargo, una cosa que aprendes aquí fuera es a no correr riesgos innecesarios. —Balanceó el skar en el aire—. Primer premio de la Renovación. —Levantó el skar y la media docena de bandidos lanzó un desgarrado vitoreo. Sledge volvió su mirada a Wax—. Ahora, no te alteres. No vas a morir. A nuestros socios no les gusta eso. Solo vamos a instalarte en un buen lugar para descansar un rato, y luego, cuando la Renovación haya terminado, podrás volver a casa. Sin daños.

—¿Sin daños? —replicó Wax, recuperando algo de ánimo—. ¿No estáis arruinando la oportunidad de paz para todas las islas con esto? Estáis perjudicando las Renovaciones, lo que significa...

—No estamos perjudicando la Renovación de Foti, ¿verdad? —Sledge sonrió y se metió el skar en la túnica—. Funcionó la última vez, ¿no? Casi también la vez anterior, si ese Guardián no hubiera tenido suerte.

Bliss parpadeó. Apenas recordaba la última Renovación, no había estado viva para la anterior. Sledge no parecía lo suficientemente mayor, aunque era difícil decirlo bajo la suciedad, como para haber disparado su arco hace veinticinco años, pero ¿qué sabía Bliss? Tal vez Foti enviaba a sus niños a ser asesinos a los diez años.

—Ahora —dijo Sledge, mirando a los tres de nuevo como una madre a punto de dar una severa lección—. Caminaremos un rato, luego tomaremos un transporte inusual hasta llegar a la costa oeste. Si os portáis bien, os llevaremos allí con comodidad. Todo estará bien. No será un lujo —Sledge se rio—, porque, bueno, difícilmente lo somos, pero no pasaréis hambre. —Sus ojos se endurecieron, su sonrisa se torció en un ceño fruncido—. Si nos enfrentáis, si causáis problemas, las cosas irán mal para vosotros también. Como dije, nadie tiene que morir, pero mi equipo es lo primero. No me importará dar de comer a uno de vosotros a una bestia para mantenernos a salvo.

Sledge silbó entonces, y los bandidos se pusieron en

acción, empujando a Bliss, Wax y Quik. Los tres tuvieron que cargar con sus propias alforjas, mientras los bandidos se llevaban sus armas. Bliss quedó al final de la fila, con la chica de la lanza corta caminando con ella en la retaguardia. Cuando salieron del valle por su salida norte, los enormes carros los alcanzaron, entrando por el lado sur del valle.

Sledge saludó con la mano hacia el tren de vagones, y aquellos extraños viajeros, con Wax, Quik y Bliss atados a la vista, devolvieron el saludo.

A pesar de toda la charla de Wax y Quik sobre querer ver las otras islas, Bliss se estaba hartando bastante de todo el asunto.

—Me llamo Torny —dijo la chica unos minutos después de empezar a caminar—. ¿Cómo te llamas tú?

Bliss tenía los ojos fijos en el suelo, vigilando dónde pisaba. Sledge los había hecho salir del camino principal fuera del valle, desviándose hacia la izquierda hacia unos matorrales en las estribaciones. Cómo encontraba el camino, Bliss no lo sabía, porque todo le parecía roca y polvo. La fila avanzaba casi en fila india, con Sledge al frente junto al que empuñaba el cuchillo, mientras otros dos bandidos cubrían a Wax y Quik, dejando a Torny atrás con Bliss al final de la fila.

—¿No hablas mucho? —preguntó Torny.

Bliss puso los ojos en blanco, se llevó un dedo a los labios y negó con la cabeza.

—¿No puedes? —Los ojos de Torny se agrandaron—. Vaya. Eso es terrible.

Bliss se mordió el labio para evitar darle a Torny un merecido cabezazo. Claro, había pasado toda su maldita vida lidiando con la reacción de la gente cuando descubrían que Bliss no podía hablar, pero en Vis, la gente lo aceptaba.

Casi todos tenían alguna peculiaridad, y era de cortesía común tomar el descubrimiento como era y seguir adelante.

Foti, al parecer, no tenía tal educación.

—No sé qué haría si no pudiera hablar —continuó Torny—. Probablemente seguiría en las minas. Como todos los demás.

Bliss movió las manos, sintiendo esos nudos. Sledge podría haberlos aflojado, pero no se iban a soltar, no sin un buen rasguño, frotándose contra una roca o un poste perdido. Nada que pudiera hacer mientras se movían.

—Conocí a un chico que no oía bien —estaba diciendo Torny, con la espada Foti de Wax ahora en su mano mientras la agitaba en el aire, viendo cómo el zafiro captaba la luz—. Todos decían que no iba a llegar a nada, pero ¿sabes qué? Podía sentir la piedra a la perfección. Ahora está en Smythe. Tiene su propia forja y todo. —Torny dejó de agitar la espada y la deslizó de vuelta a la vaina que ahora llevaba en el cinturón donde antes estaban las cuerdas—. ¿Eres así tú? Ya sabes, ¿muy buena en algo?

Bliss miró al cielo, midió el avance del sol hacia el crepúsculo. Aún faltaban horas, horas más escuchando esto.

—Mira —dijo Torny, y Bliss lo hizo, ya que la voz de la chica se endureció pasando de la curiosidad ociosa a algo más—, Sledge nos ha emparejado para la larga caminata. Significa que estaremos juntas todo el tiempo. Puedes seguir haciendo lo que estás haciendo, ignorándome y todo eso, pero eso va a hacer que esto sea muy aburrido. Así que, ¿qué tal si decides algo diferente, vale?

Bliss arrugó la cara y lanzó una mirada confusa hacia Torny. La chica y sus amigos acababan de arruinar la oportunidad de Wax de ser un Aegis, habían destrozado su oportunidad de continuar con la Renovación. ¿Cómo podía Torny esperar que Bliss fuera, ya sabes, amigable?

—Ey, ahí está —Torny mostró una sonrisa llena de arena—. Una respuesta real. Qué cosa de ver.

Ahora que Bliss realmente miraba a Torny, la chica bandida tenía algo más que cuero desaliñado e indecisión. Su cabello desgreñado enmarcaba un rostro manchado de tierra, con una pequeña gorra adornando su cabeza con un entramado tejido de color naranja y amarillo. Más personalizada que los otros sombreros que llevaban los bandidos. Pequeños detalles destacaban entre las otras ropas de Torny, como una pulsera de apariencia plateada en su muñeca izquierda y varios anillos sin brillo entre sus dedos. Sus zapatos parecían desgastados, pero Bliss se dio cuenta de que la chica no parecía hacer ruido al caminar, sus pies se alzaban y caían sin apenas levantar polvo. Los ojos de Torny, también, siempre parecían activos, escaneando todo mientras sus dedos se crispaban, como si quisieran agarrar algo.

Tal vez por eso Torny había estado agitando la hoja Foti. Era difícil para ella no hacerlo.

Nada de eso resolvía cómo Bliss y Torny podrían comunicarse. Wax, Quik y algunos otros en Vis-Bliss se estremecieron cuando Pan revoloteó por su memoria: les llevó años desarrollar el lenguaje de señas que empleaba tan rápidamente. La única otra opción sería la pequeña tableta y la piedra de rayar en la bolsa junto al muslo de Bliss, un dispositivo que significaría liberar sus manos.

Ahora ahí había una idea.

—... así que es así por otro día más o menos, pero luego verás algunas cosas realmente geniales —estaba diciendo Torny cuando Bliss gruñó, volviendo a llamar su atención.

Moviendo sus manos atadas, ambas enlazadas frente a

ella, Bliss alcanzó la bolsa en su muslo derecho. Torny se detuvo, su mano volviendo a esa hoja Foti enfundada. Bliss negó con la cabeza, alcanzó la bolsa de nuevo, logró deslizar un par de dedos alrededor de la cuerda que la cerraba y tiró. La bolsa se abrió, la piedra de rayar y la tableta cayeron al suelo.

—¿Qué es eso? —preguntó Torny.

Bliss se agachó, manoseó la piedra y la tableta. Si lo intentaba, los nudos parecían lo suficientemente sueltos como para darle a Bliss una oportunidad de escribir, pero ese no era el objetivo. En cambio, falló, dejando caer la piedra de rayar un par de veces. Mientras tanto, el resto del grupo seguía avanzando, alejándose cada vez más mientras Torny observaba.

—Aquí, déjame recoger eso. —Torny se inclinó, recogió las herramientas. Las miró, notando los rayones desvanecidos en la tableta de escritura—. Ya entiendo. ¿Escribes en esta cosa?

Bliss asintió.

—No soy la mejor lectora, pero podemos intentarlo. —Torny le entregó la tableta a Bliss, quien la dejó caer, sus muñecas y manos no lo suficientemente rápidas para atraparla. Torny comenzó a alcanzar el objeto caído, luego se detuvo, mirando a Bliss con un ojo más agudo—. Sabes, si fuera un poco más tonta, aflojaría más esos nudos. —Bliss levantó las cejas. Tenía que seguir manteniendo la mentira—. Pero, a pesar de lo que Sledge piensa, no soy una idiota. Tienes alcance con esos dedos. Suficiente para hacer rayones en esta cosa. Así que deja de fingir.

Bliss ladeó la cabeza.

Torny frunció los labios, deslizó la piedra de rayar y la tableta en la bolsa sobre su espalda. Sacó el cuchillo Foti, el cuchillo Foti de Wax, y puso su punta bajo la barbilla de Bliss.

—¿Sabes por qué estamos aquí? —dijo Torny, la chica curiosa completamente desaparecida ahora—. Porque no tenemos nada que perder. Nuestras vidas han sido un día terrible tras otro, y ahora tenemos la oportunidad de salir de esto. No quiero hacerte daño, sea cual sea tu nombre, pero te juro que no dudaré. Esto es todo para nosotros. Recuérdalo.

17
DEMONIO DE LA CUEVA

Su mano se extendió hacia abajo, con chispas volando a su alrededor mientras la lava debajo se agitaba. Las rocas se agrietaban, las paredes de la caverna se astillaban por el calor. El sudor empapaba la mano de Svarde mientras alcanzaba la ayuda ofrecida, sus botas pateando el acantilado de piedra endurecida en busca de apoyo.

Ella gritó algo, palabras ahogadas por el estruendo ensordecedor, luego se inclinó hacia atrás y tiró. La mano derecha de Svarde encontró una muesca, sus uñas rompiéndose mientras se aferraba a la dura piedra. Entre los dos, trepó el último metro, cayendo sobre el puente de piedra, el punto de quiebre entre la Gran Forja y la seguridad. A su alrededor, los cuerpos cubrían el suelo. Ferritas y murciélagos de fuego corrían, luchaban y morían. Sin embargo, ella le había tendido la mano a Svarde.

Otra mujer se acercó corriendo, enojada, herida y vistiendo una armadura de guardia de Foti. Levantó a la rescatadora de Svarde, poniéndola de pie, y en ese movimiento Svarde captó el destello anaranjado, la piedra atada a la muñeca de la mujer.

Una rival, no... Svarde mató ese pensamiento mientras se levantaba sobre sus rodillas. Ya no una rival. La única que quedaba. La Renovación. La segunda mujer empujó a la rescatadora de Svarde, lanzando una mirada de desaprobación a Svarde, sin duda asegurándose de que no tuviera intención de perseguirlas, con la espada desenvainada en esa maldita cueva infernal.

—Claro que las seguí, pero con las manos vacías —dijo Svarde en la oscuridad, sobre el goteo continuo—. Tenía que hacerlo, después de eso. Había sido un Guardián una vez, había fallado, y necesitaba ver si me aceptarían de nuevo.

—¿Por qué? —dijo el hombre extraño, quien últimamente había reducido su discurso a simples preguntas, como si el esfuerzo de formar oraciones fuera demasiado.

—Porque me condene si voy a ser un fracasado —respondió Svarde.

—¿Funcionó, entonces?

—Si consideras condenar a la mujer que amas a una muerte prematura, funcionó lo mejor que pudo.

El hombre se rio entre dientes. Le pidió a Svarde que contara la historia de nuevo.

—¿Una tercera vez? —preguntó Svarde a la oscuridad —. ¿Qué tal algo más? Por mucho que me guste hablar de mí mismo, hay otras historias que contar.

—No encontrarás muchas.

Svarde frunció el ceño. Tenía historias de sobra, aventuras listas para ser contadas. Tabernas enteras habían quedado hechizadas mientras Svarde relataba la historia de cómo había masacrado a ese... no, destruido al... luchado contra un... Svarde tropezó, se levantó, se golpeó la cabeza contra el techo bajo y se sentó de nuevo, con el estómago apretado y la boca seca.

Poco quedaba para su recuerdo. Svarde podía alcanzar, oh sí que podía alcanzar, justo donde los recuerdos siempre habían estado. Solo que ahora, todo lo que esperaba era niebla. Un misterioso vacío. Svarde empujó contra él, trató de abordar las historias desde diferentes ángulos, desde prólogos y epílogos, desde la acción y el escenario, y no encontró nada. No podía decir si había levantado un hacha contra un demonio o un amigo, un bandido o una bestia.

Nombres, esos los tenía. Los momentos verdaderamente especiales se abrían paso, destellos entre la niebla.

—¿Lo ves ahora? —preguntó el hombre, irrumpiendo en otra de sus tristes risitas—. Tienes que seguir contando la única historia, porque es todo lo que te queda. Cuando eso se haya ido, serás como yo, nadie y nada.

Svarde sacudió la cabeza, tratando de desalojar los bloqueos. Nada se movió. Nada cambió. Solo el goteo, goteo, goteo del agua sobre la piedra, sus riachuelos desapareciendo en el suelo rocoso.

—Esto no es natural —dijo Svarde—. Debe haber algo que esté causando esto.

—Oh, sí. Lo hay. Se está alimentando de nosotros.

—¿Ello?

—La cosa que nos trajo aquí —De nuevo la risa—. He estado aquí abajo durante tanto tiempo, creo que ya casi me ha consumido por completo.

—¿Qué pasa entonces?

—No lo sé. ¿Tal vez me olvide de respirar? ¿Acaso un corazón olvida latir?

Svarde buscó sus hachas, recordó que se habían ido. No había una salida rápida para él, entonces. Golpearse la cabeza contra las rocas no serviría. Demasiado arriesgado, demasiado brutal, incluso para él.

—Entonces tenemos que salir —anunció Svarde.

—Inténtalo. Te deseo éxito.

No había convicción en la voz de ese hombre, pero Svarde de todos modos tanteó alrededor de la caverna. El estrecho confinamiento ofrecía pocas opciones, salvo por una roca en el extremo más angosto. Un sello imperfecto, la piedra descansando contra las paredes de la cueva. Svarde pasó sus dedos por sus bordes. Había intentado moverla un par de veces antes, la encontró demasiado pesada para su propia fuerza, y el hombre allí con él no ofrecía ayuda.

O, tal vez Svarde no había estado pidiendo de la manera correcta.

—¿Quieres escuchar la historia de nuevo? —preguntó Svarde.

—Sí —respondió el hombre—. Me llena. Alimento para el hombre hambriento.

—Entonces ven aquí. Ayúdame, y te la contaré tantas veces como quieras.

—No se moverá, te lo digo.

Svarde maldijo entre dientes. La estupidez y su terquedad. —No me importa si se mueve. ¿Quieres la historia o no?

La zanahoria, bien colgada, funcionó. La forma enjuta del hombre se movió sobre las piedras, los pies descalzos haciendo clic en la roca donde las uñas demasiado largas arañaban. El aliento rancio del hombre le dijo a Svarde que se había acercado, así que Svarde le dio instrucciones, le dijo que pusiera sus manos en el lado derecho de la roca.

—A mi señal, empuja hacia arriba —dijo Svarde—. La haremos rodar.

—¿Y luego la historia?

—Y luego la historia.

Svarde hizo una cuenta regresiva silenciosa, del cinco al uno, y en el último número empujó su extremo hacia abajo, tratando de mover la roca, desalojándola de su lugar entre las piedras. El hombre se rió y dijo que no había usado sus brazos en años.

—Entonces compensa el tiempo perdido —gruñó Svarde, empujando de nuevo.

La roca, al menos, respetó sus esfuerzos. En el segundo empujón de Svarde, algo crujió debajo de la piedra y su forma se torció en la oscuridad. Svarde sintió la áspera piedra bajo sus manos mientras se movía, una sensación eléctrica que traía consigo tanto esperanza como, sí, aire más fresco.

—Sigue así —dijo Svarde—. No te detengas por nada.

—¡La historia! —gritó el hombre—. ¡La historia o me detengo!

Así que Svarde se lanzó de nuevo a contarla, empujando la roca todo el tiempo. Habló de sus amigos, de cómo se habían marchado al llamado de la Renovación, dirigiéndose a la Gran Forja por una oportunidad de obtener el skar y el honor, y un significado más allá de picar las abarrotadas paredes de una mina. Svarde se sumergió en aquel terrible día, arañando el recuerdo incluso cuando sus bordes parecían desvanecerse, los rostros de su amigo, el que Svarde debía proteger, difuminándose.

—¿Y la Gran Forja? ¿Qué pasó allí? —preguntó el hombre cuando Svarde titubeó ante el recuerdo fragmentado.

Eso, al menos, se mantenía. Varias Renovaciones llegaron casi al mismo tiempo, pasando rápidamente junto a los guardias najahn desconcertados para intentar obtener el skar. El momento había sido poco propicio, el gigantesco volcán se estaba volviendo inquieto, y tomó su acercamiento como una ofensa, arrojando cenizas, lava y cosas peores a la tierra y al cielo.

La roca se movió de nuevo, rodó hacia la izquierda de Svarde, no más de un brazo de distancia antes de chocar contra otra pared y detenerse. El hombre risueño cayó delante de Svarde, su empujón siguiendo a la roca.

—No te detengas —dijo el hombre, tendido allí—. Por favor, no te detengas. Tu historia es todo lo que tengo.

Svarde no dijo nada, en su lugar pasó por encima del hombre hacia el túnel más amplio. No podía ver una maldita cosa, pero sus manos no sentían resistencia, el aire se movía a través de su cabello. El suelo de piedra tenía una inclinación, un camino hacia arriba y hacia abajo. ¿Qué camino llevaba a Maena y los demás? La dirección equivocada podría enviar a Svarde en un largo viaje sin sentido hacia ninguna parte, lo cual-

—Por favor —dijo el hombre, sus manos encontrando la pierna de Svarde y aferrándose a ella, aunque el agarre de los dedos era débil, frágil—. Necesito tu historia.

—Necesitas comida y agua, igual que yo. —Svarde se estiró y levantó al hombre—. ¿Puedes decir qué camino tomar?

El hombre olfateó. —No te diré nada, porque no soy nada. Por favor.

Un aliado débil se estaba convirtiendo rápidamente en una molesta carga. El hombre seguía suplicando, y Svarde trató de apartar las palabras, intentó concentrarse en el aire. Hacia dónde se movía.

Otro tirón en la pierna. Svarde resbaló en el suelo, recuperó el equilibrio y empujó al hombre más pequeño.

—¡Déjalo ya! —gruñó Svarde, su voz volando por el

túnel—. O te recompones y te arriesgas a vivir, o te quedas aquí abajo y te pudres. No me importa.

Svarde intentó mirar furioso al hombre, pero la oscuridad absoluta hacía imposible saber dónde estaba, imposible también ver la amenaza que Svarde ponía en sus ojos, en su ceño fruncido. Pero el esfuerzo no fue del todo en vano: un grito llegó, débil y agudo, túnel abajo hacia él.

Pennifer.

Dejando al hombre gimoteante, Svarde subió por el túnel, moviéndose rápido pero disminuyendo la velocidad cada pocos pasos para escuchar. Pennifer seguía gritando y, detrás de él, el hombre débil parecía estar tratando de seguirlo, los arañazos y patadas revelaban un avance a cuatro patas por la cueva.

Quién sabía si el hombre tenía siquiera la fuerza para caminar.

El encierro de Pennifer se parecía al de Svarde, con una piedra redondeada sellándola. Desde el exterior, con su hombro y apoyándose en la pendiente natural del túnel, Svarde desalojó la roca sin mucho esfuerzo. Rodó, Svarde gritó una advertencia a su seguidor, quien chilló. Cuando el hombre reanudó sus gemidos, Svarde asumió que había sobrevivido.

—¿Lograste salir? —dijo Pennifer, usando sus manos para encontrar el brazo de Svarde, rozar su barba y generalmente agarrarlo como lo había hecho el otro hombre. Svarde la apartó con un gruñido.

—Nos tomó a dos —dijo Svarde—. Estás escuchando a mi compañero, por lo que vale.

—Estaba sola. Completamente sola.

—Ya no. ¿Has oído algo que pudieran ser los otros?

—¿Los otros? ¿Qué otros? —La voz de Pennifer bajó—. No sé quién eres. —Como si se diera cuenta de lo que había dicho, Pennifer dio un paso atrás hacia la pequeña cueva que acababa de dejar—. Yo... no sé quién soy.

Estaba a punto de romper a llorar cuando Svarde la agarró por los hombros y le dio una buena sacudida. Si hubiera podido ver, le habría dado el tradicional antídoto foti para todo: un golpe en la cabeza. Tal como estaban las cosas, la sacudida pareció aturdir a Pennifer, devolviéndola a la realidad.

—Eres Pennifer —dijo Svarde—. Pirata rana, y una maldita buena. Yo soy Svarde, tu aliado, y hay dos más que tenemos que encontrar. —Tres, contando a Kivi, pero Svarde supuso que el ferrite los encontraría sin problemas —. Sígueme. Y vigila al otro. Es un poco pegajoso.

—¿Puedo confiar en ti?

La pregunta vino con tanta sinceridad honesta que Svarde se detuvo un momento, tomó un largo respiro. —Pennifer, en este momento, soy el único que puede ayudarte. O confías en mí, o mueres aquí abajo.

Si Svarde podría sacar a alguno de ellos o no seguía siendo una pregunta abierta, pero las palabras fueron suficientes para fortalecer los nervios de Pennifer. Ella siguió a Svarde más arriba por el túnel, el hombre gimoteante no muy lejos detrás. Mientras avanzaban, Svarde mantenía sus manos extendidas a ambos lados, sintiendo más rocas.

Pasaron varias celdas más, abriendo cada una empujando las puertas de roca. Dentro no encontraron nada, excepto en la última, donde un cuerpo marchito no ofrecía consuelo alguno. Pennifer encontró el cadáver, palpando con sus manos y ahogando una maldición cuando sus dedos tocaron el viejo hueso, la piel descolorida como cuero.

Rasslebeck esperaba en la cuarta, el hombre murmurando su propio nombre y los nombres de su familia para sí mismo.

—Me alegro de ver que sigues cuerdo —dijo Svarde después de que se saludaran—. Pennifer está al borde, y el hombre detrás de nosotros está completamente ido.

—No sé si diría cuerdo —respondió Rasslebeck—. Sentado solo en esa oscuridad, no había mucho más que hacer que contarme historias y esperar algo mejor. Al menos moriría con el nombre de mi esposa en los labios.

—¿Tienes esposa y estás aquí abajo?

—La perdí hace mucho en ese sentido, Svarde, pero la guardo donde importa.

Extraño lugar para tener una conversación profunda, peligroso para continuarla, así que Svarde la terminó con un gruñido y los mantuvo en movimiento hacia arriba. Con suerte, Maena estaría esperando en la siguiente celda. Entonces podrían idear un plan para recuperar su equipo.

Comida y agua también. Sería bueno tenerlas.

Y a Svarde no le importaría tener unas palabras, o un puñetazo, con la criatura que los metió aquí.

Avanzando más arriba por la cueva, con los puños listos, no encontraron a Maena. Las pequeñas prisiones bloqueadas por rocas se fueron acabando, y el túnel ascendente se ensanchó. Pennifer y Rasslebeck imitaron los movimientos de Svarde, pasando sus dedos por las paredes para medir el paso y mantenerse orientados en la eterna oscuridad.

Durante el descenso desde la superficie, había habido todo tipo de hongos y musgos, cosas brillantes que emitían destellos aquí y allá, auras naturales y antinaturales que daban a la tripulación descendente la oportunidad de ver. Aquí, cada pared, cada rincón parecía haber sido limpiado a fondo.

—Incluso las rocas más afiladas están lijadas —murmuró Rasslebeck—. Alguien quería asegurarse de que nadie pudiera encontrar la salida.

—Y de que no se lastimaran en la oscuridad —añadió Pennifer—. Este quiere mantener fresca su comida.

Svarde no mencionó lo que había dicho el hombre quejumbroso, que sus cuerpos podrían no importarle tanto a este demonio.

Su ascenso terminó cuando Svarde se golpeó la cabeza contra una piedra redondeada, lo suficientemente grande como para bloquear toda la cueva, más del doble de la envergadura de Svarde.

—No hay forma de mover esa cosa —dijo Rasslebeck—. ¿Supongo que podríamos intentar volver abajo?

El hombre quejumbroso los alcanzó, gimiendo más fuerte ante la terrible idea de retroceder.

—El aire viene de alrededor de la roca —respondió Svarde—. Este es el camino que queremos. La criatura nos trajo aquí abajo, ¿no? O es increíblemente fuerte, o hay una manera de mover esta cosa que no estamos viendo.

—Oye —dijo Pennifer—, tal vez sea eso. Ver. Dijiste que viste un túnel diferente después de que nos separamos, ¿verdad?

—Así es.

—Entonces tal vez lo que estamos viendo ahora tampoco sea correcto.

—Yo solo veo negro, Pennifer —dijo Rasslebeck—. Tú también, a menos que hayas estado guardando un gran secreto.

—Espera —respondió Pennifer—. Svarde, tienes esas botas Foti, ¿no?

—Siempre las tengo.

—¿De hierro grande y fuerte?

—Siempre han estado ahí.

—Entonces patea algo —dijo Pennifer—. Suéltate.

—Creo que ha perdido la cabeza, Svarde —murmuró Rasslebeck.

Svarde resopló en acuerdo, pero cuando nada tenía sentido, a veces había que intentar lo ridículo. Despejando espacio para los otros tres, Svarde balanceó su pierna hacia la roca que bloqueaba, dando una patada firme en ángulo para que sus botas golpearan con fuerza la piedra.

El hierro rígido golpeó y chilló, por un instante las chispas volaron en la oscuridad. Con su resplandor, las sombras surgieron, Svarde parpadeó, y nada quedó claro salvo que su camino, en efecto, parecía bloqueado por más piedra de la que el grupo podría levantar jamás.

—Hazlo otra vez —dijo Pennifer—. Creo que vi algo. Mira a la izquierda.

—Si me rompo el pie haciendo esto, tú serás quien me cargue —dijo Svarde.

—Si te rompes el pie, será tu culpa por ser descuidado. Golpea el metal, vamos.

Era difícil resistirse a una actitud así. Svarde volvió a dar la patada, golpeando el hierro contra la piedra. Esta vez intentó no parpadear, miró a la izquierda en el destello y vio lo que Pennifer había visto: un hueco en la parte superior izquierda, más o menos donde el brazo de Svarde podría alcanzar si se estiraba. El agujero parecía lo suficientemente grande como para que pasara un cuerpo, y explicaba el aire.

—Pero, ¿cómo vamos a subir allí? —dijo Rasslebeck—. A menos que alguno de ustedes sea mucho más alto de lo que recuerdo.

—Un empujón —dijo Pennifer—. Así es cómo.

—Tú eres la más pequeña, entonces —comenzó Svarde.

—Serás tú quien vaya —lo interrumpió Pennifer—.

Rasslebeck y yo apenas recordamos nuestros propios nombres. No puedo recordar cómo se ve Maena. Si nos metes por ese agujero, es probable que nos vayamos vagando y nos olvidemos de ti también.

—Habla por ti —dijo Rasslebeck—. Yo tengo mi nombre bien memorizado.

—Cállate —dijo Svarde—. Pennifer tiene razón. Empújame, luego Rasslebeck, tú y nuestro amigo envíen a Pennifer justo después. Haremos una búsqueda rápida y volveremos a rescatarlos.

—¿Así que me quedo con el loco?

—No está loco. Solo le gustan las historias. ¿Tienes algunas que contar?

—Solo tengo mi lista de nombres.

El hombre quejumbroso se animó con eso, sellando la decisión.

Pennifer y Svarde pasaron por el agujero, el hombre más corpulento yendo primero. La cadencia de Rasslebeck acompañó sus primeros pasos más allá, un nombre tras otro, seguido de títulos, una descripción y datos aleatorios.

—Familia más grande que cualquiera que haya conocido —dijo Svarde, ayudando a Pennifer a bajar al suelo.

—Entonces no has pasado mucho tiempo en Rana —respondió Pennifer, luego se detuvo—. No tengo idea de por qué acabo de decir eso. No puedo recordar nada sobre esa Isla.

De nuevo Svarde consideró contarle a Pennifer lo que podría haberle pasado a sus recuerdos, y de nuevo desechó la idea. Si Pennifer iba a ser de alguna utilidad, no podía dejar que entrara en pánico. Un buen luchador podría enfrentarse bien a un demonio, pero quién era Pennifer en ese momento, Svarde no podía decirlo.

Y de todos modos, su nueva cueva presentaba mejores

opciones. Un único túnel serpenteante llevaba hacia la izquierda, y ahora las paredes no estaban limpias. Un musgo rosa púrpura crecía en grupos, anidado a lo largo del lado izquierdo donde corría un hilillo de agua. Posiblemente el mismo que se vaciaba a través de la antigua prisión de Svarde.

—Supongo que es por aquí —dijo Svarde, avanzando con pasos crujientes.

Apenas unos pasos después, el túnel se estrechó antes de emerger en una sala familiar, con tres ramificaciones. A la derecha, un túnel ascendente tenía un resplandor rosa más brillante. El cuarzo estaría por allí. Recto adelante era un misterio, y a la izquierda estaba el Abajo Oscuro y la escapatoria.

—¿Por dónde? —preguntó Pennifer.

—¿No lo recuerdas?

—Más allá de estos últimos minutos, Svarde, no recuerdo nada. No sé cómo sé qué palabras usar, cómo caminar, nada. Todo está en blanco, como intentar atravesar una de estas paredes.

Svarde tomó una respiración profunda. —Vamos a la derecha. Es donde probablemente esté nuestro equipo, que necesitaremos si vamos a liberar a Rasslebeck.

—O podríamos huir.

Svarde miró hacia atrás, examinando a Pennifer. Al igual que él, le habían quitado su armadura, dejándola solo con las delgadas túnicas Rana. Su piel tenía arañazos, sus ojos estaban tensos, y un ligero rubor aparecía en su rostro ante la pregunta.

—¿Lo recuerdas, verdad? —preguntó Pennifer—. Estás dudando. Sabes dónde estamos.

—Te recuerdo a ti, Pennifer. Recuerdo que no huirías, por nada del mundo.

—Quizás la antigua yo. ¿La nueva? ¿Esta que está aquí de pie? Quiero vivir, Svarde. No quiero encontrar lo que sea que nos puso detrás de esas rocas, lo que sea que robó nuestros recuerdos. Simplemente ya no quiero estar aquí.

—Lo entiendo. De verdad. Más veces de las que puedo contar, quise huir de donde estaba. —Svarde puso una mano en el hombro de Pennifer—. Pero huir ahora solo hará que nos maten más tarde, por algo igual de desagradable. Eres una luchadora, Pennifer. Confía en mí. Una vez que tengas una espada en la mano, serás tan letal como cualquier cosa aquí.

Los ojos de Pennifer volvieron a las cuevas, sus hombros se tensaron, y por un momento Svarde se preguntó si lo intentaría de todos modos, si escaparía hacia la libertad y probaría suerte en la oscuridad, sola y desarmada.

—Por favor —dijo Svarde—. Necesitaré tu ayuda para salvar a Maena y a Rasslebeck.

Y a Kivi. Por favor, que ese maldito Ferrite esté bien.

Pennifer se estremeció y asintió a Svarde. —De acuerdo. Estoy contigo. Hasta el final.

Juntos, giraron a la derecha, subiendo por el túnel hacia el cuarzo, hacia el equipo. Svarde tenía la intención de caminar lento, con cautela, atentos a cualquier sonido. Ese plan murió tan pronto como entraron en el túnel de cuarzo, cuando maldiciones agitadas resonaron en la roca, mezcladas con lo que parecía un discurso confuso, una conversación ruidosa demasiado indistinta para entender.

Esas maldiciones, sin embargo, se escuchaban con bastante claridad.

Svarde, susurrando a Pennifer que acelerara, se lanzó en una carrera por el túnel, directamente hacia la sala del cuarzo. El brillo de la gema volvió a impactar su vista, la acción desvaneciéndose lentamente, como si Svarde acabara de despertar.

El cuarzo mismo tintineaba, las muchas prendas y equipos en sus líneas rosadas moviéndose con el viento que azotaba la caverna. El tornado se centraba a la derecha de Svarde, aterrizando sobre un miserable lío de alas, pequeñas extremidades y lo que parecían ser rostros gris pizarra, sus bocas alternando entre soplar aire y gritar, murmurando sin sentido. El foco del demonio parecía inclinado hacia Maena, la pirata Rana de pie con la espalda contra la pared de la caverna, su sable cortando el aire frente a ella, tratando de hacer retroceder a la cosa.

Luchando detrás de ambos, aplastado en la esquina, se retorcía Kivi. La cola rechoncha del Ferrite rebotaba en el suelo, sus garras arañaban con un esfuerzo a medias para ponerse boca arriba, un movimiento retrasado, condenado por el viento constante.

—¿Qué es esa cosa? —preguntó Pennifer, paralizada detrás de Svarde.

—No importa lo que sea —respondió Svarde, corriendo hacia el cuarzo, hacia dos hachas familiares colgadas en el lado izquierdo de la gema—. Tenemos que matarla.

Moverse contra el viento se sentía como empujar a través de una pared. Svarde bajó el hombro, se encontró gruñendo contra la arenilla mientras el aire arremolinado recogía pequeñas rocas y polvo y arrojaba ambos contra su cara. Pennifer no se unió a él, aparentemente paralizada allí en la entrada de la habitación.

Pensar que robar los recuerdos de una persona podría llevarse todo lo que eran, podría convertirlos en inútiles, una cáscara y una sombra.

Svarde se negó a preguntarse qué pasaría si este demonio muriera y el antiguo yo de Pennifer no regresara, qué podría hacer una criatura tan asustada aquí abajo en la oscuridad.

Los gritos de Maena eran más difíciles de ignorar. Aún no había llamado a Svarde, aún no había pedido ayuda. En cambio, parecía, como Rasslebeck, estar gritando su vida. Amigos, familia, lugares en Rana y las Islas a los que había navegado. Mientras Svarde alcanzaba su primera hacha y la deslizaba fuera de la gema, miró hacia atrás al demonio, vio que no estaba tratando de golpear a Maena, no estaba tratando de atacarla. En su lugar, la criatura flotaba justo fuera del alcance de su espada, los vientos manteniendo a Maena clavada en la roca.

Esos rostros, entonces, aullaban hacia ella, soplaban y succionaban y silbaban y hablaban. Comían, se dio cuenta Svarde, las mismas piezas que hacían a Maena humana.

Svarde agarró su segunda hacha, sacando chispas del cuarzo mientras el filo del arma raspaba el rosa. Ignoró la armadura de cuero y piel, inútil como era contra este monstruo.

—Pennifer, tus ballestas —rugió Svarde sobre el viento mientras se dirigía hacia Maena y el demonio—. ¡Ahora!

El grito sacó a Pennifer de su estupor, la mujer tambaleándose contra el viento. Miró a Svarde, la gema detrás de él. Sus ballestas estaban allí, a la derecha, colgando. Calculó la distancia. Svarde vio cómo se ensanchaban esos ojos, vio cómo observaban sus pasos y hacia dónde se dirigían, la pelea por venir.

Pennifer se dio la vuelta y corrió sin decir una palabra.

18

UNA NUEVA APARIENCIA

Al menos la vista era agradable. La tarde comenzaba de manera hermosa, con olas doradas que rompían allá abajo, interrumpidas por el intenso tráfico de barcos. El llamado de la Renovación parecía haber estimulado el comercio, todos buscando obtener sus últimas ganancias antes de que surgieran más demonios y las islas se atrincheraran para sobrevivir.

Este balcón no sería un mal lugar para tal atrincheramiento. No muy defendible, y las delgadas barandillas de hierro estorbarían al blandir a Flamebreak contra cualquier demonio alado que se acercara, pero la brisa fresca acariciaba la piel de Ami, y el vino servido en la mesa frente a ella era de mejor cosecha que cualquiera que hubiera probado en mucho tiempo. El único inconveniente era el hombre sentado, demasiado pagado de sí mismo, frente a ella.

Gladdring, repitiendo los eventos de la mañana, cómo había hecho que uno de los inútiles eruditos la vigilara después de salir de su habitación, se jactaba de su captura, la reprendía con un dedo regordete por la pobre estratagema de Ami, y le preguntaba qué creía que iba a hacer allí abajo.

—¿Salir con nuestros secretos? ¿Secuestrar a uno de nuestros investigadores? —preguntó Gladdring, con su sonrisa nauseabunda haciéndose cada vez más amplia—. Tengo tanta curiosidad, Guardiana. ¿Cuál era tu plan?

Que Ami no hubiera tenido uno era un hecho que jamás admitiría ante este hombre. La mirada burlona que se apoderaría de su rostro, la forma en que sus manos se agitarían con placer... Ami tendría que levantarse y arrojar a Gladdring por el balcón. Ver cómo se estrellaba contra las rocas de abajo sería tan satisfactorio.

Excepto que unas cuerdas apretadas ataban las manos de Ami al frente, con apenas el espacio suficiente para permitirle agarrar la copa de vino y llevarla a sus labios. Junto a la puerta del balcón, a solo un paso de distancia, se encontraba también un guardia najahn, con la voulge lista. Aun así, si pudiera liberar sus manos, Ami apostaba a que podría lanzar a Gladdring por el borde antes de que la lanza le asestara un golpe fatal.

—¿Es así como pretendes ayudar a tu amiga, la Égida? ¿Con incursiones aleatorias en lugares a los que no perteneces? —continuó Gladdring cuando Ami no respondió—. Ahora mismo podrías estar a su lado, protegiéndola de los demonios. Prolongando nuestra seguridad. En cambio, ¿qué? ¿Te entró la curiosidad?

—Es lo que dije en tu oficina. Quiero ayudar.

Gladdring asintió.

—Sí, sí. Hacer lo imposible. Salvar a la Égida de su maldición. Ya te lo dije, no hay tal escape en nuestros oscuros huecos. No tenemos milagros. —La voz de Gladdring se apagó, sus ojos adquirieron un brillo—. Todavía.

Ami suspiró.

—Suéltalo ya, Teniente. No soy de las que juegan.

—No es un juego. Es una negociación. —Gladdring se inclinó hacia adelante, un movimiento que Ami empezaba a pensar que era un hábito—. Mira esto. —Gladdring metió la mano dentro de su túnica najahn púrpura y dorada, decorada en las costuras con los remolinos inclinados que todo Teniente se ganaba. La mano de Gladdring emergió con una piedra naranja-amarilla, lo suficientemente pequeña como para sostenerla entre dos dedos—. Un skar de Tamas.

—Así que sí los guardan.

—Oh, por favor. No te hagas la tonta ahora, Ami. —Gladdring dirigió sus ojos a la piedra—. Lo que importa no es que tengamos las piedras, sino lo que podemos hacer con ellas.

Ami esperó, el tono de Gladdring sugería que el hombre estaba a punto de lanzarse a un discurso que había estado preparando durante demasiado tiempo. Un secreto que finalmente podía ser revelado.

Gladdring, sin embargo, no habló. En su lugar, pareció concentrarse más en el skar, deslizándolo de sus dos dedos a un agarre completo en su palma. El hombre pareció estremecerse, sus ojos se cerraron y luego se abrieron de golpe. La sonrisa que regresó ahora no era la mueca burlona de antes, sino, si Ami creyera al hombre capaz de tal emoción, casi tierna.

—La amas —dijo Gladdring, sin una nota de reproche o dureza en su voz—. Lo siento.

Ami entrecerró los ojos.

—¿Qué? ¿Amar a quién?

—Catya. —Gladdring frunció el ceño—. Qué extraño. Nunca antes me había referido a una Égida por su nombre real. Hay una tristeza también. Como si el skar no solo me lo estuviera diciendo, sino...

—¿El skar? —Ami decidió arremeter contra la acusación sobre sus sentimientos hacia Catya. Si había alguna persona viva con la que quisiera compartir eso, seguramente no era Gladdring—. ¿El skar hizo esto?

—Son los restos de los dioses, Ami —dijo Gladdring, deslizando el skar de Tamas de vuelta a su túnica—. Cada uno lleva una pieza de su dios dentro, al menos por un tiempo. Algunos pocos de nosotros hemos aprendido a usarlos, de la manera en que un niño podría recoger un palo y agitarlo.

—¿Usarlos cómo?

Gladdring se rio entre dientes.

—Como juguetes, mayormente. Toma un skar de Kance y haz que el viento sople por tu habitación en un día caluroso. Usa un skar de Vis para hacer que ese corte de papel sane en segundos.

—¿Corte de papel? Pero, podrías...

—No, no podríamos —la voz de Gladdring se volvió férrea—. Estos no son milagros. Un corte de papel, dije, porque un corte de papel es lo que quise decir. Los skars no son deseos hechos realidad. Son herramientas, y como cualquier herramienta, el usuario debe aprender. Solo que, Ami, todos somos aprendices en este arte. No hay maestros.

Nada como que le levantaran las esperanzas solo para verlas destrozadas, pero entonces, Gladdring no parecía del tipo que jugara a la caridad. ¿Por qué atarle las manos y arrastrarla hasta aquí solo para presumir el skar?

—Entonces, ¿qué quieres de mí? —preguntó Ami, llevándose el vino de vuelta para otro sorbo. La remota posibilidad de que Gladdring se divirtiera y luego la arrojara por el borde hacía que el vino supiera más dulce.

Lo que eso decía sobre Ami, sobre su perspectiva de la

vida, mejor mantenerlo enterrado bajo el rojo profundo de su copa.

—Bueno, la ciencia requiere investigación, y la investigación requiere sujetos —dijo Gladdring. Ante el ceño fruncido de Ami, levantó las manos, con las palmas en gesto conciliador—. Estamos alineados en esto, Ami. El objetivo de Noctia con los skars es detener a los demonios, mantenernos a todos a salvo.

—Y encadenados al Círculo.

—Ay, no. Qué terrible yugo —ahora le tocó a Gladdring poner los ojos en blanco—. ¿Quién se queja cuando Noctia envía su ayuda a su isla? ¿Quién se queja cuando facilitamos el comercio entre todas las islas, cuando mediamos en las disputas en beneficio de todos? El Círculo es solo un grupo de personas, Ami. Eso es todo. Podrían venir de cualquier isla, igual que el Aegis y sus Guardianes.

—No vas a convencerme de que esto no es una jugada de poder.

—Entonces no insistiré más —Gladdring se recostó. La parte interesante de la conversación había terminado, ahora se dirigían hacia la negociación, los acuerdos, la persuasión y, sí, las jugadas de poder—. No hay muchos Najahn a los que pueda involucrar en algo así. Menos aún con tu habilidad.

—¿Habilidad en qué?

—En destruir demonios, por supuesto —Gladdring asintió hacia sus manos atadas—. Esas manos y esa espada que tienes en tu apartamento han destruido a muchos monstruos. Con tu ayuda, mostrándonos lo que estas cicatrices pueden hacer, podríamos diseñar mejores armas, mejores defensas. Incluso podríamos ganar la batalla contra los demonios. Imagina lo que podrían hacer los soldados con cicatrices a su disposición. Las heridas sanarían, el miedo podría suprimirse y, si nuestras suposiciones son correctas, podríamos volar, atacar con una lanza con la fuerza de la piedra misma.

Gladdring comenzó a escupir mientras hablaba, la emoción superando sus modales. A pesar de la fealdad, Ami sintió el tirón de la posibilidad. Las esperanzas de Gladdring, si se realizaban, significarían un cambio masivo en la forma de luchar contra los demonios. Incluso podría hacer innecesario al Aegis.

Podría convertir una expedición como la de Svarde en algo diferente a una misión desesperada.

—Si digo que sí, ¿qué pasará? —preguntó Ami.

—Entonces comienza la verdadera aventura, Guardiana —Gladdring terminó su vino de un solo trago, limpiándose los restos con la manga—. No hace falta mencionar que, si te niegas, no podemos permitir que lleves lo que sabes de vuelta a las calles.

Ami fijó una mirada inexpresiva en el Tenente. Parecía un hombre acostumbrado a la victoria. Ami se mordió el labio por un largo momento, queriendo retrasar el sabor que pronto obtendría. Sin embargo, cuando una gaviota graznó en lo alto, Ami exhaló y asintió.

—¿Qué otra opción tengo?

Al menos le liberaron las manos para el largo descenso. Un guardia con una alabarda a mano seguía los pasos de Ami mientras ella seguía los de Gladdring. Descendieron de nuevo al pasillo protegido, pasando a los dos Najahn apostados allí con nada más que una mirada. Más allá, sin embargo, Gladdring la llevó a la izquierda hacia un pasillo diferente. Este tenía habitaciones a ambos lados, un ala curvada con cada espacio orientado hacia... ¿vivir?

—Tengo gente limpiando tu apartamento ahora —dijo Gladdring, deteniéndose en la tercera puerta a la izquierda

—. No te preocupes, tratarán tu espada con el máximo cuidado.

—¿Por qué necesitarían limpiar mi apartamento? —preguntó Ami, aunque lo que tenía delante hacía la respuesta bastante clara.

Una simple cama, una pequeña mesa y un estante trasero colocados cerca de la más diminuta de las ventanas que daba hacia el océano. Un fino cristal cubría la estrecha abertura arqueada, aunque al menos la esquina inferior derecha parecía estar abierta. El aire viciado hacía insoportable cualquier prisión.

Porque esto era una prisión, Ami no tenía dudas al respecto.

—Este no es un proyecto ocioso —dijo Gladdring—. Todo depende de tus esfuerzos. Mañana, tarde y noche, estarás ocupada con esto. Si lo haces lo suficientemente bien, si nos consigues lo que necesitamos, podrías ver a Catya con algo más que un amor inútil para darle.

—Vuelves a hablar así de Catya, de mí, y puedes maldecir tus cicatrices.

Gladdring resopló.

—Sí, ofendete. Cuando las historias miren hacia atrás y vean cómo el mundo se fue a la ruina, estoy seguro de que tu vanidad te mostrará bajo una luz maravillosa.

Ami hizo lo que le habían enseñado, lo que había aprendido como Guardiana y perfeccionado durante todos estos horribles años viendo sufrir a Catya: tomó su ira, la moldeó en una pequeña bola y la colocó en la parte oscura de su mente. Una parte abarrotada, en estos días, y que suplicaba ser liberada. Pero no ahora, aún no.

—Una cosa —dijo Ami cuando Gladdring se dio la vuelta para irse—. Mattimo, el historiador, tráelo aquí conmigo.

—¿Ese tonto borracho? ¿Por qué?

—Porque sabe más de lo que crees, y voy a necesitar ayuda.

Gladdring negó con la cabeza.

—Primero danos un buen comienzo, luego obtendrás tus peticiones. Recompensas por buen comportamiento, creo que lo llaman en las mazmorras.

El ceño fruncido de Ami solo hizo reír a Gladdring, que se marchó con una última palabra:

—Tu primera prueba comienza esta noche.

Tres horas. Cerraron la puerta con llave cuando se fueron, dejando a Ami encerrada en su pequeña habitación con poco más que la ventana para mirar y las paredes para analizar. Ni siquiera vino para beber o comida para comer. Solo sus propios pensamientos para la miseria.

Y miserables eran. Ami nunca se entregaba a mucha introspección: la vida de un Guardián no alentaba el pensamiento lento, el cuestionamiento de los motivos y las elecciones de uno. No, la acción instantánea y un objetivo claro eran una compañía mucho más agradable. Como tal, después de veinte minutos aterradores donde Ami sintió que iba a descender en una terrible revisión de su vida y todas sus decisiones, se detuvo, se quitó la capa más pesada y se embarcó en un ejercicio tras otro, los movimientos sirviendo el doble propósito de calmar su mente mientras gastaba su energía.

Aunque, dado el rápido golpeteo en la puerta cuando transcurrieron esas tres horas, Ami podría arrepentirse de haberse esforzado tanto.

Los golpes continuaron mientras Ami se enderezaba, asegurándose de que sus últimas estocadas no hubieran desordenado demasiado su ropa. Miró la puerta, la madera robusta temblando con cada golpe. ¿Estaban esperando que

Ami fuera a abrir la puerta? ¿Qué prisión le daba a sus prisioneros este tipo de cortesía?

La respuesta, cuando Ami tiró del portal para abrirlo, vino en forma de una mujer más pequeña, aunque cubierta con un atuendo tan extraño que Ami al principio no se dio cuenta de qué persona podría estar dentro.

—Hola —dijo la mujer, su voz un equilibrio entre entusiasmo ilimitado y reluctante restricción al mismo tiempo—. Gladdring dijo que viniera a buscarte cuando la siguiente prueba estuviera lista.

Ami inclinó la cabeza.

—¿Quién eres tú?

—Annalyse Everbrite —dijo la mujer—. Podría preguntarte lo mismo.

—¿Gladdring no te dijo quién soy? ¿Y no lo sabes?

—Gladdring me trata como trata a todos los investigadores aquí abajo —Annalyse se encogió de hombros—, como herramientas, como insectos, no le importa mientras él se lleve el crédito.

De alguna manera, Ami no captó ninguna malicia en las palabras. Una situación expuesta tal como era, hechos sobre hechos.

—Así que no —continuó Annalyse—, no me dijo quién eres —Debajo de las gafas de cobre, Annalyse le dio a Ami lo que parecía ser un ceño fruncido de simpatía—. Aunque, la mayoría de nuestros sujetos no duran mucho, así que tal vez pensó que no me importaría.

—¿Mueren?

—Morir, enloquecer, perder demasiadas extremidades para continuar. Es toda una gama de dolencias, en realidad, pero estamos mejorando —Annalyse alzó la vista hacia el techo, su voz apagándose—. Una semana. Eso es lo que ha pasado desde el último, eh, accidente. ¡Un nuevo récord!

—¿Cómo reclutan a estos... sujetos de prueba?

—Gladdring no nos lo dice, y nosotros no preguntamos —respondió Annalyse. Cruzó los brazos, cada uno cubierto con un brazal plateado diferente, con ranuras y muescas esperando herramientas—. Sé que suena horrible, sé que parece que estamos haciendo las peores cosas aquí...

—No sé lo que están haciendo.

—Cierto, quiero decir, intento decir que tenemos que hacer sacrificios. Tampoco es fácil para nosotros, ¿verdad? Somos nosotros quienes apretamos los gatillos, quienes también corremos los riesgos. Yo vivo con esas pesadillas.

Ami dio un paso atrás hacia su habitación. A pesar de la promesa de Gladdring, nadie había venido con Flamebreak o sus cosas. La espada habría sido un consuelo ahora: si no otra cosa, saber que podría intentar abrirse paso a hachazos habría traído el consuelo de una guerrera. En su lugar, Ami tenía sus manos, sus pies, y aunque parecía que Annalyse podría ser derribada con un simple empujón con toda esa porquería inestable sobre ella, los guardias más allá no serían tan fáciles.

—Te asusté, ¿verdad? —dijo Annalyse.

—No te entiendo, eso es todo —respondió Ami—. ¿Qué quieres?

—Simple. Ven conmigo.

Entre los costos y beneficios de explorar Las Siete Islas durante la Renovación de Catya estaba el elemento más neutral de acostumbrarse a lo desconocido. Después de enfrentarse a comidas extrañas, gente aún más extraña y los lugares más extraños una y otra vez, Ami había aprendido a construir una reserva estoica, una capacidad para juzgar las cosas conforme llegaban en lugar de temerlas o deleitarse con su llegada.

Así que siguió a Annalyse desde su habitación con pasos

firmes. Escuchó a Annalyse parlotear sobre la investigación de los skar, un tema interesante al principio pero que pronto se convirtió en términos técnicos demasiado obtusos y esotéricos para que a Ami le importara. ¿Vataje elemental? ¿Frecuencias específicas del alma? ¿Claridad del skar?

Sin duda, estas cosas le importarían a alguien, y ese alguien, si Foti lo permitía, no sería ella.

Más interesante y más obvio era el lugar al que Annalyse llevó a Ami. No la jaula abarrotada y el laboratorio en el que Ami se había colado antes, sino una escalera más empinada, cuyos peldaños de piedra iluminados por linternas tenían su progreso obstaculizado cada dos descansos por fuertes rejas de hierro. Las paredes se cerraban estrechamente, renunciando a las vistas de un espacio más amplio por la mejor defensa que ofrecía un corredor estrecho.

Annalyse no se molestó en explicar la elección de la construcción, y Ami no lo cuestionó. Algunas cosas eran lo suficientemente obvias: esta escalera pretendía mantener algo dentro, o mantener a todos los demás fuera. A pesar de todo, no apareció ni un solo guardia, el camino estaba desierto.

Al menos hasta que la pareja llegó al fondo. La escalera terminaba en un amplio círculo, las piedras terminando en un suelo de cueva alisado. El aire adquirió un tinte natural, un sabor salado y húmedo. Habían bajado lo suficiente como para acercarse al mar.

El cambio en el aire se correspondía con el cambio en el entorno: mientras que arriba el diseño industrial hacía las cosas inmaculadas, aquí abajo la excavación tosca dejaba madrigueras que se ramificaban desde su punto de aterrizaje, la escalera y sus paredes cercanas una interrupción ondulante en un lugar por lo demás abierto. Antorchas, no linternas, se mantenían encendidas en postes metálicos clavados en el suelo. Las cuatro madrigueras que partían de la sala central tenían tablones colgando de clavos en las paredes. Dos tenían lados de color carmesí sólido, mientras que el segundo par parecía salpicado con tinte verde hierba. Las paredes de la sala tenían bastidores de armas, algunos realmente sosteniendo armas mientras que otros soportaban cajas o cosas que Ami no podía identificar, extrañas mezclas de metal. Varias mesas y sillas estaban dispersas por el espacio, y un armario lateral parecía tener agua fresca y fruta encima.

—Un verdadero hogar aquí abajo —murmuró Ami.

—Es un largo camino —respondió Annalyse—. El retrete, si lo necesitas, está a través de ese último agujero de allí.

El único túnel sin marcar. Ami ni siquiera lo había notado al principio, pero un poco de concentración le dijo que esa abertura traía el aire del mar. ¿Una apertura a la playa, a un muelle? ¿Para qué?

—Para esta noche, ¿puedes usar la lanza? —Annalyse señaló una en un bastidor. El arma ciertamente tenía la punta de una lanza, pero el asta no se parecía a ninguna que Ami hubiera visto antes.

Lo que debería haber sido un palo recto de madera o metal en su lugar brillaba con plata picada, las hendiduras festoneadas cada una recubierta con una tapa de cobre. Dentro de la mayoría no había nada, pero en la parte superior, un rubí rojo anaranjado resplandecía. Una piedra que Ami reconoció bien.

—Un skar de Foti —dijo Ami, acercándose y tomando el arma. Más pesada que una lanza normal, pero bien equilibrada—. ¿Para qué es?

—¿No sientes nada? —preguntó Annalyse, sonando de alguna manera tanto sorprendida como decepcionada.

—¿Debería?

Annalyse, sin embargo, había sacado un pequeño libro y estaba garabateando con un lápiz de carbón. Cuando Ami se acercó y repitió su pregunta, Annalyse levantó la vista, su mueca transformándose en una sonrisa tranquila.

—El "debería" es una pregunta irrelevante para nosotros —dijo Annalyse—. O lo sientes, o no lo sientes. Si puedes seguirme, necesito que te pruebes estos guantes.

En otro bastidor, colgando de una clavija incrustada en el marco de madera del bastidor, había un par de guantes de metal negro. Anillos sueltos dorados corrían a través del negro, captando la luz y parpadeando mientras Ami se los ponía.

—Estos son demasiado gruesos para una pelea real, si eso es lo que quieres —dijo Ami mientras estiraba sus manos dentro de los guantes. Demasiado grandes, demasiado abultados. No podría sentir una hoja o una lanza diciéndole lo que venía.

—Son un experimento, como todo lo demás —Annalyse se detuvo, inclinó la cabeza—. ¿Qué tan malos son para pelear, crees?

—Creo que cualquiera que se viera obligado a pelear contra un duelista recibiría una paliza.

—¿Y contra un demonio?

Ami levantó una ceja. —Depende del demonio.

Annalyse asintió, volvió a su cuaderno y garabateó algo breve.

—¿Estás registrando todo lo que digo? —preguntó Ami.

—Esto es investigación. Nada puede ser descartado, Ami. Cualquier pequeño comentario podría ser la clave —

Annalyse asintió hacia la madriguera con el cartel verde—. Bien, ¿estás lista para el evento principal?

—¿Después, puedo comer?

—¡Claro!

—Entonces estoy lista.

La madriguera no llegaba muy lejos, unos segundos de caminata las llevaron a una puerta reforzada. Como las otras en la escalera, y una que Annalyse abrió de nuevo con una llave. La misma llave única, notó Ami, que se había usado en todas las puertas hasta ahora.

No tan asustados de los ladrones, entonces.

Más allá de esa puerta, Annalyse le dijo a Ami que esperara un momento mientras iba al lado derecho de la pared, tiró de una pequeña palanca que Ami no había visto hasta ese momento. Algo pareció suspirar sobre sus cabezas, liberando tensión por toda la cueva.

—¿Qué fue eso? —preguntó Ami, aferrando la lanza con más fuerza.

—Seguridad —respondió Annalyse—. Verás por qué en un momento.

Ami mantuvo los ojos abiertos y atentos durante el siguiente tramo corto. Nada parecía fuera de lo común en las paredes laterales iluminadas por antorchas, pero en el techo se veían líneas oscuras, acanaladas y que recorrían casi toda la longitud entre las dos puertas.

Más allá de la última barrera, sin embargo, Ami vio por qué la seguridad parecía tan exhaustiva: un demonio verde y azul, rugiente y relampagueante, esperaba dentro. No más alto que la rodilla de Ami, el monstruo se retorcía por el recinto con brazos como fideos que se aferraban, cada uno terminando en dos dedos romos, pero lo suficientemente fuertes como para clavarse en la roca y arrastrar a la criatura. Mientras Ami observaba, se agarró y se lanzó hacia la puerta, volando por el aire y girando para que su rígida espalda pudiera golpear el metal con un ruido temerario. La puerta resonó, pero los postes de metal resistieron. El demonio rebotó, cayó de espaldas, donde Ami pudo contar seis brazos anidados que emergían del vientre de la criatura. Esos brazos se agitaron hasta que, encontrando un agarre en la puerta, el demonio se reorientó y reanudó su tambaleante recorrido por la arena.

—¿Debería siquiera preguntar? —dijo Ami, viendo que Annalyse había permanecido callada durante su aproximación final—. ¿Es este el horror que han estado manteniendo aquí abajo?

—Gladdring te dijo por qué estamos haciendo esto —respondió Annalyse—. Los demonios deben ser detenidos. El Aegis se está muriendo, y el próximo morirá más rápido. Eso significa que tenemos que encontrar otra manera.

—¿Así que mantienen monstruos aquí abajo para qué, pruebas?

—¿No suenas enojada?

Ami negó con la cabeza.

—Estaba preparada para estarlo. Esperaba encontrar algo peor, algún secreto sobre cómo Noctia mantenía una forma de salvar al Aegis bajo llave. Ahora veo que están tratando de mejorarlo.

Annalyse asintió.

—Algunos de nosotros, al menos —Como si recordara que tenía su cuaderno en la mano, Annalyse se enderezó, sus ojos brillaron—. Ahora, esto es lo que vamos a intentar hacer. Con esos guantes puestos, vas a sostener la lanza aquí y aquí —Annalyse señaló un par de contornos de agarre en la lanza. Ambos, notó Ami, estaban entrelazados con el mismo oro que sus guantes—. Si funciona correctamente, sentirás el skar en la lanza. Pruébalo ahora.

Mientras tanto, el demonio volvió a golpear los barrotes. Annalyse se estremeció. Ami lo ignoró: a pesar de sus tentáculos, el demonio parecía lo suficientemente pequeño como para ser una presa fácil con una lanza en la mano.

Una lanza que, cuando Ami cambió el arma en sus manos, colocando su agarre enguantado justo en esos surcos —una posición hecha para la postura más amplia de un hombre— demostró no ser solo una lanza.

El skar de Rompeflamas añadía brillo, lanzando chispas cuando la espada cortaba el aire, agregando un toque ardiente si la espada se clavaba en su objetivo. Efectos accidentales, hechos sin el pensamiento de Ami, sin su esfuerzo.

El skar en la lanza le habló. No con palabras, pero Ami no podía poner otro marco a lo que sucedía, a la sensación que susurraba en sus oídos, recorriendo su columna, sus brazos, sus manos hasta llegar a la propia lanza y al skar en su interior. Una canción hueca, esperando que Ami llenara los espacios, que retorciera y doblara el sonido antes de cantarlo.

—Lo siento —dijo Ami, alargando las palabras—. ¿Qué está pasando?

—Bien. Otro vínculo consistente —respondió Annalyse—. Estás sintiendo el skar. No sabemos exactamente qué es lo que proviene de él, pero creemos que es lo que alimenta el collar del Aegis y el escudo. Lo que Demion encontró.

—¿Cómo?

Annalyse negó con la cabeza.

—No es importante ahora mismo. Por esta noche, necesito que entres ahí.

—¿Con el demonio? —Ami debería haberse sentido más molesta por la petición, pero le costaba sacudirse los susurros del skar, esos huecos en su conversación donde ella podría, si lo intentara...

—Sí. Necesito que tomes esta lanza y uses el skar para matar al demonio.

Eso, al menos, devolvió a Ami al presente.

—¿Matarlo?

—Ami, ese es todo el punto. Si puedes manejar el skar, puedes mostrar a otros cómo hacer lo mismo. Eso abre todas las posibilidades. Eso salva al mundo. Eso hace innecesario un Aegis.

Ami miró la lanza, el skar rojo en su frente, brillando a la luz de las antorchas. ¿Podría algo tan pequeño hacer tanto?

Sí, parecía susurrar el skar. Sí podría.

19
RODANDO SOBRE LA LAVA

El río se delataba a través del aire. Frente a Wax, el mundo parecía temblar, el calor se plegaba sobre sí mismo distorsionando las ondulantes montañas en la distancia. Detrás de ellas, según decía Sledge, encontrarían el océano occidental, un lugar demasiado vacío para los barcos de vela y el sitio perfecto para retener a los molestos Renovados hasta que su tiempo se agotara.

Sledge mantenía a Wax junto a ella, a la cabeza de la pequeña columna. Quik y los otros bandidos se arrastraban unos pasos atrás, mientras que Bliss y la chica que la vigilaba parecían divagar de vez en cuando por senderos y distracciones.

—No se preocupe por ellas —dijo Sledge en una ocasión durante la caminata, una árida travesía entre matorrales y polvo—. Es la primera vez para Torny, y creo que su amiga es lo suficientemente inteligente como para saber que escapar sola por aquí es una forma rápida de morir.

—No es mi amiga —murmuró Wax.

—Su guardiana, entonces.

Wax contuvo su réplica. Cuanto menos supieran estos idiotas sobre él y su familia, mejor. No es que Wax tuviera mucha experiencia con este tipo de gente —los bandidos en Vis tenían la costumbre de ser cazados violentamente por la Lira—, pero Sledge siempre tenía una mirada hambrienta, una mirada estrecha y ojos grandes que querían absorber información.

Sledge parecía un hanoko deseando su próxima comida.

El mismo Wax no habría rechazado un almuerzo, pero Sledge prohibió cualquier descanso hasta que hubieran cruzado al otro lado del río. Cuando Quik preguntó por qué, dado su rugiente estómago, Sledge respondió que era mejor no desperdiciar comida en alguien que iba a morir.

El ambiente macabro se cernía sobre la tropa mientras Sledge guiaba su descenso por una estrecha garganta, un camino tallado apenas lo suficientemente suave como para sugerir la intervención humana. El calor aumentaba, sofocante hasta el punto de que todos se despojaron de la ropa extra, metiéndola en sus alforjas o atándola alrededor de sus cinturas.

—De todos modos no les ayudará —dijo Sledge—. Si se caen de las rocas, se acabó.

—Dígame otra vez por qué estamos haciendo esto —preguntó Wax—. ¿No dijo que nos quería vivos?

—Porque caminar todo ese trayecto nos matará tan seguro como lo hará la lava. Todo es desierto entre aquí y la costa.

—Lo que no entiendo —dijo Wax mientras él y Sledge se abrían paso entre las piedras, con montículos de roca volcánica negra elevándose a ambos lados— es que todos los ríos que he visto solo fluyen en una dirección. Si la caminata nos va a matar, ¿cómo vamos a regresar?

—Eso es pensar demasiado en el futuro, muchacho —respondió Sledge—. Concéntrate en lo que tienes delante y tal vez vivas para verlo.

—¿Todo es muerte con usted?

—Vive en esta parte de Foti el tiempo suficiente y empezarás a hablar así también.

—No, gracias.

Sledge le lanzó un resoplido, —¿Cree que la gente aquí elige esto? Las islas necesitan un lugar para poner su basura, y usted está caminando por él ahora mismo.

En cuanto a la basura, Wax tenía que estar de acuerdo con Sledge: el flujo de lava era un lugar bastante bueno para ella. Más ancho que el tubo de lava por el que habían caminado, el flujo se movía a buen ritmo desde las colinas más altas del este a través del valle que se estrechaba hacia la lejana costa. Ondulaciones naranjas y rojas, trozos más oscuros navegando sobre parches más brillantes en la lava, parecían más vivos que cualquier río que Wax hubiera visto jamás. A lo largo de los bordes, las brasas salpicaban contra los montículos de roca negra, dejando parches brillantes dondequiera que golpeaban. Los sonidos de escupitajos y siseos empequeñecían la conversación, el humo burbujeante se elevaba dondequiera que alguna pobre cosa se acercara lo suficiente para encenderse.

Sledge dejó caer su mochila a unos cuantos pasos largos del flujo, donde su camino de descenso se extendía en una entrada poco profunda, el flujo lamiendo su borde incrustado como lo haría un arroyo amistoso en Vis.

—No puede hablar en serio —dijo Wax, manteniéndose más atrás que la líder bandida—. Todos moriremos si montamos eso.

—Lo he hecho tres veces —rebatió Sledge—. Todos aquí, excepto ustedes tres y Torny, lo han hecho al menos una vez. —Sledge dio unas palmaditas a la nueva funda en su cintura donde descansaba la hoja de Foti de Wax—. Además, no es como si tuviera opción.

—Pero ¿cómo? No sé si lo ha notado, pero no llevamos nada puesto para esto. Nos quemaremos.

—No con estos —respondió Sledge.

Wax estaba a punto de preguntar qué eran "estos", cuando Sledge se giró a su derecha y empujó contra una roca inclinada. La delgada losa se deslizó fácilmente a un lado, revelando un agujero hueco y, en su interior, más que suficientes botas gruesas para todos.

Con la ayuda de un par de bandidos, Sledge pronto tuvo suficientes pares dispuestos, las botas para vaciar lava eran un estudio de practicidad de Foti. El hierro salpicado cubría las botas por fuera, dando paso a un material parecido al caucho, toscamente fabricado, en el interior. Cuando Wax preguntó de qué estaba hecho todo, Sledge solo sonrió y dijo que tendría que confiar en el talento de Foti.

—¿Y si no lo hago? —preguntó Wax.

—Entonces no lo haga —respondió Sledge—. Va a ir de todos modos. Le sugiero que use las botas.

Las botas no solo le llegaban a Wax por encima de las rodillas, casi hasta la cintura, sino que al ponérselas —una tarea difícil— descubrió que sus suelas tenían pequeñas protuberancias afiladas como diamantes.

—Eso le mantendrá sobre las rocas o en cualquier otro lugar donde elija pisar, siempre y cuando no sea estúpido. —Sledge terminó de ponerse sus botas primero, luego volvió a meter la mano en el hueco y sacó, una por una, una serie de varas de la mitad de largo que el bastón de Bliss. Cada una terminaba en otra punta de metal forjado, y cada una tenía una placa raspadora a un lado, sobresaliendo como un abanico cuadrado.

—Si te cae lava en las botas, la quitas con esto —dijo Sledge, demostrándolo al golpear el extremo contra su espinilla cubierta por la bota—. Luego clavas este extremo en la roca rápidamente para mantener el equilibrio.

—¿Cuánto tiempo estaremos haciendo esto? —preguntó Quik, el hermano de Wax en el suelo tratando de meter su pierna en las botas más grandes que tenían los Foti.

—Hasta que lleguemos a la costa —respondió Sledge —. Si el flujo es rápido, solo unos pocos días. Nos detendremos para descansar.

Wax se volvió hacia sus hermanos, leyendo un temor intimidante en sus ojos, —Es como columpiarse en casa. Será divertido.

Palabras inspiradoras. Justo lo que se suponía que debía decir el Renovador, ¿verdad?

Sus botes para bajar eran, como Sledge seguía diciendo, rocas. Wax había asumido hasta este punto que ella había estado hablando en alguna metáfora, que de hecho habría alguna embarcación real aquí que navegaría sobre la superficie de la lava y los llevaría a la costa cómodamente. Pero no, una vez que se pusieron las botas y los postes estaban en posición óptima, Sledge llevó a Wax hasta el borde de la lava con ella.

—Mira a la derecha —dijo Sledge—. Esperamos a que pase una grande, luego saltamos a bordo.

—¿Sin botes? ¿En serio?

—Ya dije que el camino hasta aquí desde la costa era desolado —respondió Sledge—. Es difícil sobrevivir solo con la comida y estas botas a la espalda. Nadie va a cargar un bote todo ese trayecto.

Argumento hecho, Sledge volvió a señalar el flujo. Su cara corriendo en sudor —tragos regulares de la cantimplora tibia evitaban que Wax se desplomara— significaba que no podía estar seguro, pero Wax creyó ver trozos rodantes asomando por encima de la lava. Las rocas, algunas anchas y otras diminutas, navegaban por el flujo.

—Foti no es una Isla tranquila —dijo Sledge, agarrando su pértiga con ambas manos. Tenía su arco y carcaj a la espalda, junto con su bolsa, una combinación abultada que la bandida llevaba sin incomodidad—. Los volcanes están rompiendo la roca de lava todo el tiempo. Espera, y encontraremos una buena.

—¿Cuánto tiempo?

—Ya lo veremos.

Detrás de ellos, los otros bandidos sacaron comida para un descanso para almorzar, algo que a Wax no le importaría compartir, algo que Sledge le dijo que superara. Los primeros en subir significaban los primeros en bajar, y Wax podría sobrevivir.

Su transporte no tardó en aparecer, una piedra en forma de media luna que giraba lentamente con un pico sobresaliente en su extremo frontal. Cuando apareció a la vista al doblar una curva del flujo ascendente, la roca rebotó en la orilla lejana con una ola que esparcía chispas y giró hacia su lado.

—Esta es —dijo Sledge, y luego silbó—. ¡El siguiente par, prepárense!

—¿Asumiendo que subiremos a esta? —preguntó Wax, afianzando su agarre.

—Subiremos o moriremos intentándolo, Vis. Intenta no ser lo segundo. —Sledge se movió a la derecha de Wax, más abajo en la orilla—. Iré primero. Tú sígueme. —Le lanzó una sonrisa desagradable a Wax—. No intentes nada estúpido ahora, o mis amigos te destriparán antes de seguirme.

Anotado, pero Wax tenía los ojos puestos en la roca que

giraba lentamente. Calculando la distancia, el ángulo, la velocidad que necesitaría alcanzar con estas grandes botas. No era como las carreras descalzas en Vis, pero si la roca mantenía su curso actual, no necesitaría-

Sledge se sacudió, golpeando su pértiga contra el suelo y dando un salto en carrera. Su pie izquierdo, plantado más lejos, recibió un lametazo de lava. El derecho de Sledge cruzó el espacio, plantándose en la roca. Sus brazos traseros arrancaron la pértiga mientras levantaba su pie izquierdo, un salpicón de brasas acompañando su llegada a la piedra.

—¡Ahora, Wax! —gritó Sledge, clavando su pértiga en la roca para estabilizarse.

Liderando con su izquierda, justo como Sledge, Wax se lanzó sobre el naranja. Las botas lo pesaban, su propio salto no llegando muy por encima de la muerte naranja. Wax extendió su pértiga hacia adelante, la punta golpeando la balsa de roca en media luna al mismo tiempo que su pie derecho tocaba piedra. El golpe hizo tambalearse a Wax, su rodilla izquierda hundiéndose hacia la lava. El pánico sirvió su propósito, empujando a Wax a arrastrar su pie izquierdo incluso mientras el derecho resbalaba, esas suelas de diamante raspando en la roca negra. La pértiga, al menos, aguantó, Wax inclinándose hacia atrás sobre el flujo de lava mientras la roca continuaba. Ambas botas se aferraron al lado inclinado de la media luna, los talones de Wax calentándose mientras la lava se acercaba rozando.

—Agárrate —gruñó Sledge, clavando su pértiga y caminando los dos pasos hasta Wax. Manteniendo una mano en su pértiga, Sledge extendió la otra, agarró el antebrazo derecho de Wax y lo jaló hacia adelante—. Mantente nivelado, mueve las rodillas con la piedra.

Wax pensó que empezaría con algo más simple, como

respirar. Mantuvo ambas manos en la pértiga, comenzó a arrodillarse en la roca antes de que Sledge lo detuviera.

—La piedra está demasiado caliente para tocarla. Mantén tus manos en la pértiga y nada más. —Sledge le dio una fuerte palmada en el hombro a Wax—. Siéntete orgulloso, Vis. Acabas de hacer algo que pocos en las Islas podrían lograr jamás.

—Con buena razón —murmuró Wax, mirando de vuelta hacia la orilla.

Quik y otro bandido tomaron el lugar de Wax ahora, ya preparándose para su viaje, un cuadrado plano que se balanceaba hacia ellos. Su hermano encontró los ojos de Wax, le dio un asentimiento al más joven. Quizás no era lo que esperaban, pero superarían esto juntos.

Viajar en un flujo de lava, después de los primeros momentos pensando que cada segundo resultaría en una muerte terrible, resultó ser exactamente tan angustioso como esos primeros segundos. Volar entre los árboles en Vis ciertamente ponía a Wax cerca, con un giro equivocado propenso a dejarte justo en el regazo de un hanoko o empalado en una espina de sana. La lava, sin embargo, tenía una cierta inmediatez, sus pedazos chisporroteantes aterrizando en la roca, salpicando las botas de Wax y forzándolo a desclavar su pértiga y quitar el pegote.

—Hazlo rápido o se enfriará y se te pegará —advirtió Sledge después de la primera salpicadura—. Cada pedazo te pesará más, te hará más difícil moverte. Y no querrás quedarte atascado en esto cerca del final.

—¿Por qué no?

Sledge tosió, el aire áspero afectándolos a ambos, y sonrió, —¿Arruinar la sorpresa? ¿Por qué haría eso?

Llevaban un par de horas en el flujo ahora, serpenteando mientras la lava se retorcía y giraba a través de rápidos canales y perezosos rizos. Detrás de ellos, el grupo de bandidos con el hermano y la hermana de Wax espaciados en sus propias balsas de roca. Incluso sin las salpicaduras de lava, el viaje no era fácil: las rocas no eran cosas niveladas, y Wax tenía que empujarse contra las duras orillas del flujo de lava a menudo para evitar que su bote en forma de media luna volcara.

Una tarea hecha más difícil con el sudor cubriendo su piel, acumulándose en sus botas. Un par de veces había resbalado, la pértiga deslizándose en sus manos, solo atrapada por un agarre de pánico. Sledge dejó claro que perderla significaba perder su vida.

Sin embargo, mientras el flujo se filtraba hacia otro valle, con la roca de lava apilándose a ambos lados en su masa estratificada, Sledge lanzó una advertencia diferente.

—Manténganse alerta —gritó Sledge, su llamada llegando hasta las otras rocas—. Territorio de ferritas.

Wax se rio.

—¿Ferritas? Hemos conocido a una pequeña domesticada. ¿Las simpáticas lagartijas de roca?

—Difícilmente simpáticas —respondió Sledge, luego ladeó la cabeza hacia Wax—. ¿Quiere decir que conoció a alguien con una ferrita domesticada? ¿No para transportar mineral?

—¿Sí?

—Hombre afortunado —murmuró Sledge—. Hay que conseguir un huevo, criarlo desde el nacimiento. Evitar que crezca demasiado, de lo contrario esas lagartijas empiezan a tener otras ideas.

Lo que esas ideas podrían ser quedó más claro al doblar la siguiente curva. La roca de lava perdió sus contornos suaves, con profundos hoyos y cortes azotando sus costados. La causa no era difícil de encontrar, ya que las ferritas estaban justo al aire libre, absorbiendo el sol del mediodía. Wax no pudo hacer más que quedarse boquiabierto: estas lagartijas de roca eran más del triple del tamaño de Kivi, sus caparazones de piedra golpeados, arañados y aglomerados con lava seca. Sus ojos de zafiro brillaban perfectamente, sin embargo, mientras los quince o más giraban sus cabezas para observar a los recién llegados flotar.

—Quieren rocas, ¿verdad? —preguntó Wax, observando cómo las ferritas expulsaban vapor sobre sus cabezas, formando una fina nube—. ¿Qué querrían con nosotros?

—¿Sobre qué estamos parados, Wax?

—Pero están sentadas sobre roca de lava ahora mismo. Eso...

—¿Comerse tu hogar o ir a nadar y conseguir algo fresco? —espetó Sledge—. Quédese callado, Vis, y déjeme concentrarme.

Concentrarse, al menos para Sledge, parecía significar poner una mano en el poste y usar la otra para desenvainar la hoja Foti de Wax. El metal azul hacía una diferencia resplandeciente a la luz, pero parecía hacer poco para intimidar a las ferritas. Las lagartijas, con Wax y Sledge acercándose al centro de su dominio y las otras rocas bandidas llegando por detrás, comenzaron a arrastrarse más bajo. Sus garras se clavaban lentamente con cada paso, las cabezas y sus lenguas resbaladizas oscilando entre los objetivos.

—Pensé que habías dicho que este era el camino más seguro —preguntó Wax, ajustando su agarre en el poste.

Sledge no dijo nada, en cambio volvió a silbar.

—¿Qué significa eso? —preguntó Wax mientras Sledge arrancaba su poste de la roca, lo estabilizaba con ambas manos mientras la balsa en forma de media luna en la que viajaban se desviaba hacia la orilla derecha.

—Significa que necesitamos acercarnos más —respondió Sledge—. Esas ferritas no se enredarán con demasiada gente.

Acercarse más en un flujo de lava significaba, aparentemente, usar sus postes para empujar contra la corriente clavándolos en las orillas rocosas y empujando hacia atrás. Un ligero retraso, y uno que a Wax no le gustaba mucho, ya que lo tenía balanceándose sobre la cosa naranja, pero los bandidos y sus hermanos hicieron lo contrario, barriendo con sus postes y usándolos como remos improvisados para juntar las diversas plataformas. Las ferritas observaban cómo las balsas de roca chocaban entre sí, formando una cadena torpe.

—Quik, Bliss, ¿están bien? —preguntó Wax, sus hermanos al alcance de su voz por primera vez en horas.

Quik parecía tan sudoroso como Wax, su piel brillante, su rostro tenso y cansado, el poste firmemente sujeto. No era el día favorito de su hermano. Bliss parecía estar mejor, sosteniéndose en la parte trasera con Torny y manteniendo sus ojos en las lagartijas de lava. Una rápida señal con la mano indicó que estaba bien, que se mantuviera alerta.

Esa era Bliss, siempre centrada en lo importante.

—Ahora veremos si son cobardes —dijo Sledge, con la hoja Foti nuevamente desenvainada y apuntando hacia las lagartijas.

Tal vez las ferritas escucharon las palabras de Sledge, tal vez decidieron que estaban demasiado hambrientas para dejar pasar semejante comida, pero las criaturas se lanzaron a la vez, todas escabulléndose como si se hubiera disparado una bengala. Las bestias corrieron por las paredes de roca, algunas saltando directamente hacia las balsas. Una falló delante de Wax, salpicando en la lava y sin parecer afectada en absoluto.

—Usen los postes —gritó Sledge—. Manténganlas en la lava el tiempo suficiente y se sobrecalentarán.

Wax separó las piernas, buscando un apoyo firme mientras levantaba su poste, buscando algo que golpear. La parte delantera elevada de la media luna se extendía ante él, una punta líder por el amplio camino del flujo hacia adelante.

Y, asomando su cabeza sobre esa punta, apareció la ferrita que había fallado en su emboscada de buceo.

—Aléjate —dijo Wax, golpeando a la cosa con su poste.

El golpe no fue el mejor trabajo de Wax, más una bofetada ligera que un empujón contundente. La ferrita recibió el golpe en su frente pétrea, el poste resbalando con una chispa. Los ojos de zafiro se estrecharon hacia Wax, y la ferrita levantó sus dos garras delanteras para unirse a su hocico.

Wax la golpeó de nuevo, esta vez más fuerte. Clavando la punta en la garra derecha de la ferrita. Habiendo conocido a Kivi, Wax no quería exactamente matar a la ferrita, ni siquiera lastimarla tanto, pero esa amabilidad se desvaneció rápidamente ante la perspectiva de ser arrojado al río ardiente.

Sin embargo, este golpe también rebotó en la piel rocosa de la ferrita. El poste se deslizó hacia la derecha, Wax perdió el equilibrio, sus pies resbalaron hasta que sintió un tirón en su espalda, jalándolo a un mejor lugar.

—Luche con inteligencia y sobrevivirá —dijo Sledge, con su propio poste clavado en la piedra y de pie.

Wax la vio dar un tajo con su hoja Foti a una segunda ferrita, cortando la garra que se extendía. A diferencia del poste, la espada azul atravesó la piel de piedra, derritiéndola. La ferrita siseó y saltó lejos, apenas alcanzando la orilla cercana.

La propia lagartija de Wax no había terminado. La mitad de su cuerpo yacía ahora sobre la roca en forma de media luna, su mitad inferior brillando por el calor de la lava. Esas garras delgadas hacían barridos hacia Wax, que él desviaba con el poste. Cada golpe obligaba a Wax a bailar con sus pies, a estabilizarse, sin ofrecer oportunidad de contraatacar.

No era una pelea que pudiera ganar.

—¿Ayuda? —llamó Wax.

Otro tirón y Sledge se colocó junto a Wax, levantando la espada. La ferrita vio el azul y no se arriesgó, empujándose de vuelta a la lava y nadando lejos.

—Gracias —dijo Wax mientras Sledge volvía a cambiar de lugar con él, donde podía ayudar a los bandidos detrás de ella a cubrirse.

Y vaya que necesitaban la ayuda. Sledge y Wax habían lidiado con dos ferritas, pero las balsas detrás de ellos estaban invadidas. Quik, usando su poste menos para apuñalar que para barrer, lanzó una, luego una segunda lagartija fuera de su roca en un solo barrido largo. El movimiento le hizo perder el equilibrio, poniendo a Quik sobre una rodilla, apenas esquivando las brasas de lava voladora.

La balsa más cercana a Wax, con dos bandidos a bordo, parecía estar en la peor situación. Golpeada por ambos lados por un trío de ferritas, un bandido ya yacía de espaldas, con los cuchillos desenvainados pero haciendo poco progreso contra esos duros caparazones. La otra, una mujer, había recogido el palo de su compañero y usaba ambos para mantener alejadas a las ferritas en una lenta retirada hacia el creciente de Sledge y Wax. Le quedaban unos pocos pasos de roca por recorrer, pasos que desaparecieron cuando una ferrita saltó desde la lava y mordió la roca detrás de la bandida.

Sledge, cargando lo mejor que podía hacia el hombre de los cuchillos, no se dio cuenta. Wax tuvo un momento de duda: los bandidos eran sus enemigos, uno menos significaría una escapada más fácil.

Pero Wax recordó a aquella marinera en la gran sana, lo enfermo que se había sentido ante la idea de haberla matado. Aquí tenía la oportunidad de hacer algo diferente, algo mejor.

—¡Detente! —gritó Wax, impulsándose desde la piedra hacia la bandida que retrocedía.

Ella no lo escuchó o no se dio cuenta de que las palabras eran para ella. Balanceando nuevamente ambos palos, la bandida vio cómo sus armas eran apartadas por una enorme ferrita que la perseguía. La criatura siguió la desviación con una carrera, y la bandida dio un paso atrás de más para escapar.

Solo para que Wax, inclinándose desde el borde de su roca, atrapara su caída hacia atrás. Wax también cayó, las botas de la bandida rozando la lava mientras ambos golpeaban con fuerza la balsa de roca.

A través del tejido de Wax, la roca ardía. Tanto él como la bandida se levantaron a toda prisa, la bandida murmurando un rápido agradecimiento, luego agarrándose a Wax mientras ambos intentaban encontrar su equilibrio.

Sledge, con la hoja Foti volando, ahuyentó a las ferritas del hombre de los cuchillos, los lagartos sumergiéndose de nuevo en la lava y alejándose. Las criaturas parecían estar en retirada ahora, el flujo empujando más allá de sus agujeros y nidos huecos.

—Lo logramos —dijo Wax, agarrando su palo y clavándolo en la piedra donde tanto él como la bandida pudieran agarrarlo—. Les ganamos la partida.

—No —dijo la bandida—. Se llevaron su premio.

Quik, en su balsa, estaba solo. Su escolta bandida había desaparecido. El hermano de Wax no parecía haberse dado cuenta, ya que el hombre gritaba hacia atrás en el témpano, hacia la última balsa. Una balsa que ahora flotaba de lado, vacía.

Bliss había desaparecido.

20
REMANENTES

A mi con Rompeflamas, cortando el aire con un filo ardiente mientras Catya lanzaba sus cuchillos, con las correas cruzando ambos hombros. Sus distracciones permitían a Svarde colocarse en posición letal, lanzándose sobre el demonio, el bandido, la criatura con gloria asesina. Un equipo, eso es lo que habían sido.

Un equipo que Svarde echaba de menos ahora, atrapado solo en medio de un vendaval. Bueno, no solo, pero Kivi aún yacía de costado, evidentemente aturdida o herida. Maena, acorralada contra la pared, ahora acobardada mientras el demonio devoraba su voluntad, tampoco iba a ser de ayuda.

Y Svarde, sin nada más que sus hachas y una camisa andrajosa, calzoncillos sucios, tenía que ir una vez más al rescate.

El viento puso a prueba esa idea, presionando contra Svarde mientras intentaba avanzar hacia el demonio. Levantar el pie tensaba los muslos de Svarde, mientras que mantener las hachas apuntando al enemigo le agarrotaba las manos. Los ojos de Svarde se humedecieron cuando la arena le azotó. Adelante, esos rostros aullantes, esas horribles manos cantaban.

Un paso, dos, y Svarde seguía bien fuera del alcance de sus golpes. Maena se derrumbó aún más, el demonio ahora se extendía sobre ella, amenazante. Los rostros giraban más rápido, el viento se hacía más fuerte, el huracán alcanzaba su apogeo.

El plan no funcionaría. Svarde no podía abrirse paso a la fuerza. Necesitaba otro plan, y ese plan empezaba y terminaba con su lagarto de roca favorito.

Kivi, con la espalda contra el cuarzo y las garras arañando, perdiendo ante el vendaval, permanecía de costado. Soltando sus hachas, Svarde giró bruscamente a la izquierda, el vendaval lo golpeó contra la gema. Su hombro recibió el impacto, sus piernas se ganaron pequeños cortes en las lanzas de cristal, pero Svarde podía moverse, podía caminar cuando no tenía que cargar contra el viento.

Acercándose a Kivi, Svarde se apartó del cuarzo lo suficiente como para interponerse entre el viento y la ferrita, bloqueando la ráfaga. Kivi, con sus ojos de zafiro iluminándose cuando Svarde apareció a la vista, aprovechó el respiro y se arrojó sobre su estómago, clavando sus cuatro garras en la piedra.

—Ve por ella —gritó Svarde por encima del ruido.

Kivi obedeció.

La ferrita se mantuvo baja, presionando su vientre contra el suelo de piedra, sus garras se clavaban con cada movimiento. Svarde se retorció, el viento empujó su espalda contra la misma pared rosa en la que Kivi había estado atrapada. Observó cómo la ferrita, haciendo todo lo posible por reducir su perfil, se acercaba sigilosamente al demonio que absorbía.

Observó cómo Kivi se abría paso bajo el monstruo, levantaba la cabeza de golpe y daba un mordisco.

El viento se quebró, murió cuando el demonio voló hacia arriba y lejos de las mandíbulas rocosas de Kivi, aplastándose contra el techo. Esos rostros pálidos y sin forma se presionaron contra la piedra, mezclándose lo suficiente como para hacer que Svarde se preguntara si el monstruo los había estado observando todo el tiempo.

Una pregunta mejor para reflexionar después de haberlo despedazado con sus hachas.

Svarde corrió de vuelta a sus armas mientras Kivi saltaba a la pared, subiendo rápidamente hacia el demonio. Las placas de la ferrita se separaron, expulsando vapor. Kivi estaba enojada, entonces, y lista para ejecutar una brutal venganza sobre la criatura.

Bien.

Svarde recogió sus hachas, vio un destello cuando el demonio se deslizó lejos de Kivi, esos rostros aullando con fuerza suficiente para empujar el cuerpo aéreo del demonio fuera de la pared y deslizarlo por la habitación hacia el lado opuesto.

No demasiado lejos, sin embargo, para un lanzamiento. Svarde levantó el hacha, apuntó-

—Ayúdame —gimió Maena, la voz destrozada detuvo el movimiento de Svarde.

Se había liberado de su caparazón, apoyándose contra la pared de la habitación. El rostro de Maena parecía exangüe, sus ojos casi completamente blancos. Temblaba, tan violentamente que Svarde al principio lo confundió con algún tipo de ataque. Su respiración era rápida y superficial.

—Kivi, mantén ocupada a esa cosa —ordenó Svarde y la ferrita obedeció, usando el techo como suelo para perseguir al monstruo.

Svarde se sentó frente a Maena, examinándola. Aparte de algunos rasguños ganados al golpearse contra las paredes, Maena no parecía estar peor. El propio Svarde probablemente tenía más moretones por la carrera a ciegas por el túnel en la habitación trasera de la bestia.

—Estás bien —dijo Svarde—. Ahora lo tenemos en fuga.

—¿Svarde? —preguntó Maena—. ¿Estás aquí?

—No sin un gran esfuerzo. —Svarde miró a la derecha, vio a Kivi acercarse de nuevo al demonio, vio al monstruo deslizarse otra vez, flotando hacia una percha en el punto más alto del cuarzo. Esos rostros se giraron, agujeros sin ojos mirando a los dos humanos—. ¿Puedes ponerte de pie?

—Svarde —dijo Maena de nuevo, repitiendo su nombre —. Es el único nombre que conozco. El tuyo.

Svarde apartó el escalofrío que sus palabras amenazaban con provocar. Se irguió, soltó un hacha para ayudar a Maena a ponerse de pie.

—Preocúpate por los nombres más tarde —dijo Svarde —. Lo que importa ahora es la habilidad y el instinto. El demonio no parece llevarse eso. ¿Puedes empuñar un arma?

Maena parpadeó.

—No lo sé. ¿Eres un amigo?

—Tan buen amigo como encontrarás aquí abajo —dijo Svarde. Kivi resopló y el Guardián se giró, levantando su única hacha en un movimiento a través de su pecho. El demonio, acercándose, aulló y se sopló hacia la derecha, aplastándose contra el techo—. Tenemos que atrapar a esta cosa, y sé cómo vamos a hacerlo. Kivi, mantenlo ahí.

—¿Quién es Kivi? —preguntó Maena.

—Una pregunta para otro momento —Svarde la arrastró hacia el lado izquierdo del cuarzo, donde el equipo de Pennifer colgaba de las púas de la gema—. Toma uno de estos. Una ballesta.

La primera prueba llegó cuando Svarde le entregó el arma a Maena, y ella la pasó, agarrando el mango como lo haría un arquero, inmediatamente volteando el arma correctamente y comprobando si tenía un virote cargado.

—¿Sabes usarla? —preguntó Svarde, atreviéndose a tener esperanza.

—¿Creo que sí?

—Entonces dispara a ese demonio —dijo Svarde—. Después de disparar, agarra esta otra de aquí y haz lo mismo. Acabaremos con esta cosa.

Confiar en alguien que acababa de perder la memoria parecía un poco temerario, pero Svarde pensó que no tenía mucho que perder. Que aún conservara su propia mente parecía ser un golpe de suerte, y si el demonio lograba vencer aquí, sería un rápido descenso hacia la ciega nada del vacío.

—Kivi, mantenlo quieto —gritó Svarde, retrocediendo para recoger su hacha caída.

El monstruo y sus rostros parecían contentos de quedarse allí colgados, observando su próximo movimiento. Esas manos deformes se retorcían bajo su oscura capa, como si quisieran alcanzar algo pero fueran llamadas de vuelta en el último momento por mejores instintos.

—¿Qué clase de abominación te engendró? —murmuró Svarde, luego miró hacia atrás a Maena, que tenía la ballesta levantada y apuntando—. ¡Dispárale!

Maena levantó, apuntó y disparó. El virote salió disparado, atravesando la caverna y dando directamente en el demonio estático. Al principio, no se escuchó ningún sonido cuando el virote impactó, ni un golpe amortiguado en la carne ni un claro tintineo de metal contra metal.

Todos esos rostros se ensancharon, sus bocas estirándose hasta los bordes, el gris pálido adelgazándose. Los aullidos llegaron entonces, superponiéndose unos a otros, fuertes y aterrorizados, agudos y estridentes. Svarde hizo una mueca, le gritó a Kivi que cargara contra la cosa, y él mismo se lanzó al ataque.

El demonio comenzó a retorcerse, doblándose sobre sí mismo en el punto donde el virote de Maena había impactado, como si el dardo hubiera clavado al monstruo contra la pared de piedra. Los rostros giraban y nadaban, sus cuencas sin ojos mirando a todas partes y a ninguna. Las manos se agitaban violentamente. Svarde levantó sus hachas, Kivi se lanzó atravesando el techo, y Maena envió otro virote atravesando el aire, este clavándose en el lado izquierdo del demonio.

Los aullidos se elevaron aún más, el ruido perforando los oídos de Svarde y prendiendo fuego a su mente, como si hubiera metido la cabeza en una hoguera. Sus propios ojos se humedecieron, sus dientes se apretaron, pero Svarde hizo lo que había hecho tantas veces antes: se concentró en su agarre, en los sólidos mangos de sus hachas, y siguió adelante.

A dos zancadas de distancia, el demonio convocó sus vientos, los aullidos soplando sobre la cabeza de Svarde, agitando su cabello y alejando a Kivi, desprendiendo al ferrita del techo y enviando su carga demasiado salvaje contra el suelo rocoso. Un tercer virote vio su vuelo desviado, rebotando lejos.

Pero el viento se arremolinó detrás de Svarde, empujándolo hacia el demonio con más velocidad de la que el Guardián esperaba. Tropezó, el doble golpe alto que había planeado cayendo temprano para que Svarde pudiera plantar sus manos en el suelo, evitando desplomarse.

El demonio aprovechó su oportunidad.

El lento goteo del agua en la cueva de abajo parecía una enfermedad, un lento drenaje de los recuerdos, sensaciones y cordura de Svarde. Cuando el demonio atacó, esa enfermedad se convirtió en un desastre, un despojo total. Svarde sintió que sus conexiones con su vida pasada se desvanecían, rostros y nombres pasando fugazmente como si se despidieran antes de desaparecer, arrastrados por esos rostros aullantes.

Su vida creciendo en Foti, sudando en las minas junto a su padre y su tío. Hermanos agrupados para comer lo que podían ahorrar de los lúgubres jardines en los páramos, los brillantes días de suerte cuando un comerciante pasaba y quería algo de su mineral a cambio de un juguete nuevo, una nueva oportunidad. La Renovación, el desesperado llamado a jóvenes saludables para las pruebas. La primera vez que Svarde empuñó un hacha con ira.

Y Catya. Allí en la Gran Forja, aceptando a Svarde en su estado más desesperado y dándole una segunda vida.

Ella se desvaneció, sus rasgos emborronándose allí en esa cueva. Catya había reclutado a Svarde por su hacha, y él no la defraudaría, no de nuevo.

¿Aulló él mismo? ¿Rugió? Svarde no lo sabía, no podía distinguir nada salvo su mano en el mango y los rostros grises frente a él.

Svarde lanzó el hacha, el arma atrapando la propia ráfaga del demonio y girando una y otra vez para estrellarse contra el rostro más cercano, su filo rompiendo la máscara y destrozando la amplia boca, esos ojos sin ojos. El rostro se partió, sus mitades cayendo al suelo y rompiéndose como si fueran de cerámica. Detrás solo había oscuridad y el más leve indicio de destellos, como estrellas en la noche más profunda.

Los aullidos cesaron, la succión se cortó, los recuerdos volvieron a Svarde como un reloj de arena invertido. Su hacha arrojada cayó al suelo y el demonio huyó, arrancándose de la pared y desapareciendo por un túnel lateral. Quedaron atrás, colgando de los virotes cerca de la piedra, jirones oscuros, una capa hecha no de tela sino de algo más diabólico. Mientras Svarde se ponía de pie, los restos se encogieron y se desvanecieron en un fino humo gris.

Kivi chocó primero contra su pierna, resoplando rápidamente.

—Estoy bien —respondió Svarde a la pregunta del ferrita—. Creo, creo que aún no me había tragado.

La palabra hizo tambalear a Svarde. Había estado tan cerca, tan cerca de perderlo todo. Un lanzamiento afortunado, o habría estado peor que muerto.

—¿Svarde? —llamó Maena desde el otro lado de la sala—. ¿Lo perseguimos?

—No —Svarde se volvió, asintiendo hacia el cuarzo—. Agarra lo que puedas, rápido. Luego nos vamos antes de que regrese.

Svarde siguió su propia orden, agarrando su armadura de las ramas del cuarzo y poniéndosela. Su zurrón, y el de Rasslebeck también. Maena recogió y dejó algunas cosas, mirándolas con rostro inexpresivo, hasta que Kivi la ayudó, el ferrita guiando a la mujer perdida hacia su zurrón, su sable.

—Vamos —dijo Svarde una vez que estuvieron listos—. Vayamos por Rasslebeck y larguémonos. Herimos a ese bastardo, pero no está muerto, y no volveré a tentar mi suerte con él.

La suerte de Svarde se mantuvo lo suficiente para que el trío se agachara por el túnel alejándose del cuarzo, luego girara a la izquierda de vuelta a la gran roca que sellaba a Rasslebeck y al hombre roto. La recitación de Rasslebeck había continuado todo el tiempo que Svarde había estado fuera, una constante repetición de nombres y vidas para satisfacer el deseo de historias del otro hombre.

—Por favor, Svarde —dijo Rasslebeck después de que este último anunciara su regreso—, tienes que sacarme de aquí. Voy a matar a este pronto.

El ronco tono de Rasslebeck resultó lo suficientemente motivador, pero los tres no tenían la fuerza para mover la roca. El hombre pequeño al otro lado podría haber impulsado a Rasslebeck hacia arriba y a través, pero eso lo dejaría atrapado, condenado de una manera en la que Svarde no quería pensar.

Y sin embargo.

El demonio aún vivía. Los minutos que perdían aquí frente a esta maldita roca tratando de trazar un camino —Kivi incluso había dado algunos mordiscos a la gran piedra, pero el pequeño lagarto no podía devorar una salida completa de la roca— solo permitían que el demonio se recuperara, encontrara una nueva forma de lastimarlos.

—¿Puedes levantarlo para sacarlo? —preguntó Svarde.

—¿Yo, levantarlo a él? —respondió Rasslebeck.

—No tú. No sé tu nombre, amigo mío, y lo siento por eso, pero necesito saber. ¿Puedes levantar a Rasslebeck para liberarlo?

El hombre gimoteante no dijo nada por un largo momento, luego Svarde escuchó ruidos al otro lado de la piedra. Manos moviéndose, botas levantándose.

—Lo está intentando —dijo Rasslebeck—. Creo que casi lo logramos.

Svarde miró a Maena, tratando de ver si ella tenía una

opinión. La antigua Maena, aquella con el saqueo en la sangre, parecía que habría tomado la decisión tajante. Salvar al miembro de la tripulación, olvidar al hombre roto.

Ojalá Svarde no tuviera que condenar a alguien.

—Puedo alcanzar el agujero —dijo Rasslebeck—. ¿Debo pasar?

—Si él se va —dijo el hombre gimoteante—, entonces me quedo solo, ¿no?

—Tiene que haber una manera —dijo Maena—. ¿Una cuerda por algún lado? ¿Quizás nuestras camisas, podemos atarlas juntas?

—Incluso si los harapos que llevamos ahora aguantaran su peso, no tenemos tiempo —dijo Svarde—. El demonio va a volver.

—Esperen —dijo Rasslebeck—. Tengo una idea.

Svarde observó, la tenue luz plateada mostraba poco más que sombras en el túnel. Arriba, justo sobre el cabello tupido de Svarde, un pie apareció, luego otro. Los pies descalzos de Rasslebeck, arañados y sucios.

—Tenemos tu equipo aquí —dijo Svarde.

—Menos mal, porque si tengo que caminar otro minuto sobre estas rocas sin mis zapatos, me tumbaría y me rendiría —respondió Rasslebeck—. Ahora, señor, no sé su nombre, pero voy a alcanzar hacia abajo. Tendrá que tomar mi mano.

—Puedo hacer eso.

—Bien, tengo sus brazos —anunció Rasslebeck, su mitad inferior era lo único visible en el túnel—. Tendrán que ayudar a tirar de mí. Lo levantaré conmigo.

Animado por no tener que dejar al pobre hombre a un destino terrible, Svarde impulsó a Maena, permitiendo que la mujer agarrara las piernas de Rasslebeck. Juntos, toda la tripulación trabajó al unísono para tirar de Rasslebeck, arrastrando al hombre delgado con ellos.

Mientras Rasslebeck se acomodaba en el suelo, agarrando los pocos restos que Svarde había traído consigo, echó un vistazo al trío que había vuelto por él.

—¿Dónde está Pennifer?

Había tomado el camino equivocado. Svarde guió al grupo fuera del dominio del demonio, volviendo a través de las cuevas hacia la Oscuridad de Abajo. Habían regresado todo el camino, pasando por las entradas selladas que el demonio había hecho para guiar a criaturas desprevenidas, exploradores, comida hacia su guarida. La siguiente bifurcación ofrecía una elección, arriba y a la derecha, el largo viaje de vuelta a la superficie de Whent.

A la izquierda, otro descenso, abrupto y escarpado, pero mejor iluminado y acompañado por el sonido de agua corriendo. Cuando la tripulación había llegado por primera vez a esta elección, Svarde y los demás habían optado por el túnel más gradual en lugar del que necesitaba una escalada empinada, pero Pennifer aparentemente no tenía tales reparos ahora.

Sus huellas, manchadas con sangre ganada al pasar por las rocas, daban una clara señal de su camino.

—¿Era una de nosotros? —preguntó Maena mientras miraban la elección.

—Es una de nosotros —respondió Rasslebeck—. Solo porque no lo sepa ahora no significa que renunciemos a ella.

Durante todo el camino de regreso hasta aquí, Rasslebeck, con la voz renovada gracias a las alforjas recuperadas y sus odres de agua, había detallado el viaje de vuelta a Maena y al otro hombre. Al principio, Svarde había sido reacio a usar el agua, viendo que provenía del nefasto estanque del demonio, pero los efectos en la memoria parecían disminuir más allá de las fronteras del demonio, o quizás el almacenamiento en los odres lentamente despojaba al agua de su poder.

De cualquier manera, después de que Rasslebeck tomara varios tragos sin efectos adversos, todo el grupo se encontró indulgiendo.

—La pregunta es si podemos seguirla —gruñó Svarde—. Maena apenas sabe quién es. Tenemos a otro que está totalmente perdido. Tú y yo estamos agotados, nuestro equipo maltratado o destruido. Lo que sea que haya allá abajo seguramente será tan malo como lo que hemos dejado atrás.

—Eres el capitán —replicó Rasslebeck—. Lo quieras o no, con Maena fuera de combate, tú estás al mando. Puedes ordenarnos ir a la superficie y te seguiré, porque no quiero morir, pero sé esto. Me arrepentiré de dejarla por el resto de mi vida.

De nuevo Svarde se encontró volviéndose hacia Maena, tal como lo había hecho con Ami y Catya durante todos esos días marchando alrededor de las islas. Él era un arma, no el capitán. Un quebrantador de hombres, no un líder de ellos.

—Vamos tras ella —dijo Svarde—. Medio día solamente, hasta que tengamos que descansar. Si la encontramos, si estamos cerca, entonces tendremos nuestra recompensa. Si no, si ella sigue desaparecida, entonces daremos la vuelta.

—Un trato justo —asintió Rasslebeck.

—¿Tengo voz en esto? —preguntó Maena.

—¿O yo? —añadió el otro hombre—. Me gustaría ir a la superficie. Por favor. Pensé que iba a morir allí, ¿y ahora no? ¿Tengo una oportunidad?

—Vamos a buscar a Pennifer —gruñó Svarde—. Tendrás alguna oportunidad quedándote con nosotros. No tendrás ninguna oportunidad por tu cuenta. Toma tu decisión.

Después de eso, no hubo más disenso.

21

BALSA

Ala tercera hora, Bliss y Torny ya habían intercambiado nombres. Para cuando llegaron al flujo de lava y vieron a Wax y Sledge montar su balsa en forma de media luna, las dos habían llegado a un entendimiento: Bliss no intentaría escapar y Torny dejaría de hacer preguntas indiscretas. Desde entonces, las dos habían continuado en un silencio respetable, lo que le había dado a Bliss todo el tiempo y la concentración que necesitaba para vigilar a su hermano y averiguar cómo funcionaban los bandidos.

En primer lugar, la tripulación parecía desaliñada. Su equipo carecía de cuidado, estaba cubierto de hollín, dañado por el calor y las rocas. Sus armas eran prácticamente lo único que parecía estar en buenas condiciones, con los bordes metálicos relucientes. Concentrarse en las prioridades, supuso Bliss.

También hablaban poco. Nada que ver con las canciones y las bromas que zumbaban alrededor de las compañías de caza en Vis. Bliss no podía determinar exactamente por qué, excepto por la desesperación. No estaban en una misión honorable para salvar a sus amigos o perseguir un noble objetivo. Necesitaban el skar de Wax y cualquier beneficio que pudieran obtener de él para sobrevivir.

Criaturas miserables, estas.

Excepto, curiosamente, Torny. La mujer más joven tenía los ojos más brillantes del grupo, aunque no hablaba mucho con los otros bandidos. Su atuendo parecía el menos desgastado, su rostro no tan sombrío. La aventura aún parecía tener algo de emoción para ella.

Esa emoción encontró una nueva prueba en el delgado óvalo que Bliss y Torny eligieron para su balsa de lava. O, mejor dicho, que Torny eligió, empujando a Bliss hacia el río ardiente y señalando, diciendo que no podían quedarse muy atrás. Cuando Bliss negó con la cabeza, Torny frunció el ceño, repitió su petición y llevó su mano al cuchillo en su cintura.

Con su pértiga en la mano, Bliss pensó que podría levantarla rápidamente y golpear a Torny hacia la lava antes de que la bandida pudiera hacer algo para detenerla. Sin embargo, lo que eso significaría para Wax y Quik...

Así que cuando la roca flotó cerca, Bliss dio un solo salto, aterrizó firme en la roca con esas botas —feas e incómodas, pero útiles— y plantó su pértiga. Torny vino detrás, su salto demasiado largo para el pequeño tamaño del óvalo. Perdió el equilibrio, su pie al aterrizar resbaló sobre una piedra suelta. Torny clavó su pértiga, agarrándola con ambas manos mientras sus pies se deslizaban bajo ella. Las botas rozaron la lava, la piedra negra se balanceó, y Bliss se agachó, se estiró y agarró la túnica de Torny para tirar de ella hacia arriba.

—Gracias —dijo Torny, estabilizándose y quitándose

con la pértiga algo de lava seca de las botas—. No ha sido mi mejor momento.

Bliss le dirigió una ceja levantada a Torny, y luego volvió a observar a Quik y Wax. Los dos parecían bastante asentados en sus rocas, y estaban demasiado lejos para que Bliss pudiera ayudar si algo salía mal. Durante las próximas horas, al menos, Bliss la Guardiana solo sería responsable de sí misma.

—Sledge dijo que esto no iba a ser difícil —murmuró Torny, sosteniendo su pértiga con ambas manos, el palo ahora correctamente clavado—. Dijo que sería un viaje fácil hasta la costa.

Bliss no miró a su compañera de balsa, pero puso los ojos en blanco de todos modos. Sledge parecía el tipo de líder que arrastraría a su equipo a través de cualquier cosa para conseguir lo que quería. No era alguien en quien confiar.

—Pareces bastante cómoda —dijo Torny, mientras el flujo de lava los llevaba por una curva perezosa tras otra—. ¿Has hecho esto antes?

Bliss negó con la cabeza.

—Claro que no. ¿Por qué lo habrías hecho, siendo de Vis y todo eso? —Torny se rió—. Soy yo, lo siento. Tiendo a hablar mucho cuando estoy nerviosa.

Bliss asintió.

—¿Tan obvio es?

Bliss asintió de nuevo.

—Es agradable que no puedas hablar, ¿sabes?

Ahora Bliss le lanzó una mirada fulminante a la bandida. Torny intentó contorsionar su boca y sus brillantes ojos en algo parecido a una disculpa. Podría haber funcionado si no estuviera aferrada a su pértiga mientras la lava chisporroteaba y estallaba a su alrededor.

—Mira, no quiero ofender, ¿vale? Es solo que la mayoría de la gente tiende a ignorarme —continuó Torny—. Quiero decir, eres libre de hacerlo, y supongo que no estoy segura si lo estás haciendo, pero al menos no me estás interrumpiendo, ¿verdad?

Bliss entrecerró un ojo. ¿Era esto autocompasión o solo balbuceo, una persona nerviosa tratando de distraerse de la situación?

—Es extraño cómo terminas en lugares como estos —continuó Torny—. No es que lo planeara, ¿sabes? Pero las cosas se fueron acumulando. Casi sin mi control. Excepto, quiero decir, las obvias, pero aun así. No te despiertas una mañana planeando montar una roca por un río de lava.

Bliss se encogió de hombros. En realidad, esto no estaba muy lejos de algunas de las aventuras que había tenido en Vis. Las Siete Islas tenían cosas extrañas y maravillosas en abundancia, y Bliss tenía que considerarse afortunada de haber visto tanto en sus jóvenes años. Aunque, el flujo de lava podría ser un poco peligroso.

Especialmente ahora que los ferrites se alzaban sobre las rocas encima de ellos, con sus ojos de zafiro brillando. Sledge gritó algo sobre estar en guardia, mantenerse cautelosos.

—No me gusta esto —dijo Torny, por una vez logrando quitar una mano de la pértiga y llevarla a su cuchillo. La lanza corta de la bandida podría haber sido más útil, pero se había roto en la pelea. ¿Y el bastón de Bliss en la espalda de Torny? Mejor aún, pero Torny no parecía saber cómo usarlo—. Si estos lagartos deciden atacarnos, quédate cerca, ¿vale?

Como si Bliss pudiera ir a otro lugar. Su balsa ovalada parecía tomar la ruta más lenta, y había bastante distancia entre su roca y la de Quik. Su hermano mayor parecía dividir sus miradas entre Bliss y Wax, aunque el rostro del hombre no mostraba temor alguno.

Confiado en que lo lograría. Bliss podía ser igual, sería igual.

La confianza, sin embargo, no disuadía a los lagartos. La maldición de Torny le dio sabor a lo que Bliss vio, el rápido rompimiento cuando todos los ferrites saltaron, corrieron y se zambulleron en la lava para atacar las cuatro balsas. No hubo ninguna orden, ningún silbido como el de las aves en casa, solo un par que hicieron estallar sus respiraderos y todo el grupo se les vino encima.

El primer ferrite golpeó su balsa desde el aire, cayendo sobre el pequeño óvalo y girando hacia Bliss. La cola del lagarto golpeó a Torny y la derribó, sus rodillas golpeando con fuerza la roca mientras ambas manos mantenían su agarre mortal en su pértiga.

Bliss arrancó la suya de la roca, levantándola para protegerse de las fauces cortas y mordaces del ferrite. El lagarto mantenía sus garras clavadas en la roca, haciendo de esos dientes su única arma. No es que, dados los numerosos puntos arenosos que se veían en esa boca, el ferrite necesitara otra.

El ferrite, sin embargo, estaba gris. Justo como un hanoko cuyos pensamientos estaban en la cena futura en lugar de atrapar a la presa que la haría realidad. Después de un par de intentos fallidos, con Bliss fingiendo moverse a ambos lados sin mover los pies —justo como jugando con Wax en las ramas de los árboles en casa—, el ferrite se abalanzó directamente sobre ella.

Bliss levantó su pértiga, arqueando la espalda al hacerlo. La hoja curva de la pértiga atrapó el cuerpo del ferrite mientras se acercaba, los brazos de Bliss cediendo bajo el peso. El ferrite la derribó sobre la roca, pero siguió adelante, su propio impulso aumentado por el golpe de Bliss. Con un resoplido sorprendido, el lagarto rodó por el frente de la balsa y cayó en la lava, dejando a Bliss arañada y quemada sobre la piedra.

—¿Estás bien? —preguntó Torny sobre los gritos que venían de adelante. Sledge estaba diciendo algo que Bliss no podía oír—. Esa cosa salió de la nada.

Todos están saliendo de la nada, quería decir Bliss, pero en su lugar se levantó, clavando su pértiga de nuevo en el óvalo para ayudarse a ponerse de pie. Torny también se había levantado y se había movido desde su extremo del óvalo hacia Bliss. Un movimiento extraño, dado cómo...

—Nuestra barca está siendo devorada —observó Torny mientras se movía—. Mira.

Bliss no tuvo que mirar mucho, ya que el óvalo había perdido su parte trasera; la roca redondeada ahora era un borde puntiagudo mientras un ferrite mordisqueaba, asomando la cabeza desde la lava para dar un mordisco antes de sumergirse de nuevo bajo el naranja ardiente.

—Realmente no es una táctica justa —dijo Torny, retrocediendo cerca de Bliss. Detrás de ellas, los gritos y las luchas continuaban, lo suficiente como para sugerir que la ayuda, incluso si fuera posible, no llegaría—. ¿Alguna idea?

Los mordiscos del ferrite y el remolino de la pelea habían empujado su balsa rota más cerca de la orilla norte, una pendiente intimidante que, sin embargo, parecía tener más puntos de apoyo que el tallo promedio de sana. Y intentar escalar aún superaba caer en la lava en casi todos los aspectos.

Bliss tocó el hombro de Torny y señaló.

—¿Qué, saltar? —Torny soltó una risa sombría—. Perderíamos al resto del equipo.

De nuevo, mejor que la muerte. Bliss no tuvo tiempo de

escribir la réplica en su pequeña tableta, un movimiento que de todos modos no arriesgaría en la balsa inclinada. El ferrite arrancó otro trozo, rompiendo hacia el centro. El peso del lagarto empujó la balsa más profundo en la lava, el naranja pegajoso acercándose peligrosamente a sus botas.

—Tiene que haber otra manera —dijo Torny, pinchando al ferrite con la pértiga.

Y ella podía tomarse el tiempo para encontrarla. Bliss no iba a esperar. Deslizándose sobre los dedos de los pies y girando hacia el norte, se impulsó mientras clavaba la pértiga en el costado de la balsa. Bliss aprovechó el impulso, dejó atrás la pértiga mientras volaba, golpeando el acantilado a menos de un brazo de distancia sobre el río burbujeante.

Los dedos de Bliss buscaron puntos de apoyo, el calor del acantilado era apenas menor que el de su balsa tan cerca de la lava. Cada toque quemaba, pero Bliss había ignorado el dolor antes, podía hacerlo de nuevo. Pateó con sus botas la roca negra, sintió las suelas aferrarse mientras Bliss se presionaba contra el acantilado. Torny gritó algo detrás de ella.

No importaba. Lo que importaba era subir.

Bliss dirigió su mirada hacia arriba mientras sus dedos encontraban grietas en los pliegues de la roca. Como había hecho innumerables veces con los sanas, un camino se reveló ante sus ojos, líneas a distancia de salto que iban de asideros y apoyos para los pies al siguiente.

Se impulsó, botas y manos moviéndose en tándem a ambos lados. El peso en sus pies no ayudaba a Bliss a moverse, pero dado el dolor en sus manos, en sus hombros y brazos donde el tejido escaso golpeaba la roca caliente, Bliss se las arreglaría.

Una fuerte vibración burbujeo, y Bliss se arriesgó a

hacer una pausa en su ascenso para mirar hacia abajo, ver a Torny, con el rostro contraído en un pánico de ojos abiertos, abrazando el acantilado debajo de ella. La pértiga de Bliss aún colgaba en la espalda de la bandida, el cuchillo Foti rebotando contra el acantilado en la cintura de Torny.

La bandida parecía bastante inestable. Bliss miró su pértiga. Podría descender un par de agarres, tratar de inclinarse y agarrar su arma, luego patear a Torny al río.

No, demasiado arriesgado. Torny podría entrar en pánico, caer. Entonces Bliss nunca recuperaría su pértiga.

Además, los ferrites habían notado su escape. Dos lagartos se apresuraban hacia Bliss por su izquierda, esas fauces trituradoras de piedra listas para causar un daño serio si permanecía en el acantilado.

Empujando, Bliss aprovechó lo que Vis le dio y escaló la roca negra a una velocidad que Wax habría admirado. Cada patada llevaba a Bliss dos agarres hacia arriba, cada alcance con un brazo transformaba el impulso en otro empujón con sus piernas. Las piedras se enfriaban con cada ascenso, el aire incluso ganaba una brisa que no apestaba al hedor sulfuroso de la lava.

Cuando el primer ferrite dio un mordisco a su bota, Bliss alcanzó un descanso, el lado empinado nivelándose en una pequeña colina antes de reanudar su corte ascendente. Jadeando, Bliss se subió al pliegue, pateó con su bota y golpeó al ferrite en su boca mordedora. El lagarto resopló, le dio una larga mirada a Bliss, antes de girarse y lanzarse hacia abajo.

Abajo, sin duda, hacia Torny.

Girándose sobre sus manos y rodillas, Bliss gateó hacia el borde del acantilado. Al mirar hacia abajo, vio a Torny atrapada, con su mano derecha y los pies aferrados a asideros sólidos mientras agitaba el largo cuchillo con la mano izquierda hacia los pacientes ferrites. El par de lagartos estudiaba a la bandida, manteniéndose firmes entre Torny y los acantilados llenos de agujeros donde, Bliss suponía, las criaturas tenían sus hogares.

La escena inspiró una idea, una respuesta a una pregunta que Bliss había estado considerando desde que los lagartos hicieron su movimiento: si los ferrites comían roca y piedra, ¿por qué molestarse con un grupo de humanos?

A menos que los lagartos quisieran proteger su hogar, sus nidos, sus crías de los intrusos. Si Torny se alejaba de esos agujeros, podría escapar de la ira de los ferrites.

Pero, ¿cómo comunicárselo?

Bliss miró a su alrededor. Abundaban las rocas sueltas, pequeñas y grandes. Bliss agarró una, apuntó y la lanzó. La piedra rozó el acantilado entre Torny y los ferrites, haciendo que la bandida mirara hacia arriba. Bliss hizo señas hacia la izquierda, indicando que se alejara de los nidos de los ferrites.

—¿Qué quieres decir? —preguntó Torny, tensa y forzada.

Bliss apretó los labios. Los ferrites se movieron, uno descendiendo y el otro escalando el acantilado. Si rodeaban a Torny, ese cuchillo largo no serviría de nada. Además, con el arma desenvainada, Torny no podía moverse muy bien.

Parece que Bliss tendría que ponerse agresiva.

Buscando otra piedra del tamaño de su palma, Bliss la arrojó al ferrite más alto. La roca se rompió contra el duro caparazón del lagarto, sin causar ningún daño y provocando solo una mirada de furia.

Torny intentó un golpe contra el ferrite más bajo, un ataque equivocado que el ferrite vio venir. El lagarto esquivó el golpe inicial antes de lanzarse tras el cuchillo, atrapándolo en el movimiento de retroceso de Torny. Con una maldición, la bandida soltó la hoja cuando el ferrite cerró sus fauces sobre el delgado metal, arrancándolo y lanzando el cuchillo al río.

Ahora la bandida no tenía más opción que huir.

Bliss lanzó otra piedra mientras Torny intentaba escalar el acantilado. La roca golpeó el cuello achaparrado del ferrite superior cuando el lagarto trataba de aprovechar la situación. Su mordisco pasó rozando, atrapando el cabello de Torny entre sus dientes. Algunos mechones se desprendieron mientras la bandida pasaba a toda prisa, y el ferrite tosió cuando el pelo áspero de Torny se enredó en sus dientes.

Torny seguía maldiciendo, seguía escalando. El ferrite inferior la perseguía, mordiendo y arrancando el tacón metálico de la bota izquierda de Torny. El otro, ignorando otra roca lanzada por Bliss, arrancó de un mordisco la bolsa de Torny, haciendo que la comida y el equipo cayeran. Sin embargo, la bandida seguía moviéndose, seguía estirando los dedos, sus botas pateando en busca de nuevos asideros.

Bliss extendió la mano, agarró la de Torny cuando se acercó y la arrastró a la pendiente poco profunda. Los ferrites asomaron sus cabezas, recibieron patadas por sus esfuerzos y desaparecieron. Torny se alejó arrastrándose, empujándose por la pendiente con las rodillas y los codos, mientras Bliss esperaba, atenta a cualquier nueva incursión de los lagartos.

No hubo más, y a lo largo de los acantilados, Bliss observó cómo los lagartos regresaban a sus madrigueras. A lo lejos, las balsas de los bandidos continuaban su camino. Bliss pudo distinguir a Quik, de pie y solo en su balsa, y luego a los tres bandidos y su hermano, todos ajustándose. En cuanto a la antigua balsa de Bliss, el óvalo parecía haber desaparecido por completo, o haberse roto en pedazos demasiado pequeños para ser vistos.

Al menos era gratificante saber que habían tomado la decisión correcta.

—Estamos muertas —dijo Torny, acercándose a Bliss—. Se han ido. Nos hemos quedado atrapadas aquí, en el páramo. Solo me queda el odre de agua y nada más.

Bliss señaló con la cabeza el bastón en la espalda de Torny, las finas ataduras que lo mantenían en los hombros de la bandida se estaban deshilachando, pero seguían intactas.

—¿Qué, tu palo? Sí, eso nos salvará —murmuró Torny, sus ojos siguiendo a los bandidos que se alejaban—. ¿Puede encontrar comida y agua? ¿Qué tal teletransportarnos a la costa? Porque es allí donde necesitamos ir.

Bliss negó con la cabeza. Evaluó la forma encorvada de Torny. Las quemaduras también habían marcado a la bandida. Necesitarían medicinas y ungüentos si querían sobrevivir los próximos días sin infecciones o algo peor.

Torny tampoco se equivocaba, la comida y el agua serían necesarias. Bliss miró al cielo. Media tarde. Oscurecería en unas horas, y aunque no sabía qué depredadores vagaban por los páramos de Foti, quedarse atrapadas en la oscuridad a la intemperie parecía un mal plan.

Bliss se movió sin previo aviso, lanzándose sobre Torny y forcejeando por el bastón en la espalda de la bandida. Torny trató de quitársela de encima, pero sin sus cuchillos, sin el respaldo de los bandidos, Bliss tenía la ventaja. En dos latidos rápidos, tenía a Torny empujada al borde del acantilado, mirando hacia la lava, una vista lo suficientemente terrible como para que la bandida se rindiera con nada más que un encogimiento de hombros.

—Vale, tú ganas —dijo Torny—. Hurra por ti.

Bliss deslizó el bastón de su soporte y lo examinó. Unas pocas quemaduras pequeñas de lava en una de las tapas metálicas, pero por lo demás estaba listo para usarse. Una pequeña bendición.

Bliss se puso de pie, las botas le daban un buen agarre en la roca áspera, y practicó un golpe, haciendo silbar el bastón a través de su cuerpo. Torny se incorporó, observando cómo el bambú volaba sobre su cabeza. Siguió mirando mientras Bliss realizaba una rutina simple, ignorando el dolor creciente de las quemaduras.

—Vale, así que sabes usar esa cosa —dijo Torny, cruzando los brazos sobre su regazo—. Genial.

Qué tono. Bliss habría adivinado que a Torny no le sentaba bien ser destituida del poder, pero la bandida parecía menos preocupada por el hecho de que Bliss tuviera la ventaja y más preocupada por, bueno, los suministros. Los ojos de Torny se dirigieron a su odre de agua, y luego al de Bliss atado a su muslo.

—¿Has terminado de presumir? —preguntó Torny mientras Bliss movía el bastón a una mano y miraba hacia arriba—. ¿Tal vez podamos pensar en lo que vamos a hacer?

El acantilado no ofrecía soluciones inmediatas, solo más escalada, pero volver con los ferrites no era una opción, como tampoco lo era el flujo de lava. Incluso si volvieran a bajar, intentando esperar otra balsa de roca, tendrían que enfrentarse de nuevo a los lagartos.

Bliss apuntó el bastón hacia el acantilado y se dirigió en esa dirección.

—Oh, ya veo, esto es una dictadura —dijo Torny a la espalda de Bliss, pero se puso de pie y comenzó a caminar —. Tú tomas las decisiones porque tienes un palo grande.

Bliss asintió sin girar la cabeza. Llegó al acantilado,

miró hacia atrás a Torny y le hizo un gesto para que se quitara las correas que sostenían el bastón.

—¿Ahora también me quitas mis cosas? —preguntó Torny, pero hizo lo que Bliss le pidió.

Con el bastón asegurado, Bliss trepó. Refunfuñando, Torny la siguió, mientras el sol caía aún más hacia la noche.

22

PRISIONERA

La tortuga tentacular —nombre que Annalyse le había dado a la criatura— observó a Ami mientras la guerrera entraba en la jaula. Al menos, eso supuso Ami, ya que el monstruo no tenía ojos en absoluto. Con sus tentáculos temblando bajo el caparazón, la bestia se retorció para seguir la entrada de Ami, como si planeara el mejor momento para lanzarse sobre ella.

Si tan solo lo hiciera. Entonces Ami podría ensartarla, declarar el experimento terminado e ir a ver qué ofrecía Gladdring para cenar en su prisión. La maravilla de los skars era justo eso, una maravilla, pero darle a Ami una lanza y decirle que hiciera algo de magia era... molesto.

—Recuerda mantener tus manos en las ranuras —dijo Annalyse, a salvo fuera de los barrotes. Tenía un lápiz de carbón listo, con su bloc de papel apoyado contra la pared de la cueva—. El objetivo no es matar al monstruo, sino usar el skar.

—Gracias por el recordatorio —Ami apuntó la lanza hacia el monstruo, tratando de mantener sus dedos enguantados en las ranuras poco profundas—. ¿Algún otro requisito? ¿Necesito dejar que me arranque un pedazo primero?

Antes de que Annalyse pudiera responder, el monstruo se abalanzó hacia adelante, sus tentáculos golpeando el suelo de piedra y empujando la tortuga hacia Ami. Una carga lenta, en la que Ami podría haber caído si no hubiera visto los movimientos anteriores del monstruo al cruzar la jaula.

Incitando una reacción. Difícilmente el comportamiento de criaturas estúpidas.

Ami fingió avanzar, tratando de engañar al monstruo para que pensara que su propio plan había tenido éxito. La tortuga lo creyó, demostrando que su inteligencia no llegaba a la de un genio táctico. Dos tentáculos alrededor de la espalda de la tortuga se alzaron y pasaron por encima, golpeando donde Ami habría estado si se hubiera comprometido con la estocada frontal. En su lugar, golpearon la piedra, rebotando hacia afuera.

—Astuto, astuto —murmuró Ami.

—El skar, Ami —le recordó Annalyse.

Claro, el calor de la gema Foti corría por la lanza, concentrándose en esas hendiduras festoneadas. El susurro del skar, distorsionado, como si aullara desde una gran distancia, quería una respuesta.

—Quémalo, entonces —murmuró Ami a la lanza.

El skar no reaccionó.

El monstruo avanzó rápidamente y Ami retrocedió, cediendo el terreno frente a la puerta de la jaula. La bestia la había cortado de una salida fácil ahora, pero Ami se negó a dejarse intimidar. Aunque no fuera una maestra en el manejo de la lanza, esta cosa debería ser fácil de matar.

Bien, si las palabras no funcionaban... Ami intentó pensar en el skar, manteniendo su boca cerrada y simplemente gritando, en su cabeza, para que la piedra Foti escupiera fuego desde la lanza y convirtiera al monstruo en cenizas.

De nuevo, nada. El monstruo parecía tan confundido como Ami, pero cuando el ataque no llegó, la criatura intentó otro avance rápido, sus tentáculos golpeando el suelo de piedra para lanzar a la criatura tortuga al aire, un misil viviente dirigido directamente al pecho de Ami.

—¡Cuidado! —gritó Annalyse.

Ami se hizo a un lado, agachándose mientras lo hacía y sosteniendo la lanza skar contra su pecho. Ese habría sido el momento perfecto para ensartarla, pero aparentemente había reglas aquí.

El skar seguía susurrando mientras el monstruo pasaba volando, sus tentáculos extendiéndose para golpear el hombro de Ami. Los golpes parecían que deberían haber sido cosas ligeras, roces suaves, pero cada uno impactó como un mal puñetazo de bar, un poco salvaje e indirecto, pero lo suficientemente fuerte como para hacer que Ami tropezara hacia atrás. Solo la pared de la cueva evitó que cayera desafortunadamente al suelo.

Así que ni palabras habladas, ni pensamientos. ¿Cómo quería el skar trabajar?

—¿Tienes algún consejo? —gritó Ami, mientras el monstruo rodaba sobre su aterrizaje y la apuntaba de nuevo.

—Escúchalo —respondió Annalyse—. El skar te dirá cómo usarlo.

¿Escuchar qué? ¿Esos murmullos dementes que entraban en su mente, una conversación a medias escuchada y poco recordada? Ami se centró, plantó sus pies y apuntó la lanza hacia el monstruo.

Si saltaba hacia ella de nuevo, con Annalyse o sin ella, Ami iba a ensartar al monstruo.

Mientras nivelaba la lanza, los susurros del skar cambiaron. La voz, si se le podía llamar así, subió una octava, escupiendo el sinsentido a un ritmo más rápido, como un tabernero gritando pedidos.

Interesante.

Ami intentó agitar la lanza, sintiéndose un poco ridícula, pero a medida que se movía con el arma, el skar cambiaba su respuesta. Apuntar la lanza directamente hacia adelante hacía que el skar tartamudeara a gran velocidad, mientras que levantar el arma en posición de guardia hacía que los murmullos del skar se volvieran lento y arrastrados. Cuando Ami arremetió contra el monstruo para hacerlo retroceder, el skar se animó, casi gritando en la cabeza de Ami.

—¿Qué te está diciendo? —preguntó Annalyse—. Tienes que decírmelo. Para la investigación.

Ami, sin embargo, apenas escuchó a la científica. En cambio, bailó con el skar, escuchando su tono cambiante mientras retrocedía, esquivaba, golpeaba y se protegía con la lanza. Cada movimiento parecía revelar algo nuevo, una cadencia en el skar, un ritmo en su lenguaje.

El monstruo, ya fuera confundido o planeando algo nuevo, puso distancia entre él y Ami. Los tentáculos se envolvieron alrededor de los barrotes de la jaula, levantando al monstruo casi a la altura de Ami. La guerrera observó, haciendo girar la lanza sobre su cabeza y escuchando la emoción del skar. Cada vez que la punta de la lanza giraba sobre la cabeza de Ami, el skar pulsaba, como un grito feliz en su mente.

Esos eran los puntos, el arrebato, el momento en que el skar podía funcionar. Y, mientras Ami bajaba la lanza a su costado, aún podía captarlos, los gritos más apagados pero todavía presentes. Puntos donde la lanza, el skar, parecía abierto a algo especial.

El demonio saltó. El brinco no alcanzó la mole de Ami, pero la cosa con caparazón rodó por el suelo, colocando su concha hacia abajo y lanzando un bosque completo de tentáculos hacia el rostro de Ami.

Sincronizando el movimiento con un grito, Ami barrió con la lanza frente a ella, clavando la base en el suelo y esperando, esperando que el skar reaccionara.

Si no, esos tentáculos iban a dejar algunos moretones duros.

La lanza brilló, un destello voló desde el skar y envolvió el arma, el espacio a su alrededor en fuego ardiente. Los tentáculos del demonio golpearon la barrera repentina, chisporrotearon y rebotaron.

—¡Asombroso! —gritó Annalyse.

Ami no estaba muy segura, ya que había caído hacia atrás, dándose palmadas fuertes en los brazos y el cabello donde el fuego de la lanza había encontrado algo que quemar. El arma se tambaleó cuando el fuego desapareció, cayendo al suelo con un golpe seco.

El demonio se retorció, agitando sus tentáculos quemados, mientras Ami se levantaba. Miró fijamente la lanza.

—Casi me mata —dijo Ami sobre el continuo asombro de Annalyse—. Difícilmente una innovación.

—¡Pero no sabes lo que estás haciendo! ¿Imagina alguien que sí supiera?

—Intentaré eso cuando salga de esta jaula —dijo Ami, estirando la mano hacia la lanza.

Y retirando la mano rápidamente. El arma irradiaba calor, tan caliente como cualquier forja Foti. Los guantes de Annalyse parecían haber sobrevivido a la explosión inicial, pero recoger un arma al rojo vivo no era algo que Ami quisiera arriesgar.

El demonio lo notó. Superando sus problemas con los tentáculos, la tortuga se dio la vuelta, arrastrando sus extremidades y escabulléndose hacia Ami.

—¡Agarra la lanza! —gritó Annalyse.

—Está demasiado caliente. —Ami se movió hacia la izquierda, tratando de volver a los barrotes de la jaula y la puerta. Una oportunidad para correr—. Tu experimento funcionó demasiado bien.

El demonio aparentemente captó la intención de Ami, azotándose a través del centro de la habitación y cortando el paso a la Guardiana mientras intentaba escapar. El demonio se estiró, se aferró a los barrotes de la jaula y se impulsó hacia el metal, preparándose para otro lanzamiento y golpe.

Si salir no estaba en juego, Ami podía intentar algo diferente.

Separó los pies, puso sus manos frente a ella y le dijo al demonio que viniera por ella.

El monstruo lo hizo, lanzándose desde los barrotes y volando hacia Ami. La Guardiana vio el ángulo, deslizó su pie izquierdo, se agachó y levantó su brazo derecho. Los tentáculos azotaron como pequeños garrotes, golpeando su hombro, pero la mano enguantada de Ami atrapó el centro del demonio en su vuelo. Impulsándose con los pies, el puño derecho de Ami aferrando la masa de tentáculos del monstruo, Ami corrió con el impulso del demonio, inclinándolo con su propio peso y estrellándolo directamente contra la pared de roca, con el caparazón por delante.

La barrera del monstruo no se rompió, no, pero Ami sintió que su puño atravesaba muchas más partes blandas, tomando el centro blando del demonio y haciéndolo puré.

Esos tentáculos golpeadores cayeron inertes, dejando a Ami con nada más que un rocío de vísceras y bilis por todo su equipo, su cara, su cabello. Se echó hacia atrás, dejando caer el cadáver al suelo.

—¿Estás bien? —preguntó Annalyse, abriendo la puerta de la jaula.

—Dile a los guardias que necesitaré un baño.

Si había una ventaja en la prisión de lujo de Gladdring, venía con el propio baño del Tenente. El desierto de Noctia exigía que los ciudadanos compartieran baños públicos, grandes piscinas mezcladas con agua de mar y escorrentía de lluvia, renovadas cuando la naturaleza o la suciedad absoluta lo demandaban. Ami, junto con todos los demás, se acostumbró a ello con el tiempo. Tu única otra opción era nadar en un océano lleno de depredadores y, ahora, demonios.

El baño del Tenente esperaba en la parte inferior de la torre central del Círculo, un lugar al que Ami no tenía derecho sin dos guardias de Gladdring a su lado. Cada vez que pasaban junto a algún oficial, algún otro soldado Najahn, los guardias mostraban un símbolo, uno que Ami intentaba mirar a escondidas pero nunca lograba, y el trío era dejado pasar.

Una piscina humeante más grande que cualquier habitación en la que Ami hubiera estado los recibió pasada la última puerta. Delgadas láminas de madera seccionaban la piscina, creando ocho espacios de baño separados. Cada lámina podía ser retirada, como notó Ami, permitiendo a los Tenentes hablar con quien quisieran mientras remojaban sus suaves manos y pies.

La hora acercándose a la cena significaba que los baños tenían solo dos ocupantes, ambos con sus láminas levantadas, ambos en silencio. Ami eligió su propio lugar, uno bien separado, y comprobó que ambos guardias se habían retirado fuera de la habitación. No es que ella fuera un gran riesgo: la cámara de piedra no ofrecía otras salidas, y además de su túnica Najahn y los restos del demonio —Annalyse había limpiado lo peor con un trapo—, la Guardiana no tenía nada para efectuar ningún escape.

En cambio, se deslizó en la piscina burbujeante, calentada por una caldera debajo, y jadeó. El agua caliente por sí sola era una rareza, reservada para tés, no para baños de plebeyos, y compartir una piscina no con cientos de otros se acercaba a la magia. El humo se elevaba a su alrededor, las láminas goteando, y mientras Ami se sumergía hasta la barbilla, un paño de espera ya usado para limpiarse, los largos años de su vida quemados en el camino, en batalla, se desvanecieron.

—Eres una mujer difícil de encontrar —dijo una voz a su derecha, a través de la lámina. Ami se sobresaltó, incorporándose, el sopor desapareciendo. Su piel parecía arrugada, su respiración superficial.

¿Cuánto tiempo había estado allí tumbada en el baño?

—¿Vas a abrir la lámina, o voy a tener que hablar a través de la madera? —La voz de nuevo, una que reconoció, aunque esta vez el vino no había dejado su marca—. Si es el pudor lo que te preocupa, no temas. Mantendré mis ojos apartados.

Ami se estiró, corrió la lámina lo suficiente para mostrar su rostro, y el mofletudo rostro de Mattimo. El hombre parecía estar disfrutando del baño tanto como ella lo había estado haciendo, sus ojos cerrados a pesar de sus palabras, sus hombros relajados.

—El pudor muere en el momento en que ves a alguien descuartizado por un demonio —dijo Ami—. ¿Qué quieres?

—Pensé que la pregunta era, ¿qué quiere Ami?

—No más acertijos, eso es lo que quiero.

Mattimo entreabrió un ojo. —¿Acertijos? Esto no es ningún acertijo. Viniste a mí buscando información, te di el precio, y luego desapareciste. Difícilmente un juego justo.

—Encontré lo que estaba buscando.

Mattimo negó con la cabeza.

—Encontraste lo que Gladdring quería mostrarte, sin duda. No lo que buscabas.

—He visto las skars. Sé lo que está haciendo con ellas.

Ahora ambos ojos se abrieron de golpe. Mattimo se giró y miró a Ami a través del vapor.

—Tienes suerte de que los otros dos se hayan ido. Los Najahn mantienen horarios estrictos para la cena y no hay ni un alma aquí. De lo contrario, podrías estar muerta antes de regresar a tu habitación.

—Me gustaría verlos intentarlo.

Mattimo se rio entre dientes.

—Ese es el punto, Ami. No lo verías. No menciones las skars. Nunca, a menos que estés en el pequeño calabozo de Gladdring.

—Si sabías lo que estaba haciendo, ¿por qué querías que encontrara una forma de entrar?

—No es lo que está haciendo lo que me interesa —respondió Mattimo—. Es lo que no está haciendo. Lo que no sabe y se niega a aprender.

Ami suspiró y cerró los ojos.

—Dije que no más acertijos, Mattimo.

—Entonces ayúdame, Ami.

—Si quieres entrar, pídeselo a Gladdring tú mismo.

Mattimo salpicó el agua, produciendo un ligero repiqueteo contra la madera. Juguetón, como un hombre imaginando lanzar un puñetazo a un enemigo.

—Ya no necesito entrar —dijo Mattimo—. Ahora que tú estás allí.

—No voy a hacer nada por ti.

—¿Y qué tal por Catya? —preguntó Mattimo.

Eso captó la atención de Ami, sus ojos se clavaron en él.

—Gladdring te dijo que no hay esperanza para ella, ¿verdad? —Mattimo se frotó las manos—. Está equivocado. Las skars tienen un poder que no entendemos, no hoy, pero que algunos solían conocer.

—¿Poder como cuál?

—Eso, querida Guardiana, es el misterio y la clave de mi petición. Tráeme una skar. Una skar Vis, y encontraré una manera de salvar a tu Aegis.

Otro baño dentro de tres días. Ahí es cuando Ami, ya seca y caminando, escoltada de vuelta a la torre de Gladdring, le entregaría la skar a Mattimo. Algún tiempo después, nuevamente en la piscina del Tenet, el historiador le devolvería lo que hubieran encontrado, la supuesta clave para la supervivencia de Catya.

Una vez más se pondría las ropas de ladrona. Una vez más Ami estaría sobrepasando sus límites. Sin embargo, ¿quién estaría allí para detenerla?

Mientras Ami pasaba por la última puerta custodiada, una vez más hacia el pasillo anodino que llevaba a su aburrida habitación, el único sonido que escuchó vino de adelante y abajo, una risa, un jadeo y un grito emocionado.

Todo proveniente de una sola persona, el único obstáculo en el camino de Ami. Pero, ¿qué riesgo podría suponer una científica para una soldado?

23
REHENES

ax arrojó el potaje a Sledge. El pequeño cuenco de madera golpeó a la líder bandida en la frente, salpicando la porquería por todo su equipo maltratado, que le había sido devuelto después de que el grupo dejara atrás el flujo de lava poco después de los ferritas.

Volverían pronto a la lava, según Sledge, pero por ahora era momento de reagruparse, reevaluar y, quizás, darle a Torny y Bliss la oportunidad de alcanzarlos.

La espera dejaba los números en tres contra dos, ya que el antiguo captor de Quik había sido arrojado al río ardiente. Sledge junto con otro hombre y una mujer, cuyos nombres ella dio pero Wax olvidó rápidamente, dado que su mente estaba ocupada en asuntos más importantes, como cómo entregar el almuerzo tardío a la líder bandida con fuerza.

Sledge reaccionó como lo haría la mayoría de la gente, cayendo hacia atrás de la roca negra y abultada que había reclamado como asiento, maldiciendo. Wax se levantó de un salto, corriendo hacia las alforjas dejadas en el suelo, entre ellas su hoja Foti. Había formado el plan en el momento en que Sledge retiró la espada, un error fatal provocado por la falta de acomodo de la piedra elegida para colgar armas.

Los otros dos bandidos gritaron, sus palabras ahogadas mientras Quik se levantaba para hacer lo que Wax suponía que haría cualquier Guardián: proteger al Renovación, con puños y furia.

Los cinco eligieron un acantilado feo para su descanso, lo suficientemente alejado del flujo de lava para hacer del aire fresco un concepto viable, aunque no lo suficiente para disipar el calor y el acre olor a azufre. Roca negra y algunos arbustos valientes completaban el lugar, uno que ya había reclamado un lugar entre los más odiados en el corazón de Wax.

Ese odio encontró nuevo vigor cuando Wax alcanzó el equipo apilado solo para descubrir que la piedra quebradiza era una superficie cortante al rozar cuando buscaba frenéticamente un arma. Sus nudillos raspados encontraron la vaina, sacaron la hoja cerúlea. Wax sostuvo la espada en alto en una especie de triunfo, el filo captando la luz del sol y poniendo un alto momentáneo a la refriega.

—Lastimen a mi hermano y los mataré —dijo Wax, apuntando la hoja hacia los dos bandidos, aunque ambos parecían acorralados por los puños apretados de Quik—. Todo esto termina aquí.

—¿Eso crees? —preguntó Sledge, poniéndose de pie detrás de su piedra, con el potaje goteando de su cabello—. ¿Qué vas a hacer, Renovación? ¿Caminar todo el camino de vuelta al Diente de Jarl? Morirás de hambre antes de llegar allí, o te derretirás en estos malditos páramos. —Mientras hablaba, Sledge cruzó los brazos, mirando a Wax como lo habría hecho su propia madre—. Navega por el río y llegarás a nuestro campamento, donde no encontrarás nada amistoso esperándote. La muerte de cualquier manera sin nosotros.

Las palabras de Sledge desconcertaron a Wax por un segundo. ¿Campamento? Nadie había mencionado un campamento. Wax había construido alguna pesadilla playera, donde pasaría el próximo año comiendo insectos y pescado en la arena bajo la atenta mirada de Sledge. Un campamento implicaba algo más grande, algo peor.

—¿Crees que somos el único grupo que caza Renovaciones y cualquier otro extranjero que no siga las reglas? —Sledge se rio—. La ingenuidad te matará, muchacho.

Wax miró a Quik, buscando una respuesta y encontró poco en el rostro ceñudo de su hermano. Sin embargo, una respuesta diferente yacía a los pies de Wax, alrededor de sus piernas. Los bandidos tenían suficiente comida, según prometió Sledge, para llevar a todo su equipo a la costa. Si dividían esa comida solo entre Wax y Quik, el Diente de Jarl debería estar al alcance.

Mejor aún, eso sería ir río arriba, hacia donde Bliss y Torny saltaron su roca. Quik había visto a la pareja hacer el salto, juró que vivían, lo que significa que necesitaban ser encontrados.

—Creo que probaré suerte —dijo Wax—. Usted y sus dos amigos pueden dar un paseo. Vayan allá, a la lava. A donde quieran.

Sledge entrecerró los ojos. Los otros dos bandidos la observaban. —¿Pretendes quedarte con las alforjas?

—Pretendo que se vayan a dar un paseo. Pueden quedarse con lo que llevan puesto.

Sledge volvió a reír. —Entonces nos estás matando. Eso no funcionará. Lo que sí funcionará es seguir nuestro camino. Así que baja esa hoja y busquemos algunas balsas nuevas. La luz del día se está acabando.

Wax sintió que se sonrojaba, pero lo apartó. Ni de broma iba a dejarse intimidar por Sledge, no después de lo que había visto, de lo que había hecho.

—Me has oído —dijo Wax—. Váyanse.

Luciendo su irritante media sonrisa, Sledge rodeó la roca, caminó directamente hacia Wax, dejando caer los brazos a los lados.

—¿Estás dispuesto a matarme ahora, muchacho? —preguntó Sledge mientras se acercaba—. Eso es lo que tendrás que hacer. Clava esa espada justo aquí. —Sledge señaló su propio corazón con la mano derecha—. Asegúrate de que sea una estocada fuerte, porque aunque este cuero está caliente y ha visto demasiados años, aún detendrá la puñalada de un cobarde.

—No soy un cobarde.

Wax empuñó la hoja con ambas manos. Apuntó la punta hacia Sledge. ¿Qué decían en el barco Kance? No esperes para atacar. La sorpresa y la velocidad ganan más peleas que la habilidad.

—Entonces demuéstralo.

Cuando Sledge terminó las palabras, Wax se impulsó con los pies, empujando la hoja Foti hacia adelante más como una lanza que como una espada, yendo a por esa puñalada justo donde Sledge le dijo que lo hiciera. Justo donde ella esperaba que estuviera.

Levantando su brazo, desplazándose con pies más ligeros sin las pesadas botas de lava puestas, Sledge dejó que la hoja de Wax se deslizara por su lado izquierdo. Apretó su brazo contra la espada, preparó su puño derecho y golpeó el rostro de Wax, haciendo estallar estrellas en su cráneo y enviándolo a un tropiezo hacia atrás.

Sledge arrancó la hoja de las manos desganadas de Wax, encontrando la empuñadura y volviendo la punta hacia su dueño.

—No eres un cobarde —dijo Sledge—. Te concedo eso.

Wax se estabilizó, sacudió la cabeza para aclarar el zumbido y observó la espada. Las provisiones y posiblemente otras armas yacían a su izquierda, a una distancia imposible. Detrás de él estaba el borde del acantilado y una larga caída hacia una muerte sombría. Quik y los demás estaban en la única otra dirección, una ruta que Sledge también podría cortar con un golpe rápido.

Atrapado y en problemas. No exactamente una situación inusual para Wax, un hecho con el que ajustaría cuentas más tarde.

—¿Cuál es tu elección? —Sledge avanzó otro paso—. ¿Morir ahora, junto con tu hermano, o vivir?

—¿Siempre hablas así? —replicó Wax, dejando caer las manos a los costados.

—¿Hablar como qué?

—Un najahn que necesita vacaciones —dijo Wax. Sledge dio otro paso adelante, frunciendo el ceño ahora. La provocación hacía su magia—. Vamos, estamos en unas rocas desoladas, has perdido la mitad de tu tripulación. No es precisamente la obra de un genio, ¿verdad?

—En un minuto serás poco más que un cadáver —gruñó Sledge, acercando la hoja a un pelo del pecho de Wax.

Si Wax había aprendido algo de los duelistas de Kance, era que la postura te decía más que la posición de la espada o la lanza. Cómo se paraba Sledge, cómo agarraba la hoja indicaba lo que haría con ella, y en este momento, la punta sostenida con una sola mano de Sledge decía amenazar, no matar, no apuñalar.

Así que Wax se impulsó de la roca y corrió, directamente hacia el único aliado que tenía.

—¡Ahora, Quik! —El grito no sonó precisamente triunfante, pero Quik aprovechó la oportunidad de todos modos, dando un codazo al bandido a su izquierda mientras empujaba al otro hacia adelante, haciéndolo tropezar contra la roca.

—¿Cuál es el plan? —preguntó Quik mientras Wax se acercaba, asestando un segundo puñetazo al bandido del codazo y derribándola—. ¿Correr?

—O ganar —Wax pateó al bandido que había tropezado, haciendo que su cabeza se ladeara. Se agachó y sacó un cuchillo del cinturón del bandido—. Ahora los tenemos.

—No tienen nada —anunció Sledge, con palabras de hierro gélido.

—Wax —murmuró Quik.

—¿Qué? Con espada o sin ella, ella... —Wax se giró, con el cuchillo listo.

Sledge, con la hoja Foti en las rocas a sus pies, tenía su arco tensado, una flecha lista para disparar. La distancia era lo suficientemente larga como para darle un tiro claro mucho antes de que Wax o Quik pudieran acercarse.

—Suelta el cuchillo —dijo Sledge—. Discúlpate. Y tal vez no te mate de inmediato.

¿Por qué esta mujer parecía tener una respuesta para cada uno de los trucos de Wax? Frustrante, y por primera vez, Wax se encontró sin ideas.

—Corre —susurró Quik—. Puedo comprarte tiempo.

Wax comenzó a negarse de inmediato mientras Sledge exigía nuevamente que soltara el cuchillo. Sacrificar a Quik para darle a Wax una carrera aleatoria hacia la naturaleza no era una opción. Pero la sugerencia dio lugar a una mejor idea.

Wax comenzó a agacharse lentamente, extendiendo el cuchillo como si fuera a dejarlo en el suelo. Justo antes de tocarlo contra la piedra, se lanzó hacia la derecha, envolviendo su mano izquierda alrededor del bandido inconsciente y poniendo el cuchillo en su garganta.

—Nuevo trato —dijo Wax mientras Sledge giraba el arco, su flecha apuntando a la forma desprotegida de Quik —. Dejas ir a mi Guardián, y yo iré contigo. Sin trucos, sin peleas, sin problemas.

—Wax, qué... —comenzó Quik.

—¿Ir? —Sledge negó con la cabeza—. No hay ningún lugar adonde ir. El pueblo más cercano que conozco está a días hacia el norte. Morirá antes de acercarse.

—Él correrá ese riesgo —dijo Wax.

Le lanzó una mirada a Quik, una mirada firme. Su hermano tenía que entender que lo único que obtendrían con estos bandidos sería una muerte lenta. Sin importar lo que Sledge dijera sobre las Renovaciones pasadas, dejar vivir a Wax y Quik después de quién sabe cuánto tiempo parecía poco probable. Estúpido. Una esperanza vana como la que Wax tenía antes de que Pan tuviera una espina clavada en su costado.

Las probabilidades de Quik en los páramos serían mejores. Y tal vez, solo tal vez, su hermano podría encontrar ayuda allá afuera.

—Wax tiene razón. Correré el riesgo —dijo Quik—. Dale la vida a tu amigo. Déjame ir.

Sledge sopesó las opciones, su brazo manteniendo la flecha lista. Wax imaginó que la tensión debía ser dura, difícil de mantener lista para disparar. Y Sledge le dio la razón, dejando que la flecha se relajara con un encogimiento de hombros.

—Entonces vete. Toma tu odre y corre, Vis. Si te veo regresar, tu hermano muere primero.

Quik asintió, puso una mano en el hombro de Wax. —No te abandonaré, hermano —susurró—. Aguanta.

—¿Qué? Solo voy a pasar un tiempo encantador con esta gente. Tú estás en la situación difícil.

Quik se rio, miró hacia el norte.

—Vete —ordenó Sledge—. O te dispararé ahora.

Sin una última mirada hacia Wax, su hermano corrió, jadeando sobre la roca negra y sobre la colina, desapareciendo mientras el sol se hundía más en el cielo.

Volver al flujo de lava fue más fácil la segunda vez, el viaje afortunadamente libre de ferrita. Con Sledge al frente y los otros dos bandidos detrás, Wax tomó su victoria y cabalgó en el medio, sosteniendo su pértiga en la gran piedra que habían asegurado.

Ya no había Guardianes con él. Quik, un cazador Vis, podía sobrevivir casi en cualquier lugar. Bliss tampoco estaba lejos, siempre y cuando el otro bandido no se desesperara y se pusiera apuñalador. Aun así, Wax tenía que favorecer a su hermana en cualquier pelea.

Sledge parecía sentir la misma desesperación. Con una mano en la pértiga y la otra en la hoja Foti de Wax, la líder de los bandidos seguía mirando hacia atrás, como para confirmar que su prisionero y los pocos miembros restantes todavía estaban allí. Arrugas marcaban su rostro, ahora en un ceño fruncido permanente. Ya no salían anécdotas sobre Foti, sobre la vida en medio de los páramos de unos labios aburridos. Esta era alguien, pensó Wax, que se daba cuenta de que este intento había salido muy mal.

¿Quién estaría esperando al final para juzgarla por ello?

Los otros dos bandidos se mantuvieron callados, salvo para recuperar sus armas de las manos codiciosas de Wax.

No murmuraban más que la navegación necesaria, con los ojos entrecerrados y los labios apretados. Las manos agarraban las pértigas. Los suspiros eran frecuentes, audibles sobre los interminables chasquidos y chisporroteos de la lava.

Cuando se bajaron de las balsas, la oscuridad se había instalado, el resplandor naranja amarillo de la lava proporcionaba suficiente luz para un ascenso por una colina más suave, esta salpicada de más vida. Cuando Wax preguntó por qué, Sledge no respondió, pero un bandido detrás de él ofreció una solución:

—Más cerca de la costa, más lluvia —dijo la otra mujer—. Puedes oler la sal.

Wax olfateó. Cada respiración todavía venía con más azufre, más nocividad que cualquier otra cosa, pero la bandida tenía razón: debajo de todo, el océano dejaba un sabor.

—No hables con él —dijo Sledge mientras dejaban caer las alforjas—. No hasta que lleguemos al campamento. Ya he oído suficiente de su boca.

—Lo siento —dijo Wax, mostrando su sonrisa natural y arrogante—. No es propio de mí estar callado.

Sledge negó con la cabeza, asintió sobre el hombro de Wax. —Cállalo, ¿quieres?

Wax mantuvo su sonrisa mientras se giraba, la mantuvo lo suficiente para ver el cuchillo acercándose, con el mango primero en un golpe contra su frente.

Nadie atrapó su caída sobre la roca.

24
MISIÓN DE RESCATE

Svarde relataba las historias mientras caminaba, con Rasslebeck interviniendo de vez en cuando con las suyas propias cuando la garganta del Guardián se resecaba demasiado. Las cuevas a su alrededor se difuminaban en su interminable roca oscura con cada relato, transformándose en barcos de vela bajo la mirada de Maena o en estrechos campos de batalla donde Svarde, Ami y Catya se enfrentaban a un enemigo tras otro en su camino hacia otro skar. Durante todo esto, Maena y el hombre quejumbroso escuchaban y pedían más.

En un descanso, comiendo los musgos y bebiendo el agua de manantial que pudieron encontrar, Svarde preguntó a la destrozada pareja qué era lo que esperaban.

—Encontrarnos a nosotros mismos, obviamente —respondió Maena—. Quiero recordar quién soy.

—Sabrás lo que te contemos, nada más —contestó Svarde—. La cáscara, no lo que hay dentro.

—Entonces me conformaré con la cáscara.

Svarde asintió y miró al hombre encogido. Había estado más callado últimamente, pasando más tiempo mirando las piedras. —¿Y tú? No sabemos nada de quién eres. ¿Qué harás?

El hombre se rascó la barbilla. Tenía la costumbre, notó Svarde, de pasar las manos por su propio cuerpo, como si explorara su propia piel. Quizás recordándose a sí mismo cómo se veía, cómo era su cuerpo.

—Un recipiente vacío que busca llenarse —respondió el hombre—. Estas historias que estás contando son un andamiaje para mí. Piezas a las que aferrarme, recuerdos que evocar aunque no sean míos.

—¿Te estás aferrando a ellas ahora?

El hombre asintió. —Con cada paso que nos alejamos de la guarida de esa criatura, siento que vuelvo a ser yo mismo. No los recuerdos, no, pero sí mi sensación de... mí mismo.

—¿Hay algo útil en esa sensación? —Svarde señaló con una seta a medio comer la ballesta y el sable de Maena—. ¿Crees que podrías usar alguna de esas?

El hombre negó con la cabeza. —No creo que jamás haya sido muy marcial.

Rasslebeck resopló. —Entonces, ¿por qué estabas aquí abajo?

—Creo —dijo el hombre, titubeante y lento—, creo que siempre he estado aquí abajo.

Rasslebeck puso los ojos en blanco y miró a Svarde. —Supongo que servirá de cebo, si no otra cosa.

Las huellas ensangrentadas de Pennifer se agotaron después de varias horas de caminata, sus manchas rastreadas a veces por el tacto, a veces por el olor y, lo más raro de todo, por los ocasionales destellos de musgo en las profundidades. Sin antorchas, el cuarteto avanzaba con cuidadosa cautela, apoyándose en Kivi para guiar el paso. Sus resoplidos advertían de pendientes pronunciadas, caídas repentinas o paredes irregulares. Si era necesario, la ferrita abría su caparazón, expulsaba vapor y producía un tenue resplandor anaranjado durante unos pasos, permitiendo al grupo cruzar arroyos o pasar bajo formaciones puntiagudas que colgaban del techo.

—Es un milagro que haya aguantado funcionando tanto tiempo —observó Rasslebeck al llegar a la última huella. La sangre de Pennifer, ahora, parecía negra y salobre, mezclándose con cosas peores—. Si no la alcanzamos pronto, me temo que no quedará mucho que salvar.

Como para desafiar sus palabras, un grito resonó por el corredor, un chillido cristalino de sorpresa. Rasslebeck y Maena se lanzaron hacia adelante, pero Svarde extendió un brazo para evitar que corrieran hacia la penumbra.

—Kivi va delante. No le seremos de ayuda si nos desmoronamos por el camino.

La ferrita acató la orden de Svarde y avanzó resoplando, limpiando sus conductos e iluminando la cueva, un estrecho tramo púrpura. Marcas de garras cicatrizaban las paredes desde hacía tiempo, viejos y nuevos cortes que exponían minerales brillantes. Svarde solía asumir que cada enemigo hacía su viaje hacia un inevitable final contra el escudo del Aegis o la espada de un guerrero. Ahora... ahora parecía que algunos monstruos elegían quedarse aquí abajo, haciendo su hogar en la oscuridad.

¿Habría encontrado Pennifer otra guarida, o se habría topado con un enemigo errante tan poco en casa aquí como ella?

El túnel se niveló, un arroyo cortando el camino y desembocando en una poza más profunda. Svarde y los demás chapotearon mientras Kivi recorría las paredes más secas. Pennifer gritó de nuevo, esta vez con menos pánico y más rabia. No estaba muerta, quizás el mayor logro para alguien sin armas a tanta profundidad.

—Aguanta —respondió Svarde al ruido—. Ya casi estamos contigo.

Un chasquido detrás indicó que Maena había levantado su ballesta, lista. Svarde desenvainó sus hachas mientras vadeaba el agua helada. La humedad casi se sentía bien en sus pies doloridos, esos callos ásperos, pero sus efectos se volverían en su contra después. Las ampollas, el calzado desintegrándose, demasiadas veces había...

Un cuerpo salpicó en el agua frente a él, las manos volando hacia arriba junto con el agua. En lugar de alcanzar la forma —Svarde supuso que era Pennifer, pero las rejillas de Kivi no podían atravesar el agua con su resplandor—, Svarde pasó de largo la figura que chapoteaba. Si no era ella, Rasslebeck tenía un cuchillo que haría una muerte rápida.

La verdadera diversión estaba por delante, la poza se hacía más profunda a medida que Svarde avanzaba, los zapatos empapados resbalando sobre la piedra pulida. En el agua, chorros burbujeantes brotaban hacia arriba, sus géiseres efervescentes atrapando los gases expulsados por Kivi y brillando con su reflejo.

También lo hacían, afortunadamente, los ojos. Dos círculos grandes y perfectos, sus pupilas negras y tan grandes como la cabeza de Svarde, fijaron al guerrero en sus miradas. Cada uno estaba en su propio lado de la caverna, lo suficientemente distantes como para hacer que Svarde reconsiderara sus posibilidades de vadear todo el camino hasta ellos sin recibir uno o dos golpes fatales.

Aunque, ¿un golpe de qué? Svarde no había visto nada aún. Ni garra, ni tentáculo. Los ojos lo seguían mientras Svarde se detenía cerca de los géiseres, soportando el chapoteo del agua caliente mientras consideraba la situación.

—¡No los mires! —gritó Pennifer desde atrás, con la voz entrecortada—. Así es como te atrapan.

Svarde dirigió su mirada directamente al frente, hacia la pared descolorida al otro lado del agua ondulante. Los ojos como arma eran una cualidad rara. Más raro aún era el silencio, el silencio absoluto que provenía de estos demonios. Svarde adivinó que había dos, cada uno ocupando la mitad de la caverna.

—¿Cómo nos atraparon? —preguntó Rasslebeck—. No veo ningún arma.

—No las necesitan —respondió Svarde por el hombre —. Viste al último demonio. Algunas cosas no necesitan un filo.

Maena chapoteó cerca de Svarde, manteniendo la mirada al frente igual que él.

—Entonces, ¿qué hacemos? Solo nos están observando.

—Hemos encontrado a Pennifer —dijo Svarde—. Volvamos. No hay nada que ganar en una pelea.

—¿Estás seguro?

—Cuando peleas lo suficiente, sabes cuándo no blandir el hacha. Vámonos.

En un solo movimiento, Svarde dio la espalda a los ojos y sus miradas fijas. Extendió la mano y giró a Maena también. Kivi, que esperaba en la pared de la caverna cerca de la entrada de la sala, resopló.

—A nadie le gusta huir, Kivi —dijo Svarde, empezando el camino de vuelta—. No estamos en condiciones de pelear, especialmente con la caminata de vuelta que nos espera.

El plan parecía bueno, los demonios de ojos no hacían absolutamente nada mientras Svarde y Maena vadeaban de vuelta al túnel, donde Rasslebeck sostenía a Pennifer. La mujer luchaba, pateando con brazos y piernas en el agua.

—No pueden dejarlos vivos —dijo Pennifer—. No pueden.

Mientras Kivi igualaba el regreso de Svarde, el brillo le dio una buena visión de la situación de Pennifer, de los cortes y moretones que cubrían su cuerpo. Los harapos que aún vestía parecían partirse y desintegrarse allí en el agua, salvo por los resistentes cueros. Estos serían compañeros pesados, fríos e incómodos durante la caminata de vuelta, pero la mujer no tenía otra opción.

—No vamos a arriesgarnos... —comenzó Svarde.

—Tienen a nuestros amigos —dijo Pennifer, y Svarde no podía estar seguro de que el agua que manchaba sus mejillas no fueran lágrimas—. Los tienen y no los devolverán.

—¿Qué amigos? —preguntó Rasslebeck, comenzando a arrastrar a Pennifer de vuelta por el túnel. Detrás de ellos, el hombre quejumbroso solo se abrazaba a sí mismo y temblaba—. Todos nuestros amigos están arriba, Pennifer.

—Estos no —dijo Pennifer, su burbujeo desvaneciéndose en un susurro—. Estos son todos los amigos que me quedan. Por favor.

—Ha perdido la cabeza, Svarde —dijo Rasslebeck, y luego apretó su agarre sobre la cautiva—. Quédate quieta, maldita sea.

Los demonios venían en todos los tipos, todas las posibilidades. Quién sabía de qué amigos hablaba Pennifer, qué significaban para ella, si Svarde encontraría sus propios "amigos" robados si volvía a esos ojos monstruosos. Un misterio que estaría contento de no descubrir.

—Se están moviendo —susurró Maera, tirando del brazo de Svarde y obligando al guerrero a darse la vuelta.

Donde antes había un camino recto hacia el extremo oscuro de la caverna, ahora se sentaba uno de esos ojos, su pupila más grande ahora, anulando todo el blanco. Solo filamentos naranja y púrpura ardían en el camino de Svarde. Una danza fascinante, incluso a esta distancia.

Si miraba con suficiente atención, Svarde incluso podía verse a sí mismo en esas líneas. El ojo parecía crecer más grande, la pupila dividiéndose como un pastel en secciones, cada una reflejando a Svarde, una parte de él, un él pasado.

¿Svarde?

Allí, a la izquierda, estaba con Ami y Catya cerca del gran remolino Rana, esperando el bote que los llevaría al centro, al skar. Cerca de la parte superior del ojo, Svarde estaba sentado en la casa de su familia, una pequeña casa en Smythe. Tenía un martillo de niño en la mano, golpeando un poco de mineral mientras su hermano mayor observaba. A la derecha, el Colmillo de Rata y Svarde levantando una pinta con Che-Ri. ¿Y en la parte inferior? Svarde con Kivi en su cabaña de montaña en Vis, dando los toques finales a la terraza exterior.

Al principio, cada recuerdo aparecía como debía, un fragmento vago en los bordes pero claro en la acción. Lo suficientemente claro para que Svarde viera la única diferencia: en cada recuerdo, cada fragmento, persistiendo detrás de la escena estaba ese mismo ojo, y en él, los detalles demasiado finos para que Svarde los analizara, parecían ser más fragmentos, más recuerdos.

El agua golpeó su rostro cuando Svarde cayó en la piscina, el empujón de Maena haciendo su trabajo. El frío despertó los nervios de Svarde, sus músculos volviendo a la vida, rompiendo unas cadenas fantasmales que lo habían mantenido en una parálisis invisible e imperceptible. Usando los mangos de su hacha para impulsarse sobre el agua, Svarde se alejó tambaleante del ojo gigante para ver las espaldas de sus amigos. Incluso Kivi meneaba su cola rechoncha cerca, su mirada zafiro apuntando hacia adelante.

—¿Estás con nosotros, guerrero? —preguntó Maena, extendiendo una mano hacia atrás sin voltearse.

—¿Lo viste, verdad? —gritó Pennifer desde más arriba en el túnel, donde Rasslebeck la arrastraba fuera del agua —. ¿Ves por qué tenemos que destruirlo?

Un terror. El demonio ciertamente merecía un hachazo en el ojo, pero Svarde no escuchó ningún llamado a la batalla, no sintió un gran deseo de darse la vuelta y enfrentar la mirada de nuevo. Dos demonios haciendo un festín con su mente en tan poco tiempo lo hicieron tropezar hacia adelante, envainando un hacha y aceptando la ayuda de Maena.

—Nos vamos —dijo Svarde mientras el agua escurría de su barba—. Nos vamos, y maldita sea si volvemos alguna vez. Estas cosas pueden pudrirse en este agujero.

—Atrapando a más de su tipo, probablemente —añadió Maena.

—Un favor para nosotros, entonces.

La furia de Pennifer se calmó después de que se secó, después de que todos lo hicieron entre las piedras polvorientas. Caminar de vuelta hacia la superficie pareció reavivar un propósito compartido, un objetivo ardiente que mantenía sus piernas en movimiento, sus espíritus, si no elevados, al menos alejados de la desesperación.

Rasslebeck y Svarde se turnaron para contar historias, los relatos absorbidos por los otros tres. Pennifer, por su parte, explicó su escape de los ojos como simple casualidad:

—No tenía zapatos. Me resbalé, eso es todo.

En el primer descanso, tomado en un pequeño nicho

lateral cubierto de hongos luminosos púrpuras, el grupo escurrió sus ropas empapadas, reunió el equipo que tenían e intentó armar un plan para seguir adelante. Una tarea que se hizo más difícil cuando Rasslebeck, quizás llevando algún rencor después de haber tenido que arrastrar a Pennifer fuera de la piscina, abordó a la mujer.

—Ahora que podemos respirar, ¿quizás podrías darnos a todos una disculpa? —preguntó Rasslebeck.

Un poco menos empapada pero no menos arruinada, Pennifer se encogió ante las palabras. Un gesto que la antigua Pennifer nunca habría hecho. Svarde miró a Maena, queriendo ver si había hecho la misma observación, pero la capitana Rana observaba la confrontación con curiosidad y ojos muy abiertos.

—¿Una disculpa por qué? —chilló Pennifer.

—Por haberte escapado, eso es por qué.

El hombre quejumbroso se interpuso entre la pareja, sus delgados brazos alcanzando a Rasslebeck, quien los apartó de un empujón.

—Por favor —dijo el hombre—, ella no sabe nada.

—Tú tampoco lo sabes, pero no saliste corriendo —Rasslebeck escupió a un lado y se cernió sobre Pennifer. Ella se apretó contra la roca, las piedras clavándose en su espalda. Svarde casi se adelantó entonces —lo último que su grupo podía permitirse eran heridas innecesarias— pero Rasslebeck se echó hacia atrás sobre sus talones, con la barbilla caída bajo el resplandor magenta—. Lo siento. No sé cómo es estar en tu situación. Lo que estás sintiendo. Solo sé que me duelen los malditos pies, me ruge el estómago y nos quedan demasiados días de caminata hasta llegar a la superficie.

—He estado pensando en eso —dijo Svarde, atrayendo la atención hacia él—. No tenemos suficientes provisiones para regresar. Nuestros odres están casi vacíos y tenemos pocos sacos para guardar la comida que encontremos. Un intento directo hacia la superficie probablemente nos hará morir de hambre.

—¿Qué estás sugiriendo? —preguntó Maena, aunque su tono indicaba que ya lo adivinaba.

—Tenemos que volver. Encontrar a ese demonio y acabar con él.

25
LOS PÁRAMOS

Los Páramos hacían honor a su nombre. Bliss jamás había visto una extensión más desolada que aquellas ondulaciones negras que se extendían hasta el horizonte en todas direcciones. Algún que otro arbusto valiente asomaba aquí y allá, y los buitres solitarios coqueteaban con el cielo, pero poco más rompía la monotonía.

Salvo las interminables y coloridas maldiciones de Torny.

La bandida parecía tener un vocabulario que abarcaba Las Siete Islas, y lo empleaba con liberalidad, alternando entre insultos más livianos a los dioses cuando se golpeaba un dedo del pie —habían dejado atrás las pesadas botas de lava— contra una roca, y diatribas más crudas contra el destino mismo cuando un paso en falso le provocaba una rodilla raspada o cuando las cantimploras se quedaban secas.

La tarde ya estaba avanzada cuando Bliss exprimió la última gota de su desgastada cantimplora, cuyo cuero marrón desteñido por el sol se arrugaba entre sus manos, marchitándose como ella misma. La confianza inicial tras escapar del ferrita se había evaporado, dejando solo una apatía silenciosa.

Torny afirmaba que nunca llegarían a un refugio antes de morir de hambre o sed, y Bliss empezaba a sospechar que la bandida tenía razón.

Así que se detuvo en lo alto de una pequeña elevación, cuya altura picada de negro le daba suficiente ventaja para confirmar un hermoso atardecer y poco más.

—Al menos nuestros huesos sobresaldrán —murmuró Torny, subiendo con dificultad junto a Bliss—. Los buitres se comerán todo lo demás, pero dejarán los huesos.

'¿Y nuestra ropa?'

—Ningún idiota perdido como nosotras las usará —resopló Torny. El olor a azufre se colaba en la brisa, una experiencia a huevo podrido que duraba todo el día—. Me imagino que se desgastarán igual que nosotras.

Bliss asintió. Durante sus descansos, había comenzado a darle a Torny las primeras lecciones de lenguaje de señas. Cosas simples, como su nombre, dónde mirar, peligro y demás. La bandida lo captaba rápido, comentando que ya había usado señales con las manos antes.

Bliss no se molestó en preguntar cuándo o dónde había sido ese "antes". Torny no conocería las señas, y escribirlo en la pequeña tablilla llevaría demasiado tiempo. Además, no es como si el pasado importara cuando el futuro terminaría pronto.

—Nunca he estado siquiera en la costa norte —dijo Torny, con la voz áspera y seca—. Me uní a Sledge hace mucho en Smythe. Necesitaba el dinero. La desesperación te vuelve aún más desesperada.

Bliss asintió, aunque no tenía ni idea de lo que Torny quería decir. Vis no era una isla para la desesperación. No era un lugar que te obligara a tomar este tipo de decisiones.

Tal vez por eso Torny parecía tan inquieta, propensa a mirar a la nada mientras caminaban, con la mente muy lejos.

Lo suficientemente lejos, de todos modos, como para que Torny no dijera nada cuando se abrió la ruta obvia. Cortesía de aquellos buitres, las aves aisladas se juntaban a cierta distancia hacia el norte y el oeste, al menos siete u ocho dando vueltas alrededor de algo.

Bliss señaló con su bastón, y Torny se dio cuenta entonces de que había algo más en el mundo que la auto-compasión.

—¿Qué, las aves? ¿A quién le importa?

Bliss suspiró, conteniéndose de agarrar a Torny por los hombros y sacudir a la bandida. Donde hubiera buitres dando vueltas, habría recursos. Comida, agua, tal vez solo un cadáver con algo que pudieran usar. Un animal muerto podría limpiarse y cocinarse, su sangre, si fuera necesario, algo para beber.

Un cazador de Vis siempre debía estar preparado. Un Lira, doblemente.

Bliss bajó la colina. Torny, afortunadamente, la siguió.

La noche cayó durante la caminata, haciendo que el camino a través de las rocas de lava fuera traicionero. Al menos para alguien no acostumbrado a vagar por la naturaleza sin luz solar, como aparentemente era el caso de Torny. Bliss redujo el paso, a veces extendiendo la mano, sosteniendo la de Torny para ayudarla a navegar por tramos estrechos, esquivar grandes agujeros y seguir moviéndose.

Si estuvieran bien equipadas, Bliss habría desistido la primera vez que Torny tropezó y se golpeó contra una roca, dibujando una línea roja en el brazo de la bandida, rasgando aún más la ropa ya hecha jirones que habían conservado desde el flujo de lava. La propia Bliss se movía por instinto, pero los roces cercanos eran legión. A menudo sus ojos se nublaban, sus piernas eran un poco más lentas de lo que deberían al caminar.

Fatiga.

Quik había contado historias sobre esto. El lento desgaste cuando un cazador lleva su cuerpo al extremo. Podías perseguir, luchar, sobrevivir durante mucho tiempo en un solo encuentro, pero el tiempo y el esfuerzo acabarían pasando factura. Más de un Vis había sido encontrado como alimento para hanokos después de no lograr estirar un viaje de un día a dos o tres.

Y esos cazadores comenzaban con provisiones, tenían un plan. Bliss no tenía ninguno de los dos, salvo seguir adelante hacia esas aves, que seguían dando vueltas, graznando ahora, sombras rosadas bajo la tenue luz de Sichi.

Los arbustos se espesaron a medida que la pareja se acercaba al lugar, Bliss sosteniendo a Torny y reduciendo su paso a un arrastre. Los buitres podían marcar a los muertos, pero ¿quién sabía si eran las únicas dos que cazaban esta noche?

Torny, al menos, pareció captar el momento y se calló. Una bendición verse libre de sus maldiciones aunque fuera por un minuto.

Profundamente agachada, Bliss apartó los delgados tallos secos, cada uno coronado por un cardo blanco ceniza escaso. Más allá, el objetivo de los buitres yacía despatarrado sobre la piedra.

—No puede ser —murmuró Torny—. Nunca se ven tolkets fuera de las forjas.

Bliss aplicó la palabra a la cosa que tenía delante, una bestia rodante y gigantesca. Si los ferritas tenían escamas rocosas hechas para la lava, el tolket parecía estar construido de una malla roja y negra, la piel cuadriculada recubriendo una forma sin patas. La cabeza del tolket —si es que era la cabeza de la criatura— parecía terminar en varias antenas, cada una tan larga como los brazos de Bliss y recubierta de lava endurecida. La cola se dividía en dos aletas, cada una con un aspecto tan duro como la roca sobre la que Bliss estaba parada.

La criatura no parecía pertenecer a la tierra seca como esta. Más bien, daba la impresión de que debería estar nadando en la lava donde antes habían estado aquellos ferritas.

Bliss echó un vistazo alrededor, tratando de ver si alguien o algo más se les había adelantado. Lo primero que vio fue a Torny pasando junto a ella, la bandida dirigiéndose directamente hacia el tolket, todavía sacudiendo la cabeza.

—Estas cosas son raras, Bliss —dijo Torny, su susurro desvaneciéndose. Los buitres piaron y volaron lejos cuando Torny se acercó, enfadados por su comida interrumpida—. Hasta donde yo sé, se mantienen muy profundo en la tierra, abajo en los estanques de lava —Torny extendió la mano, tocó el tolket y la retiró con un siseo—. Todavía está caliente.

Bliss igualó el paso de Torny, confirmando que no acechaba ningún mal en las cercanías. No necesitaba tocar el tolket para confirmar que la criatura parecía muy muerta. Nada se movía. Ni respiración, ni espasmos como los de un pez cuando es arrancado de su hogar acuático.

—No soy, como, una experta —continuó Torny, masajeándose la mano mientras seguían rodeando al tolket—. No creo que nadie lo sea, en realidad. Pero de vez en cuando se oía hablar de ellos. Buena suerte si ves uno cuando estás forjando.

¿Concederían la misma suerte a dos exploradoras sin fortuna?

Al otro lado del tolket, un recorrido que requirió más pasos de los que Bliss habría esperado, una pista de dónde había venido la criatura yacía siseando y escupiendo.

Como si la roca negra simplemente se hubiera derretido, un burbujeante estanque negro y naranja salpicaba. Bliss frunció el ceño consigo misma. Debería haber sido capaz de reconocer ese resplandor en la noche, saber que la lava esperaba. Pero claro, nunca había pasado una noche en los Páramos antes.

—Mira esas cosas —dijo Torny, y Bliss se volvió para ver a la bandida acercándose a lo que parecían un millón de pequeñas aletas, cada una del tamaño del dedo de Bliss y brillantes—. Hay tantas. Se endurecerán cuando se sequen, también. Podríamos cortarlas y hacer una fortuna de vuelta en Smythe —Torny miró a Bliss—. O dondequiera que vayamos.

Bliss chasqueó los dedos, una señal que le había enseñado a Torny.

—Sí, nosotras —Torny esbozó media sonrisa—. No soy estúpida. Podrías matarme con ese bastón cuando quisieras. O golpearme en la cabeza y dejarme atrás. No lo estás haciendo, lo que significa que estamos juntas en esto.

Bliss señaló a Torny y luego hizo un gesto hacia la oscura distancia.

—Oh, ¿qué, quieres decir que puedo simplemente irme? —Torny se rió—. No, gracias. ¿No acabas de pasar unas horas conmigo allá atrás? Soy una chica de ciudad. Estaría más muerta que esta cosa aquí fuera por mi cuenta.

Bliss no podía estar en desacuerdo con eso.

En cambio, se centró en el estanque de lava mientras Torny investigaba a la bestia. El estanque en sí parecía lo suficientemente grande, aunque apenas, para que el tolket lo usara como medio para salpicar hacia la superficie. La pregunta, sin embargo, era ¿por qué?

Los animales podían ser extraños, pero Bliss aún no había visto uno que se lanzara intencionadamente a un peligro mortal sin razón. ¿Estaba enfermo el tolket? ¿Se había confundido?

—Oye —dijo Torny, atrayendo la atención de Bliss de vuelta. La bandida tenía su cuchillo fuera, apuntando la hoja hacia la criatura—. ¿Sabes cómo cortar esto? Me está entrando hambre, y aunque esta cosa no parece deliciosa, es mejor que comer rocas.

Sichi estaba alto en el cielo cuando Bliss y Torny terminaron de cortar suficiente grasa y músculo de tolket para llegar a lo bueno. El estanque de lava sirvió como una conveniente hoguera para cocinar, con el bastón de Bliss sirviendo para pinchar el recién descubierto filete de tolket sobre el burbujeante hoyo hasta que se doró por dentro y por fuera. Mejor aún, las dos grandes ampollas bajo la cabeza del tolket resultaron ser vejigas de agua, almacenando líquido para mantener viva a la cosa. Torny hizo un pequeño corte con su cuchillo y la pareja rellenó sus odres con lo que, admitidamente, era el agua más repugnante que Bliss había bebido jamás.

Pero agua era agua.

Después de comer, Torny cambió sus maldiciones por una melodía cadenciosa, una canción casi hablada sobre un herrero que lo había perdido todo persiguiendo un mineral místico. El cuento habría sido deprimente de no ser por el último verso, donde el herrero, habiendo luchado durante tanto tiempo, ido tan lejos, encontró ese mineral y usó su brillo para mejorar la vida de la familia que casi había abandonado.

—¿Esa última parte? —dijo Torny, haciendo una reverencia después de terminar mientras Bliss aplaudía educadamente—. Todos la añadimos antes de que comenzara la última Renovación. Demasiado sombría de otro modo, ¿sabes?

Bliss se señaló a sí misma. No podía cantar, pero Vis tenía otras formas de pasar una buena noche. La joven se puso de pie, dejando su bastón en el suelo, retrocedió un par de pasos y afianzó sus pies.

—Oh, ¿qué es esto? ¿Una muestra de la cultura de Vis? —preguntó Torny.

Dejando que los tambores de Kitaye, sus voces cantantes encontraran un ritmo en su mente, Bliss cerró los ojos durante varios segundos, juntando sus manos. Su pie izquierdo comenzó a marcar el ritmo silencioso, iniciando un conteo en la cabeza de Bliss. En el sexto golpe, se lanzó hacia adelante, inclinándose en una estocada casi hasta llegar a Torny, quien se echó hacia atrás con los ojos muy abiertos. Esa reacción por sí sola, de alguien que nunca había visto este baile, casi hizo que Bliss se detuviera, riéndose.

En su lugar, rebotó, siguió el siguiente compás en un retroceso arqueado, sus brazos volando sobre su cabeza en respeto al gran sana. Doblando sus rodillas, sus pantorrillas, Bliss terminó el arco en un apretado salto mortal hacia atrás, aterrizando sobre sus manos y dedos de los pies, con el rostro contraído en un gruñido tenso.

El hanoko.

Torny, captando la idea, le silbó a Bliss. Comenzó a aplaudir, lo suficientemente cerca del ritmo real de Bliss, mientras el baile continuaba, recorriendo las principales criaturas de Vis, sus lugares, su gente.

Con un último torbellino giratorio, Bliss concluyó con una profunda reverencia, una que debería haber estado apuntando hacia el océano, una que ahora apuntaba directamente al estanque de lava.

Un estanque de lava muy, muy activo.

Los aplausos de Torny murieron tan rápido como el baile, ambas mujeres mirando fijamente cómo la lava producía una burbuja tras otra, cada una creciendo hacia arriba y hacia afuera antes de estallar con un chisporroteo. Los bordes del estanque también se expandieron, alcanzando la roca hacia ellas.

—Es hora de retroceder —dijo Torny, agarrando su odre, recogiendo la carne que habían guardado—. Algo ha enfadado a Foti.

Agarrando su bastón y su propio odre, Bliss siguió a Torny alrededor del tolket. En lo alto, los buitres dieron otro graznido molesto antes de dispersarse en sus propias direcciones. Extraño, eso, dejar atrás una buena comida.

La lava, sin embargo, hizo que la decisión de los buitres fuera la correcta, enviando un repentino géiser hacia arriba, lo suficientemente alto como para que las gotas cayeran sobre el tolket, quemando la oscura piel reticulada.

Otra maldición de Torny. Bliss volteó el bastón, agarrándolo con sus manos.

Cuando el géiser se desvaneció, cuatro patas de obsidiana se extendieron sobre la piscina, todas elevándose hacia un cuerpo en forma de almeja, con el frente mirando hacia ellas y dientes deformados y costrosos que sobresalían en todas direcciones. El vapor brotaba de los agujeros que marcaban el caparazón del monstruo, todo de un brillante color naranja.

—Supongo que ya sabemos por qué está aquí el tolket —murmuró Torny, con el cuchillo en la mano—. Apuesto a que huía de esa cosa.

Igual que deberían estar haciendo ellas.

26

UNA PRUEBA DE LEALTAD

La flecha voló afilada, clavándose en el lado izquierdo del blanco, lejos del centro. Ami bajó el arco y frunció el ceño. Nunca había sido una gran tiradora, la precisión no era el problema, pero no había escuchado ni un susurro del skar azul plateado incrustado en el centro del arco, justo cerca de donde su mano izquierda agarraba la madera curvada.

—¿Aún nada? —preguntó Annalyse.

—Es débil —respondió Ami—. Como si estuviera tratando de escuchar a alguien hablar al otro lado de la habitación.

El oleaje hacía que la voz silenciosa del skar fuera aún más difícil de oír. Annalyse había abandonado la torre de Gladdring por el día, guiando a Ami por otra dirección desde las escaleras hundidas, esta vez llevándolas a una ensenada secreta donde los experimentos del Tenet podían llegar por mar. La científica había colocado varios blancos a lo largo de la arena, cada uno a una distancia diferente, con el último flotando entre las olas.

Cerca de él, enjaulada bajo el agua, había un demonio

malhumorado. La criatura en forma de cinta, con su piel peluda de color ocre, destellaba mientras nadaba hacia y contra los barrotes de la jaula, haciendo más difícil concentrarse en cosas como las flechas de Ami.

—Con la lanza, podía escuchar al skar claramente. Solo tenía que averiguar qué quería. Esto, está confuso. —Ami le dio la vuelta al arco, confirmando que tenía los dedos colocados en las estrechas hendiduras. Justo así—. Las palabras también son diferentes. El skar no habla como el de Foti.

Annalyse asintió.

—Eso coincide con lo que he encontrado. Cada isla parece necesitar su propia solución.

—¿Podemos intentar poner este en la lanza? Quizás eso nos daría algo...

—Funciona ahí —interrumpió Annalyse, tocándose la barbilla con el lápiz de carbón. Una mancha negra permanente vivía allí—. La lanza es nuestra línea base. Es la más fácil hasta ahora.

—¿La más fácil?

En la jaula, el demonio sacudió los barrotes nuevamente, enviando un rocío sobre las olas lentas. Afuera, una mañana gris continuaba anunciando el invierno que se acercaba. Tanto Ami como Annalyse llevaban cueros gruesos, los guantes de la primera rellenos de pieles de Whent. Detrás, algunos sirvientes invisibles dejaron una mesa surtida con agua fresca, café ya frío y panes y queso para el desayuno. En general, Gladdring se aseguraba de que el trabajo pudiera continuar con mínimas molestias.

—Los skars parecen reaccionar al lugar donde están —dijo Annalyse—. Como si adquirieran las propiedades. Dicen "Estoy en una lanza ahora, así que esto es lo que puedo hacer".

—¿Estás diciendo que son inteligentes?

Annalyse se encogió de hombros.

—Son maleables, al menos. Lo que nunca hemos podido hacer, sin embargo, es lograr que uno funcione con un arco.

Ami no tuvo que preguntar por qué eso sería valioso. No todo el mundo quería acercarse tanto a un demonio.

—Lamento decepcionarte. —Ami se acercó al estante de armas y devolvió el arco a su lugar—. ¿Hay algo más que hagamos esta mañana?

—¿No quieres intentar otro tiro?

—No voy a perder mi tiempo —dijo Ami—. Si quieres probar algo diferente, estoy lista.

Annalyse echó un vistazo rápido hacia la cueva que conducía al sótano de la torre. Había estado haciendo eso mucho esta mañana, distraída de las pruebas. Ami lo había atribuido al fracaso del arco, un resultado esperado que provocaba un giro hacia posibilidades más interesantes.

¿Ahora?

—Mira —dijo Annalyse—, ¿por qué no lo intentas de nuevo? ¿Solo una vez más?

—¿Por qué?

—Porque te lo estoy pidiendo.

Annalyse daba tanto miedo como un ratón, y adoptar un tono exigente no la ayudaba. Ami arqueó una ceja, pensando en cruzar los brazos y decir que no. Pero entonces, ¿qué daño haría una flecha más?

Levantando el arco de nuevo, Ami tomó otra flecha de plumas negras del carcaj en la arena. Se dirigió a la línea marcada por sus propios pies y apuntó, esta vez al blanco más cercano. El tiro más fácil al centro. Bien podría terminar con una buena marca.

Colocando sus dedos en las hendiduras, Ami volvió a escuchar el débil susurro. Con la lanza, había aprendido a escuchar el ritmo, a empujar y esquivar, bloquear y apuñalar con la intención del skar. Aquí, incluso con la flecha colocada, la cuerda del arco tensada, el skar parecía no tener enfoque, como alguien contando una historia y cambiando de tema cada dos frases a algo nuevo.

Ami respiró profundamente. Se concentró. Su brazo, ya cansado por las doce flechas que había disparado, se tensó en una posición en la que no se encontraba a menudo. Músculos cansados, un calambre aproximándose. Ami trató de ajustarse, conseguir el ángulo correcto y aliviar la tensión un poco.

El skar respondió. Un aumento brusco, los susurros acelerándose en un rápido staccato, como alguien chasqueando la lengua. Ami mantuvo su posición, volvió a apuntar la flecha. Tal vez ahora el...

El skar se desvaneció cuando Ami miró por su brazo, apuntando el tiro. Hmm.

De vuelta a su brazo, concentrándose en el dolor, la tensión. El skar reaccionó como antes, burbujeando a la vida. Bien, así que leía la tensión, pero ¿cómo podría Ami usar eso?

Intentó seguir su brazo, sintiendo el músculo tenso hasta los dedos, hasta la cuerda del arco y a través de su pecho hasta su brazo izquierdo mientras mantenía el arco recto. Mientras Ami mantenía el enfoque, el skar aumentó la velocidad, hasta que se convirtió en un flujo ininterrumpido de chasquidos.

La conexión llegó cuando Ami terminó de unir sus músculos, siguiendo la línea desde los dedos de una mano a la otra. El skar se solidificó, y una descarga eléctrica recorrió el cuerpo de Ami. Su mano derecha soltó, la cuerda del arco se soltó de golpe, y con un estruendo la flecha salió disparada hacia el blanco. El pequeño proyectil golpeó, destrozando la simple madera en astillas, la flecha misma rompiéndose también, volando en todas direcciones.

—¿Cómo hiciste eso? —preguntó Annalyse, después de haberse levantado de la arena, donde se había lanzado cuando el objetivo explotó—. ¿Qué se sintió?

Ami no había dejado de mirar el arco, la piedra Kanse en su interior. Cada skar tenía su propio lenguaje y, más que eso, necesitaban adaptarse a su entorno. Era trabajo, pero si podía convertir una simple flecha en una fuerza como esa...

Ami se volvió hacia Annalyse, lista para responder a su pregunta, pero las palabras murieron en sus labios. Gladdring, aplaudiendo, emergió de la caverna. Detrás de él, con dos guardias Najahn familiares empujándolo, tropezaba un Mattimo ensangrentado.

El historiador soportaba su aspecto maltrecho con un aire aristocrático, lanzando insultos verbosos tanto a sus guardias como a Gladdring, sus sílabas interrumpidas a menudo por toses sangrientas. Sus ropas Najahn estaban rasgadas y manchadas, como si Mattimo hubiera sido arrancado de una comida y arrastrado antes de encontrar el equilibrio. Cuando sus ojos encontraron a Ami, el historiador jugó un juego más inteligente de lo que Ami esperaba, sin mostrar ningún reconocimiento y ofreciendo una nueva mueca de desprecio.

—¿Es esta quien hace tu trabajo, Gladdring? —preguntó Mattimo—. ¿La Guardiana desechada del Aegis?

Gladdring levantó una mano hacia Ami, como para disculparse por los arrebatos del hombre. El Tenet parecía un poco incómodo en la arena, su equilibrio tambaleándose con sus pasos. Juntos, los dos disiparon la habitual presencia imperial de Gladdring, convirtiéndolos a ambos, él y Mattimo, en algo menos que amenazas, algo menos que serio.

Los dos guardias Najahn, al menos, preservaron sus papeles. Ninguno erró en sus pasos sobre la playa, ambos mantenían miradas firmes, una mano cada uno sobre las ropas de Mattimo y la otra, siempre, desviándose hacia la voulge atada a sus hombros.

No eran chakrams, estos. Aparentemente no temían que Mattimo huyera.

—Un nuevo sujeto de prueba —anunció Gladdring a Annalyse, quien observaba a todo el grupo con su habitual mirada de asombro y sequedad—. Este ha demostrado ser una molestia, así que al menos hagámoslo útil.

—¿Cómo? —preguntó Annalyse.

—Dejándome ir —respondió Mattimo antes de que Gladdring pudiera hablar—. No soy un prisionero recogido de las calles, niña. Soy...

—Nadie de consecuencia —interrumpió Gladdring. Lanzó una mirada dentuda hacia Mattimo—. Con toda tu investigación, Mattimo, ni un alma te recordará. Esas horribles fiestas continuarán, tus aduladores y suplicantes harán una pausa solo el tiempo suficiente para encontrar una nueva fuente de vino. Eres un alma miserable, fascinada en tu ocaso con cosas que están muy por encima de ti. Deberías haberte quedado con tus libros y permanecido como la nota al pie que eres.

El rostro de Mattimo se había puesto rojo, su inhalación era señal de que algún alarde igual se preparaba para brotar cuando Gladdring hizo un corte brusco con una mano. El guardia de la izquierda empujó a Mattimo hacia adelante, cortando cualquier réplica con la cara llena de arena.

—¿Dijiste que planeabas trabajar con un demonio hoy? —preguntó Gladdring rápidamente, volviendo a Annalyse —. ¿Es ese, allí? ¿Ami aún no lo ha matado?

—Aún no —respondió Annalyse.

—¿Cuál es el skar de hoy?

—Kance. Ami puede haber tenido un avance.

Gladdring asintió, sus ojos desviándose hacia Ami por la más mínima fracción antes de volver a su científica.

—Perfecto. Aquí hay una oportunidad para replicar el éxito. Dale el skar a Mattimo y arrójalo dentro. Si el hombre domina lo que ha estado buscando, podría vivir. Si no lo hace, entonces el demonio podría ofrecerle el olvido que merece.

Ami, aún sosteniendo el arco, escuchó a Annalyse pedirle que quitara el skar. La científica no parecía estar resistiéndose. Las ejecuciones, los juicios con muertes probables no eran exactamente poco comunes en las islas, pero esto parecía obsceno. Eso, y si Mattimo terminaba muriendo a manos del demonio, nunca podría cumplir su parte del trato.

—¿Por qué? —preguntó Ami, con Mattimo frente a ella tratando de escupir arena de su boca—. ¿Qué hizo?

—Eso, Guardiana, no es de tu incumbencia —dijo Gladdring—. Quita el skar. Ahora.

Catya. En eso era en lo que Ami tenía que pensar aquí. No en el historiador empapado de vino, no en la injusticia. No era un niño al que arrojaban de un acantilado, ni un inocente entregado a la espada. Todos aquí jugaban en la política de Najahn, y Mattimo había perdido el juego.

Ami trató de no pensar en lo que tales razonamientos estaban haciendo a su alma. Sacó el skar, deslizando su pulgar bajo la piedra en su ranura, y lo entregó —los susurros intensos al tocarlo— a la mano extendida de Annalyse.

—Mattimo —dijo Gladdring, arrodillándose junto al historiador—, ¿sabes siquiera cómo usar un arma? Sin contar una botella de vino, por supuesto.

Mattimo tosió.

—Maldito seas, Gladdring.

—Tomo eso como un no —El Tenet se puso de pie—. Dale el skar, Annalyse.

La científica fue al lado de Mattimo y le ofreció el skar. El historiador lo tomó con una mano temblorosa. Le dio a Annalyse una mirada que mezclaba esperanza, miedo y asombro. Boca abierta, ojos entrecerrados, piel sudorosa.

—Este es un skar Kance —dijo Annalyse—. Sentirás que te habla. Úsalo correctamente, y podrás, creemos, hacer lo que Kance podía. Al menos en parte —Su rostro se iluminó mientras hablaba, como si las circunstancias ya no importaran una vez que la posibilidad entraba en juego—. Incluso podrías volar, creo.

—¿Cómo? —preguntó Mattimo.

—Un misterio del que todos dependemos que resuelvas —dijo Gladdring—. Basta de charla, Annalyse. Envíalo adentro.

Los guardias captaron la orden, levantaron a Mattimo y lo arrastraron hacia la marea.

—Ami, si fueras tan amable de tomar otra flecha y recargar tu arco —dijo Gladdring.

Annalyse siguió a los guardias y a Mattimo hasta las olas, hablando todo el tiempo sobre cómo Mattimo podría conectarse con el skar.

—¿Para el demonio? —preguntó Ami, sabiendo que no era así.

—Si por algún milagro nuestro amigo descubre el secreto del skar y comienza a volar —dijo Gladdring—, lo derribarás.

—No soy tu verdugo.

—Te equivocas, Ami. Eres todo lo que te pido que seas.

El agarre de Ami podría haber roto el cuello de un hombre en ese momento, pero el arco resistió. Mattimo, cuando los guardias lo arrastraron por el mar hasta la jaula del demonio, no lo hizo.

Desde el primer chapoteo en el océano, el historiador se debatió, sus ropas arrastrándolo rápidamente bajo las olas. Por un breve momento, lo único que quedó sobre el agua fue la mano del hombre, el skar Kance brillando.

Luego, también desapareció.

—Ah, bueno —dijo Gladdring, mientras el agua se volvía roja cuando el demonio encontró su próxima comida —. Nunca es tan fácil, ¿verdad?

27
CARRERA DE ROCAS

Qué era peor, ¿abandonar tus deberes como Guardián o como hermano?

Quik, en las horas transcurridas desde que dejó a Wax y los bandidos, no había llegado a una conclusión firme. Lo que sí sabía ahora era que probablemente moriría aquí fuera. Sus instintos de cazador mantenían sus pies moviéndose con ligereza sobre las piedras, el brillo de Sichi dando apenas lo suficiente para evitar una mala caída, un tobillo roto o la desesperación total. La concentración lo ayudaba, un punto focal que no era la cadena que había llevado al flujo de lava, los ferritas, los bandidos.

Una cadena que había comenzado con él.

Agua. Eso era todo. Un intento a altas horas de la noche para saciar la sed y Quik lo había revelado todo a las personas equivocadas. Su vacilación, también, cuando Bliss atacó en el estrecho cañón. Claro, Sledge los tenía bajo la mira de una flecha, pero la hermana de Quik tenía razón: ella no arriesgaría su presa. Podría haber vencido a esos ladrones tacaños, su equipo andrajoso y sus cuerpos mostraban una vida dura. Nada para un cazador de Vis.

Un resplandor llamó la atención de Quik mientras coronaba otro montículo de lava. Las colinas iban disminuyendo ahora, volviéndose menos escarpadas a medida que Quik se movía hacia el norte, dándole mejores líneas de visión para ver cuán lejos caminaría hacia la nada.

El resplandor, sin embargo, prometía algo más. Algo interesante. Naranja y rojo, el color de la lava. Quizás una poza, pero, en todo caso, calor. La noche de Foi aquí arriba se volvía fría, el viento azotando su ropa suelta. Se habían deshecho de su abrigo antes de cabalgar sobre la lava, una elección que Quik habría lamentado excepto que no había habido una verdadera elección. Cabalgar sobre la lava con el equipo completo solo habría significado ahogarse en su propio sudor.

Unos buitres surgieron sobre la cabeza de Quik, volando hacia el sur. Un grupo, lo suficientemente extraño, más extraño aún verlos en el aire por la noche. Que estuvieran aquí en absoluto significaba que algo más que lava yacía adelante, aunque su vuelo sugería cosas peores además.

Peores para los buitres, de todos modos. El estómago de Quik dio un salto ante la idea de que algo sabroso pudiera estar en camino, el continuo golpeteo de su cantimplora contra su muslo le recordaba que no había tomado nada salvo unas gotas en las horas desde que huyó de Sledge.

Una comida, cocinada adecuadamente sobre algo de lava caliente, valdría casi cualquier riesgo.

El terreno se niveló colina abajo, permitiendo a Quik emprender una carrera completa hacia el resplandor. Cargar de cabeza podría no ser la elección más propia de un cazador, pero los buitres que huían significaban que algo tenía que estar activo, podría estar destruyendo el premio potencial de Quik.

Además, las probabilidades sugerían que la criatura en cuestión era otro ferrita, un lagarto que Quik pensó que podría ahuyentar solo con sus manos. Aun así, mientras corría, Quik se agachó y recogió una piedra del tamaño de la palma del suelo. La frágil roca de lava podría no resistir mucho en una pelea, pero los animales podían ser intimidados con un lanzamiento bien colocado.

El sprint llevó a Quik a otro tipo de vida también, despertando un vigor dormido, la noche fría un bálsamo para sus pulmones marcados por la lava. La sangre bombeaba, sus músculos cantaban como no lo habían hecho desde que partió de Vis. Hasta ahora, Foti no había ofrecido una oportunidad para salir y correr.

Hasta ahora, Foti había sido un lugar miserable.

Las voces que llevaba el viento no sonaban tan miserables, sin embargo. Dos, si Quik las oía bien, y provenían del resplandor. Sus gritos tenían un tinte de miedo, con el filo de una pelea. Ladridos cortos. No, una sola voz, una que cambiaba su tono.

¿Por qué?

Quik redujo la velocidad, acercándose al resplandor y notando ahora que la fuente estaba oculta detrás de alguna gran masa. La luz de Sichi hacía que el gusano deforme fuera de un negro y rojo brillante, una piel audaz que se volvía más fantástica a medida que Quik se acercaba, agachándose ahora, y notaba el diseño enrejado. La criatura parecía muerta, aunque con su espalda hacia Quik, el cazador no podía estar seguro.

En cuanto a esa voz, volvió a chillar, luego se elevó más en una melodía cantarina. Algo retumbó después, cavando en la tierra con el sonido de martillo de un trineo arrastrado.

No un ferrita entonces.

Quik se arrastró contra la masa roja y negra, confirmó que el ruido de arrastre que perseguía los chillidos se alejaba antes de asomar los ojos para echar un vistazo.

La criatura —Quik la habría llamado un demonio, pero quién sabía qué horrores podrían acechar en la isla devastada de Foti— atrajo su mirada primero, porque ¿cómo no podría? El gran caparazón, erizado de colmillos desordenados, se arrastraba por la tierra con aletas desaliñadas. En el resplandor de la lava, el monstruo parecía más sombra y llama que cosa viviente, una bestia surrealista perteneciente a las pesadillas.

No así la persona a la que perseguía. La chica bandida bailaba alejándose del demonio, su mano revoloteando sobre su boca, cambiando su voz mientras se movía, superando al monstruo sin mucha dificultad.

¿Por qué no se daba la vuelta y corría?

Tanto el demonio como la bandida estaban en el lado opuesto de la poza de lava, poniendo su brillo en el camino de ver cualquier otra cosa. Al menos, cualquier cosa más allá de sus dedos.

La piel bajo sus manos tenía el frío de la muerte, pero la vida alguna vez había estado allí, lo que significaba carne. La bandida podría haber salido a cazar, encontrado un problema.

Pero entonces, la bandida también había sido la que estaba con la hermana de Quik. Si alguien sabía adónde había ido, sería la chica enfrentándose al demonio.

Una chica que ahora chillaba de verdad. Quik la encontró, vio que había tropezado y caído al suelo. La compostura se desmoronó rápidamente, los pies de la bandida resbalando en las rocas mientras sus manos intentaban levantarla. La criatura, sintiendo alguna victoria, aceleró sus aletas.

Quik hizo su movimiento, saltando sobre el cadáver de la criatura. Con la piedra que había agarrado en la mano, Quik la arrojó al aterrizar. La roca golpeó el caparazón de la criatura, estallando. El impacto no podría haber lastimado a la cosa, pero aun así el monstruo se detuvo temblando. Si hubiera tenido ojos, Quik habría esperado que se volvieran hacia él, pero ninguno lo hizo.

—¡Es el sonido! —gritó la bandida, recuperando el equilibrio y tomando distancia—. Así es como te encontrará.

Rápida para marcarlo como aliado, y acertada en su suposición, ya que la criatura oyó su voz y reanudó la persecución una vez más, lanzando rocas negras mientras avanzaba velozmente.

Un golpeteo, mucho más cerca de sus pies, atrajo la atención de Quik de la persecución al suelo, donde, tendida y favoreciendo una pierna herida, yacía su hermana. Su bastón descansaba a su lado, y detrás de él, cerca del mamut muerto, estaban las primeras piezas talladas de lo que serían muchas cenas.

—¡Bliss! —Quik comenzó el nombre como un grito, reduciéndolo a un susurro mientras se arrodillaba a su lado —. ¿Qué tan mal está?

Bliss negó con la cabeza, sus señas destellando a la luz de la lava. "Parece peor de lo que es. Ayúdala a ella".

Si Quik tuviera sus guanteletes, ayudar a la bandida habría sido fácil: un salto corriendo detrás de la criatura con caparazón, golpear la parte superior para hundirla en el suelo, y luego seguir aporreando hasta que el monstruo se rindiera.

Sin sus tácticas habituales, Quik iba a necesitar algo nuevo.

Ese algo parecía ser el bastón de Bliss.

—¿Puedo tomar prestado esto?

"Si lo rompes, te rompo yo a ti".

Quik se rio entre dientes. Era bueno ver que su hermana aún conservaba su espíritu.

El bastón mejorado de Bliss tenía metal en ambos extremos, metal que brillaba intensamente mientras Quik sumergía el borde en la piscina de lava. Más allá, la bandida continuaba llevando al monstruo en grandes círculos, siguiendo el grito de Quik de mantenerlo cerca.

Pero no demasiado cerca.

—¡Me estoy cansando por aquí! —gritó la bandida.

—¡Listo! —respondió Quik.

El monstruo, según Bliss, había emergido de la lava. Eso significaba que el caparazón y las aletas de la cosa soportarían el bastón caliente sin problemas. Pero, ¿qué tal el interior del monstruo?

Sujetando el bastón con ambas manos, Quik rodeó el lado izquierdo del foso, arrastrando el extremo metálico en la lava para mantenerlo caliente. La bandida cruzó por el frente del foso, con el monstruo acorazado persiguiéndola apresuradamente. Mientras la bandida respiraba con dificultad, sudando por todas partes, con arañazos y sangre brillando a la luz de la lava, el monstruo no mostraba tal agotamiento. Las aletas funcionaban como lo habían hecho cuando Quik llegó por primera vez, moviéndose rápidamente por el suelo.

—Sigue pasando de largo —dijo Quik, sacando el extremo caliente del foso.

—Todo tuyo —dijo la bandida, pasando corriendo junto al cazador.

El monstruo se acercó. Quik tomó aire, apuntando el extremo caliente justo donde esperaba que se abriera esa boca gigante.

—¡Aquí mismo! —gritó Quik cuando el monstruo pasó frente a él, siguiendo a la bandida.

La criatura se detuvo bruscamente, sus aletas se agitaron sobre la roca para girar hacia Quik. Esos dientes retorcidos, picados y carbonizados, cubiertos de lava seca. El caparazón se veía igual de cerca, y Quik no podía imaginar cuán pesada debía ser toda esa roca seca.

El monstruo no le dio mucho tiempo tampoco, lanzándose hacia adelante con un chasquido de mandíbula. Su quijada eclipsó al cazador, bloqueando la luz de Sichi detrás. Pero Quik tenía una guía incandescente, y la empujó hacia adelante.

El bastón golpeó algo blando. Quik presionó, sintió al monstruo retroceder, la bestia luchando por retroceder. Esos dientes temblaron, pero no se cerraron.

Un monstruo lo suficientemente inteligente como para no tragarse su propia muerte. No era bueno. Quik retrocedió sobre sus dedos de los pies, ganando espacio mientras el monstruo tosía, un espasmo seco. El bastón salió de la boca del monstruo, pero la bestia la mantuvo abierta, tal vez aireando la herida, tal vez mostrando todos sus dientes en alguna danza aterradora.

De cualquier manera, la bandida aprovechó la oportunidad.

Quik esperaba que la chica se retirara, tal vez desapareciera en la noche dada la oportunidad. En cambio, con los pies ligeros y silenciosos sobre la piedra, la bandida se acercó al lado del monstruo con el viejo cuchillo Foti de Wax desenvainado. Apuñaló el arma dentro de la esquina de la boca, provocando que el monstruo se alejara de un tirón. La bandida también rebotó hacia atrás, haciendo girar el cuchillo en su mano.

—Te tengo, feo bastardo —dijo la bandida.

—No creo que eso lo haya matado —murmuró Quik mientras el monstruo nuevamente cambiaba su objetivo, eligiendo a la bandida y abalanzándose hacia adelante.

Esta vez, sin embargo, la bandida no retrocedió, no se movió. La gran boca se acercaba. Sería devorada, masacrada. Quik maldijo, soltó el bastón de Bliss y se lanzó en una carrera desenfrenada.

Esos dientes retorcidos se cerraron. La bandida sonrió. Quik saltó.

Tacleó a la bandida, no sintió que los dientes golpearan, y se encogió alrededor de la forma más pequeña de la bandida cuando cayeron sobre las piedras. La ropa raída de Quik se desgarró aún más, nuevos moretones y cortes se sumaron a su colección. Su cabeza golpeó fuertemente contra una piedra, enviando el mundo de lado, sus oídos zumbando.

Lo suficientemente fuerte como para que no pudiera entender lo que dijo la bandida mientras se forzaba a salir de sus brazos y se ponía de pie sobre él.

Aunque entendió perfectamente su patada.

Quik se sacudió el golpe leve, volvió a enfocarse y se sentó. Vio a la bandida volver hacia el monstruo, esos dientes en alto.

Tan altos, era como si ni siquiera hubieran bajado, como si no hubieran ido a morder.

La bandida se acercó al monstruo, tomó aire y escupió sobre la bestia, antes de continuar pasando de largo hacia la lava, hacia Bliss.

Quik se rascó la cabeza, mirando fijamente. Misterio tras misterio.

—No hay misterio —dijo Torny, la bandida, mientras comían tolket cocido y algunas hierbas fritas que encontraron creciendo entre las piedras—. ¿Quieres matar algo más grande que tú? El veneno es la manera de hacerlo.

Quik frunció el ceño.

—Una forma poco limpia.

Bliss paseó su mirada entre los dos. Torny se rio de la respuesta de Quik.

—¿Poco limpia? ¿Te has mirado últimamente? Probablemente eres la persona más sucia de la isla.

Quik ignoró el rubor. La suciedad probablemente lo ocultaba de todos modos.

—Me refiero a que carece de espíritu. De justicia. No te ganaste la muerte.

—Claro que sí. Lo maté, ¿no? Está muerto, ¿verdad?

"Déjalo, Quik", señaló Bliss. "Ella no lo entenderá".

Ahora la mirada de Torny revoloteaba entre los hermanos, la sonrisa presumida nunca abandonando su rostro.

—Mira, no me importa lo que pienses. Salvé sus malditas vidas, y eso nos hace estar a mano.

"Podría empujarla al foso de lava ahora", señaló Quik a Bliss, luego se volvió hacia Torny, quien se había llenado la boca con más tolket chamuscado.

—No estaríamos aquí si no fuera por ti y tus amigos. Esto es tu culpa.

Torny puso los ojos en blanco. —Ya se lo expliqué a tu hermana, que por cierto es mucho más genial que tú, pero no son mis amigos. Son una oportunidad. Igual que tú.

Quik resopló. —¿Una oportunidad para qué?

—Para mantenernos con vida. ¿Qué más hay?

28
REGRESO

Familiar y extraño a la vez. El tramo del túnel, las bifurcaciones bloqueadas, se veían igual que antes, iluminadas por el tenue resplandor de los hongos. Azul eléctrico, verde hoja nueva. El aire apestaba como siempre, pudriéndose en la lengua de Svarde con cada respiración.

Esas cosas eran las mismas, habían sido las mismas durante días, semanas, o el tiempo que llevara bajo la superficie.

Ahora, sin embargo, Svarde pisaba las piedras no como un vagabundo, un explorador en busca de respuestas, sino como algo que nunca antes había sido: un asesino.

Kivi se adaptó al cambio de mentalidad con más entusiasmo, la ferrita correteando delante de Svarde, abriendo sus conductos con feliz regularidad. El vapor y el resplandor anaranjado debajo guiaban al grupo hacia adelante, permitiendo a Svarde concentrarse en sus pasos y su estrategia.

Maena y Rasslebeck estaban lo suficientemente dispuestos a enfrentarse al demonio de nuevo. Armados, aunque sin mucha defensa, los dos charlaban sobre tácticas, con Rasslebeck educando más a su antigua comandante. Los asaltantes Rana, al parecer, tenían una larga lista de técnicas de combate con esas ballestas y con las piedras que Rasslebeck había recogido.

Pennifer y el hombre gimoteante se rezagaban detrás, ambos reacios en su avance, arrastrados por una cadena invisible que prometía una muerte lenta por inanición en la oscuridad si algún paso los llevaba por el mal camino. Maena y Rasslebeck les ofrecían ocasionalmente palabras de consuelo, una esperanza de que la memoria pudiera ser restaurada, de que el demonio, sin el factor sorpresa, caería rápidamente ante sus fuerzas combinadas.

Svarde no tenía ni esa confianza ni esa expectativa.

Sin embargo, tenía dos hachas ansiosas por hundir sus filos afilados en la carne del demonio.

La larga marcha por el túnel del demonio agotó la conversación y el estado de ánimo. La ansiedad y la anticipación murieron a lo largo de esos pasos, tan lentamente que Svarde consideró ordenar un alto, incluso establecer una guardia y dormir. Una batalla con descanso y el estómago lleno sería mejor que una sin ninguna de las dos cosas. Sin embargo, el demonio les había saltado encima antes, y ahora, Svarde sentía que estaban lo suficientemente cerca de nuevo.

—Ya casi llegamos —dijo Svarde cuando Maena preguntó lo mismo—. Recuperarás tu energía cuando aparezca el monstruo. No lo dudes.

—¿Eso es lo que esperas? —preguntó Rasslebeck—. ¿Que nuestros traseros agotados se recompongan al final?

—No es esperanza. Es un hecho. Si dormimos aquí, no nos despertaremos.

—A algunos de nosotros no nos importaría tanto eso —añadió Pennifer.

—La anterior tú no habría dicho eso —replicó Rasslebeck, cambiando de bando—. La anterior tú se habría preguntado por qué no apuñalamos al bastardo la primera vez.

—La anterior yo perdió.

—Entonces obtén tu venganza —gruñó Svarde, sus pies sin detenerse nunca, siempre descendiendo, descendiendo, descendiendo.

La guarida del demonio se veía muy parecida a como Svarde la recordaba: la entrada de tres puntas que se ramificaba desde las prisiones, el cuarzo en el centro y un camino a la izquierda que nunca habían explorado.

No era el momento de nuevas direcciones.

La suave brisa regresó con ellos, un cambio no mal recibido incluso conociendo su origen. Al menos el aire alejaba su hedor colectivo.

—El del medio —dijo Svarde—. Si el demonio está en casa, estará allí. Si no, recuperaremos nuestro equipo. Estad listos.

—Gracias por la advertencia —murmuró Rasslebeck.

En la retaguardia, el hombre gimoteante continuaba haciendo lo que había estado haciendo durante la última hora, repitiendo la historia de Rasslebeck, los nombres en la lista del asaltante Rana. Podría haber sido molesto, pero en su lugar resultaba reconfortante, una especie de cadencia para su maldita marcha.

Kivi los guió a través del túnel central, subiendo por su curva pronunciada hasta la cámara de cuarzo. De nuevo, la luz rosa disipó la oscuridad, obligando a Svarde a entrecerrar los ojos al entrar. La gema permanecía como la había dejado la última vez, con armaduras y ropas, armas y alforjas colgando de las púas que sobresalían.

El demonio parecía ausente. Kivi se situó en el centro de

la habitación, girando sobre sus cortas patas y resoplando. No había amenaza inmediata.

—Entrad y armaos —dijo Svarde, liderando con sus hachas—. No sabemos cuándo se dará cuenta de que estamos aquí.

Rasslebeck y Maena pasaron junto al Guardián, dirigiéndose hacia la gema. El hombre gimoteante los siguió, con los ojos y la boca abiertos de par en par ante lo que veía.

—¿Algo de esto es tuyo? —preguntó Svarde al ver la expresión del hombre.

—Si lo fuera, no lo sabría.

Lo que el hombre tampoco sabía, cuando Svarde le preguntó un momento después, era dónde había ido Pennifer. Cuando el hombre gimoteante alegó ignorancia, Svarde silbó para que el grupo volviera a la acción. El Guardián quería salir corriendo por el túnel, encontrar a Pennifer y arrastrarla de vuelta con ellos o masacrar al demonio que estaba succionando su alma.

Pero no se movió.

—¿No vamos a ir tras ella? —preguntó Rasslebeck, con sables en ambas manos—. ¿No es ese el objetivo?

—El objetivo es no morir —dijo Svarde—. Si el demonio la ha encontrado, poco podemos hacer. Precipitarnos en esos túneles oscuros le da todas las ventajas. En su lugar, nos preparamos. Esperamos.

—¿Y Pennifer?

—La encontraremos después.

Que estaría muerta, convertida en un cascarón vacío, Svarde no lo dijo, no necesitaba decirlo. Su cuerpo dio esa orden por él, y los otros tres no insistieron. Kivi, abriéndose camino hacia el techo, dio un suave resoplido de acuerdo.

—¿Intentamos salvarla, hicimos todo ese maldito camino, y ahora estás tirando su vida por la borda? —Rasslebeck escupió en la roca polvorienta—. Vaya líder estás hecho.

—Nunca quise ser un líder —respondió Svarde—. Volved cerca del cuarzo.

Svarde trazó la estrategia apresurada. Maena y Rasslebeck mantendrían el centro de la habitación, con Maena lista para disparar su ballesta —una segunda, cargada y lista, estaba a sus pies— en el momento en que apareciera el demonio. Rasslebeck la defendería como pudiera, atraería la atención del demonio para que Svarde, agazapado cerca de la salida del túnel central, pudiera saltar. Kivi, arriba, jugaría el papel de sorpresa, una segunda trampa o una persecución arañando según fuera necesario.

El hombre gimoteante se quedó a un lado, con un largo cuchillo Rana en la mano. Svarde no confiaría en que el hombre apuñalara algo más que a sí mismo, pero todos tenían la oportunidad de tener suerte.

El viento resultó ser la clave, aumentando su suave brisa a rápidas ráfagas, tal como lo había hecho antes. Svarde cruzó miradas, recibiendo asentimientos a cambio. El hombre gimoteante continuó repasando su lista.

Tan listos como podían estar.

Se oyó el crujir de la piedra a la derecha de Svarde, donde el túnel central se abría hacia el cuarzo. Maena levantó la ballesta, solo para que Rasslebeck la bajara de un manotazo.

—Pennifer —dijo Rasslebeck—. ¡Ven aquí!

Si antes parecía medio muerta, una desharrapada bribona viva por desesperación y por no haber logrado morir, ahora Pennifer se contaba entre las cosas más lamentables que Svarde había visto jamás. Se arrastró hacia la cámara, con los ojos brillantes y fijos al frente. Sus dientes, su boca, emitían un lento silbido con cada respiración, como si no supiera cómo abrirla, cómo inhalar. Sus manos colgaban inertes, su pelo corto estaba alborotado. Cortes frescos cubrían sus piernas, como si Pennifer hubiera sido arrastrada por el suelo.

O se hubiera arrojado contra las rocas presa del terror.

El resoplido de Kivi sacó a Svarde de su contemplación del desastre que era Pennifer. El demonio, aprovechando la distracción, irrumpió desde el túnel izquierdo. Los rostros grises, la capa negra, los múltiples brazos delgados que se extendían hacia Maena, hacia Rasslebeck.

Ninguno de los dos estaba preparado.

El capitán Rana se giró, levantando la ballesta, y apretó el gatillo en medio del viento arremolinado. El virote rebotó en la roca bajo el demonio, un disparo apresurado y fallido, que no tendría oportunidad de repetirse. Maena se desplomó cuando un rostro gris la encontró, el demonio rotando sus máscaras hasta que una boca abierta comenzó a succionar su alma.

Rasslebeck lanzó un grito de guerra Rana mientras Svarde se impulsaba desde la pared, girando a la izquierda para situarse detrás del demonio. Kivi parecía estar haciendo lo mismo por arriba, preparándose para caer. Ambos avances eran lentos, el viento empujando contra cada uno de sus movimientos.

A la derecha de Svarde, la ráfaga empujó a Pennifer hacia los débiles brazos del hombre gimoteante, desplomándose ambos contra las piedras. Fuera del combate, al menos, y por lo tanto excluidos de las preocupaciones de Svarde.

El primer golpe de Rasslebeck parecía destinado a romper un rostro gris, destinado hasta que un brazo se alzó para recibirlo. El delgado miembro bloqueó el sable como si fuera un garrote, el demonio emitiendo un grito pálido cuando la hoja se hundió en su piel oscura. Algo blanco y retorcido brotó de la herida, desvaneciéndose en vapor antes de tocar el suelo.

Con ello llegaron palabras, conversaciones, varios segundos cargados de voces que Svarde nunca había oído antes, con un acento que no podía identificar.

Hablando del hogar, y la oscuridad dentro de él.

En otro momento. Concéntrate.

Svarde plantó un pie tras otro, sus zapatos destrozados y las ampollas en sus plantas no significaban nada mientras el ansia de batalla encontraba su asidero.

Esta no sería una pelea de la que huir.

Rasslebeck maldijo mientras blandía el sable de nuevo, un brazo diferente bloqueando el golpe. Otra conversación misteriosa. El demonio seguía inhalando a Maena, quien añadía sus propios gritos al rugido del viento soplante.

Kivi se dejó caer. La ferrita aterrizó sobre el demonio, girando en el aire para golpear el cuerpo encapuchado de negro y rostros, derribándolo al suelo. De inmediato, Maena se liberó, apoyándose contra el cuarzo y sollozando. Rasslebeck intentó un tajo cruzado, deteniéndose cuando el monstruo retorciéndose giró un rostro gris para enfrentarlo. Rasslebeck se estremeció, el sable cayendo de su mano y rebotando en la roca.

—¡Lucha contra ello! —gritó Svarde, renunciando a cualquier sorpresa y corriendo los últimos pasos.

El viento lo desvió de su curso, acercando a Svarde más a Rasslebeck de lo que pretendía, por lo que su golpe inicial, que llegó mientras el demonio luchaba con Kivi, solo rozó el borde derecho del demonio, rasgando lo negro.

Palabras estallaron. Sonidos. Aplausos, vítores, llantos, conversaciones y el retumbar de una tormenta. El ruido llenó la sala, aturdiendo a Svarde tanto por su volumen como por su aleatoriedad. El viento aprovechó, haciéndolo tropezar más allá de Rasslebeck.

El luchador cayó de rodillas, su boca moviéndose en una cadencia familiar incluso mientras continuaba tanto caos. Repitiendo su lista, aferrándose a sí mismo.

Un esfuerzo que Svarde no dejaría morir en vano.

El pie del Guardián golpeó algo más blando que el cristal, algo familiar, y Svarde soltó sus hachas, cambiándolas por una oportunidad.

Frente a él, el demonio logró atrapar a Kivi con sus brazos, lanzando a la ferrita contra la pared cerca del túnel central. Kivi golpeó con fuerza, estrellándose contra la piedra, sus garras ya buscando un propósito para hacer otra embestida.

Su amiga ferrita, tan leal, tan fuerte. Otra a quien Svarde no podía decepcionar.

El viento arremolinaba, las ráfagas cambiando de dirección mientras el demonio se recomponía, levantándose. Recuerdos blancos —porque eso tenían que ser— brotaban de innumerables heridas que cubrían a la bestia, disipándose al tocar el suelo. Un rostro gris giraba fracturado, pero el otro parecía intacto.

Mientras Svarde levantaba la ballesta, el demonio lo notó. Apartó a Rasslebeck de un golpe y se alzó ante Svarde, su gran masa desgarrada de rostros retorcidos y miembros borrando el mundo.

Svarde apuntó al monstruo, su mano deslizándose hacia el gatillo de la ballesta, y se encontró en otra parte. En ninguna parte.

Si el gran ojo de abajo había sumergido a Svarde en varios momentos a la vez, proyectados en una luz distorsionada, este demonio lo hacía sentir como si estuviera extendido a lo largo de todo su ser. Pensamientos, sensaciones, emociones colisionaban sobre él, desterrando cualquier cosa real en favor de lo que había sido en una imposible mezcolanza, una que comenzaba a drenarse mientras el demonio de rostro gris encontraba su anzuelo.

Tan pronto como empezó, tan pronto como Svarde se perdió dentro de sí mismo, volvió en sí. De vuelta a la habitación, el cuarzo, el demonio. Y ante él, con la mano extendida en una estocada fútil contra el monstruo, estaba el hombre gimoteante. El demonio recibió la estocada, agarró al hombre con sus brazos heridos, y atrajo a la pobre alma hacia su rostro gris central, en blanco.

El viento ayudó, empujando a Svarde y al hombre hacia el demonio.

Dándole a Svarde un blanco perfecto.

El Guardián apretó el gatillo. La ballesta se sacudió. El virote cargado voló sobre la cabeza del hombre gimoteante, directamente hacia la boca circular y succionante del demonio.

El viento murió primero, los rostros se agrietaron después, pero las conversaciones, los recuerdos gastados de quién sabe cuántos, esos continuaron mientras Svarde caía de rodillas, sus manos extendidas hacia el hombre gimoteante, sin saber si quedaba algo que encontrar.

29
CAMPAMENTO DE BANDIDOS

La corriente de lava los llevó a través de una pared de niebla, con gotas frías acumulándose sobre Wax mientras se aferraba a su pértiga. Sledge iba de nuevo al frente, con los otros dos bandidos detrás. Entre ellos, sobre la gran piedra que servía como balsa, yacían sus posesiones, los escasos restos después de varios días más cabalgando sobre el calor.

La balsa se detuvo por sí sola, la niebla gris blanquecina ocultando todo excepto la forma sombría de Sledge. La roca se sacudió, un crujido áspero hizo temblar los huesos de Wax. Su viaje llegaba a su fin.

—Recojan las alforjas, síganme —ordenó Sledge—. Hemos llegado.

Los tres bandidos apenas le habían dirigido la palabra a Wax durante el viaje, y él había estado feliz de complacerlos. En su lugar, Wax se dirigió al skar, manteniendo en todo momento posible una mano sobre el collar, sobre la cálida gema de Vis. Cuando tocaba la esmeralda, parecía hablarle, un suave susurro en un idioma que no podía descifrar, si es que eran palabras en absoluto. Sin embargo, el tono no contenía el odio, el desprecio, la frustración impregnada en cada palabra de Sledge.

Wax no se consideraba un alma frágil, pero día tras día siendo tratado como un animal podía quebrar a un hombre. Antes de los ferritas, antes de la fuga, Sledge había parecido una ladrona honorable.

La muerte y el fracaso, al parecer, podían quebrarla.

Sin embargo, el final de la lava pareció restaurar su espíritu. Incluso se estiró para ayudar a Wax a bajar de la roca hacia la niebla, advirtiéndole que llevara la pértiga consigo para mantener el equilibrio en el suelo inestable.

—La lava está formando tierra aquí, pero lleva tiempo —dijo Sledge mientras Wax daba sus primeros pasos libres del témpano—. Es temperamental, propensa a romperse. Prueba cada paso antes de darlo.

—¿Cuánto tiempo? —preguntó Wax.

—Lo descubrirás cuando lleguemos —respondió Sledge —. Aunque no pasaremos otra noche en la intemperie.

Esa predicción resultó estar muy equivocada. Su lenta caminata duró solo minutos hasta que la niebla se disipó y las rocas se endurecieron. Antes de la niebla, Sledge dijo que el océano estaba cerca, sus aguas frías chocando con la lava para formar la pared.

Ahora, mientras se apartaba la última cortina de niebla, Wax siguió a Sledge hacia una península de roca de lava escarpada que se proyectaba hacia las olas rompientes. A ambos lados, una amplia playa invadida por criaturas escurridizas y arena marrón se extendía. Gaviotas moteaban el cielo, sus formas blancas girando y zambulléndose hacia esas mismas criaturas, sus graznidos un cambio bienvenido del incesante y letal chisporroteo de la lava.

Debajo de las aves, hacia el sur, llegaban otros ruidos, el

canto de la civilización. Wax siguió el giro de Sledge en esa dirección, aunque no imitó su suspiro de alivio.

Su objetivo parecía estar construido a lo largo de la playa y extenderse hacia la tierra rocosa detrás. Refugios de paja, muros de tierra excavada rodeando techos cubiertos de maleza. Ardían fogatas, el humo ascendiendo hacia el cielo despejado de la tarde. La risa flotaba sobre las olas, mezclándose con alguna canción.

—Hogar —dijo Sledge, asintiendo—. Siempre es bueno encontrarlo donde lo dejamos.

—¿Su casa se mueve a menudo?

Sledge esbozó una sonrisa mientras los otros dos bandidos emergían, con las alforjas cargadas en sus espaldas y hombros.

—Haz lo que yo hago, y aprenderás a estar siempre inquieto.

El campamento de bandidos tenía una energía nerviosa, aunque el ambiente cantarín, el choque de las jarras de cerveza al entrechocar, intentaba disiparla. Wax, que ahora cargaba su propia parte de las alforjas, veía la necesidad de velocidad en cada mirada. Las armas descansaban en estantes de fácil acceso, con las empuñaduras hacia arriba y las hojas relucientes. Pescado salado y vegetales cosechados —parcelas de huertos salpicaban la ladera rocosa sobre el campamento— yacían en montones, con alforjas cerca para un empaque rápido. Los ojos que veía, cuando Wax no atraía su atención, parecían siempre volver al horizonte, esperando que algo apareciera.

—No todos somos tan acogedores como tú —anunció Eggrad, el capitán del campamento después de intercambiar presentaciones—. La permanencia es un lujo para nosotros.

El jefe de los bandidos no era muy dado a la pompa,

pero el salón donde Wax se encontraba adornaba su escasa piedra y arena con bienes capturados. Joyas hechas por los Foti yacían a un lado, apiladas sobre una roca plana. Cerca, en el suelo, había equipo recolectado. Los guanteletes de madera de Quik eran las adiciones más recientes a la pila. Más allá, continuando por el lado norte, había objetos de valor aleatorios. Un libro, algún extraño dispositivo que Wax no reconocía, y varias botellas de vino tinto de Tamas.

Eggrad se mantenía en el centro de la habitación, flanqueado por dos guardias que no parecían tomarse sus roles muy en serio. La mujer a la derecha lanzaba un solo cuchillo hacia arriba una y otra vez, siempre atrapándolo por la empuñadura. El otro parecía dormido de pie, con ambos ojos cerrados y las manos enganchadas en un cinturón raído.

—Permanencia y calidad —dijo Wax—. No estoy impresionado.

Eggrad se rió entre dientes.

—Vis escogió una Renovación combativa esta vez —asintió hacia Sledge—. Veo que encontraste algo en el viaje.

—¿Qué quieres decir? —preguntó Sledge.

—Me refiero a esa nueva espada en tu cadera, ¿o me equivoco con lo que dejaste aquí?

—No es su espada —dijo Wax—. Es mía.

—Nada es tuyo ya, muchacho —Eggrad señaló hacia la pila de equipo—. Entrégala, Sledge. Considéralo el precio a pagar por los que perdiste.

Sledge se cruzó de brazos.

—Cada boca que no tenemos que alimentar significa más para el resto de nosotros.

Wax parpadeó. ¿Estaba Sledge diciendo que había planeado las bajas? ¿Los ferritas estaban planeados?

—Estás argumentando a mi favor —replicó Eggrad. A

diferencia de Sledge, el hombre mantenía las manos en la cintura—. Nosotros, dices. La espada pertenece a la pila. La repartiremos al final de la temporada, como siempre.

—Donde terminará contigo —contrarrestó Sledge.

—¿Eso es un desafío? —Eggrad mostró los dientes, aunque estuvieran manchados y descuidados.

Sledge se tensó. ¿Acaso se enfrentaría a Eggrad ahora mismo? Wax no llevaba ni una hora en el campamento, pero ¿qué significaría una pelea así? ¿Una posibilidad de escape?

—Podría ser, algún día —murmuró Sledge, llevando la mano hacia la hoja Foti. La desenvainó y la arrojó más allá de Wax hacia el montón de equipaje, donde aterrizó con un fuerte chasquido—. Vas a presionar demasiado a alguien, Eggrad, y te matarán por ello.

—No me cabe duda de que tienes razón —dijo Eggrad —. Sin embargo, ese día no es hoy. —Se volvió hacia Wax con un nuevo brillo en los ojos—. Bien, entonces, Renovación. Veámoslo.

—¿Ver qué?

—No eres lo suficientemente tonto como para hacer una pregunta tan idiota, muchacho. El skar.

—Deja de llamarme muchacho.

Eggrad inclinó la cabeza y se llevó una mano a la frágil perilla gris y roja de su mentón.

—¿Cómo debería llamarte, entonces? ¿Por tu nombre? No. Aún no te lo has ganado. ¿Eres un hombre? Difícilmente. Sledge te capturó y te arrastró hasta aquí. Ningún hombre que yo conozca sufriría tal vergüenza.

Sledge se sonrojó. Wax apretó su mano derecha. Eggrad estaba lo suficientemente cerca como para que Wax pudiera dar un paso y asestar un golpe, propinándole un puñetazo en la mandíbula antes de que los guardias reaccionaran.

Eso, sin embargo, no le ganaría nada más que una paliza. Pan aconsejaría precaución. Encontrar el camino correcto y tomarlo.

—¿Para qué lo quieres? —preguntó Wax, llevando su mano izquierda al skar, encontrándolo bajo su camisa de lona rasgada.

—Yo no, pero nuestros clientes lo desean fervientemente —dijo Eggrad—. Te lo estoy pidiendo porque me gustaría alimentar a mi gente y a sus familias durante el próximo invierno. Una donación por la que te estaríamos agradecidos.

—Eso no es nada comparado con las vidas que un Aegis salvaría.

Eggrad se rio.

—¿Tú? ¿Un Aegis? Demasiado escuálido, demasiado irritable. Esto es un asunto serio, muchacho. Mejor déjalo...

Wax saltó, no hacia Eggrad sino hacia la izquierda, en dirección al montón de equipaje y una empuñadura brillante en particular. Su mano se cerró sobre la hoja Foti, y Wax la levantó y la giró, apuntando hacia el rostro, el cuerpo que sabía que debía estar allí.

La espada chocó contra el hierro, la muñeca enguantada del guardia dormido, que había vuelto en sí lo suficientemente rápido como para bloquear el ataque de Wax. Con la hoja Foti desviada hacia afuera, Wax no tenía defensa para lo que vino a continuación: la otra mano del guardia, cerrada en un puño y estrellándose contra la sien de Wax.

El frío lo despertó, el viento cortando a través de la delgada ropa de Wax. A sus pies, una ola le hacía cosquillas en los dedos, deslizándose debajo de él. Wax parpadeó, intentó sacudirse el dolor de cabeza y sintió sangre seca pegada a su ojo izquierdo. Cuando intentó limpiársela, las manos de Wax no se movieron. Atadas, junto con sus piernas. Wax siguió la sensación y vio la madera clavada profundamente en la arena a ambos lados.

—¿Despierto? —preguntó Sledge. Estaba sentada en la arena frente a él, con su arco reposando sobre los granos a su lado—. ¿O solo otro espasmo?

—¿Qué está pasando?

Con una flecha, Sledge dibujó un patrón ocioso en la arena. Detrás de ella, el día se desvanecía. Las hogueras del campamento bandido destacaban ahora, las rocas una silueta burlona detrás de los refugios.

—A Eggrad le encanta jugar con las palabras todo el día —dijo Sledge—, pero si intentas algo físico, se lo toma como algo personal.

—¿Así que debería haberle dejado pisotearme?

—Si quieres vivir, haces lo que te pide.

—¿Es eso lo que tú haces?

Sledge negó con la cabeza.

—No eres lo suficientemente listo como para provocarme, Wax. —Recogió la flecha de la tierra y la apuntó hacia el hombre de Vis—. Te quitó el skar. También te quitará la vida a menos que hagas una promesa.

Wax no necesitaba liberar sus manos para confirmar la verdad. El calor del skar había desaparecido, sus susurros silenciados. Se le secó la boca, sus músculos temblando no por el frío.

—¿Qué promesa?

—Quedarte. Unirte a nosotros.

Sledge no parecía interesada en las palabras mientras las pronunciaba, como si pedir a Wax que renunciara a su sustento fuera algo simple.

—¿Por qué haría eso?

—Porque te quedarás aquí fuera, atado a estas vigas,

hasta que lo hagas. Cuando suba la marea, o morirás congelado o algún pez curioso te dará un mordisco.

—No parece que tenga mucha elección.

—No la tienes. Y cuando digas que sí, serás vigilado cada minuto durante meses hasta que Eggrad esté convencido de que esta es la única forma de vivir. —Sledge tomó un profundo respiro—. Cada segundo de cada uno de tus días estará impregnado de esta vida hasta que sea la única que puedas imaginar.

—No pareces muy convencida.

—Estoy aquí, ¿no? —preguntó Sledge, poniéndose de pie—. No es una vida perfecta, pero es mucho mejor que morir en esas minas. En Foti, no puedes pedir mucho más. —Se volvió hacia el campamento bandido, dispuesta a marcharse—. Volveré en unas horas. Decídete para entonces. No tiene sentido morir por nada, Wax.

—Mi hermano y mi hermana volverán por mí.

Sledge se rio mientras subía por la arena.

—Tu hermano y tu hermana están muertos. Y aunque no lo estén, nadie en esta isla les ayudará.

Wax quería gritar otra réplica mordaz, pero no encontró ninguna. Le dolían las muñecas y los tobillos donde la cuerda lo ataba a la madera. El frío le robaba el aliento, erizando su piel. El hambre lo devoraba, la sed lo arañaba. Ni una sola vez en todo su tiempo en Vis se había sentido tan miserable, ni una sola vez.

Esto era lo que Pan le había dado. Ninguna gran aventura, ningún viaje aclamado. Solo una lucha, una que terminaba sin nada, nada salvo el frío, la oscuridad y el mar.

30
GUARDIANA DE NUEVO

Las lelunas florecieron de nuevo esta noche. Ami caminó junto a ellas, bajando por el cráter hacia la familiar prisión. Por primera vez en días, ningún guardia Najahn seguía sus pasos, pero sus cadenas pesaban sobre ella casi tanto como su espada y su armadura Foti. La declaración de Gladdring, antes incluso de que Mattimo dejara de luchar en el mar, nombrando a Ami como su herramienta y poco más.

—Trabajarás para mí, conmigo y como yo diga, sin mentiras, trucos ni engaños —dijo Gladdring allí en la playa, medio vuelto hacia la cueva y su torre—. La muerte de Mattimo me costará, pero la tuya, ni un alma la notará ni le importará.

A Catya sí.

Aunque, mientras se dirigía hacia el Aegis y la Herida, Ami titubeó en ese pensamiento. ¿Cuánto tiempo pasaría antes de que la mente de Catya se marchitara como ya lo había hecho su cuerpo? ¿Reconocería siquiera a Ami ahora, o el estrés había arruinado a Catya?

La noticia llegó cuando los experimentos del día —otro

demonio, otro skar, otro pequeño éxito— llegaban a su fin: los demonios brotaban de la Herida, los Guardianes estaban siendo superados, y el Aegis necesitaba a su Guardiana.

Gladdring entregó a Ami al guardián del escudo, farfullando sobre el costo para Noctia, sobre cómo aún estaba contento de hacer este sacrificio por el bien de todos.

Aunque habían estado en el umbral de la torre, con eruditos y Najahn alrededor, Ami había sentido un fuerte deseo de romperle el cuello a Gladdring en ese momento. Un simple alcance y giro habría bastado.

Una vez más se había contenido por Catya.

—Cuántas vidas has salvado —murmuró Ami.

—¿Qué has dicho? —preguntó el único Guardián que estaba de pie fuera del hogar del Aegis, la lona blanca como el hueso que se extendía sobre una hendidura en el suelo. Esa hendidura, la Herida, supuestamente conducía directamente al corazón de Noctia, o donde había estado uno cuando la diosa aún vivía—. ¿Eres tú la Guardiana?

Ami observó la armadura limpia, la alabarda sin cicatrices y un chakram nuevo que adornaba el conjunto púrpura-negro. El rostro joven detrás de todo eso no fue una sorpresa, más bien que alguien tan nuevo pudiera estar aquí, en este lugar.

—Es peor de lo que pensaba —dijo Ami, enderezándose—. ¿Cuántos años, Guardián? ¿O debería decir días?

El hombre se estremeció. Otra mala señal. Los Guardianes tenían que ser confiados, estar listos para enfrentarse a cualquier cosa porque cualquier cosa podía enfrentarse a ellos.

—Ahora está tranquilo —dijo el hombre—. Los demonios luchan entre ellos tanto como contra nosotros. Es un buen momento para visitar.

—No es una visita. Me quedo.

Al menos hasta que Gladdring tirara de su correa.

El Aegis, a pesar de toda su estatura, toda su importancia para las islas, vivía una vida de pordiosera. La comida y la bebida llegaban transportadas, sí, y durante los primeros años, cuando Catya estaba lo suficientemente bien para dar sus propias órdenes, hubo momentos felices compartidos entre la dura piedra bajo la lona. El entretenimiento visitaba, músicos, escritores, incluso políticos de todas las islas que venían a presentar sus respetos y ofrecer regalos.

Estos fueron disminuyendo a medida que Catya lo hacía, y ahora ella permanecía, apenas un hálito, en su trono de piedra. Las mantas la cubrían mientras el inicio del invierno volvía frías las noches de Noctia, aunque Ami pensaba que las antorchas de pie alrededor del espacio mantenían las cosas lo suficientemente cálidas.

La Herida ocupaba el centro de la habitación, un corte irregular inalterado por tantos años. Ami la miró primero cuando entró, esperando que un demonio emergiera justo entonces, arrastrándose con patas de araña o alas de murciélago y exigiendo su sangre, sus almas o algo de alguna manera peor.

En su lugar, vio Guardianes. Casi una docena, aunque la mayoría estaban atendiendo heridas leves, puliendo equipos o disfrutando de la comida y bebida apilada y dispuesta en la única mesa de madera oscura cerca de la entrada. Un momento de calma, sin duda.

Solo dos parecían estar de guardia, ambos armados con sus chakrams y de pie al borde de la Herida, mirando hacia la oscuridad como Ami solía mirar las estrellas desde su balcón en Noctia, buscando alguna razón para preocuparse.

—Guardiana, nos alegra que estés aquí —dijo la voz de

Terrevin, su dueña levantándose de un nuevo escritorio justo dentro de la puerta.

Una tableta yacía sobre la superficie del escritorio, cubierta de manchas de líneas borradas muchas veces. Marcas frescas parecían días, nombres en una larga tabla. Terrevin se cernía sobre ellos, dando a Ami un respetuoso asentimiento muy distinto de la actitud arrogante que había mostrado por primera vez en el apartamento de la Guardiana.

Qué lejano parecía aquello.

La confianza que Terrevin mostraba antaño se había desvanecido hasta convertirse en cautela, su mano izquierda golpeando distraídamente en la mesa mientras las arrugas surcaban una frente aún pensando en algo más que la espada de la recién llegada. Sin embargo, cuando Ami devolvió el saludo, Terrevin se acomodó en una sonrisa mientras volvía a la rígida silla.

—Solo un momento, luego podrás ir con Catya todo lo que quieras —dijo Terrevin.

Catya no parecía haberse dado cuenta de que Ami había llegado, así que la Guardiana hizo lo que la guardiana del escudo le pidió, asegurándose de cruzar los brazos y mantener su rostro serio. Respeto o no, Ami no iba a ser la lacaya de Terrevin.

Ya había cedido bastante terreno a Gladdring en ese aspecto, y había límites para el daño que su dignidad podía soportar.

—¿Sabes por qué estás aquí? —preguntó Terrevin.

—Tus Guardianes no pueden mantener a Catya a salvo.

Terrevin resopló, movió su mano que golpeaba hacia la tableta y pasó un solo dedo a lo largo de los nombres en el lado izquierdo.

—Es porque la *estamos* manteniendo a salvo, Ami —dijo

Terrevin—. Estamos haciendo todo lo que podemos para que tu amiga siga con vida. Los demonios están haciendo todo lo posible para dificultarlo, y nuestro número de bajas, tanto heridos como algo peor, está diezmando nuestras filas.

—Así que no estaban preparados.

Terrevin respiró hondo y cerró los ojos. Desviando las agujas de Ami, entonces. Ami preparó una pulla más dura, consciente de que su molestia se debía menos a la seguridad de Catya y más a haber estado encerrada en la caja de Gladdring durante días y días. Darse cuenta de eso solo irritó aún más a Ami.

La tos de Catya lo acabó todo.

La tos en sí fue algo débil, como el suspiro de un animal moribundo. La cabeza de Ami giró bruscamente, fijando la mirada en la Égida mientras los ojos de Catya se abrían y encontraban los suyos.

—Ami —dijo Catya, en un susurro que encontró su objetivo—. Estás aquí.

Terrevin podía quedarse con su aliento y sus excusas. Ami ignoró las miradas de los Guardianes mientras caminaba hacia Catya, se arrodilló junto a la Égida y tomó una mano que era más hueso que piel.

—Te mantuvieron alejada de mí durante demasiado tiempo —dijo Ami.

—¿Por alguna razón o estaban celosos? —Los ojos de Catya, maldita sea, aún conservaban su brillo.

—Celosos. —Ami tomó aire profundamente. Siempre era una batalla estar tan cerca de Catya, una fusión donde las posibilidades perdidas chocaban con la esperanza continua—. No he estado ociosa.

—Eso he oído —dijo Catya, y Ami se sobresaltó—. No te sorprendas tanto, Ami. He vivido aquí durante más de una década. No eres mi única amiga.

—¿Entonces qué?

—Dime primero, ¿hay alguna posibilidad?

Oh, ese brillo. Una vida que había impregnado cada momento de Catya, una luz saltarina. ¿Podría Ami aplastarlo con la verdad? ¿Que las cicatrices ofrecían alguna posibilidad a los futuros luchadores de Najahn, pero nada hasta ahora para la Égida?

—Tal vez —dijo Ami.

Catya ladeó la cabeza.

—¿Me estás mintiendo, Guardiana?

—No puedo. No a ti.

—No. Creo que aún me debes de nuestros juegos en el camino. —Catya intentó reír, pero tosió de nuevo. Se sacudió y se acercó al oído de Ami—. Ten cuidado. Esto no es lo que parece.

Ami luchó por mantener la calma.

—¿Qué?

—No todos quieren que tú o yo sobrevivamos.

—¿Quién?

—Eso no lo sé. Solo que sus armas no son tan leales como sus amos creen. —El agarre de Catya se apretó, como el roce de una pluma—. Solo mantente a salvo, Ami. Tú eres quien me preocupa.

—Es por ti...

—Eres tú, y solo tú. —Los ojos de Catya se dirigieron hacia las bebidas y la comida—. ¿Crees que podrías traerme un poco de ese té de Kance? Es realmente el mejor.

Terrevin se encontró con Ami en los refrescos. Llenó su propia taza de barro, metió una pequeña bola de metal con las hojas de té sueltas y la colocó en agua caliente, mantenida por un brasero de cocina cercano.

—No terminamos nuestra conversación —dijo Terrevin.

—¿En serio? Creí que sí. No puedes seguir el ritmo, así que necesitas mi espada.

—Necesito más que tu espada —respondió Terrevin—. Necesito lo que estás trabajando con Gladdring.

Ami se detuvo, con la taza de Catya en sus manos.

—La última persona que se metió en sus asuntos terminó muerta.

—Gladdring morirá si la Herida se rompe —replicó Terrevin, sin parecer preocupada en absoluto—. Se lo preguntarás. Si se niega, entonces...

—No está listo —dijo Ami—. No importa cuánto quieras que lo esté, lo que él está haciendo solo hará que tu gente muera.

La propia Ami apenas podía hacer que las cicatrices respondieran. Algún Guardián que no supiera qué hacer solo dejaría que un demonio los despedazara de la cabeza a los pies mientras intentaba descifrar los susurros de locura de una cicatriz.

—Entonces, ¿qué otros milagros puedes ofrecer? —preguntó Terrevin—. Porque estoy tratando de mantener a mi gente con vida, y se me están acabando las opciones.

De todas las cosas, la temeraria misión de Svarde a las Profundidades Oscuras cosquilleó en la memoria de Ami.

—¿Tal vez atacamos en lugar de defendernos? —sugirió Ami—. ¿Ir por los demonios en lugar de esperar a que vengan a nosotros?

—Ir más allá de la protección de la Égida invita a la muerte —rebatió Terrevin.

—La muerte viene por nosotros la invitemos o no, guardiana del escudo. Estoy pensando que podríamos estar mejor si intentamos combatirla primero.

—Solo necesitamos aguantar hasta que se complete la próxima Renovación. —Terrevin se alejó de la mesa—. Olvidas, Ami, que mis Guardianes tienen familias, vidas más allá de estos deberes. No puedo pedirles que acepten un suicidio, ni siquiera uno desesperado.

Ami observó a Terrevin regresar a su escritorio antes de volver al lado de Catya. Suicidio. Una palabra dura para una misión para salvar las siete islas. Aunque, de nuevo, eso es lo que el Círculo había considerado los esfuerzos de Svarde. Suicidio, y nada más.

Mientras Catya tomaba la taza humeante de las manos de Ami, un Guardián que vigilaba la Herida silbó. El segundo del hombre hizo eco del ruido, llevándose las manos a la boca y lanzando un grito de preparación.

—¿Cuántos? —preguntó Terrevin, tomando su vougle apoyada contra el escritorio.

—Uno —respondió el primer Guardián—. Uno grande, y enojado.

—¿No te alegras de haber venido? —dijo Catya mientras los Guardianes estallaban en un frenesí—. ¿Qué tan aburrida estabas?

Siguiendo las indicaciones de Terrevin, los Guardianes comenzaron a arrojar bombas de fuego Foti por la Herida. Otros recogieron piedras de lanzamiento Whent, lanzándolas al suelo agrietado. Aún más movieron pequeñas empalizadas hasta el borde de la Herida, sus puntas metálicas conteniendo venenos naturales elaborados por Vis, destinados a convertir a cualquier bestia en un perezoso paralizado y enfermo.

—¡Preparad las armas! —gritó Terrevin, y los Guardianes defensores retrocedieron, la mitad tomando las filas más cercanas con sus voulges listas mientras los otros desenfundaban sus chakrams.

Ami se puso de pie, desenvainó a Rompeflamas y la sostuvo frente a ella. Se plantó entre la Herida y Catya. La cicatriz de Rompeflamas brillaba con un fuego naranja, lista. Ahora, escuchándola, Ami podía oír sus susurros, su ansiedad por lanzarse hacia adelante y encontrar un enemigo.

No te preocupes, pensó Ami, estará aquí pronto.

El demonio no anunció su llegada con un rugido, ni chilló ni escupió bilis desde la Herida en una lluvia ácida. En su lugar, la criatura irrumpió, saltando desde la abertura directamente hacia el techo del refugio. Su ascenso rasgó el toldo de lona, exponiendo el cielo nocturno. En él se alzó un monstruo sangrante, ardiente y deforme cuyas alas agitadas y goteantes cubrían un cuerpo que seguía apareciendo, elevándose y retorciéndose en el aire. Una serpiente peluda, un gato estirado demasiado y con alas de murciélago, los paralelos se difuminaban mientras la carga del demonio se desvanecía, sus alas, batiendo como las de un colibrí, fallaban en mantenerlo en el aire.

—¡Ahí viene! —gritó Terrevin.

Y el monstruo, tapando las estrellas sobre ellos, se precipitó sobre ellos.

31
UN BARCO, UN DISPARO

Quik los mantuvo con vida mediante trucos que Bliss nunca había visto ni imaginado. El cazador guió su travesía por los páramos del norte con indicaciones precisas y reglas estrictas. No se podía desperdiciar ni un movimiento ni un momento, ni siquiera con la abundante proteína del tolket que rellenaba los improvisados zurrones tallados de su piel reticulada. Durante esa primera noche, Quik también despedazó al monstruo muerto, usando sus dientes rotos para fabricar cuchillos rudimentarios y golpeando su caparazón con piedras para llegar a las entrañas más gelatinosas, incluyendo más sacos de agua.

—Es asqueroso —dijo Torny más de una vez conforme pasaban los días y Quik sugería que se embadurnaran con barro para protegerse del sol y las moscas—. ¿De verdad es tu hermano?

Bliss asintió e hizo lo que Quik sugería. Las costumbres vis exigían deferir al cazador más experimentado en una expedición, y esto no era sino un viaje a través de tierras inhóspitas desconocidas para todos ellos. Incluso Torny, supuestamente nativa de Foti, afirmaba que nunca se había aventurado más allá de las ciudades hasta que Sledge la recogió en este último viaje.

—¿Cómo podía decir que no? —bromeó Torny una noche junto a otra fogata, una cosa rápida que quemaba matorrales y ramitas justo el tiempo suficiente para calentar su cena cocinada en lava—. ¿Una oportunidad de dejar atrás las cenizas y el mineral por una vida de fascinante bandidaje? Emocionante, sin duda.

Quik había estado ausente durante esa conversación y se había mantenido callado la mayor parte del tiempo. Después de la conmoción inicial de ver a su hermana y a Torny vivas, había caído en un ceño fruncido taciturno cuando no estaba dando órdenes o consejos a seguir.

Bliss podía adivinar el porqué, ya que el mismo sentimiento amenazaba con arrastrarla también. Lo habría hecho, de no ser por la incesante conversación de Torny.

No solo habían fracasado como Guardianes, sino que también habían fallado a su familia. Así de simple y devastador.

"Tienes que apartarlo", le dijo Bliss por señas a Quik, caminando a su lado en el quinto día. "No lo hemos abandonado. No tuvimos elección".

"Tú quizás", respondió Quik usando las señas, manteniendo a Torny, que iba detrás, fuera de la conversación. "Yo elegí irme. Podría haber dado la vuelta, intentado emboscarlos. Luchar".

"¿Por qué no lo hiciste?"

Menos una acusación, más un empujón para que Quik dejara de odiarse a sí mismo. Con suerte, su hermano captaría el significado. Quik, sin embargo, solo suspiró y dirigió su mirada al frente. El amanecer emergente revelaba algo nuevo hoy: una tierra no completamente moldeada por la roca negra, que en su lugar ofrecía largos pastizales y árboles delgados que se alzaban en estrechas arboledas. Aves, más que simples buitres, se posaban en los altos pastos y se zambullían de nuevo entre ellos.

Una buena señal: la comida debía esperar en esos tallos.

—Asombroso —dijo Torny cuando todos se detuvieron al borde de la roca de lava, tomando un descanso antes de aventurarse en los largos pastizales—. No pensé que realmente llegaríamos al final.

—No lo habrías hecho —dijo Quik.

Torny se rio.

—Absolutamente no. Te doy las gracias, oh cazador de las tierras salvajes. Tus formas con el barro y las tripas son verdaderamente notables.

Quik entrecerró los ojos.

"Está bromeando", le indicó Bliss por señas.

—Sé que está bromeando —respondió Quik—. Sigue siendo una bandida, y tiene suerte de que no la dejáramos allá atrás.

—Oh, podrías haberlo intentado, pero os habría seguido.

—Habrías fracasado.

—Quizás. Supongo que nunca lo sabremos.

Bliss se levantó y se interpuso entre los dos. El rostro de su hermano se arrugaba cada vez más, con un ligero rubor ascendiendo desde sus profundidades. Un estado de ánimo que conocía bastante bien: Quik pronto sugeriría algo estúpido, algo que no sería fácil de retirar.

Torny, también, sería lo suficientemente arrogante como para desafiarlo.

En su lugar, sosteniendo su bastón, Bliss señaló hacia el norte. Con su mano izquierda, hizo señas que Torny ya conocía.

"Vamos".

El humo y los olores de la civilización llegaron al aire al mediodía, junto con la sal y la brisa marina. Torny señaló que el pasillo de Foti se estrechaba a medida que subía hacia el norte, terminando en punta. Aún no estaban en ese borde, pero la Gran Forja y sus pueblos circundantes estarían cerca.

—Lo que significa que podremos darnos un baño —dijo Torny mientras deambulaban por los altos pastizales, espantando alimañas y pájaros con cada paso—. Se supone que las aguas termales de aquí son increíbles.

—No hasta que recuperemos a mi hermano —dijo Quik desde el frente.

—Sí, claro, pero a menos que planees volver caminando todo el camino...

—Lo haré. Una vez que consigamos algunas provisiones.

—¿Y cómo planeas hacer eso? ¿Mendigar? ¿Vender algo de esta carne rancia de tolket que hemos estado cargando casi una semana?

Bliss se dio la vuelta y puso el extremo de su bastón contra el pecho de Torny. La bandida se encogió de hombros, manteniendo su amplia sonrisa abierta.

—¿Qué? —susurró Torny—. Tu hermano es tan serio. Si Wax no está muerto a estas alturas, entonces o ha hecho un trato o se ha unido a la banda de Sledge.

Bliss parpadeó. "¿Qué?"

—Es lo que hacen. Te quitan todo lo que tienes, te dejan desesperado, y luego te dejan unirte para recuperarlo todo —Torny levantó la mano y apartó el bastón de Bliss—. ¿Cómo crees que siguen creciendo? Tienes que estar casi muerto para querer unirte a ellos.

Bliss asintió a Torny, dejando que sus cejas hicieran la pregunta.

—Oh, sí. Lo estaba. Supongo que aún lo estoy. —Torny se rio de nuevo—. Tomé algunas decisiones realmente malas, pero bueno, ¿quién no lo ha hecho?

El grito de Quik puso fin a la conversación, especialmente cuando su seguimiento resultó tan tentador:

—Hemos llegado.

Si Kitaye, la ciudad Vis, se construyó entre los árboles que marcaban su entrada, el pueblo Foti se extendió bruscamente sobre la tierra para crear la suya propia. Los pastos altos y los árboles delgados desaparecían en las afueras del pueblo, dando paso a campos arados cubiertos de cultivos cosechados. Piedras y ladrillos desgastados por la arena enmarcaban casas bajas de un solo piso, muy diferentes de las estructuras más altas y dominantes de Smythe. Los caminos despejados estaban cubiertos de arena marina que subía desde la playa cercana y el puerto en forma de telaraña que se extendía desde el punto occidental del pueblo. La gente que ocupaba el lugar miraba con sorpresa al trío mientras se adentraban en el pueblo, una mirada que Torny atribuyó a su apariencia desaliñada, no al hecho de que existieran en absoluto.

—En el sur, solo está Smythe y nada más —dijo Torny mientras pasaban por las afueras del pueblo—. Hay lugares como el Diente de Jarl que explotan minas en los tubos de lava, pero aparte de eso nadie va a ningún lado. Aquí arriba, hay puertos, hay comercio entre Rana y Whent. Hay acción.

—¿Has estado aquí antes? —preguntó Quik, cuya curiosidad parecía, por el momento, superar su aversión por la bandida.

—Claro que no. ¿Por qué vendría a un lugar como este?

Quik captó la atención de Bliss y puso los ojos en

blanco. Torny no siempre tenía sentido, Bliss podía admitirlo, pero parecía menos sombría que su hermano, así que Bliss la toleraría.

El centro del pueblo ofrecía una posada, varias tiendas y los típicos establecimientos necesarios para la vida civilizada: carnicerías, constructoras, tiendas de comestibles y similares. De no ser por la arquitectura diferente, el ambiente azotado por el viento y la ropa de lino, Bliss podría haber dicho que se sentía como en casa.

Especialmente cuando tuvieron una vista clara del puerto, extendiéndose ante ellos en una pendiente descendente desde el centro del pueblo. Al igual que en Smythe, toda la gente a su alrededor parecía ir o venir del centro costero. La razón se elevaba desde el agua: dos barcos, un pesado galeón Foti que cargaba caja tras caja, y otra embarcación más rápida que ondeaba velas púrpura y negras.

—¿Un barco Najahn en un pueblo como este? —reflexionó Torny—. Es un poco raro. No estamos lejos de la Gran Forja, pero hay puertos más cercanos.

—Son la ayuda que necesitamos —dijo Quik—. Por una vez, la suerte está de nuestro lado.

El cazador cuadró los hombros y comenzó a avanzar, pero Bliss lo agarró, deteniendo a Quik en seco.

«No conseguiremos ayuda con este aspecto», señaló Bliss. «Y apuesto a que olemos peor». El comentario de Torny sobre la existencia de Wax reforzaba esa sensación. «Unas pocas horas no marcarán la diferencia ahora».

El estómago de Quik hizo eco de los sentimientos de Bliss, gruñendo por encima del tranquilo bullicio del pueblo mientras el cazador abría la boca. Quik la cerró, hizo una mueca y miró hacia la posada.

—Una comida y un baño, entonces, pero no nos demoraremos.

La posada demostró que su ubicación no era un accidente. Varias aguas termales, una fusión entre el mar y la lava subterránea, burbujeaban en su parte trasera. El trío tuvo que entregar todos sus dientes de bestia cosechados, sus improvisados zurrones y la carne de tolket que les quedaba —buena para cebo, según dijo el posadero—, pero el pago les proporcionó una comida de pescado fresco, pan y, sí, ese artículo tan codiciado: un baño.

Esperándolos después de su inmersión había un conjunto de ropa de lino fresca, aunque delgada. Lo suficientemente buena para vestir, demasiado ligera para mantener a alguien caliente con el viento, los tres, sin embargo, no tenían nada más. Incluso el cuero de Torny no era más que jirones después de la larga caminata sin aceites ni cuidados que darle.

—Aun así, al menos parecemos personas y no bestias especialmente feas —dijo Torny mientras salían de la posada, con el día arrastrándose hacia la cena—. No sé ustedes dos, pero soy una gran fan de no tener arena entre los dientes y los dedos de los pies.

Quik se detuvo ante sus palabras, los tres en el lado de la calle que se dirigía hacia el puerto. Dunas de arena incrustada y cortos acantilados de lava y piedra caliza se elevaban a su alrededor. Las gaviotas dominaban ahora los cielos, y la pesca del día superaba el olor del mar en el aire.

—¿Por qué sigues aquí? —preguntó Quik—. Llegamos al pueblo. ¿No deberías estar buscando a alguien más a quien robar?

Por una vez, a Torny le falló su locuacidad. Cruzó los brazos y miró a Bliss.

—Honestamente, no tengo realmente a dónde ir —dijo Torny—. Pensé que si van a volver con los bandidos para recuperar a tu hermano, podría acompañarlos.

—¿Y qué, reunirte con ellos? ¿Aprovechar la primera oportunidad con ese cuchillo y apuñalarnos por la espalda?

«Ella no haría eso», señaló Bliss rápidamente. «No después de todo esto».

—¿Por qué confías en ella? —Quik se volvió hacia Bliss ahora—. La has estado defendiendo todo este tiempo, como si no hubiera ayudado a causar todo esto.

«Porque sin ella estaría muerta».

Cuando el primer ataque de Bliss contra la bestia alrededor del pozo de lava resultó en un bastón destrozado y un diente raspando su tobillo, fue Torny quien gritó y aulló, lanzando piedras y alejando a la bestia.

«Podría haberse ido, podría haberse apartado y dejarme morir, pero no lo hizo», señaló Bliss. «Tú no estabas allí».

Quik retrocedió ante eso, un golpe que Bliss no se dio cuenta de que había lanzado hasta ese momento. El cazador, sin embargo, se recuperó rápido, desatando esa misma rabia protectora para señalar con un dedo enojado a Torny.

—Bliss te compra tu vida, ¿de acuerdo? —dijo Quik—. No te compra nada más. Si intentas algo, te romperé el cuello o haré que los Najahn lo hagan por mí.

Torny tragó saliva, sin dejar que ese miedo se acercara a sus ojos.

—Sigue hablando, Quik, si te hace sentir mejor. Pero ¿qué tal si lo hacemos en su barco antes de que se vayan?

El barco Najahn parecía estar preparándose para la noche. La tripulación que había estado cargando algunas cajas pequeñas parecía haberse ido, y las linternas nocturnas se habían apagado alrededor de los costados del barco, preparándolo para una noche tranquila.

—En eso, al menos, puedo estar de acuerdo —murmuró Quik, girándose y guiándolos.

—Tu hermano es todo un personaje —susurró Torny a Bliss.

«Cree que somos su responsabilidad», señaló Bliss, antes de recordar, ante la mirada confusa de Torny, que la chica aún no conocía todas las señas. Un mensaje más simple, entonces.

«Nos ama».

Torny, asintiendo en el crepúsculo, pareció entender eso.

32
EN EL AGUA

Cómo la gente de Foti podía soportar vivir en sus pueblos con su miseria y hedor era un misterio para Quik. Smythe y el Diente de Jarl, al principio, tenían cierta maravilla por la diferencia que había cautivado su fascinación, pero ahora la niebla se disipaba. Todo en esta isla industrial apestaba, su gente caminaba con la miseria sobre sus hombros, y su desesperada codicia le había robado a Quik tanto su propósito como a su hermano.

Ahora Bliss parecía también haberse encaprichado, recogiendo a la bandida como si fuera un nuevo accesorio. Las réplicas descaradas y las puyas de Torny no molestarían tanto a Quik —lo suficiente, de todos modos, como para que casi resbalara en el muelle salpicado de agua mientras se dirigía hacia el barco najahn— si la bandida no siguiera lanzando miradas a su hermana como si fueran mejores amigas.

Deberían haber dejado a la bandida en los páramos, donde Torny habría encontrado la lenta muerte que ella y todos los de su calaña merecían.

Los najahn, al menos, deberían ver las cosas como Quik.

Las fuerzas de Noctia rara vez parecían tolerantes con el bandidaje o la estupidez, áreas que Torny cubría con aplomo. Si no la echaban o la arrojaban al mar... bueno, Bliss entraría en razón.

Tenía que hacerlo.

De cerca, el barco najahn palidecía y a la vez superaba al galeón foti vecino. Quik caminó entre ellos por un muelle ancho y largo, salpicado aquí y allá de cajas sobrantes del trabajo matutino.

La bestia foti se ajustaba a la isla en su sensibilidad, madera ennegrecida reforzada por anillos metálicos, el navío crujía en el suave oleaje mientras la tarde se convertía en noche. Sin velas desplegadas, los grandes mástiles desaparecían en el cielo. Las ventanas de cristal sucio miraban hacia Quik.

El balandro najahn, en contraste, presentaba una figura esbelta. Más brillante, decolorado por el sol y casi gris en su madera, la embarcación mantenía su metal más delgado, sus secretos ocultos. Sus propios tres mástiles eran más cortos, pero parecían estar equipados con más cuerdas, cada una captando el brillo de Sichi como una telaraña rosa en el cielo. Linternas seguras parpadeaban a lo largo de los bordes, globos redondeados dando al barco una vida que el navío foti no podía igualar.

Una vida reflejada por la rampa del barco najahn, aún bajada a pesar de la hora. Cerca de ella, con la vouge apoyada contra varias cajas y fumando una pipa, se encontraba un guardia. Observó a Quik mucho antes de que el hombre de Vis se acercara, aparentemente lo había evaluado y determinado que, a pesar de sus músculos, el hombre no representaba una gran amenaza.

—No necesitamos ayuda —dijo el najahn, soltando una

bocanada verde menta al aire antes de hablar—. Lo que sea que busques, no está aquí.

—Ayuda es lo que busco —dijo Quik.

El najahn deslizó su mirada sobre el hombro de Quik.

—¿Esas dos también buscan ayuda? ¿Una familia entera?

—No son ellas las que la necesitan —respondió Quik, poniéndose a la altura del guardia. El hombre llevaba sus cueros najahn, una túnica y gruesos calzones debajo. Un buen plan con el frío nocturno que descendía, una sensación más aguda aquí en el agua. Los propios harapos de Quik le hacían saber que estaría incómodo aquí en poco tiempo.

—¿Esperas que me importe? —preguntó el najahn.

Quik asintió.

—Eso es exactamente lo que espero.

La capitana najahn igualaba a su guardia en atuendo y escepticismo, pero al menos la conversación ocurría a bordo del barco, en los confines relativamente cálidos del camarote de la capitana. Quik contó la historia por segunda vez: los bandidos, Wax y el flujo de lava. Cuando terminó, la capitana najahn miró a Torny.

El guardia del muelle permanecía con ellos, ya no parecía tan perezoso, con su vouge lista. Se quedó atrás junto a la puerta, una posición que Quik notó haría imposible cualquier intento de huida por parte de Torny. A menos que planeara pasar atropellando a la capitana y lanzarse por una ventana al mar.

Ese sería un final satisfactorio.

—¿Eres una de ellos? —preguntó la capitana najahn—. ¿De estos bandidos?

—Era —dijo Torny, sin mostrar estrés en su rostro ni en su voz—. Estoy haciendo un cambio de carrera.

La sonrisa de respuesta de la capitana era toda dientes. Brillantes, además, algo que Quik no habría notado en Vis pero que destacaba en esta isla azotada por las cenizas. De hecho, la capitana y su barco mantenían las cosas limpias en general. Lo que Quik esperaba, y por una vez, se alegró de ver que esas expectativas se cumplían.

—Una decisión sabia —dijo la capitana—. Los ladrones como tú se dirigen a un final rápido. Los demonios os atraparán, y si no lo hacen ellos, lo haremos nosotros.

Torny resopló, sorprendiendo a todos excepto a Quik. Ser desdeñosa con la autoridad parecía ser el modo predeterminado de la chica.

—La gente con la que estaba lleva años haciendo esto —respondió Torny—. ¿Por qué iban a parar ahora?

La capitana asintió.

—Porque el hombre que solía dirigir este circuito ya no está aquí.

—¿Qué, lo eliminasteis?

—Peor —dijo la capitana—. Ha sido ascendido. Enviado de vuelta a Noctia hace casi un año ya. —Se inclinó hacia adelante, apoyando los codos en la mesa escasa frente a ella, acompañada en su madera limpia por cartas de navegación y cosas que Quik no podía leer, no entendía—. Me llamo Pavarde, Capitana Pavarde, y tengo órdenes de poner fin a vuestras tonterías.

Quik se recostó en la silla, dejando que una sonrisa se extendiera por su rostro. Por fin, una verdadera victoria.

—¿Entonces nos ayudará a recuperar a nuestro hermano?

Pavarde clavó sus ojos en Quik.

—No lo llames así. Ya no es tu hermano. Es la Renovación de Vis. Eso es lo que importa, y es a quien voy a conseguir. Mañana por la mañana, zarpamos hacia el sur.

—¿Y nosotros vamos? —preguntó Quik, viendo que Bliss le hacía la misma pregunta con señas.

—Por supuesto —respondió Pavarde—. Los testigos que cuenten la historia de cómo los najahn mantienen a salvo a sus Renovaciones frente al bandidaje siempre son bienvenidos.

Pavarde escondió al trío con la carga en la cubierta inferior del balandro, un alojamiento terrible si el viaje durara más de un día o dos. Sin embargo, Pavarde afirmó que el balandro podía viajar rápido, especialmente con los vientos invernales. Con ese pensamiento, Quik durmió profunda y tranquilamente por primera vez desde que dejó Smythe.

El viaje hacia el sur pasó volando, aunque Quik nuevamente notó que Bliss pasaba demasiado tiempo con Torny. Le enseñaba a la bandida sus señas, mientras Torny respondía con lecciones sobre cerraduras y cómo forzarlas, sobre juegos de manos, sobre el tipo de cosas que ningún cazador de Vis necesitaría usar jamás. Sin embargo, cuando Quik intentó recordarle ese hecho a Bliss, ella lo ahuyentó.

Afortunadamente, Pavarde estaba feliz de mantener a Quik a su lado. La capitana alternaba entre hacerle preguntas a Quik sobre su isla y su experiencia, con historias sobre la suya propia y los Najahn.

El púrpura y oro ya no podían contentarse con quedarse al margen, solo con sus propios intereses, explicó Pavarde. Ella había estado en el pueblo como parte de una patrulla a lo largo del borde occidental de la isla, buscando señales de que algún demonio pudiera estar emergiendo o anidando.

—¿Anidando? —preguntó Quik.

—Lo peor —respondió Pavarde—. En Kance y Tamas, ya hemos encontrado demonios tratando de construir hogares para ellos mismos. Intentando reproducirse. No solo destrucción salvaje, como con los antiguos.

La posibilidad de que algunas criaturas hostiles pudieran intentar hacer de las islas su nuevo territorio explicaba el creciente alcance de los Najahn, eso y las islas mismas, que se estaban mostrando más inquietas esta vez.

—En Renovaciones pasadas, el Círculo enviaba la orden y todos se portaban bien entre sí, reconocían el desastre por lo que era —dijo Pavarde, deteniéndose para escupir por el costado del balandro mientras este surcaba las olas, con la tierra de Foti siempre a la vista hacia el este. Los Páramos eran mucho más agradables cuando Quik no los estaba caminando—. Ahora mantienen sus rencillas como si importaran. Rana asalta a todos, las reinas de Kance están encerradas en una lucha de poder tratando de arrastrar a Tamas y a tu ciudad oriental.

—Mottilan.

—Claro. Y Noctia, como siempre, está llena de puñales. —Pavarde tomó un respiro profundo. Su uniforme púrpura y negro absorbía el sol, un ícono noble—. Aquí afuera, al menos, puedes ver la hoja que viene por tu espalda.

—En Vis, estas cosas no suceden.

Pavarde levantó una ceja.

—Mi ingenuo amigo, si crees que no suceden, entonces no estás mirando lo suficientemente cerca. Está en nuestra naturaleza, y si quieres ascender a una mejor posición, será mejor que aprendas a detectar y a apuñalar.

—¿Tú lo hiciste?

Pavarde asintió.

—Los Najahn te enseñan bien y te atan lo suficiente a tus compañeros soldados para mantener lo verdadera-mente malo al mínimo. El juego, sin embargo, debe jugarse. —Se rió y sacudió la cabeza—. Pero tú no tienes que preocuparte por eso. Caminarás el sendero de tu Guardián, y cuando tu Renovación falle o tenga éxito, volverás a tu isla, con sus flores y sus hanoko, y olvidarás todo esto.

El campamento de los bandidos apareció cerca del final del segundo día, el olor a pescado cocinándose anunciaba su presencia junto con las estructuras achaparradas en la playa. Pavarde llamó a la tripulación, a aquellos que no estaban trabajando activamente con las velas, a las armas. Ella misma, vestida ahora con una cota de malla dorada, púrpura y negra, se dirigió a la proa del barco. Detrás de ella, otro guardia sostenía en alto la bandera del Círculo Coronado de Noctia, dejando saber a cualquiera que observara qué perdición se les avecinaba.

Quik, Bliss y Torny se mantuvieron cerca del centro del barco, tanto protegidos como, según señaló Torny con su humor seco, rodeados por otros Najahn.

—¿Cuál es nuestro trabajo de nuevo? ¿Quedarnos en el barco y no hacer nada? —preguntó Torny.

—¿Qué sugieres? —replicó Quik—. ¿O quieres correr allá afuera y unirte a tus amigos mientras los masacran?

Torny se encogió de hombros.

—La capitana está muy confiada, seguro, pero según cuenta Sledge, no hay una docena allá afuera sino cerca de cincuenta. Más de los que hay cabezas puntiagudas Najahn en este bote.

—Un Najahn vale por una docena de los tuyos.

Quik se encogió cuando Bliss le dio un codazo. Torny, sin embargo, solo se rió.

—Di lo que quieras —respondió Torny—. Yo solo estaría lista para moverme.

Quik dio un paso atrás, puso el campamento en una buena vista mientras el balandro se encallaba en la arena suave. A ambos lados, las rampas se deslizaron hacia abajo y los Najahn descendieron del bote, armados, llevando voulges y chakrams, listos para imponer el orden que había estado tan ausente en este lugar maldito. El sol se inclinaba bajo detrás de los acantilados bajos, pintándolos de negro salvo por los primeros en la playa, las sombras moviéndose entre ellos.

Sombras que, sin duda, dejarían de moverse para siempre en poco tiempo.

—Wax —murmuró Quik—, he vuelto por ti.

33
TRAYÉNDOLA DE VUELTA

El demonio caído dejó más que sus huesos polvorientos y su capa negra. Los rostros grises, seis en total y con versiones ligeramente diferentes de aullidos agónicos estirando sus líneas, repiquetearon en el suelo de roca. Tras su sonido llegó un ruido discordante, que a Svarde le tomó un momento interpretar como una docena, un centenar de conversaciones desarrollándose a la vez.

Recuerdos, filtrándose y disipándose.

El Guardián sostenía la cabeza del hombre gimiente entre sus manos, ya enfriándose, ya tan quieta. Svarde no vio ninguna herida, pero el pecho del hombre no subía ni bajaba con ningún aliento, ni sus labios se movían, ni sus ojos se abrían. Al menos, allí en ese momento, la última víctima del demonio parecía en paz.

—Kivi —dijo Svarde, dejando la cabeza del hombre en el suelo—. Ve a olfatear alrededor, asegúrate de que no se esconda nada más.

Que pudiera haber más monstruos aquí, o incluso un segundo demonio, parecía el colmo del horror, pero asumir lo contrario sería aún peor. La cautela y la vigilancia eran necesarias en el Oscuro Subterráneo.

—¿Se ha ido? —preguntó Rasslebeck, uniéndose a Svarde para mirar al hombre gimiente.

—Lo que queda de él, sí —respondió Svarde—. Interrumpió al demonio. Me salvó.

—Encontró su coraje al final, entonces. No hay mejor momento.

Svarde asintió, se puso de pie, guardó sus hachas en sus fundas. Sostuvo la ballesta hacia Maena cuando ella emergió de su posición encogida. Ella miró el arma en la mano de Svarde durante más tiempo del que debería, luego la agarró con un gruñido. Sus manos trabajaron rápido, tirando y colocando otro virote en el arma, tensando la cuerda para que pudiera disparar en una fracción de segundo.

—Lista —anunció.

—Entonces mantén la guardia —replicó Svarde. Detrás de él, Rasslebeck cruzó los brazos del hombre gimiente. Enterrar el cuerpo no era una opción en estas cavernas de piedra, pero otra solución estaba lista.

La pregunta era si el hombre gimiente sería el único que quedaría aquí.

—Pennifer, ¿puedes oírme? —preguntó Svarde. La mujer había deambulado hacia el lado lejano de la habitación. Pasaba sus dedos por una línea de cuarzo, fascinada por su suave resplandor rosado—. ¿Queda algo ahí dentro?

Pennifer sí se giró al oír su voz, pero esos ojos no tenían chispa alguna. No habló, solo observó a Svarde por un momento apagado antes de volver al cuarzo.

—Svarde —llamó Rasslebeck—. Ven aquí, echa un vistazo a esto.

Svarde puso una mano en el hombro de Pennifer, lo

apretó. Esperó, pero no recibió reacción. Dos perdidos, entonces, y no mucho que mostrar por ello.

—Dame algunas buenas noticias —dijo Svarde, caminando de vuelta hacia Rasslebeck.

—No sé si son buenas o malas, pero son noticias —respondió Rasslebeck. A los pies del hombre gimiente, dispuestos a lo largo de los huesos del demonio, estaban esos seis rostros grises—. Pensé que todos eran la misma cosa fea, pero ahora estoy empezando a reconocer un par.

Rasslebeck no estaba alucinando. Lo que había sido liso, aunque horripilante, mientras el demonio giraba, ahora parecía estar desarrollando personalidades. Líneas, huesos, formas. Las bocas se cerraron a medida que emergían labios a lo largo del tono gris, las mejillas se redondearon. Las frentes se aplanaron desde sus picos redondeados.

—¿Solo seis? —preguntó Svarde, observando—. ¿Esta cosa solo encontró seis para matar?

—Escuchaste todo ese ruido, ¿verdad? ¿Esas palabras?

—La mayoría no las entendí —dijo Svarde—. Pero eran más de seis voces.

—Lo mejor que puedo deducir —dijo Rasslebeck, arrodillándose sobre los rostros—, es que es como tú y yo teniendo una comida. Te dan un puñetazo en el estómago después de la cena y es probable que lo devuelvas todo. Espera un día antes de recibir los golpes, y estarás bien.

—Si tienes razón, entonces estos somos... nosotros —dijo Svarde.

—No puedo decir que haya pasado mucho tiempo estudiando mi propia cara, pero esa es mi nariz. —Rasslebeck señaló el cuarto rostro—. Ha sido rota suficientes veces como para reconocer ese feo hocico en cualquier parte.

Al final reconocieron cinco rostros, una vez que el gris dejó de moverse. Uno para cada uno de ellos, más el hombre gimiente. Otro, un misterio. Una mujer delgada que no habían encontrado, ni oído. Rasslebeck colocó la máscara del hombre gimiente sobre el cuerpo, mientras los otros tres sostenían las suyas. Pennifer no pareció notarlo, ni pareció importarle cuando Svarde le ofreció su propio rostro.

—¿Qué hacemos con esto? —preguntó Maena mientras el trío se quedaba de pie en el resplandor del cuarzo en el centro de la habitación—. No creo que quiera cargarlo todo el camino de vuelta.

—¿Qué, no hay espacio en tu corazón para un poco de arte? —preguntó Rasslebeck.

—Esa no soy yo —dijo Maena—. O lo era. Ya no.

Svarde sostenía la suya, frunciendo el ceño ante su delgada escultura. Tanto la suya como la de Rasslebeck eran las menos definidas, con rasgos borrosos, como si estuvieran a medio formar en la arcilla gris del demonio. No una comida completa, un diseño a medio dibujar. Dio vuelta a la dura máscara en sus manos, el reverso sin rasgos y oscuro. Justo como sería cualquier máscara real.

Un arañazo llamó su atención de vuelta a Pennifer, cuyos pies habían tropezado con su propia máscara. La mujer aturdida se agachó, agarró la forma gris y la sostuvo en alto, mirándola con la misma nada que había tenido para todo.

—Si ella decide quedársela, Maena, tú tienes que hacerlo —dijo Rasslebeck.

—No tengo que hacer una maldita cosa.

Svarde, sin embargo, mantuvo su atención en su antigua amiga. Pennifer dio vueltas a la máscara en sus manos, tal como Svarde había hecho. La sostuvo frente a su rostro. Un ajuste perfecto, los delgados agujeros para los ojos y la boca alineándose con el rostro en blanco detrás.

Pennifer acercó la máscara, y la cosa cobró vida. La piedra pareció estremecerse, hundiéndose en la piel de Pennifer. La línea entre sus mejillas cubiertas de suciedad y la piedra de la máscara se fusionó, las dos volviéndose una. Ella no gritó, ni siquiera lloró mientras Svarde comenzaba a acercarse.

Antes de que diera dos pasos, la máscara había desaparecido, hundiéndose en y detrás del rostro de Pennifer. Dejando atrás no al zombi sin vida, sino a una parpadeante, confundida y maldiciente asaltante Rana.

—Ríos sagrados —suspiró Rasslebeck, bajando su propia máscara y corriendo hacia Pennifer para envolverla en un abrazo. Hizo girar a la mujer mientras Pennifer intentaba preguntar qué había sucedido—. Te has perdido una historia podrida, Pennifer, y será mejor contarla que vivirla, ¿me entiendes?

Pennifer dio un paso atrás, se separó de Rasslebeck y miró a su alrededor. Vio a Svarde y a Maena. Kivi, resoplando que todo estaba despejado, volvió a entrar en la habitación.

—Lo último que recuerdo es que un viento terrible sopló a través de la cueva por la que caminábamos —dijo Pennifer lentamente—. ¿Y ahora estoy aquí? Todos se ven terribles. —Hizo una mueca y se miró los pies—. ¿Y por qué siento como si mis pies hubieran estado raspando clavos?

Rasslebeck sonrió.

—Porque decidiste dar un paseo descalza por los túneles, por eso.

Los dos se separaron, Rasslebeck encontró un lugar para sentar a Pennifer y contarle la historia. Mientras lo hacían, Svarde se volvió hacia Maena, se encogió de hombros y se puso de nuevo su propia máscara mal definida en la cara.

Era como emerger de un sueño. Las piezas que le

faltaban volvieron: su infancia Foti, los años trabajando en las minas, las forjas, levantando hachas. Svarde, gracias al hombre gimoteante, había conservado sus años de Guardián, la década perdida en el acantilado de Vis, y ahora las partes que nunca se había dado cuenta de que faltaban habían regresado.

—Tu turno —le dijo Svarde a Maena después de tomar unas cuantas respiraciones profundas, estirando su memoria para ver hasta dónde podía llegar, que todas las partes buenas estuvieran ahí.

Maena, sin embargo, miró la máscara con los ojos entrecerrados y el ceño fruncido.

—Esa no soy yo —dijo Maena.

—Claro que eres tú. ¿Quién más sería?

Maena negó con la cabeza. Svarde notó que le temblaba la mano. La capitana Rana levantó la máscara, más alta que su propia cabeza.

—La persona detrás de esos ojos no es quien soy —dijo Maena—. Si ella regresa, entonces yo no estoy aquí.

Svarde aflojó los dedos. Intentó captar la mirada de Rasslebeck, pero los otros dos Rana estaban enfrascados en su conversación, empezando a recoger su equipo.

Kivi, sin embargo, encontró su mirada con sus zafiros. Pareció entender.

—¿Estoy muerta? —continuó Maena, más para sí misma que para Svarde—. Si la otra yo regresa, ¿alguna vez estuve viva?

—Eres la misma maldita persona —dijo Svarde.

Maena le lanzó una mirada furiosa.

—Dijiste que era diferente. Y sé que no soy... yo misma. Ella. No ella. Soy yo. Mi propia persona.

—No tienes pasado. No sabes nada sobre ti misma, Maena. Todo está ahí, en esa máscara. Pon...

—Tú podrías decírmelo —respondió Maena, la ira desvaneciéndose en esperanza—. Podrías enseñarme quién era. Es un largo camino de regreso, ¿verdad? Al final, sabré lo que necesito saber, yo...

—No puedo decirte cómo creciste, no puedo contarte tus sueños, lo que ha estado ardiendo en tu corazón todos estos años —dijo Svarde, acercándose un paso. Maena todavía tenía la máscara en alto—. Esta no es la manera, Maena.

—Fácil para ti decirlo, el hombre que no perdió nada. Que no cambió. —Los ojos de Maena se desviaron hacia la máscara—. Quiero vivir, Svarde. No es tu decisión si puedo hacerlo.

El Guardián silbó, bajo y suave. El rostro de Maena se endureció, lanzó la máscara hacia el suelo rocoso. Kivi, pasando por detrás de la capitana Rana, se lanzó hacia adelante, rodando en el aire. La máscara golpeó sus garras, el punto más suave del ferrite en su vientre. Saltaron chispas cuando la espalda del lagarto de roca se deslizó por la piedra, pero la máscara parecía a salvo.

Maena, no tanto.

Svarde se acercó mientras la capitana Rana miraba conmocionada el rescate del ferrite. La envolvió en un agarre firme, sujetando los dos brazos de la Rana a sus costados y levantándola de la roca. Ella intentó patear, pero Svarde ignoró los débiles golpes en sus muslos y rodillas. Deslizando a Maena en un abrazo más apretado, Svarde movió una mano detrás de su cabeza y presionó a la capitana Rana contra el suelo.

—Rasslebeck, Pennifer —gritó Svarde, y esta vez los dos se dieron cuenta—. Ayuda, por favor.

—Ayúdenme —intentó Maena mientras los otros dos se acercaban.

Pennifer hizo ademán de hacerlo, parecía que iba a patear a Svarde en la cara antes de que Rasslebeck la detuviera. El gran Guardián presionó a Maena contra la roca, manteniéndola allí a pesar de los forcejeos de la capitana. A petición de Rasslebeck, Svarde relató lo que había sucedido, por encima de las cada vez más frenéticas objeciones de Maena.

—Me estás matando —dijo Maena mientras Rasslebeck iba a recuperar la máscara de las garras de Kivi—. Asesinando a tu amiga.

—Trayéndola de vuelta —contrarrestó Svarde.

Al principio, la lucha de Maena consigo misma hirió a Svarde de una manera dura. Esta nueva Maena no era la antigua, pero había luchado junto a ellos de todos modos, había ayudado a enfrentar al enemigo sin nada en su pasado, en su futuro. Esa valentía merecía ser recompensada con algo más que la muerte, si es que eso era lo que esto era.

Ahora, sin embargo, las protestas de Maena, sus súplicas, apartaron la tristeza. La verdadera Maena, la que se había sentado con Svarde en el Colmillo de Rata y le había dicho que el objetivo estaba aquí abajo, en las profundidades más oscuras, no estaba asustada así, no habría suplicado. Si Svarde alguna vez esperaba hacer lo que le había jurado a Ami, necesitaba que volviera la antigua Maena, la que estaba dispuesta a enfrentar cualquier peligro.

—Pon la máscara —ordenó Svarde cuando Rasselbeck regresó. Maena intentó alejarse retorciéndose, un último estallido detenido cuando Kivi asentó su pesado cuerpo sobre las piernas de Maena—. Hazlo, Rasslebeck.

El asaltante Rana miró de Svarde a la capitana, a Pennifer. Cuando esta última asintió y dijo que quería que su capitana volviera, Rasslebeck encontró su determinación.

—Lo siento, jefa —dijo Rasslebeck, arrodillándose junto a Svarde—. Si vamos a seguir este camino, te necesitamos de vuelta.

El grito final de Maena resonó largo y lejos por las cuevas, en los túneles, pero durante todo ese tiempo, Svarde mantuvo su agarre, mantuvo sus ojos fijos en los de ella y se aferró a su esperanza.

34
UNA CARRERA CORTA

Wax comenzó a gritar cuando el agua le llegó a las rodillas. Gritos sin palabras, más espasmos que pensamientos reales, arrancados por un cuerpo en crisis. Cayó la noche, una noche nublada que ahora ocultaba las estrellas y a Sichi, dejando solo los destellos anaranjados en la playa y, por supuesto, a Sledge, que había vuelto a su vigilia.

Un precio, según Sledge, que pagar por aquellos que había perdido en el camino.

La bandida escuchó cómo Wax se desollaba las cuerdas. Los gritos ayudaban, cada uno quitando un segundo de dolor. Sus pies habían desaparecido en el entumecimiento, la línea subiendo más alto con cada ola. Una marea entrante seguramente lo mataría antes de mucho tiempo.

Quik y Bliss no vendrían.

Los dos pensamientos, que su muerte segura no estaba lejos y que no sería salvado por sus Guardianes, por su familia, convergieron lentamente, rechazados al principio por la misma voluntad que había ayudado a Wax a cargar a

Pan por el Gran Sana, que lo había empujado a distraer al demonio y dejar escapar a Sawi.

La misma voluntad que estaba perdiendo esta lucha.

—Ríndete, Wax —dijo Sledge entre los gritos sin sentido, y no por primera vez—. No tiene sentido morir por nada. Y yo necesito dormir un poco. Tu ruido no ayuda.

Las ataduras alrededor de sus piernas y muñecas hacían que los temblores resonaran contra la madera. El aire frío preparaba la piel de Wax para el agua que seguiría, mientras la sed y el hambre lo mordían por dentro.

En general, Wax había estado mejor.

En general, Wax no sabía por qué seguía allí. ¿A quién le estaba demostrando algo ahora? ¿A quién le importaba lo que hiciera?

Uno de los siete Renacimientos. Sin duda, no el favorito para ganarlo, para sentarse en la maldita isla de Noctia y esperar a que un demonio lo despedazara. Vaya victoria.

¿Honor para Kitaye? A quién le importaba el honor. ¿Cuántas veces celebraban el último Renacimiento de la ciudad? Wax ni siquiera podía recordar su nombre. Alguna tejedora. ¿Era por eso que estaba sufriendo aquí? ¿Por la oportunidad de ser olvidado después de todo?

—Di la palabra, Wax —gritó Sledge.

Di la palabra. Eso era todo lo que tenía que hacer. Decir que se rendía. Decirle a Pan, de alguna manera, que lo sentía. Que no era lo suficientemente fuerte.

Otra ola. Wax se convulsionó, su cabeza golpeando la madera detrás de él. Un nuevo dolor robando parte del dolor de sus piernas.

Era irrazonable, ¿no? Los Najahn nunca le dijeron a Wax que esto era lo que podría pasar. ¿Un demonio, tal vez? ¿Un accidente, posiblemente? ¿Tortura? ¿Por la misma gente a la que Wax estaba haciendo todo esto para salvar?

Di la palabra.

—Me voy en un minuto —dijo Sledge—. No estarás vivo cuando vuelva.

Di la palabra.

Se despertó con el sol. Su espalda acurrucada en la arena, seca y cálida. Alguien le había echado una manta ligera encima, pero eso no era lo que tenía la atención de Wax. Sus manos, aún atadas, pero ahora de una manera diferente: para mantener algo apretado entre ellas.

Los susurros lo despertaron, los familiares deslices y suspiros provenientes del skar. Vis, dándole la bienvenida a casa a Wax.

—El hombre despierta —dijo Sledge, comiendo un pescado fibroso del extremo de un cuchillo. Estaba sentada en un tronco a la deriva a no más de un paso de distancia—. ¿Puedes sentir tus pies, muchacho?

Wax intentó moverlos, intentó flexionar sus muslos. Se estremecieron, se descongelaron, lucharon por volver de las profundidades insondables a las que van los cuerpos cuando están rodeados de tanto frío.

Sledge debió notar el movimiento bajo la manta. Silbó.

—Íbamos a cortártelos hasta que Eggrad nos detuvo —dijo Sledge, hundiendo el cuchillo de nuevo en el tosco cuenco de barro para servirse otra porción—. Quería demostrarle a todos que los skars valen la pena perseguirlos.

Wax tomó las palabras de Sledge como una invitación, una oportunidad para reconectarse con cada uno de sus dedos de los pies, cada uno de sus dedos de las manos, su trasero, su estómago, su corazón. Todos estaban allí, todos respondían a su búsqueda. Un cuerpo que no debería haber vivido había resistido, estaba prosperando.

—¿Cómo?

—Lo sientes, ¿no? —preguntó Sledge.

—Es como susurros. No puedo entenderlos.

Sledge asintió.

—Solo lo sentí una vez. Un skar de Kance, la última vez. Ese no funcionó tan bien.

Wax se giró en la arena, frotando su hombro contra la arenilla para obtener una mejor vista de Sledge.

—¿Qué hiciste con él?

—¿El skar? Lo vendí como todos los demás. —Sledge negó con la cabeza, riendo de esa manera desesperada que tenía tendencia a hacer—. No es como si tuviéramos elección. Nuestros compradores no negocian, y nosotros no podemos decir que no.

—¿Quiénes son?

—Los conocerás pronto, si esa vela es lo que creo.

Wax se movió, se sentó. Vio, en la luz temprana, una vela púrpura-negra cortando el horizonte hacia ellos. Detrás de Wax, el campamento de bandidos estalló en una acción frenética, la voz retumbante de Eggrad volando por encima de todo, exigiendo esto y aquello.

—Temprano para una visita —dijo Sledge, dejando el cuenco—. Deben estar desesperados por más.

—¿Cuántos se llevan?

Wax guardó el comentario de Sledge sobre los skars que hablaban para más tarde. Una curiosidad para seguir cuando tuviera más tiempo. Y, si había hecho lo que Wax sospechaba, estaba a punto de estar cerca de Sledge por mucho, mucho tiempo.

Obviamente, escaparía de vuelta a Vis en algún momento, pero ¿cuándo sería eso, cuándo podría Wax intentar un cruce en solitario a través de los Páramos, de vuelta a Smythe, y poder pagar el pasaje a casa?

Este Renacimiento habría terminado, y más.

La balandra najahn se acercó para cuando Eggrad se unió a Sledge y Wax en la playa. A diferencia de la noche anterior, Eggrad llevaba puesto el cuero foti completo, con dos espadas cortas en la cintura. El yelmo desteñido por el sol le empujaba las cejas tupidas hacia abajo, cubriendo sus pupilas de sombra, haciendo que a Wax le pareciera que el líder bandido no tenía ojos en absoluto, solo agujeros peludos.

—Córtale las ataduras —le dijo Eggrad a Sledge—. ¿Está lo suficientemente bien?

—Eso parece. —Sledge obedeció la orden, agarró la muñeca de Wax y, con un solo corte limpio, envió su cuchillo de las comidas a través de las estrechas hebras que sujetaban las muñecas de Wax.

Wax atrapó el skar en sus manos liberadas, lo sostuvo cerca y le lanzó una mirada fulminante a Eggrad mientras este último extendía una mano.

—¿Ya estás renegando de tu juramento, muchacho? —preguntó Eggrad, con voz más curiosa que cáustica—. Anoche te mantuviste firme, pero dijiste las palabras. Retractarte ahora te dará el mismo destino, solo que más rápido, ya que no tengo tiempo para escuchar tus patéticos gritos.

—¿Y si lo tiro por ahí? —dijo Wax, poniéndose de pie y cambiando el skar a su mano derecha.

—¿Cómo salvará eso tu vida? —replicó Eggrad—. Solo hay un movimiento aquí, y es poner el skar en mi mano. Te queda un respiro más antes de que Sledge te destripé tan mal que ningún skar podrá volver a unirte.

Una muestra simbólica. Eso era todo lo que Wax había hecho, todo lo que podía reunir. Tendría que vivir con eso, ya que la fría mirada de Sledge no mostraba simpatía. Ella haría exactamente lo que Eggrad pedía.

Así que Wax también lo hizo, y la pareja siguió al líder bandido de vuelta al campamento. Allí encontró el frenesí no del todo como esperaba: por cada bandido enfrascado en envolver el botín, arreglando las armas robadas, armaduras y objetos de valor saqueados, otro se preparaba para una pelea. Algunos se retiraban detrás del campamento hacia los acantilados, ballestas y cerbatanas listas. Más de una bandida embarazada entre ellos.

—Tan mortíferas como tú y yo —dijo Sledge cuando notó que Wax seguía al grupo—, pero con más que perder en una pelea sucia.

—¿No veo niños?

Sledge resopló.

—Irán a una de una docena de ciudades, cada una de las cuales pagará por un cuerpo para criar, para trabajar en sus minas, sus forjas. Todo es un intercambio aquí, Wax.

—¿Las madres permiten que eso suceda?

—Algunas van con sus hijos, otras no. —Sledge empujó a Wax dentro de la tienda de Eggrad. Despojada, la vivienda parecía escasa—. Tú y yo esperaremos aquí mientras Eggrad habla.

—Parece que esperas más que solo una conversación.

—Cualquiera que confíe en que los najahn harán solo lo que dicen está pidiendo que lo engañen.

Cuando Wax presionó por más detalles, Sledge le espetó que se quedara callado. Un suave rumor subió por la playa cuando la balandra tocó la orilla, un rumor seguido por gritos sorprendidos, maldiciones y un sonido que Wax no había oído antes: los clics y chasquidos de las ballestas al soltar sus saetas.

Wax, sentado en la arena peinada, se levantó de un salto solo para que Sledge lo empujara de vuelta al suelo. Su mano derecha sostenía la propia hoja foti de Wax una vez más, su brillante azul contrastando con el beige polvoriento que los rodeaba.

—¿Te la devolvió? —susurró Wax, colando las palabras sobre los crecientes gritos, llamadas y ahora, un choque de metal contra metal.

—Un premio por devolver tu cuerpo a los nuestros —respondió Sledge—. Aparentemente los najahn no están cumpliendo con nuestro trato habitual.

—¿Matándolos?

Un grito agudo se elevó por encima de la batalla. Sledge hizo una mueca.

—No creo que estén jugando. —Echó un vistazo por encima del hombro de Wax, hacia la parte trasera de la tienda—. Vamos, vámonos.

—¿Huyendo? —Wax se recostó—. ¿Por qué debería? Solo me rescatarán.

Sledge se rio, manteniendo sus ojos moviéndose de Wax a la solapa frontal de la tienda mientras la batalla crecía afuera.

—Pensarán que eres un bandido, igual que nosotros —respondió Sledge—. ¿Qué es más probable, que la Renovación Vis se esconda en un campamento de bandidos, o que sea solo otro ladrón que necesita que su cabeza sea puesta en una pica?

Un argumento persuasivo, sin duda.

Wax siguió a Sledge fuera de la tienda por la parte trasera, Sledge usando la hoja foti para cortar rápidamente una rendija. Más allá, la playa se encontraba con acantilados rocosos, una aventura que Wax no estaba muy dispuesto a emprender con los pies descalzos, pero Sledge no ofreció zapatos y la batalla decía que esperar era morir.

Fuera de la tienda, Wax vio saetas volando desde agujeros en los acantilados a su izquierda, dardos negros gritando hacia la playa. Las flechas volaban de vuelta, atravesando la piedra y rebotando, haciendo volar la roca blanda en el aire con cada impacto.

El propio campamento bloqueaba cualquier vista de la verdadera lucha, sin importar cuántas veces Wax mirara hacia atrás mientras Sledge lo guiaba más adentro de los estrechos de piedra.

—¿Cuánto falta? —preguntó Wax mientras Sledge seguía avanzando, la bandida ignorando las opciones de viajar a la izquierda, reforzar a sus amigos.

—Lo suficiente —respondió Sledge—. Los najahn no perderán el tiempo persiguiéndonos a todos. Nos dispersaremos, obtendrán sus malditos premios y se irán.

—¿No crees que ganarán?

Sledge se detuvo, la alta piedra gris a su alrededor amortiguando el ruido de la batalla. Dándole una distancia que permitía respiraciones completas, un momento de reflexión.

—Eggrad ha pasado años tratando con los najahn —dijo Sledge—. Se ha ablandado. Todos nos hemos ablandado ahora. Si estos najahn presionan su ataque, y parece que tienen la intención de hacerlo, seremos destrozados.

—Pero...

Sledge se dio la vuelta, señaló con un dedo a Wax, a sí misma.

—No somos luchadores, tú y yo. No como ellos. Ladrones, aventureros, tal vez. Pero los najahn son guerreros, armados y listos para hacer lo que su Círculo ordene. Los enfrentas, pierdes. Es por eso que todas las islas sufren su arrogancia.

Antes de que Wax pudiera elaborar una respuesta, Sledge ya se había dado la vuelta nuevamente, poniendo más pasos entre ellos y la playa. Pasos entre ella y Wax.

Sledge podría tener razón. Los najahn podrían confundirlo con un bandido, pero lo que Wax escuchó en las palabras de Sledge fue una vida vivida con miedo, una promesa de que la felicidad, cuando se encontrara, sería fugaz. No para él.

—Dame mi espada —dijo Wax. Sledge se tensó, se dio la vuelta y apuntó la propia hoja azul de Wax hacia él—. Te irás con vida. Eso es más de lo que mereces.

—¿Quién eres tú para juzgar? —Sledge avanzó, su palidez gris. Choques distantes, gritos, maldiciones rebotaban en la roca que los rodeaba—. No eres más que un muchacho. No conoces la desesperación.

—Sé que la estás sintiendo ahora mismo. —Wax fue a la derecha, esquivando las piedras estriadas, manteniéndose justo fuera del alcance de Sledge—. La lucha se está acercando. Me están buscando, y no se detendrán.

—Lo harán si encuentran tu cuerpo.

Sledge se abalanzó, pero Wax se desvió a la derecha. La hoja foti rebotó en la roca, esparciendo polvo. Sledge maldijo, siguió a Wax, vio que ahora él estaba entre ella y el sendero de escape.

—Puedo bailar durante mucho tiempo —dijo Wax, negándose a dejar que una sonrisa asomara a su rostro. La espada. Eso era lo que quería. Sledge enfurecida podría no dársela—. No tienes estos segundos. Dame la espada y tendrás una oportunidad.

Sledge corrió hacia él, una carga digna de un grito de guerra, pero mantuvo la boca cerrada, con los dientes apretados. Wax fingió ir a la izquierda antes de deslizar los pies sobre el suelo arenoso y saltar hacia atrás. Sledge blandió la espada, salvajemente. La hoja cortó donde Wax habría estado, donde debería haber estado. En cambio, él permaneció, como siempre, en el camino de Sledge. Mientras ella se recuperaba, Wax recogió arena y se la arrojó a la cara. Los granos salpicaron sus ojos, su boca. Ella maldijo de nuevo, se quitó la suciedad.

—Te seguiré, ellos me seguirán a mí —dijo Wax, rearmándose—. Tal vez tengas suerte, tal vez no. Pero no te queda mucho tiempo.

Como si escuchara la amenaza de Wax, un agudo aullido se escuchó no muy lejos a su derecha. El grito desgarrador de alguien. Sledge miró en esa dirección. El miedo se había apoderado de ella ahora, una mirada que Wax conocía porque atormentaba tantos de sus propios sueños: Pan, en el descenso por el Gran Sana, la espina en su costado.

—Te estoy ofreciendo un trato, y uno bueno —continuó Wax, con voz serena—. Me dijiste que aceptara la oferta de Eggrad, y eso me salvó la vida. Ahora estoy haciendo lo mismo por ti. Dame la espada y corre.

Sledge miró la espada Foti, la agitó frente a ella en un perezoso tajo. Un suspiro pesado. —Eso es todo lo que obtenemos, ¿no? Una mala elección tras otra. —Con un repentino chasquido, lanzó la espada Foti hacia atrás, en dirección a la playa—. Toma tu espada, Wax. Maldito seas.

Wax no le dio a Sledge ni un gesto, ni una palabra más. Pasó corriendo junto a ella, manteniéndose bien apartado, y escuchó a Sledge acelerar su propio paso. Hacia el este, hacia la libertad, o lo que contaba como tal para ella. En cuanto a Wax, la espada azul, la playa, y su hermano y hermana yacían adelante.

Sus pies apenas sentían la dura roca mientras corrían.

35
LOS RESUCITADOS

En el camino con Svarde y Catya, una pregunta común después de unas jarras de cerveza era si preferirían enfrentarse a un demonio grande o a varios más pequeños. Svarde, por supuesto, siempre inclinaba su respuesta hacia el gigante solitario, apostando que un solo objetivo era más fácil de alcanzar con sus hachas.

Ami, por su parte, quería enemigos a los que pudiera partir de un solo golpe. Sin preocuparse por un contraataque, por el monstruo simplemente tomando la espada y viniendo hacia ella de todos modos.

Catya, como siempre hacía, bromeaba en el centro de la conversación, inclinando la balanza hacia un lado u otro dependiendo de quién parecía estar ganando el debate de la noche: ¿y si el demonio único pudiera volar?, ¿qué tal si el enjambre se dividiera con cada golpe, multiplicándose en un ejército infinito?

Esas conversaciones pasaron como un rayo por la mente de Ami mientras observaba al demonio gigante, envuelto ahora en el techo de lona que había destruido, dando un giro en picado de vuelta hacia ellos, sus alas, patas y furia evidentes incluso cuando Sichi hacía que la cosa pareciera más hermosa de lo que tenía derecho a ser.

La voz de Terrevin se quebró, azuzando a los Guardianes a una acción más rápida. Los chakrams salieron de las espaldas, encontraron manos dispuestas. Los hombres y mujeres alrededor de Ami se inclinaron, enviaron sus brazos con los discos planos de vuelta hacia la tierra, y cuando el demonio cayó al alcance, Terrevin ordenó el lanzamiento.

Ocho discos se lanzaron al aire, no todos a la vez, sino escalonados en algún entrenamiento invisible para que los pares no se golpearan entre sí, sino que volaran directamente hacia su objetivo.

Y dieron en el blanco.

Los chakrams y sus bordes afilados se clavaron en el demonio, mordiendo su piel peluda con un éxito salpicante, una lluvia de icor precediendo el descenso silencioso del monstruo. Ami cerró los ojos, dio un solo paso hacia Catya cuando la lluvia de sangre cayó. Sostuvo a Rompeflamas sobre su cabeza, con la punta hacia arriba.

Si el demonio era lo suficientemente tonto como para caer sobre ella, su peso probablemente significaría la muerte de Ami, pero Rompeflamas aseguraría la del propio demonio.

—¡Voulges arriba! —gritó Terrevin.

Las lanzas curvas se elevaron cuando el demonio se estrelló, un evento que Ami presenció con los ojos entrecerrados, limpiándose la sangre con la mano izquierda mientras se daba cuenta de que el demonio, de hecho, no iba a por una muerte aplastante.

En su lugar, el gusano alado se estrelló contra las flores de lelune detrás del trono de Catya, por el lado norte. Al impactar, los chakrams que habían hecho un buen asalto inicial salieron volando o se hicieron añicos, sus fragmentos volando por el aire en todas direcciones.

—Agáchate —espetó Ami a Catya, que había intentado girar la cabeza alrededor de su trono para ver.

La Guardiana, dejando caer a Rompeflamas a un lado, abrazó a Catya contra su trono mientras las rocas y los trozos de chakram golpeaban su espalda. Se oyeron gritos cuando las armaduras de los Guardianes desafortunados fueron golpeadas y sus vulnerabilidades perforadas.

—¡A la carga! —continuó Terrevin—. ¡Heridos, retirada!

A su izquierda, Ami notó que el guardián del escudo empujaba a otro Guardián por el camino, la subida que llevaría al Guardián de vuelta al túnel, el puesto de guardia y Noctia propiamente dicha. Refuerzos, o, más probablemente, testigos de los muertos que quedarían después de la pelea.

Quedaban seis Guardianes en pie, incluido Terrevin, y todos blandían sus voulges en una carga directa hacia el demonio. El gusano, por su parte, luchaba con su nuevo hogar en el suelo, retorciéndose para librarse de los últimos trozos de chakram. Cualquier belleza que la cosa una vez tuvo se desvaneció ahora entre los tallos de lelune, la tierra y las líneas sangrantes dibujadas por los ataques y el Aegis ante ellos.

—¿A qué esperas? —preguntó Catya mientras los Guardianes pasaban corriendo.

—No estoy esperando —dijo Ami, poniéndose de pie, sosteniendo a Rompeflamas de nuevo en sus manos—. Tú eres mi objetivo. Si el demonio pasa por ellos, tengo que protegerte.

—Podrías salvar sus vidas.

¿En una melé como la que se estaba desarrollando? ¿Donde el gusano lanzaba su cabeza y cola contra los

Guardianes que se acercaban, haciendo retroceder a algunos, recibiendo algunas estocadas ligeras en igual medida? El forcejeo lanzaba más rocas también, un caos desordenado.

—El equipo de Terrevin sabe lo que hace —dijo Ami, esperando que eso fuera cierto—. Yo me interpondría en el camino.

Los Guardianes, al menos, estaban a la altura de las palabras de Ami. Selene continuaba dando órdenes, formaciones, golpes, y los Guardianes mantenían la compostura, entrando cuando las sacudidas del gusano ondulaban por el largo cuerpo de la criatura para dar estocadas más profundas, golpes más devastadores. Si un Guardián caía, otro lo retiraba el tiempo suficiente para que se recuperara. Las alas del demonio, también, parecían destrozadas por la caída. No habría despegue aquí.

Una danza lenta, esta, pero inevitable. Rompeflamas no necesitaría...

—Ami —dijo Catya—. Mira.

El Aegis tenía los ojos de vuelta hacia la Herida. Ami siguió la mirada, vio una cosa curiosa incrustada en la roca justo sobre el borde de la Herida. Un color bronce, un oro enfermizo bajo la luz de Sichi, pero sólido y mordiendo la roca. De su parte trasera salía una cadena dorada, una que caía sobre y dentro de la Herida.

Tensa.

Varios Guardianes heridos yacían cerca del dispositivo, con su atención centrada en reparar los cortes del ataque inicial del gusano. Ninguno tenía los ojos en el nuevo gancho. Ninguno, de todos modos, hasta que una mano de cuatro dedos se deslizó sobre el borde de la Herida y se plantó en la tierra. La mano hipnotizaba a la vista, sus dedos indistintos detrás de lo que parecía ser una llama azul-púrpura, una que no ondeaba ni un poco en el frío viento del inicio del invierno de Noctia.

Brasas índigo estallaron al impacto de la mano, chispas que no caían al suelo y morían como deberían, sino que en su lugar flotaban en el aire como las semillas de una flor, apagándose en una cadencia lenta.

Siguiendo la mano por su brazo, de nuevo una llama azul-púrpura como líquida, llevó la mirada de Ami a un hombro, y luego hacia la oscuridad. Al menos, por un momento más rápido.

Una segunda mano se elevó, aterrizando a la derecha de la primera. Ami, ya levantando a Rompeflamas, notó que la cadena del gancho aún estaba tensa. Un agarre mantenido, peso aún sostenido.

Otro extraño y nuevo demonio.

Moriría como todos los demás.

—¡Guardianes! —advirtió Ami, atrayendo la atención de los heridos. Detrás, la lucha con el gusano continuaba, sin notar la nueva llegada—. ¡A las armas, o si no pueden empuñarlas, márchense!

Como si respondiera a su llamada, la cabeza del demonio se alzó sobre la Herida. Como una flecha de obsidiana, el triángulo brillante plateado-negro sobresalía entre las llamas púrpura-azules, aún más porque el propio cuerpo del demonio parecía estar quemando su cabeza una y otra vez: líneas anaranjadas seguían el rastro del fuego, cruzando la cabeza antes de volver a comenzar, dividiéndose a veces para hacer recorridos aleatorios.

Todo esto era fácil de notar ya que la cabeza del demonio igualaba el tamaño del cuerpo de Ami. Las dos primeras manos aún aferradas a la tierra, no mucho más grandes que las de Ami, resultaron ser solo una engañosa introducción al monstruo masivo que seguía. Cuando la cabeza del demonio quedó completamente a la vista, esos primeros hombros cayeron en una extensión mucho mayor, la de una cosa gigante, triple o más del tamaño de Ami.

Uno al que no valía la pena darle ni un momento de ventaja.

—¡Atacad! —gritó Ami, apuntando con Quiebraflamas a la criatura.

Antes, Ami habría notado los susurros del skar, habría sentido curiosidad mientras preparaba la hoja. Ahora, esos leves sonidos contaban una historia diferente: Quiebraflamas estaba hambriento, encantado, no deseaba nada más que lo que estaba a punto de suceder.

Y sin embargo, la carga de Ami vaciló un paso después.

Vaciló, porque el demonio habló.

Esas líneas ardientes anaranjadas a lo largo de su cabeza se fusionaron, como si de repente hubieran recibido una dirección, en un único óvalo crepitante, y de él, mientras el demonio continuaba elevándose, emergió un discurso áspero y siseante.

Las palabras, la cadencia, no se parecían a nada que Ami hubiera escuchado antes. Nada, salvo el mismo skar susurrando en su cabeza en ese preciso segundo, instándola a atacar.

Si Ami vaciló, los Guardianes que habían recuperado su tambaleante equilibrio, uno con un brazo colgando inerte y los otros dos con heridas sangrantes en el estómago y las piernas, no lo hicieron. Se tambalearon hacia el gigante, los dos primeros empujando sus voulges hacia los brazos y el último, viniendo desde atrás, lanzando su arma a la cabeza del demonio.

Las mejores armas de Najahn descubrieron que su metal era un pobre rival para su objetivo. Las puntas curvas se hundieron, encontraron las manos, brillaron en blanco y simplemente se derritieron, el metal goteante cayendo sobre la piel del demonio sin un solo espasmo. El voulge que volaba hacia la cabeza golpeó el cráneo rocoso del monstruo, rebotó encendido y se precipitó a las profundidades de la Herida.

—Tranquila, Ami —dijo Catya detrás de ella.

Cierto. Ami tomó un lento respiro. Apartó las palabras del demonio mientras los tres Guardianes retrocedían, sus ojos buscando más armas. Más intentos inútiles.

—¿Qué quieres? —preguntó Ami al demonio, una pregunta que nunca había pronunciado antes en todas sus peleas con los monstruosos habitantes del Abismo Oscuro.

El demonio respondió, su chisporroteo brillante y crepitante. Ami no pudo entender nada. Los skars, al menos, parecían dar emoción con sus susurros, un impulso que ayudaba a guiarla hacia lo que las piedras significaban. El demonio no ofrecía tales pistas, aunque su continua elevación no sugería nada bueno.

La cadena dorada se aflojó cuando apareció una nueva mano, esta vez duplicando el tamaño de la primera. El calor irradiaba del gigantesco miembro púrpura-azul, bañando a Ami en una ola abrasadora. El skar de Quiebraflamas saltó hacia ella, arrastrando a Ami hacia adelante por su propia voluntad. La pequeña piedra pedía la destrucción del demonio, la exigía.

Era hora de darle al skar Foti lo que deseaba.

Ami niveló Quiebraflamas para una estocada penetrante directo al cuello del demonio, un objetivo creciente y brillante mientras el monstruo continuaba su ascenso. Mientras hacía su primer movimiento, el gancho dorado retrocedió, sus dientes pelando roca. Se hundió en la Herida, luego se elevó de nuevo con el cuarto brazo del demonio, su segunda mano gigante sosteniendo el extremo de la larga cadena, revelando que el arma no tenía uno sino cuatro grandes ganchos dorados. El demonio lanzó el brazo detrás de su cabeza, levantando los ganchos en el aire abierto.

Hermoso, de cierta manera, sobrevolando la cosa ardiente y fundida. Una carrera, bajo las estrellas brillantes, para ver quién moriría primero.

Ami dio otra zancada larga, impulsándose con su izquierda en el empuje final. Su nariz captó un olor, su cabello prendiéndose fuego mientras el calor a su alrededor ardía brillante, secando el aire de cualquier otra cosa salvo llamas azul-púrpura.

El skar guió su golpe incluso mientras los ojos de Ami encontraban los ganchos cayendo, todos y cada uno precipitándose hacia ella, el demonio enviando lo que debería ser un golpe mortal devastador.

Un destello. Un voulge, volando perfecto sobre el hombro derecho de Ami. La lanza curva golpeó la cadena chasqueante, la calidad de Najahn probándose aquí incluso si falló contra el fuego. El voulge se hundió profundamente en el gran eslabón, rompiendo su agarre y enviando los cuatro ganchos en un inofensivo estruendo lejos a la derecha de Ami.

—¡Tienes vía libre! —el grito de Terrevin se coló entre el rugido del skar.

Quiebraflamas se hundió en el blanco, y Ami gritó mientras su piel probaba el fuego del demonio. Por encima de todo, llenando su mente y desbordando su voluntad, dirigiendo a Ami para que siguiera adelante, estaba el skar.

Y Ami escuchó. Porque no había otra opción.

36
EL RESCATE

La Lira le había enseñado a Bliss cómo manejar a los demonios, cómo atravesar la jungla sin ser vista ni oída, cómo dominar la noche y conquistar el día. Deshiva y los otros cazadores le enseñaron a Bliss cómo rastrear, vivir de la tierra y luchar con lo que pudiera encontrar.

Ninguno le mostró lo que significaba ir a la guerra.

Los Najahn bajaron en tropel del balandro, listos en sus delgadas filas para enfrentarse a la variopinta resistencia de los bandidos. Bliss, Quik y Torny observaban desde el balandro, mientras la líder Najahn les ordenaba quedarse mientras ella se encargaba de la chusma.

Los bandidos, por su parte, salieron esperando algo diferente. Su líder —Bliss lo dedujo porque el hombre no solo guiaba a los bandidos, sino que caminaba con aire arrogante— bajó por la arena con los brazos extendidos, sin armas desenfundadas. Dos bandidos lo seguían, cada uno con cofres desgastados en sus brazos. ¿Botín, un soborno?

—Ella dijo que las cosas estaban cambiando —añadió Quik cuando la ofrenda se hizo evidente.

—No tan fáciles de sobornar como los anteriores —dijo Torny, mordiéndose nerviosamente el labio inferior.

"¿Preocupada?", hizo señas Bliss a la bandida.

—Esto no pinta bien —respondió Torny, y luego se encogió de hombros—. Menos mal que nunca he conocido a esta gente, o tal vez me importaría más.

—No creas que no te hará responsable —dijo Quik—. Una vez que Wax esté de vuelta con nosotros, responderás por tus acciones al igual que tus amigos.

Torny solía tener una respuesta mordaz para Quik, pero ahora solo guardó silencio, continuando mordisqueándose el labio.

Nerviosa, pero entonces, Torny tenía todo el derecho a estarlo. ¿Había conseguido un hogar solo para verlo ahora arrancado? Bliss no estaba segura de cómo reaccionaría ante eso, solo sabía que no dejaría que sucediera sin luchar.

Lo cual fue, con el silbido de Pavarde, en lo que se convirtió la playa. Las primeras filas de Najahn bajaron sus alabardas y cargaron, sin siquiera molestarse en fingir negociaciones. La línea trasera se quitó los chakrams de los hombros y lanzó los discos afilados sobre sus aliados, los círculos silbantes cortando a los bandidos que esperaban. La arena voló mientras las botas se hundían profundamente, y comenzaron los primeros gritos.

Bliss se estremeció, comenzando a retroceder solo para sentir la mano de Quik en su espalda. Bliss miró a su hermano, vio su rostro tenso pero sus ojos severos, observando.

—Esto es importante —dijo Quik mientras el conflicto se unía, virotes como avispones negros disparando desde los acantilados en la parte trasera de la playa—. Nosotros trajimos a los Najahn aquí. Lo mínimo que podemos hacer es mirar.

—Sí, no gracias —dijo Torny, dándose la vuelta—. Además, no veo a tu hermano allí. Tal vez ya se haya ido y todo lo que estáis haciendo es conseguir que maten a gente por nada.

Mientras Quik gruñía alguna respuesta tonta, Bliss intentó confirmar la afirmación de Torny. La refriega hacía difícil distinguir, con bandidos y Najahn mezclándose, alabardas y espadas volando, pero no reconoció a Wax entre la contienda. Ninguna espada azul Foti destacaba sobre el resto.

—Piensa lo que quieras —dijo Torny, dirigiéndose hacia la rampa del balandro—. No voy a esperar a que me claven una lanza en la espalda o me pongan una soga al cuello.

Antes de que Quik pudiera hacer más que maldecir, Torny se dejó caer por el costado del balandro, salpicando en el agua y dirigiéndose por la playa hacia el campamento, lejos de la lucha.

"Buen trabajo", hizo señas Bliss a su hermano.

—Eres demasiado amigable con ella.

"Me salvó la vida". Bliss se descolgó su bastón, observó a Torny salpicar en la arena, la ladrona casi brillando bajo el sol naciente. "Y tiene razón. Wax no está ahí fuera".

Bliss se escabulló del alcance de su hermano, dirigiéndose hacia el mismo lado del bote que Torny había usado. Una mirada hacia abajo le dijo que la caída no era muy alta.

—¿Adónde vas? —preguntó Quik, moviéndose para seguirla.

"A buscar a nuestro hermano".

El agua estaba condenadamente fría, robándole el aliento con su gélido toque, pero la arena resultó más cálida, una manta arenosa cubriendo a Bliss mientras corría tras Torny. A su izquierda, las órdenes de Pavarde se elevaban en el aire, ordenando el avance de los Najahn. Algunos virotes aún volaban desde los acantilados, pero los bandidos parecían estar dispersándose, corriendo hacia las pendientes solo para ser abatidos por detrás por lanzas o chakrams arrojados.

Los Najahn, sin embargo, no parecían tener prisa en particular, atendiendo a sus heridos y asegurándose de que las bajas enemigas se convirtieran en cadáveres.

Torny, mientras tanto, desapareció entre las tiendas.

Bliss aceleró el paso, sosteniendo el bastón con ambas manos y recordándole a sus pies cómo correr ligero sobre la arena. Saltaban sobre la superficie, dejando apenas una huella detrás. Con el estómago lleno y bien descansada, Bliss encontró que la carrera era fácil, con una emoción que la acompañaba.

Una cacería. Por un amigo, sí, y su hermano, pero una cacería al fin y al cabo.

Las primeras tiendas eran pequeñas, sus solapas polvorientas ondeando en la creciente brisa matutina. En ellas, Bliss vio escuetos sacos de dormir, alforjas llenas para una huida rápida. Los que habían ido a la playa, entonces, y que no volverían.

Más allá, Bliss encontró terreno más nivelado. Fosos para el fuego, bastidores para armas y herramientas en su mayoría vacíos. El aroma del desayuno persistía en el aire, sartenes de hierro sucias contenían pescado carbonizado mientras cuencos de barro guardaban restos de frutas de árboles y arbustos de la playa, las pocas plantas que valían la pena en la isla que Bliss había visto.

—¡Hermana! —exclamó una voz inesperada y encantada.

Wax apareció por detrás de la tienda más grande del campamento, con las manos libres y una amplia sonrisa.

Bliss la correspondió, la emoción de la cacería convirtiéndose rápidamente en júbilo por la victoria. Ahí estaba él, su Renovación, y además se veía saludable. Sin heridas graves, incluso recién lavado.

Ella no soltó su bastón para darle un fuerte abrazo a Wax, pero él levantó a Bliss de todos modos, riendo, hasta que el grito de otro herido cortó el aire.

"Los trajimos", hizo señas Bliss mientras ambos miraban a través del campamento hacia la lucha. "Los Najahn vinieron a rescatarte".

—Lo acepto —suspiró Wax, aunque su mueca dejaba claro que sus sentimientos no estaban libres de culpa—. ¿Ese es tu barco entonces?

—Lo es.

—Entonces vamos.

Bliss, sin embargo, no se movió tras Wax, y su hermano se giró, con la pregunta evidente.

—Necesito encontrar a alguien —gesticuló Bliss.

—¿A quién?

La respuesta a esa pregunta murió con un gruñido triunfante y entrecortado desde el otro lado de Wax. Irrumpiendo a través de una tienda con sus espadas ondeando y la sangre manando de varias heridas, apareció el líder de los bandidos. La suciedad se aferraba a su barba y su rostro, pero los ojos salvajes del hombre rodaron con claridad cuando encontraron a Wax.

—Mi boleto de salida —dijo el hombre, salpicando espuma roja mientras hablaba—. Una Renovación por mi vida. Un trato justo, ¿no crees?

Wax retrocedió un paso, espacio suficiente para que Bliss lo rodeara, con su bastón listo. El líder de los bandidos la vio, se quedó mirando por un momento perdido, y luego chocó sus cortas espadas entre sí.

—Por un momento pensé que eras Sledge, muchacha, pero supongo que Wax ya se ha encargado de ella, ¿no? —preguntó el líder de los bandidos—. ¿Has vuelto a por Eggrad para vengarte?

—No soy... —comenzó Wax cuando Eggrad se lanzó hacia adelante.

Bliss movió su bastón hacia la izquierda, golpeando a Wax y empujándolo más lejos. Eggrad parecía dirigirse directamente hacia su hermano, pero después de su primer paso, el bandido clavó su pie derecho y viró bruscamente hacia Bliss, guiando esas espadas gemelas en una danza de abajo hacia arriba.

La Lira detuvo el golpe alto con su bastón, retrocediendo mientras se balanceaba para esquivar el golpe bajo. Un salvamento temporal, ya que Eggrad presionó su ataque, apartando el bastón y guiando de nuevo con su espada izquierda para un golpe de puñalada al estómago. Uno que quedó muy lejos de su objetivo, gracias a una forma atronadora y gritona que se precipitó desde el lado del campamento que daba al mar.

Quik golpeó a Eggrad por detrás, lanzando al bandido al suelo. Quik cayó después, sosteniéndose con las manos e intentando levantarse, solo para que Eggrad, maldiciendo su mala suerte, le propinara una patada en la cara. El hermano de Bliss se desplomó en el suelo.

Pero tomar un camino dejó a Eggrad abierto a otros, concretamente a un golpe del bastón de Bliss contra su cráneo. El cuero sobre su cabeza amortiguó el golpe, pero la fuerza empujó la cara de Eggrad contra el suelo. Bliss deslizó su pie derecho hacia atrás, envió el bastón a la izquierda para un golpe de barrido que debería terminar con todo.

El bastón llegó rápido, pero Eggrad levantó su brazo

derecho, plantando la espada más rápido de lo que cualquier hombre debería después de un golpe en la cabeza como el que Bliss había propinado. La hoja sirvió para bloquear el golpe del bastón, haciendo temblar la madera incluso mientras Eggrad se levantaba de nuevo sobre sus rodillas, sus pies.

—No lo dejes recuperarse —dijo Wax, lanzando una sartén de hierro.

El proyectil se deslizó, golpeó a Eggrad en el pecho, provocando un tropiezo. Bliss lo aprovechó, lanzando el bastón hacia adelante. La mano izquierda de Eggrad bajó rápidamente, desviando el golpe para que solo golpeara su muslo, un impacto aún lo suficientemente fuerte como para doblar, tal vez romper el hueso.

Eggrad hizo una mueca, escupió otra maldición ardiente, pero no cayó.

Qué resistencia tenía el hombre. Bliss retiró el bastón, preparó su guardia mientras Eggrad avanzaba de nuevo, solo para que el líder bandido se detuviera, girara y apuñalara.

Quik, viniendo de nuevo por detrás, recibió el repentino golpe en su pecho, en el lado derecho. En un instante, la espada entró, salió, y el cazador de Vis cayó al suelo. Wax gritó el nombre de su hermano.

Bliss aprovechó la apertura.

Yendo demasiado bajo esta vez, con las espadas de Eggrad girando de vuelta esperando un golpe a nivel del pecho, Bliss enganchó los tobillos del bandido, lo volcó de nuevo en la arena. Esta vez, Bliss deslizó su agarre mientras el bastón subía, invirtiendo el golpe y enviando el extremo metálico directamente a la cabeza de Eggrad. El crujido resonó fuerte, por encima de la continua refriega hacia el norte, y el líder de los bandidos quedó inmóvil.

—¡Quik! —gritó Wax de nuevo, corriendo más allá de Bliss hacia su hermano.

Bliss se movió más lentamente, pateando ambas espadas lejos de las manos de Eggrad antes de unirse a Wax al lado de Quik.

La herida extendía su señal en la arena, un rojo rezumante retrasado solo por los dedos de Quik. Wax ya tenía su camisa rasgada, reemplazando la mano de Quik cuando Bliss llegó con el paño hecho un ovillo. El corte, sin embargo, era profundo, lo suficientemente peligroso.

—¿Los Najahn trajeron un sanador, un médico? —preguntó Wax mientras Bliss buscaba algo que pudiera servir.

—No lo sé —gesticuló Bliss—. No hablaron mucho con nosotros.

—¿Es malo? —preguntó Quik, su voz ya tan débil, estirada—. Se sintió profundo.

—He visto peores —espetó Wax, y luego hizo otro fuerte llamado de ayuda, un llamado que, Bliss calculó, quedaría sin respuesta mientras los Najahn se ocuparan de los suyos—. Bliss, tenemos que moverlo. Llevarlo de vuelta al bote.

—Tú toma sus hombros, yo tomaré los pies —Bliss se puso de pie mientras Wax se arrastraba cerca de la cabeza de Quik. El bastón fue a su correa de hombro, y Bliss se inclinó, agarró los tobillos de su hermano.

—¿Lista? —preguntó Wax, mirándola, luego su expresión cambió, la determinación desvaneciéndose en una confusión horrorizada.

Bliss giró, soltando los pies de Quik en la tierra. Eggrad se levantaba detrás de ella, sus espadas perdidas pero con una daga oculta en su mano derecha. Levantó el arma, la inclinó para una puñalada, y se sacudió. Una vez, dos veces, antes de desplomarse en el suelo.

Detrás de él, con la espada corta de Eggrad en su mano, estaba Torny. Antes de que Bliss pudiera hacer un gesto, la ladrona arrojó la hoja a un lado y se lanzó sobre el cuerpo de Eggrad, rasgando sus bolsillos, su ropa arruinada.

—¿Qué estás haciendo? —preguntó Wax.

Torny miró hacia arriba, —Ayúdame, si quieres que tu hermano viva.

Había momentos para cuestionar las cosas, momentos para estudiar las opciones y elegir el mejor curso, pero allí en ese momento, Bliss usó lo que escuchó, lo que sintió, lo que sabía.

Torny no los había abandonado, no la había abandonado a ella.

Juntas las dos arrancaron la armadura de Eggrad, con Torny gritando una maldición feliz cuando encontró lo que había estado buscando, un zafiro familiar en una cadena corroída.

—Mi skar —dijo Wax cuando Torny quitó la piedra de Eggrad.

Al mover, cuando el skar perdió su contacto con el líder de los bandidos, el hombre suspiró, una exhalación marchita.

—Con razón no se detenía —dijo Wax mientras Torny le lanzaba el skar—. Esta cosa, el skar de Vis, te cura.

—Ya lo sé, idiota. Dáselo a tu hermano —Torny puso los ojos en blanco, luego volvió al cuerpo de Eggrad, continuando vaciando bolsillos.

Wax presionó el skar contra la herida de Quik, mientras Bliss fue hacia Torny, agarró las manos de la ladrona para llamar su atención.

—¿Qué? —espetó Torny—. Este tipo es el líder, lo que

significa que tendrá las llaves de los verdaderos objetos de valor. Estoy a punto de convertirme en una fugitiva, así que yo...

Bliss negó con la cabeza, —Te vas a quedar. Con nosotros.

Torny se rió. —¿No oíste a tu hermano? Me va a colgar a la primera oportunidad que tenga.

Bliss volvió a sacudir la cabeza. —Jamás lo permitiré. Nunca.

Torny empezó a hacer otro comentario mordaz, pero al ver lo que Bliss transmitía con su rostro y su agarre, se detuvo y asintió lentamente.

—¿Lo prometes? —preguntó Torny.

—Por mi vida.

—¡Se está cerrando! —gritó Wax detrás de ellas—. El skar está funcionando. —Bliss se dio la vuelta para ver a Wax desplomarse en la arena, con una sonrisa agotada en el rostro—. Bliss, no sé cómo vamos a superar esto.

37
LA GRAN FORJA

Los bandidos fueron derrotados. El capitán najahn arrasó el campamento, llevándose todo lo que tuviera algún valor mientras Wax y los demás, escoltados de vuelta a la balandra, no hicieron más que descansar, observar e intercambiar historias. Los najahn fueron minuciosos, quemando todas las tiendas y los materiales que no se llevaron, dejando el campamento convertido en ruinas al caer la tarde.

Entre los tesoros recuperados, presentados por el capitán a Wax como parte del botín, estaban los guanteletes de Quik. El hermano de Wax continuaba su recuperación, aunque el skar no parecía capaz de restaurar su vigor tan rápidamente: Quik durmió durante horas, despertando solo para beber agua y comer una sopa ligera de pescado.

A los ojos de Wax, Torny parecía tomarse con calma la disolución de su reciente tribu. La bandida comía, bebía y bromeaba con los Vis y cualquier najahn que se les uniera, desapareciendo solo al final de la noche para observar cómo se consumían los restos del campamento en la arena.

—¿Qué cambió? —preguntó Wax a Bliss, ambos en la

cubierta de la balandra, abrigados ahora con ropas de bandido recuperadas que los protegían del frío. El barco no zarparía hasta la mañana, con una vigilancia laxa de los najahn mientras la mayoría se entregaba a la cerveza y los vinos de frutas saqueados en una celebración estruendosa.

—¿Con ella? —preguntó Bliss, y Wax asintió—. No intentó matarme, y la situación era desoladora allí fuera. Nos ayudamos mutuamente.

—¿Y se quedó incluso después de que encontraran a Quik?

—No es que él ayudara, pero Wax, creo que ella no tiene a dónde ir.

—Estás insinuando algo.

La hermana pequeña, Bliss siempre había sido una manipuladora potente, capaz de conseguir que sus hermanos estuvieran de acuerdo con casi cualquier cosa, o de enfrentarlos entre sí hasta obtener lo que quería. Wax ya se sentía dispuesto a aceptar, sin importar lo que ella dijera.

Bliss había acudido a su rescate, fue la primera en subir a la playa para encontrarlo. Wax le debía más o menos lo que ella quisiera.

—Ella sabe cosas que nosotros no —comenzó Bliss—. Sobre el mundo más allá de Vis. Estamos perdidos, Wax. Admítelo. En nuestra primera isla casi morimos de hambre, casi nos matan. Quedan seis más, y Torny es astuta.

—¿Quieres que la haga Guardiana?

Ahora fue el turno de Bliss de asentir, la sinceridad brillando a la luz de las lámparas de la balandra. Torny permanecía en la proa del barco, una sombra contra el resplandor rosado de Sichi.

—No es solo mi decisión, Bliss —dijo Wax—. Pero si ella quiere venir con nosotros, no me opondré. Aunque no creo que a Quik le guste.

—Le diremos que Torny le salvó la vida. Eso ayudará —Bliss sonrió—. Y si no, mala suerte. Tú eres la Renovación. Es tu decisión.

Fuera o no la decisión de Wax, Quik siguió refunfuñando, siempre con Torny fuera del alcance de su oído, durante los días siguientes. La balandra los llevó por la costa occidental de Foti, con el capitán najahn prometiendo una escolta directa hasta la Gran Forja. No era algo que siempre se ofreciera a las Renovaciones, pero dado el estrés y los suministros que el capitán podía donar a la guarnición najahn allí, parecía una oferta inofensiva.

Una que Wax no tuvo problema en aceptar.

Viajaron en un tren de vagones de ferrita a través de la extensión norte de Foti, una región montañosa pero más verde que los Páramos del sur. Cultivos y ganado ocupaban las laderas cubiertas de hierba y las llanuras niveladas, con grandes cuevas abiertas aquí y allá que conducían a minas.

La Gran Forja en sí no parecía muy diferente de esas fábricas de mineral a primera vista, solo un agujero más grande construido en una montaña marrón plateada que se asentaba achaparrada entre otros picos más altos. En su base, un campamento najahn de piedra y palos negociaba su posición con las empresas de Foti, estas últimas haciendo entrar y salir carros repletos de minerales crudos dentro de la bestia humeante y caliente, sacándolos con botines relucientes.

La entrada, al menos, hacía honor a la categoría de la Gran Forja, con banderas najahn y de Foti ondeando en el viento caliente y estatuas talladas bordeando el paseo con barandillas que bajaba hasta la entrada. Torny, demostrando ser una guía turística experta, aunque no había estado antes en la Gran Forja, iba leyendo los nombres y hazañas de cada hombre y mujer martilladores que pasaban.

La mayoría, al parecer, habían ganado su honor inmortal por ser pioneros en alguna nueva técnica de trabajo del metal. Tres, sin embargo, tenían collares añadidos a sus estoicas estatuas grises: los Aegis pasados de Foti y, más alejada de la boca de la cueva, la actual.

—¿Crees que todavía está viva? —preguntó Wax mientras pasaban junto a la estatua de Catya, una figura lisa que mostraba a la mujer en una pose desafiante, sujetando el collar con ambas manos como si dijera que cualquier enemigo tendría que arrancárselo de las manos.

—Si no lo estuviera, el camino sería mucho más peligroso —respondió Quik, tomándose un momento, junto con Bliss, para hacer una bendición Vis a la estatua—. El Círculo tomó la decisión a tiempo. Deberíamos terminar mucho antes de que ella... caiga.

—*Si* lo hicieron a tiempo, quieres decir —añadió Torny—. Fassle no es infalible.

—El Círculo no es solo él —replicó Quik mientras continuaban más allá de las estatuas, manteniéndose a la derecha para que los carros pudieran pasar retumbando en ambas direcciones. El final de la mañana resultó ser un momento ajetreado para la Forja—. Son todas las islas trabajando juntas.

—Es Noctia haciendo lo que le da la gana.

—Me parece bien —dijo Wax, zanjando la discusión—. ¿Consigo buena comida, mantas calientes y un viaje agradable por todas las islas? Lo acepto.

Torny parecía que iba a añadir algo más, pero Bliss le dio un codazo en el costado y la bandida se conformó con poner los ojos en blanco.

El guardia najahn que esperaba en la entrada de la Forja

les indicó que giraran a la derecha, por el estrecho puente, en lugar de seguir los carros hacia las principales estaciones de fundición y forja.

—Lo que buscan está en el corazón —dijo el guardia, con el rostro y la armadura cubiertos de polvo negro—. No se queden mucho tiempo allá abajo.

—¿Por qué? —preguntó Torny, para disgusto de Quik —. ¿Acaso vamos a incendiarnos o algo así?

El najahn esbozó una leve sonrisa.

—Lo último que necesito hoy es tener que recoger sus cenizas en un cubo.

«Eso suena ominoso», gesticuló Bliss.

—Después de lo que hemos enfrentado —dijo Wax—, no puede ser peor.

Esa afirmación se puso a prueba poco después, cuando el grupo, siguiendo las indicaciones del najahn, se encontró caminando por un estrecho precipicio que daba a un lago de lava burbujeante. Entre las enormes burbujas, estallidos y siseos, se oían a lo lejos sonidos de martilleos, un extraño contraste entre la industria y la furia natural.

Wax, cuando no se limpiaba el sudor de los ojos, seguía a Bliss por el borde. Llevaban la lona foti más ligera que pudieron encontrar, y los zapatos demostraron su valía, ya que incluso un roce en las paredes de roca negra podía quemar la palma o el dedo desprevenido. El aire cente-lleaba, y cada respiración desencadenaba una batalla para evitar la tos. Todos recurrieron a los gestos de Bliss para ahorrar aliento, una medida que, para satisfacción burlona de Quik, excluyó a Torny de gran parte de la conversación.

No es que tuvieran mucho de qué hablar, salvo quejas sobre el calor y advertencias sobre pasos en falso y chispas de lava. Al menos no hasta que llegaron al mencionado corazón.

El centro de la Gran Forja se extendía desde el estrecho sendero hasta una amplia plataforma cuadrada, aparentemente barrida y limpia. Su ancha base descendía hacia el lago de lava, un pilar incrustado que brillaba donde el líquido caliente salpicaba. En el extremo opuesto se alzaba una formación de piedra, una cosa bulbosa más grande que el carromato en el que el grupo había viajado hasta allí, cubierta de venas relucientes de oro, cobre, plata y más. Esas venas descendían por la forma y se adentraban en el suelo, extendiéndose por toda la plataforma, intersectándose aquí y allá antes de terminar a los pies del grupo.

—Un rompecabezas —anunció Torny, renunciando a los gestos.

Cada vena tenía su propio final, el zarcillo caía en una ranura poco profunda que recorría la base de la plataforma. Esos extremos yacían en cubos recortados, todos flotando en la lava hirviente que corría por esa ranura. Apoyados contra la pared de roca al final de su camino había varios postes forjados, cuyo propósito era fácil de adivinar.

—Empújenlos hacia abajo —sugirió Wax, expulsando algo de polvo al hablar.

Bliss no esperó, agarró el poste más cercano —su bastón habría servido, pero como todas sus armas y equipo, lo habían dejado atrás— y empujó hacia abajo el cubo de cobre. Desapareció bajo la lava, que comenzó a subir por su línea bronceada hasta llegar a la primera intersección de la vena, donde se cruzaba con el filón de oro. Allí la lava se detuvo, como si fuera incapaz de cruzar.

—El oro es el siguiente —dijo Quik, agarrando un poste y empujando la vena hacia abajo.

De nuevo la lava corrió por la vena de oro, cruzando la intersección con el cobre antes de detenerse en... un segundo encuentro con la vena de cobre más adelante. Mientras tanto, el cobre forzado por Bliss no se movió más.

—¿Y ahora qué? —preguntó Torny—. Y, por favor, si lo sabes, sé rápido. Hace un calor infernal aquí.

Ese parecía ser el desafío. Resolver el rompecabezas antes de que el calor, el polvo y la pura intensidad te hirviesen vivo.

—Para resolver un rompecabezas —dijo Wax—, hay que conocer las reglas. Bliss, levántalo. Veamos si se reinicia.

Bliss levantó su poste del cubo de cobre, y la piedra flotó libre de la lava en la ranura. La lava que ya había recorrido la vena, sin embargo, permaneció quieta, brillando naranja, caliente y a la espera.

—Quik —dijo Wax—, ahora tú.

El oro hizo prácticamente lo mismo cuando Quik lo soltó, salvo que la lava se secó, enfriando la vena de oro hasta justo después de la intersección con el cobre. Más allá, entre ambos contactos con el cobre, el oro permaneció cubierto de lava. Donde no lo estaba, el oro se volvió negro, cubierto ahora de roca de lava enfriada rápidamente.

Y el cobre usó su camino libre, la lava dejada por el empujón de Bliss se adelantó para fluir más allá de la intersección con el oro hasta que quedó atrapada por un encuentro con la plata.

—Creo que tenemos nuestra respuesta —dijo Wax con el acuerdo sudoroso de los demás.

Saber cómo funcionaba el rompecabezas y resolverlo eran dos cosas diferentes, pero cuatro mentes derritiéndose funcionaban mejor que la de Wax solo. El grupo se pasó los postes e ideas de un lado a otro para hacer que la lava recorriera las venas y la plataforma. Cuando cada una llegaba al montículo de piedra del final, la lava envolvía su vena elegida. Al terminar el rompecabezas, entonces, líneas naranjas brillaron a través de la roca gris, antes de correr por algún agujero oculto en su interior. Con un crujido y un chasquido —Wax oyó los sonidos con claridad mientras él y los demás cruzaban la plataforma, pasando por encima de las líneas de lava secas, pero aún calientes—, el centro del montículo se elevó. Allí, anidado bajo su tapa de piedra, yacía un reluciente conjunto de siete skars foti.

Torny silbó mientras Wax se acercaba al montículo. Debajo de los skars había un pequeño charco de lava, creado por la resolución del rompecabezas.

—¿Creéis que puedo tocarlo? —preguntó Wax al trío.

—Creo que si no lo haces, todos nos vamos a freír —respondió Torny.

—Por una vez, estoy de acuerdo con la bandida —añadió Quik.

Por si acaso, Wax tomó su mano izquierda y la puso sobre el skar de Vis, de nuevo en su lugar en su cuello. Los susurros del skar aumentaron, y el calor de la Forja pareció menos opresivo, su respiración se hizo más fácil. Una peligrosa adicción podía ser el skar.

Pero cuando Wax alargó la mano para agarrar su segundo skar, sus dedos avanzando lentamente, encontró la gema naranja igual de cálida, y no más caliente, que el skar de Vis cuando lo había agarrado en la cima del Gran Sana no hace mucho tiempo.

Wax sacó el skar, se dio la vuelta y se lo mostró al grupo.

«Muy impresionante», gesticuló Bliss. «¿Ahora podemos salir de aquí?»

Por una vez, nadie discutió eso.

38

PRESIÓN EN LA SUPERFICIE

La caminata de regreso a la superficie tomó más tiempo que el descenso. Los pies cansados, las raciones menguantes y el puro desgaste emocional afectaron a Svarde y los demás. Maena no volvió rápidamente a su ser anterior, permaneciendo en silencio gran parte del camino, en guerra dentro de su propia mente. Rasslebeck y Pennifer se mantenían juntos, mientras Kivi exploraba por delante y los mantenía en el camino correcto hacia casa.

Todo lo cual dejó a Svarde con sus propios pensamientos, que se inclinaban hacia el demonio y sus recuerdos robados. El hombre gimoteante y lo que significaban.

El Guardián había estado en Las Siete Islas, había escuchado sus dialectos, bebido sus cervezas y experimentado sus culturas. Ninguna hablaba las lenguas que había escuchado del demonio, una posibilidad que Svarde podría haber atribuido a una captura antigua —quién sabía cuánto tiempo había sobrevivido el demonio en las profundidades— de no ser por el hombre gimoteante.

Sin memoria ni mucha mente, el hombre gimoteante no

ofrecía muchas pistas, pero en esa ausencia daba la más importante: su apariencia pálida, piel flácida, fácil adaptación a los estrechos túneles subterráneos y escasa luz sugerían que no había sido un pícaro con suficiente suerte para sumergirse en lo profundo y quedar atrapado.

Que hubiera secretos en el Oscuro Abajo no era una sorpresa para nadie. ¿Que esos secretos pudieran incluir a un pueblo escondido bajo la superficie?

Una pregunta para Noctia, quizás. El Círculo y los libros de historia.

En cuanto a su búsqueda para matar el corazón del demonio, detener el desove en los agujeros más profundos, Svarde sentía el peso de sus hachas en la espalda, las ampollas en sus pies, el rasguño seco en su garganta esperando agua que no llegaría.

La incursión no había sido suficiente. Un grupo pequeño no lograría lo que Svarde quería. No, tendría que convencer a las islas. Conseguir, si no un ejército, algo más cercano a ello. Una cadena de suministro constante, incursiones y fuerzas dispuestas a avanzar más profundo y reclamar el territorio tomado.

No una expedición, entonces, sino una guerra.

—¿A quién convencerás para que lo acepte? —dijo Maena mientras pisoteaban a través de una caverna húmeda, techos y suelos irradiando el resplandor ardiente de Kivi en un baño naranja—. Rana, Kance y Whent tienen ejércitos permanentes, pero los tienen para luchar entre sí, no para trabajar juntos.

—Como con todo, maldita sea, Noctia tendrá que liderar.

Maena se rio, un corte agudo, más amargo que antes del demonio.

—Ahí tienes una imposibilidad. Dijiste que ni siquiera ayudarían con esto. ¿Ahora quieres organizar algo mejor?

—Usaré la máscara.

La placa gris descansaba en su alforja, cuidadosamente anidada entre retazos de tela recogidos. Sus rasgos coincidían con los del hombre gimoteante, y Svarde solo podía esperar que dentro esperaran suficientes revelaciones para impulsar a Noctia a la acción.

—Ni siquiera sabes si funcionará en otra persona —dijo Maena, bajando la voz mientras miraba hacia otro lado—. Y quien sea que la use morirá si lo hace.

—Noctia tiene sus prisioneros. Entregarán uno por esto.

Maena se estremeció.

—Frío, incluso para ti.

—La antigua tú no habría dudado.

Maena resopló. Cayó en silencio mientras dejaban la caverna, volviendo a la larga fila india a medida que el pasaje se estrechaba. Una vez más arriba y arriba y arriba, atrapando una brisa por un momento, un misterioso hedor en otro.

¿Se había vuelto frío, insensible en su persecución obsesiva? ¿Amargado, con Catya tan lejos de cualquier alcance?

¿No tenía Svarde esa excusa? ¿No tenían todos los que habían visto sus sueños una vez tan prometedores desvanecerse en sombras una razón para condenar su empatía?

Más tarde, en lo que Rasslebeck declaró sería su último descanso antes de la superficie, el grupo masticando valientemente hongos secos y musgo blando, todos ellos delgados, con estómagos rugiendo en un trasfondo tambaleante, Maena le dijo a Svarde que volvería.

—Hasta el fondo —dijo Maena, sacando su sable y

puliéndolo, aunque los demonios no los habían perseguido en el viaje de regreso—. Siento que se lo debo.

—¿A tu otra yo?

—Ella luchó por mí, aunque no sabía quién era yo, lo que le pasaría cuando yo volviera. Tengo que honrar eso.

—¿Incluso si no puedo convencer a Noctia de que me dé mil soldados Najahn?

—Incluso si no puedes convencerlos de que te den el desayuno.

Svarde se rio entre dientes.

—Ya lo he probado. Los mejores huevos están abajo, al borde del agua. Más grasa, más sabor.

—Entonces, ¿qué tenemos que perder?

La respuesta llegó con la luz del día, la primera tarde que habían visto en semanas haciendo su entrada gris dorada en la gran salida de la cueva. La roca dio paso a la tierra, el aire renunció a sus extremos húmedos, y por una vez Svarde tomó un aliento completo sin toser, sin preguntarse si alguna criatura saldría disparada de la oscuridad y se lo arrebataría.

Kivi, su intrépida líder, se detuvo en la salida, los ojos de zafiro de la Ferrita volviéndose hacia Svarde con un resoplido de advertencia.

—Supongo que deberíamos tener cuidado —dijo Rasslebeck, captando el significado de Kivi—. Volver a la superficie significa problemas humanos.

—Nada que cualquier guardia de Whent pueda hacer se comparará con el demonio —contradijo Pennifer—. Me gustaría verlos intentar asustarme ahora.

—Mantén tus armas envainadas de todos modos —advirtió Maena—. Qué estupidez sería haber llegado hasta aquí solo para recibir un perno en el pecho. No hemos robado nada, ni herido a nadie en esta isla.

Svarde no estaba seguro de tener la fuerza en este punto para salir corriendo, con las hachas desenvainadas, de todos modos. La falta de comida y agua había hecho que sus miembros se movieran más por desesperada costumbre que por elección consciente. Si los Whent querían pelea, lo menos que podían hacer era darle unos días de descanso, una comida decente o tres primero.

—Guíanos, Kivi —dijo Svarde, pero la ferrita se quedó quieta, con las garras aferradas al último extremo de la cueva—. Bien, iré yo entonces.

La sabiduría de Kivi resultó cierta: cuando Svarde caminó hacia la ventosa tierra, el puesto avanzado de Whent mostró su recién descubierta popularidad. Arqueros de Whent, esos soldados con armadura de roca sosteniendo pesadas ballestas, rodeaban a los que regresaban. Espaciándolos, brutos más grandes con sus guanteletes Whent y pesados escudos, estaban listos para avanzar.

En el centro, con una armadura de piedra pintada con una capa blanca como el hielo, se erguía un señor de la guerra Whent, vestido con pieles gruesas y cortas, y luciendo la barba de cuatro puntas exigida a todo varón Whent con algún poder.

Al ver a Svarde, el hombre gruñó una sola palabra. Las ballestas, ya cargadas, se tensaron con atención. Tal cantidad de virotes debería haber provocado pánico en Svarde, pero en su lugar se extendió un entumecimiento opaco. Una aceptación fatal.

—Bajen sus armas —anunció Svarde, manteniendo sus manos bien lejos de las suyas—. Estamos condenadamente cansados, hambrientos y medio muertos. No pretendemos hacerles daño a ustedes ni a su gente, y pueden preguntar en ese pueblo de atrás para comprobar mis palabras.

Detrás de Svarde, los otros tres se demoraron en la

entrada de la cueva por un largo momento hasta que la evidente futilidad de la retirada los obligó a avanzar. Kivi se acercó a los pies de Svarde, se dejó caer junto a él, su lengua saboreando el aire y sus ojos entrecerrados.

Tan cansada como cualquiera de ellos, la férrite, y tan merecedora de un descanso.

—El pueblo ya ha hablado de vuestra valentía —dijo el señor de la guerra Whent, su habla quebradiza masticando las palabras como si intentara atacar cada sílaba—. Os ofrecen su agradecimiento, y yo lo retribuiré no matándoos donde estáis.

—Estaré sentado antes de mucho —replicó Svarde—. Mejor no apostar vuestros gatillos a la posición de un hombre cansado.

El señor de la guerra dudó, luego se rio.

—No sois conocido por vuestro humor, Guardián —dijo el señor de la guerra—. ¿Quizás encontrasteis algo allá abajo?

—Y mucho más además.

—Entonces esperaré con ansias escucharlo de vos —el Señor de la Guerra hizo un gesto hacia adelante con sus dos brazos rechonchos, y aquellos Whent equipados para el combate cuerpo a cuerpo se acercaron al grupo—. Es un largo camino hasta los Fosos. Tiempo de sobra para llenar vuestro estómago con comida y mi mente con historias. Luego, por supuesto, veremos si podéis evitar que os abran en canal.

—¿Los Fosos? —preguntó Pennifer mientras Maena maldecía—. ¿Qué son esos?

Mientras Pennifer hacía su pregunta, Svarde se encontró moviendo sus manos hacia sus hachas. Un esfuerzo condenado, pero entonces, esperar a los Fosos sería lo mismo. Sin embargo, al mirar los rostros nerviosos y decididos de la guardia Whent que se acercaba, Svarde contuvo su mano. En su lugar, encontró su voz.

—Los Fosos son una oportunidad —dijo—. Para ti, y para aquel que hará lo que sea necesario para acabar con tu vida.

El Señor de la Guerra Whent, mientras sus fuerzas arrancaban las armas de la espalda de Svarde y le quitaban la bolsa, no lo contradijo.

39
UNA NUEVA TÚ

A mi se vio a sí misma al despertar, dos copias, una reflejada en cada una de las amplias lentes de Annalyse. La científica se inclinaba sobre Ami, su leve respiración mezclándose con el crepitar de las llamas de las linternas como únicos sonidos en el silencioso laboratorio. Ami reconoció el espacio de inmediato, una especie de hogar para ella ahora, después de semanas de haberse convertido en el experimento de Gladdring. Repleto de todo lo que Annalyse solicitaba, la sala de la torre desafiaba la familiaridad, salvo por aquellas lámparas y las gafas de Annalyse.

Jaulas bordeaban las paredes del laboratorio, formando un anillo circular que conducía a una amplia losa en el centro, una sobre la que Ami supuso que debía estar acostada, había estado acostada, a juzgar por sus músculos entumecidos. Le picaba la garganta y sentía la nariz como si estuviera cubierta de costras. Ami intentó mover su muñeca derecha y la encontró atada.

—¿Despierta? —preguntó Annalyse, parpadeando hacia ella—. ¿O es otro sueño?

—¿Sueño? —preguntó Ami con voz ronca.

—¡Vive! —gritó Annalyse, saltando hacia atrás desde la losa—. Espera, te traeré algo de agua. La vas a necesitar.

Ami se quedó allí tumbada —¿qué más podía hacer?— y exploró su propio cuerpo mientras Annalyse se apresuraba. Sus dedos, los de las manos y los pies, parecían intactos. Aunque las correas le impedían incorporarse, sentía tela a lo largo de su cuerpo. No era la pesada armadura que había llevado al combate.

El demonio. Aquel monstruo de llamas azules. ¿Habría quemado su armadura, metal forjado en los hornos más calientes de Foti?

Peor aún, el demonio no había sido solo una bestia de fuego. Había usado una herramienta, un arma. Algo que Ami nunca había visto antes. Garras, dientes, huesos para golpear, los demonios podían tener todo eso. Las herramientas, la verdadera inteligencia, se reservaban para los humanos, los hijos de los siete dioses.

Si eso ya no era cierto, entonces...

—Toma, bebe —dijo Annalyse, inclinando un vaso hacia la boca de Ami. Después de un sorbo demasiado pequeño, Annalyse lo apartó—. Lo siento, han pasado un par de días. No quiero abrumarte. He mandado a los guardias a buscar algo de comida.

—¿Varios días? Qué...

—Está a salvo, Ami. No te preocupes. Noctia reforzó las Barreras después de la pelea. Supongo que les proporcionaste la evidencia que necesitaban —Annalyse le dio otro sorbo a Ami, asintiendo mientras lo hacía—. Ese es siempre el problema con los políticos, ¿no? A veces hay que abofetearlos en la cara para que se den cuenta.

Mientras Ami saboreaba el agua, continuó su recorrido mental por su cuerpo. Parecía oír bien, oler y saborear. Sus ojos veían más o menos como antes. Y sin embargo, las cosas no parecían correctas.

Una tensión la invadió, y una sensación de que no estaba sola. Una sensación reforzada por los ojos errantes de Annalyse.

—¿Está muerto?

—¿Está muerto qué? —Annalyse ladeó la cabeza, haciendo girar los engranajes—. Oh, ¿todavía hablas de la pelea? ¿El demonio? Terrevín dijo que volvió a caer en la Herida. Nadie lo sabe, pero no ha vuelto —Otro trago de agua—. Menos mal. No estoy segura de que alguien pudiera haber hecho lo que tú hiciste.

Ami tosió.

—Lo apuñalé con una espada.

—¡No con cualquier espada! Eres demasiado modesta. Y, francamente, podrías serlo menos. Ahora nos representas, ¿recuerdas? A los skars, a Gladdring, a nuestra torre.

—¿Qué quieres decir?

—Quiero decir que tu espada hizo el daño. Rompellamas, imbuida con un skar de Foti, derribó al monstruo. Esa es la versión que tenemos que respaldar.

Ami se estremeció. O lo intentó. Las correas hacían que el movimiento fuera poco satisfactorio.

—No voy a jugar a la política.

—Mira, a mí tampoco me gusta, pero es el baile que tenemos que seguir jugando con los juguetes —Annalyse se mordió el labio, sus ojos miraron hacia el cielo por un momento antes de encogerse de hombros y volver a los de Ami—. Además, ahora no tienes elección.

Un miedo latente se disparó. El corazón de Ami se aceleró. La garganta seca volvió. Lo sabía, por supuesto. El calor había sido tan intenso, el ardor por todas partes.

—¿Qué me pasó, Annalyse?

Frunciendo los labios en una sonrisa triste, pero de alguna manera aún fascinada, Annalyse dejó la jarra y alcanzó el rostro de Ami, su mejilla izquierda. El lado que había estado más cerca del demonio en el ataque. Ami sintió la presión, pero no la piel, la textura.

En su lugar, solo sentía frío.

—Deberías haber muerto allí —dijo Annalyse, su característica curiosidad filtrándose de nuevo—. Todos dijeron que te encendiste como una vela recién prendida. El demonio cayó, y Rompellamas cayó con él.

—¿Mi espada se ha perdido?

—Bueno, no. Sabemos dónde está. En el fondo de la Herida.

—Annalyse.

—Cierto, en fin. ¡Tuviste suerte! Un Guardián había vuelto corriendo, gritando sobre un mal ataque de demonios. Gladdring me dijo que cogiera nuestro equipo y viniéramos corriendo.

Ami cerró los ojos. Intentó recordar. Tumbada allí, en llamas. Nada vino.

—Demasiado tarde, por supuesto. Gladdring no consiguió su espectáculo, pero te encontramos y, oye, me dejó salvarte la vida.

Ami escuchaba, sintiéndose cada vez más entumecida mientras Annalyse describía cómo sacó un skar de Vis de su propio collar, cómo lo presionó en las manos de Ami y ordenó que la llevaran de vuelta a la torre. Cómo la piedra salvavidas no había sido suficiente.

—Heridas menores, es un milagro. Vuelves y estás lista para funcionar en unas horas. Las más graves tardan días, e incluso entonces quedan algunos daños que los skars no parecen tocar —Annalyse frunció el ceño—. No sé si es el skar, o que no sabemos cómo usarlo.

—¿Qué hiciste, Annalyse? Dímelo sin rodeos.

—¿Quieres saltarte al final?

—Por favor.

No era la respuesta que Annalyse quería, pero suspiró, se rascó la nariz, miró alrededor como si esperara que alguien más surgiera del éter para dar lo que Ami ya había decidido que eran malas noticias.

—Cada vez que intentaba quitarte el skar, empezabas a morir —dijo Annalyse—. Algo en lo profundo de tu interior debía estar dañado. Y tu cara... ese lado, al menos, estaba todo lleno de cicatrices. Así que se me ocurrió una solución.

—Desátame.

—Bien, aunque yo tendría cuidado. No sabemos cómo está el resto de tu cuerpo, después de todo.

Annalyse desató las correas una por una, y después de cada una, Ami probó sus extremidades de nuevo. Las encontró receptivas, incluso ansiosas por moverse. Necesitó una respiración profunda y otro trago del jarro de Annalyse para llevar sus manos saludables a su cara.

El lado derecho se sentía como siempre. Un poco seco, quizás, pero piel. Cálida. Saludable.

¿El izquierdo?

—Es lo mejor que Gladdring pudo encontrar, y lo elaboré personalmente —dijo Annalyse, aunque Ami notó que se había alejado un metro de la losa—. No lo notarás. Mucho. —Annalyse intentó una sonrisa a medias—. Y oye, ningún demonio podrá clavar una garra a través de eso.

La mano de Ami subió, encontró el trabajo de Annalyse. Trazó sus contornos alrededor de su mejilla izquierda, hasta su oreja y casi hasta su barbilla, terminando en la curva de su cuello, el borde de su ojo. Frío, suave, duro.

—¿Qué es? —preguntó Ami.

—El oro más fino de todas Las Siete Islas —retumbó

una nueva voz desde arriba. Gladdring, seguido por un guardia que portaba comida, bajó por la escalera de caracol hacia el laboratorio—. Costó una fortuna. Renuncié a más de un skar por tu vida.

Annalyse dejó que Gladdring ocupara su lugar, mientras la científica se apresuraba hacia una mesa lateral cubierta de cuadernos, su lápiz de carboncillo rasgueando sin parar.

—¿Por qué? —preguntó Ami.

—Eres demasiado valiosa para morir —respondió Gladdring—. Y ahora, con eso incrustado donde todos pueden verlo, eres mi mayor activo.

Ami encontró la incrustación, allí en su mejilla. El calor del skar se anidó en ella. Los susurros que llegaban, respondiendo por qué no se había sentido sola en su propia mente. Una melodía diferente al skar Foti en Flamebreak, pero familiar de todos modos.

—Realmente sabes cómo hacer que alguien se sienta bien —murmuró Ami, balanceando sus piernas sobre el costado.

—Bien o mal, lo que importa es que estás viva. —Gladdring se dio la vuelta, tomó el tazón de sopa del guardia y se lo entregó—. Bebe, Guardiana. Hay trabajo que hacer, y ya has descansado lo suficiente.

Ami miró fijamente la sopa, su estómago listo para devorarla. Si se negaba a comer, si luchaba contra cada esfuerzo de Gladdring, ¿cuánto podría resistir Ami?

No lo suficiente. El skar la mantendría viva, aunque apenas. Gladdring esperaría. Y Catya, Catya aún vivía. El juramento de Ami se mantenía.

La Guardiana tomó la cuchara ofrecida, la pasó por el espeso caldo y la llevó a sus labios. Un sorbo y una tragada, una decisión tomada.

—Dime —dijo Ami—, qué necesitas que haga.

40
LA REINA DEL VIENTO

Wax levantó la mano en el muelle, dejando que el copo de nieve blanco aterrizara en su palma. Un pinchazo frío, tan delicioso como el aire fresco y claro. Caminar hacia el sur unos minutos y ese mismo aire adquiriría el tinte industrial de Foti, azufre y calor. Dejar eso atrás era, en sí mismo, motivo de celebración.

Salir de Foti con dos skars y un Guardián extra, a pesar del enojo inicial de Quik, era increíble.

—Perdón por lo que dije allá atrás, Pan —susurró Wax, mirando hacia el norte a través de las grises olas. Más allá de ese horizonte de pizarra, salpicado de barcos que entraban y salían compitiendo con la llegada del invierno, se encontraba Rana—. Intentaré no rendirme tan fácilmente esta vez.

Sus Guardianes, su hermano y hermana lo habían logrado. Al darse la vuelta, mirando hacia el muelle, Wax vio a Torny y Bliss a mitad de camino, la primera ayudando a Bliss a jugar con un arpón de Foti. El dispositivo, un tubo estrecho con una lanza corta en su interior y una cuerda delgada en su extremo posterior, podía lanzarse y cazar cualquier cosa lo suficientemente tonta como para estar nadando en estas aguas. Muy diferente de las cañas y redes utilizadas en Kitaye, y Wax descubrió que no le agradaba mucho el pesado metal que descansaba en sus manos, el torpe retroceso después de apretar el gatillo. Bliss, sin embargo, lucía una sonrisa salvaje mientras apuntaba y enviaba la lanza volando hacia el oleaje. Torny se carcajeó.

Más allá de ellos, en el borde del muelle, Quik hablaba con Pavarde, el capitán najahn. El comandante dorado había sido el compañero preferido de Quik desde que dejaron el campamento de bandidos en ruinas. Según lo que decía su hermano, los dos hablaban sobre Vis, sobre Noctia, sobre lo que se necesitaba para ser un Najahn.

Cuando Wax le preguntó por qué, Quik se mostró evasivo, diciendo solo que habría Najahn dondequiera que fueran. Bien podrían tratar de entenderlos mejor.

Al menos la herida de su hermano estaba sanando bien. Cada noche, Wax le entregaba el skar de Vis y Quik lo colocaba cerca de la puñalada, sosteniéndolo con fuerza. Casi podía correr de nuevo, y todos suponían que para cuando llegaran a la isla acuática de Rana, estarían listos para correr directamente hacia el próximo skar.

—Wax, cuidado —la voz de Torny trajo a Wax de vuelta a la realidad, haciéndole notar la esbelta nave que se acercaba rápidamente a su muelle.

Wax dio un paso atrás, luego otro y casi se cae del extremo del muelle cuando la embarcación salpicó al entrar. Las velas del barco, diamantes cortados en demasiados ángulos, empequeñecían el navío debajo, y todas giraban casi al unísono mientras el casco plateado-azul se deslizaba hacia el puerto. El cuerpo del barco se acercó tanto, tanto, que casi golpea el muelle, pero no se oyó ningún contacto hasta que el navío se detuvo por completo. Incluso entonces, los sacos amortiguadores lanzados por los costados suavizaron el contacto.

Un barco de Kance, construido para deslizarse sobre la superficie del agua, flotar de la cresta de una ola a la siguiente. Sin líneas rectas, con un vientre ligero, diseñado para transportar rápido en lugar de cantidad. Aun así, el lado norte de Foti significaría un largo viaje.

—Debería ir a Noctia, no aquí —murmuró Torny mientras ella y Bliss se acercaban para pararse junto a Wax, su hermana enrollando el arpón—. A menos que haya algo en Falska que realmente quieran. —Lanzó una mueca hacia la bulliciosa ciudad portuaria—. No puedo imaginar qué podría ser.

"Yo sí puedo", signó Bliss mientras el barco de Kance arrojaba una escalera por el costado.

Lejos de ser una pieza sombría de metal o madera, la escalera atrapó la ligera brisa y se asentó en el muelle como si hubiera sido colocada allí por manos gentiles. Sin embargo, una vez que tocó el suelo, los delgados escalones de perla parecían tan sólidos como la piedra.

—¿Qué? ¿Mineral? —preguntó Wax.

No necesitó cuestionar más. La respuesta llegó un instante después, cuando un soldado dorado dio el primer paso sobre el borde. Dos delgados estoques adornaban la cintura del hombre delgado, junto con una túnica azul y blanca ondulante. Avistó al trío, los juzgó y descendió la escalera sin decir palabra, terminando entre el grupo y la salida de Kance.

"Ella", signó Bliss cuando la siguiente persona hizo su aparición.

La mujer llevaba su resplandeciente realeza con una gélida incomodidad, como si desafiara a alguien a señalar sus manos apretadas, sus ojos inquietos y sus rodillas dobladas. Sus pasos rápidos contrastaban con su evidente estatus.

Desde que existía la Renovación, Kance siempre había enviado a una de sus dos Reinas en la búsqueda. Wax y el resto de Vis lo consideraban una extraña locura, pero a quién le importaba lo que hiciera otra isla. A quién le importaba, salvo que esta Reina de Kance parecía tener la velocidad de su lado.

En medio de su propia túnica, cuyo cuello estaba adornado con diamantes celestes de Kance, cuya plata salpicada de zafiros capturaba la luz gris de la mañana y la proyectaba alrededor, la reina de Kance llevaba un collar Najahn muy parecido al de Wax. En él había dos skars, el diamante de Kance y la esmeralda de Vis.

Y aquí estaba ella, atracando a uno o dos días de la Gran Forja.

—Parece que será mejor que nos pongamos en marcha —murmuró Torny.

Wax, sin embargo, se encontró con los ojos de la reina mientras ella descendía la escalera. Ella encontró su collar con facilidad, y cuando lo hizo, su mirada se estrechó en una curiosidad tensa. No hostilidad, aún no.

Una competidora ya vencida.

—Cierto —dijo Wax, su voz apagándose mientras la reina de Kance, seguida por un segundo guardia, se giraba y caminaba por el muelle—. Parece que ahora es una verdadera carrera.

"Siempre lo ha sido", respondió Bliss. "Ahora solo sabemos a qué nos enfrentamos".

—¿Quieres que sabotee su barco? —preguntó Torny, con una sonrisa astuta siguiendo la pregunta.

—¿No crees que ya hemos tenido suficiente violencia

por un buen tiempo? —anunció Quik, acercándose al grupo
—. Están moviendo nuestro bote a otro muelle para hacer
espacio para este. Supongo que ella es alguien importante.
—Quik echó un vistazo más de cerca a la embarcación y
silbó—. Wax, creo que estamos listos para zarpar. ¿Tú lo
estás?

—¿Esperar para dejar esta maldita isla? —Wax se rio—.
No, gracias. Guardianes, vamos a buscar algunos ríos.

———

Las aguas del norte guardan oscuros secretos, secretos que
Wax necesita descubrir si quiere acercarse un paso más a la
Herida y su trono. Sin embargo, antes de que tales ideas
elevadas puedan ponerse en marcha, Wax y sus guardianes
deben encontrar un transporte río arriba, una tarea que se
complica debido a capitanes cobardes y villanos asesinos.
Ojos astutos y pies ligeros aprovechan una oportunidad
inesperada para viajar, pero Wax pronto descubre que el
navío elegido podría entrañar más peligros que los ríos
mismos.

Continúa la aventura de Wax con *La Ira de los Ríos*:

AGRADECIMIENTOS

Existe la idea de que escribir es un acto solitario, pero nada podría estar más lejos de la verdad. Cada escritor depende de amigos, familia y, sí, de los lectores para seguir hilando sus historias.

En concreto, me gustaría agradecer a mi esposa, Nicole, cuyo amor y aliento infinitos hacen que cada día sea más brillante. A mis hermanos, Jonathan, Justin y Matthew, y a mis padres, Bob y Mary, que me ayudan a mantener una sonrisa en la cara.

Y, por supuesto, a todos vosotros, lectores, que hacéis posible esta vida.

Gracias.

SOBRE EL AUTOR

A.R. Knight escribe ciencia ficción y fantasía en el gélido norte de Wisconsin. Acompañado por un par de gatos, disfruta sumergiéndose en aventuras que tratan tanto sobre el villano como sobre el héroe.

Después de obtener un título en periodismo y recorrer el país instalando software de atención médica, A.R. Knight pensó que sería bueno volver a lo que amaba. Así que ahora tiene una pequeña oficina y madrugadas para hilar cualquier historia que surja en su imaginación.

Cuando no está escribiendo, A.R. Knight tiende a viajar a cualquier lugar que pueda, ya sea a islas frente a la costa de Ecuador, a la selva tropical, a hacer snowboard en las Montañas Rocosas o a degustar whisky en Edimburgo. Esa es la ventaja de la vida de escritor, puedes llevarla a cualquier parte.

Para contactarlo o ver qué está haciendo, visita www.-blackkeybooks.com

Para Kris